U0083840

古典詩歌研究彙刊

第十輯

龔鵬程 主編

第 2 冊

杜牧李商隱詠史七絕之比較研究

林 佩 誼 著

國家圖書館出版品預行編目資料

杜牧李商隱詠史七絕之比較研究／林佩誼 著 — 初版 — 新北
市：花木蘭文化出版社，2011〔民 100〕
目 2+254 面；17×24 公分
（古典詩歌研究彙刊 第十輯；第 2 冊）
ISBN 978-986-254-575-1（精裝）
1.（唐）杜牧 2.（唐）李商隱 3. 唐詩 4. 詠史詩 5. 詩評
820.91 100015345

古典詩歌研究彙刊
第十輯 第 二 冊 ISBN：978-986-254-575-1

杜牧李商隱詠史七絕之比較研究

作　　者 林佩誼
主　　編 龔鵬程
總 編 輯 杜潔祥
出　　版 花木蘭文化出版社
發 行 所 花木蘭文化出版社
發 行 人 高小娟
聯絡地址 新北市永和區中正路五九五號七樓
　　　　 電話：02-2923-1455／傳眞：02-2923-1452
網　　址 http://www.huamulan.tw 信箱 sut81518@gmail.com
印　　刷 普羅文化出版廣告事業
初　　版 2011 年 9 月
定　　價 第十輯 20 冊（精裝）新台幣 28,000 元

杜牧李商隱詠史七絕之比較研究

林佩誼 著

作者簡介

林佩誼，出生於嘉義，對故鄉並不熟悉，僅停留在童年模糊的記憶，閩南語仍有極大的進步空間，而儲存各種成長回憶的新北中和，是心中最懷念的地方，婚後定居於臺中豐原，畢業於國立臺灣師範大學國文學系（八八級）、國立彰化師範大學國文學系國語文教學碩士班，目前服務於國立豐原高級商業職業學校，深信每個人都可以更好，喜歡多方嘗試、學習，時時感謝生命中的每個貴人。

提　　要

　　本論文共分六章，首章「緒論」論述研究動機與目的、研究範圍、方法與步驟及前人研究成果之回顧。第二章「從詠史詩到晚唐的詠史七絕」，由詠史詩之定義及淵源落筆，論述從漢代、魏晉南北朝直到唐代各期詠史詩的發展，分析詠史詩在內容意旨、詩歌體式及寫作手法上的推演，最後以晚唐的詠史七絕為重心，說明晚唐的時代背景及文學背景，由盛唐杜甫的議論入詩、中唐的論史之風等影響落筆，以及七絕用於詠史的特殊性，以見造成晚唐詠史七絕興盛的各方力量。第三章「杜牧李商隱生平簡介」，主要依循「外緣」途徑，著重於杜牧、李商隱兩人的生平，透過其家世背景、成長過程、履歷遭際及各階段詠史詩的創作情況，加強作者生平歷程與作品間的聯繫，從而洞見時代脈動、個人遭遇對詩作的影響及其後詩歌風格之形成可能所受的內外因素；並就杜李之交遊及贈詩等互動，以見兩人相互間的關係與影響。第四章「杜李詠史七絕之題材及主題內容」及第五章「杜李詠史七絕之寫作手法及風格特色」，主要依循「內因」途徑，針對晚唐杜李兩人的詠史七絕作品加以剖析研究，進行比較。第四章從題材及主題內容兩個方向，分析杜李詠史七絕中題材及主題的偏好及取向，題材方面分為歷史人物（事）及地點遺跡兩方面加以說明，並依照詩作的主題內涵將兩人詠史七絕分為：詠懷型、評論型、懷古型等三類，以見兩人詠史之偏愛特長。第五章則將兩人詠史七絕所運用的寫作手法及形成的風格特色來作分析，藉由兩人各自特殊的筆法分析以突顯其作品特色；並將兩人詠史七絕的共同手法：翻案、情景交融、對比映襯、以小見大等相互比較，以見其筆法之運用同中有異，最後歸納杜李詠史七絕所形成的藝術風格，各具不同的詩風特色。第六章「結論」說明杜李詩歌對諸前人的繼承，而兩人詠史七絕同受詩聖杜甫的影響，分析兩人接受杜詩程度上的不同及原因，並藉由各史籍、詩話、文集及近人研究等對於兩人詠史七絕的評語，以歸納總結兩人詠史七絕之價值及對後代詠史的影響層面，最末探討後世對杜李重視程度不一的可能原因，文末分別附錄兩人生平年表、詠史詩繫年表及詠史七絕詩作，以便閱者參照。

目

次

第一章　緒　論

第一節　研究動機與目的

　　詩歌，在中國文學發展中淵遠流長，早在西周時期，《詩經》即揭開序幕，繼而有代表南方文化的《楚辭》，乃至漢代樂府、古體的形成，無論就詩的形式或內涵而言，歷經數千年的推衍變化及醞釀累積，詩歌發展至唐朝，臻至圓融成熟而大放異彩，故唐代可說是中國古典詩歌的全盛期，且無論數量或內質，皆可歸屬登峰造極的階段。唐詩不僅吸收各體精華，且在內外因素的自然發展下，孕育出講究格律、富有形式之美的近體，內涵風格上也因大環境的中西文化之揉合，在兼容並蓄的社會風氣下，激盪出多元而豐富的火花。

　　而中國詩歌一向具有「言志」的傳統，所謂：「詩者，志之所之也。在心為志，發言為詩。」〔註1〕透過精鍊的詩句，詩人得以抒發胸臆憂樂悲喜。在大唐整體自由開放的氛圍下，除了留有前朝詩風的痕跡，如：唐太宗時所形成的「上官體」，可視為魏晉宮體詩的餘風遺跡，不同內涵風格的詩派則愈加發展熟成，而具時代性的豐富題材及詩歌體式本身的演進，讓唐代詩人有更多的表現空間，如：蓬勃於盛唐的山水田園詩派，即在六朝陶潛隱逸詩作及大小謝自然詩風的基礎上，加以內化演變而產生不同的藝術價值；而晚唐末世則出現大量

〔註1〕《十三經注疏・詩經》〈周南〉（板橋：藝文印書館，1993），頁13。

−1−

的詠史詩作，以反映動盪不安的時代背景以及有志文士普遍的憂患心理，而晚唐大家杜牧與李商隱兩人心懷鴻志卻仕途偃蹇，皆有膾炙人口的詠史詩作，而迥異的詩風更各具千秋，並稱「小李杜」於晚唐詩壇綻放光芒。

　　關於詠史詩，有唐大詩豪──李白，曾在〈夜泊牛渚懷古〉〔註2〕一詩中，提及晉朝袁宏因吟詠己作〈詠史詩〉〔註3〕，時爲鎮西將軍謝尚所聞，獲其賞識而聲名大噪，由此得見文士透過作品以抒發情志，甚而飛黃騰達的嚮往。詠史一體，雖非居於詩歌創作的主流，然其本源可上溯至先秦時期的《詩經》、《楚辭》，直到東漢班固首先以〈詠史〉爲題，而魏晉以來更是不乏詩人投入詠史詩的創作而形成規模，而詠史詩的發展除了受中國以詩歌言志抒懷的傳統影響，也與中國人向來重視歷史的觀念有關，正如唐太宗所言：「以古爲鏡，可以知興替。」〔註4〕以史爲鑒即是希冀汲取前人教訓以自我警惕，而今人唐君毅則以爲詠史詩「常能極老成練達、蒼勁典雅之致，爲中國文學之獨造。」可謂「爲中國文學之最富，而能表現中國人之情感之深厚者。」〔註5〕而認識詠史詩體之精深豐富的內涵及多樣的風格特色，進而瞭解詠史詩於各時代階段的發展，爲本文研究目的之一；此外，於晚唐大盛的詠史七絕固然爲後人所注目，但以「語近情遙，含吐不露」〔註6〕

〔註2〕 清聖祖敕編：《全唐詩》卷181（北京：中華書局，1960），頁1850。

〔註3〕 【東晉】袁宏：〈詠史詩〉其一：「周昌梗慨臣，辭達不爲訥。汲黯社稷器，棟梁喪天骨。陸賈慶解紛，時與酒樽枊。婉轉將相門，一言和平勃。趨舍各有之，俱令道不沒。」其二：「無名困螻蟻，有名世所疑；中庸難爲體，狂狷不及時。楊惲非忌貴，知及有餘辭；躬耕南山下，蕪穢不遑治。趙瑟奏哀音，秦聲歌新詩；吐音非凡唱，負此欲何之。」收於【清】丁福保編：《全漢三國晉南北朝詩》一（臺北：世界書局，1969），頁591。

〔註4〕 【五代・後晉】劉昫等：《二十五史・唐書》卷71〈魏徵傳〉（臺北：藝文印書館，據清乾隆武英殿刊本景印），頁1244。

〔註5〕 唐君毅：《中國文化之精神價值》（臺北：正中書局，1992），頁345。

〔註6〕 【清】沈德潛：《說詩晬語》卷上，收於《清詩話》（【清】丁福保編，臺北：明倫出版社，1971），未標頁碼。

爲美學規範的七絕形式乃以含蓄不盡爲最高境界，而晚唐詠史則以理
性議論爲主要內涵，乍看之下，詠史與七絕的結合似乎有其矛盾處，
然晚唐詠史七絕的興盛及當代極具藝術價值的作品似乎證明兩者的衝
突是可以化解的，故七絕形式與議論主題的衝突及解決之道爲本文研
究動機之一。

　　而並稱「小李杜」的晚唐大家杜牧與李商隱詩風迥異，由清人劉
熙載之言：「杜樊川詩雄姿英發，李樊南詩深情綿邈。」〔註7〕可見一
斑，而兩人皆有膾炙人口的詠史詩作，且在時風的影響及前人嘗試經
驗的累積下，其詠史多以七言絕句的形式呈現，其中杜牧的詠史七絕
甚至被譽爲「二十八字史論」〔註8〕而「足以定千古是非」〔註9〕，
頗具代表性。至於李商隱，一般人直覺的聯想，多落在他纏綿繾綣的
唯美愛情詩，尤其寄寓深微的〈無題〉諸篇，令人印象深刻；但李氏
現存六百餘首的詩作中，內容涉及愛情者有一一六首〔註10〕，約佔作
品的六分之一，可見其詩並不僅侷限於艷詩一體，且就個人的思想內
涵及詩歌的寫作技巧而言，其詠史作品中，則有較情詩更深切的表現
〔註11〕，不容忽視。而清人管世銘嘗云：「杜紫微天才橫逸，有太白
之風，而時出入於夢得。七言絕句一體，殆尤專長。」〔註12〕又言：
「李義山用意深微，使事穩愜，直欲於前賢之外，另闢一奇。絕句秘
藏，至是盡洩，後人更無可以展拓處也。」〔註13〕而葉燮亦評：「李

〔註7〕【清】劉熙載：《藝概》卷二《詩概》，收於《清詩話續編》下（郭
　　　　紹虞編，臺北：木鐸出版社，1983），頁2430。

〔註8〕【宋】許顗：《彥周詩話》，收於《宋詩話全編》冊2（吳文治主編，
　　　　南京：江蘇古籍出版社，1998），頁1399。

〔註9〕【宋】眞德秀：《眞西山文集》，收於《宋詩話全編》冊8（吳文治主
　　　　編，南京：江蘇古籍出版社，1998），頁7993。

〔註10〕楊柳：《李商隱評傳》（臺北：木鐸出版社，1985），頁394。

〔註11〕韓惠京：《李商隱詠史詩探微》（中國文化大學中國文學研究所碩士
　　　　論文，1987），頁3。

〔註12〕【清】管世銘：《讀雪山房唐詩序例》，收於《清詩話續編》（郭紹虞
　　　　編，臺北：木鐸出版社，1983），頁1562。

〔註13〕同上註，頁1563。

商隱七絕，寄託深而措辭婉，可空百代，無其匹也。」〔註14〕由上述前人對杜李的稱譽讚賞可知兩人七絕作品成就之高，而其詠史七絕作品頗具代表性；在中唐議論詩風的日益盛行影響下，晚唐詩歌雖同樣注重比興寄託，但由於詩中議論手法的增多，而基本上議論又含有詩人較多的理性判斷，故容易了解詩人的主觀企圖心，這與傳統感性的純粹抒情詩，可說有很大的不同〔註15〕，因此，透過兩人詠史七絕作品以探究瞭解詩人的性格及內心世界，以及作者與作品間的相互影響關係為研究動機之二。

　　然就目前相關的學術研究及著作資料數量〔註16〕來看，似乎存在著「輕杜重李」的現象，即所謂的「抑杜揚李」論〔註17〕，或甚而以為在文學成就乃至個人的歷史地位，李商隱要比杜牧更高些。而近人譚黎宗慕在彙整杜牧資料時，亦有所感：「有唐一代詩人，為作鄭箋者至夥，所謂『五百注韓千注杜』者此也。反觀注樊川詩者，只有馮集梧一家，而《樊川文集》更註者無人。」〔註18〕然晚唐杜李兩人並稱，而杜牧竟未受後人齊等重視，必有其緣故，試圖發現可能的原因則為研究動機之三。

　　所謂文如其人，同樣處於晚唐大時代背景下的杜牧與李商隱，皆懷經邦濟世之志，但因個人性格及生平遭逢等背景的不同，造成兩人

〔註14〕【清】葉燮：《原詩》，收於《清詩話》（【清】丁福保編，臺北：明倫出版社，1971），頁 610。

〔註15〕潘志宏：《晚唐三家詠史詩研究》（清華大學中國文學研究所碩士論文，1993），頁 22。

〔註16〕以全國碩博士論文資訊網為例，分別以「杜牧」及「李商隱」為論文名稱及關鍵詞以檢索，相關論文篇數分別為 17 及 27 篇，其中有 3 篇相同。另在國家圖書館館藏目錄系統，分別以「杜牧」及「李商隱」為關鍵詞查詢，相關著作書籍及論文數量分別為 67 及 119 筆，李商隱的相關研究多於杜牧，可見一斑。

〔註17〕李子遲於〈雙子星座：杜牧與李商隱〉一文中所提及，收於《廣西民族學院學報》（哲學社會科學版）第 2 期（2002），頁 126。

〔註18〕譚黎宗慕：《杜牧研究資料彙編·前言》（板橋：藝文印書館，1972），頁 2～3。

的詠史詩作風格不同，各有所長，別具千秋。而本文即以晚唐代表詩人——小李杜爲研究對象，聚焦於他們頗具個人特色的詠史七絕作品，透過對兩人詠史七絕的認識，除了瞭解詠史詩發展至晚唐的過程及變化，兩人優秀作品中不失詠史與七絕完美平衡的特殊寫作手法之比較，以及詠史七絕創作與其性格、生命歷程的相互關係外，進而發現兩人在藝術表現上各自不同的風格特色，而對後世的影響以及在文學史上應有的地位等皆爲研究目的。此外，更希冀藉此研究能增進一些自我認知，而能在認清反省本身的不足之餘，努力充實學識涵養，而對中國歷史及文學有更深入的瞭解，進而增進對中國古典詩歌的觀照與鑑賞能力，或能在前輩的研究基礎上千慮一得。

第二節　研究範圍、方法與步驟

一、研究範圍

（一）杜牧

關於杜牧的作品，本文以四部叢刊景印明翻宋刊本《樊川文集》〔註19〕爲準，此書由其甥裴延翰所編輯整理，共二十卷，其中所收錄詩文共計 450 篇。根據裴延翰於〈序〉中所言，唐宣宗大中六年（西元 852）冬，杜牧重病稍癒後，「盡搜文章閱千百紙，擲焚之，才屬留者十二三。」〔註20〕所幸裴氏平日即保藏不少杜牧所寄贈的詩稿，故「比校焚外，十多七八。」〔註21〕而杜牧生平所作之詩、賦、傳、錄等才得以存留，由此可知集中所錄來源可靠，可信度高；其後並附有宋人補遺之作：《外集》、《別集》等。

此亦斟酌參考其他注本，如：宋人所注的《樊川文集夾注》〔註22〕

〔註19〕【唐】杜牧：《樊川文集》（臺北：漢京文化事業有限公司，1983）
〔註20〕同上註，頁 1。
〔註21〕同上註。
〔註22〕【唐】杜牧著，宋人注：《樊川詩集夾注》（北京：中華全國圖書館文獻縮微複製中心，1997）

及清人馮集梧的《樊川詩集注》〔註23〕等。後者取《樊川文集》卷一至卷四的詩歌部分，爲之注解，其中還包括馮氏所增編的《樊川詩補遺》、宋人田槩所編的《樊川別集》（前有田槩〈序〉）、《樊川外集》及《樊川集遺收詩補錄》等，最末則有繆鉞的〈杜牧卒年考〉及杜牧詩評述彙編；內容詳盡，極具研究參考價值。至於《樊川文集夾注》一書，現存版本爲明正統五年朝鮮全羅道的錦山刻本，特別之處在於：除了爲《樊川文集》前四卷詩作注外，也爲卷一之〈阿房宮賦〉、〈望故園賦〉及〈晚晴賦〉作注，且爲《樊川外集》作了夾注；加上此書爲宋代所作，所引之典籍資料，如《十道志》、《春秋後語》、《廣志》等，爲清人馮氏所未見，故爲研究杜牧之重要參考資料。

　　《樊川文集》卷一至卷四共錄 254 首詩，《別集》由田槩收錄 60 首詩，《外集》則有 126 首，加上《樊川詩補遺》的 15 首及《樊川集遺收詩補錄》的 56 首，合計共有 511 首。至於詠史詩部份，乃根據詩之內容意旨加以研判，以爲杜牧詩作可歸爲詠史者共 39 首〔註24〕，而其中 23 首爲七絕，後者即爲此研究之主要文本，以下依《樊川文集》之篇目編列如下：〈過魏文貞公宅〉、〈過勤政樓〉、〈過華清宮絕句三首〉、〈登樂游原〉、〈春申君〉、〈江南懷古〉、〈江南春絕句〉、〈蘭溪〉、〈赤壁〉、〈雲夢澤〉、〈泊秦淮〉、〈題桃花夫人廟〉、〈題

〔註23〕【唐】杜牧著，【清】馮集梧注：《樊川詩集注》（上海：上海古籍出版社，1998）

〔註24〕由於前人學者對於詠史詩的定義標準不一，主觀認定的詠史詩數目也不同，故而有所出入，如：廖振富在《唐代詠史詩之發展與特質》一文中以爲杜牧的詠史詩有 18 首，而七絕有 12 首；潘志宏的《晚唐三家詠史詩研究》則認爲有 27 首，而其中 15 首爲七絕；賴玉樹的《晚唐五代詠史詩之美學意識》以爲杜牧有 37 首詠史詩，其中七絕有 23 首；周宜梅的《杜牧詠史詩研究》則共有 40首，其中 24 首爲七絕，而本文對詠史義界較爲寬廣而較接近賴氏、周氏所定義者，故數量上也較爲相近，而本文所研究的杜牧詠史七絕與賴氏相同者有 21 首，與周氏相同者有 22 首，而其中與周氏重疊性高，而依據本文對詠史詩的定義，以爲〈將赴吳興登樂遊原一絕〉爲懷古詩，而〈斑竹筒簞〉爲詠物詩故而不列入，並列入〈青塚〉一詩。

烏江亭〉、〈題橫江館〉、〈汴河懷古〉、〈題木蘭廟〉、〈題商山四皓廟一絕〉、〈邊上聞胡笳三首〉其一、〈金谷園〉、〈青塚〉及〈隋宮春〉等，可參見附錄（四）：杜牧詠史七絕詩作。

（二）李商隱

李商隱的詩、文著作計有：《樊南文集》甲、乙集〔註25〕，各二十卷、《玉谿生詩》〔註26〕三卷、賦一卷、文一卷、及雜纂一卷，並傳於世。由於其詩「用意深微，使事穩愜。」〔註27〕加上典故的大量使用、精心的構思等因素，形成「寄托深而措辭婉」〔註28〕的風格特徵，故金人元好問在〈論詩絕句〉三十首中有：「望帝春心託杜鵑，佳人錦瑟怨華年，詩家總愛西崑好，獨恨無人作鄭箋。」〔註29〕說明李詩隱微晦澀之特色。

因此，明清以來為李商隱詩集作注者眾，如具開創之功的朱鶴

〔註25〕《樊南文集》甲集編於唐宣宗大中元年（西元847）十月，李商隱在桂州鄭亞幕府任掌書記時，全集分爲二十卷，收文四百三十二篇，名爲《樊南四六》；乙集編於大中七年十一月，詩人在東川柳仲郢處任節度判官、檢校工部郎中時，亦分爲二十卷，收文四百篇，名爲《四六乙》。

〔註26〕根據《四庫全書總日提要》卷151《集部·別集類四》中所記：「李商隱詩舊有劉克、張文亮二家註本，後俱不傳，故元好問《論詩絕句》有『詩家總愛西崑好，只恨無人作鄭箋。』之語（案西崑體乃宋楊億等摹擬商隱之詩，好問竟以商隱爲西崑，殊爲謬誤，謹附訂於此。）明末釋道源始爲作註，王士禎《論詩絕句》所謂『獺祭曾驚博奧殫，一篇錦瑟解人難。千秋毛鄭功臣在，尚有彌天釋道安。』者，即爲道源是註作也。然其書徵引雖繁，實冗雜寡要，多不得古人之意。鶴齡刪取其什一，補輯其什九，以成此註。後來註商隱集者，如程夢星、姚培謙、馮浩諸家，大抵以鶴齡爲藍本，而補正其闕誤。」故今所見最早的李詩完整注本，爲清人朱鶴齡的《李義山詩集》三卷，具開創之功。

〔註27〕【清】管世銘：《讀雪山房唐詩序例》，收於《清詩話續編》中（郭紹虞編，臺北：木鐸出版社，1983），頁1563。

〔註28〕【清】葉燮：《原詩》外篇下，收於《清詩話》（【清】丁福保編，臺北：明倫出版社，1971），頁610。

〔註29〕【金】元好問：〈論詩三十首〉，收於《全金詩》卷123（薛瑞兆、郭明志編，天津：南開大學出版社，1995），頁172。

齡〔註30〕，其後之吳喬〔註31〕、陸崑曾〔註32〕、姚培謙〔註33〕、屈
復〔註34〕、程夢星〔註35〕、馮浩〔註36〕、紀昀〔註37〕、張爾田〔註38〕
等人。而本文以成書較晚、注解較爲詳盡的馮浩注本《玉谿生詩集箋
注》爲主，並參酌其他重要注本。馮浩注本中卷一及卷二爲編年詩，
各錄有 159 首及 201 首詩，卷三收錄不編年詩，共 240 首，加上補遺
之作，合計共 601 首。書後則附有：〈補遺：詠三學山〉、《玉谿生詩
詳註補》、〈玉谿生詩箋註序〉、〈李義山詩文集箋註序〉、〈玉谿生詩箋
註序〉、《玉谿生詩箋註發凡》、《重校發凡》、《贈詩》、《詩話》、《史文》
及〈玉谿生年譜〉、〈年譜補〉等。至於李商隱詠史詩部份，此則根據
其詩作的內容意旨以研判，以爲可歸爲詠史者共 76 首，其中 49 首以
七絕行之〔註39〕，即爲本論文研究文本，依《玉谿生詩集箋注》之篇

〔註30〕 【唐】李商隱著，【清】朱鶴齡箋注：《李義山詩集》三卷（臺北：
學生書局，1979）其他尚有《李義山詩集補注》三卷及《重訂李義
山詩集箋注三卷集外詩》一卷、《附錄》一卷及由程夢星所刪補的《李
義山詩集箋注》（臺北：廣文書局，1972）。

〔註31〕 【唐】李商隱著，【清】吳喬選箋：《西崑發微》（臺北：廣文書局，
1973）

〔註32〕 【唐】李商隱著，【清】陸崑曾選箋：《李義山詩解》（臺北：學海書
局，1986）

〔註33〕 【唐】李商隱著，【清】姚培謙箋注：《李義山詩集箋注》（臺北：臺
灣大學圖書館藏清乾隆 10 年讀書堂刊本，1739）

〔註34〕 【唐】李商隱著，【清】屈復箋注：《玉谿生詩意》（臺北：正大印書
館，1974），內容分爲古今體，共八卷，同司馬貞《史記索隱》之例，
刪繁就簡，屈錄朱注於詩後，又自爲補注。

〔註35〕 【清】程夢星：《李義山先生年譜》一卷之清稿本收於國家圖書館。

〔註36〕 【唐】李商隱著，【清】馮浩注：《玉谿生詩集箋注》（臺北：里仁書
局，1980），馮浩另有《樊南文集詳注》（臺北：臺灣中華書局，1969）

〔註37〕 【唐】李商隱著，【清】紀昀箋注：《玉谿生詩說》（臺北：臺灣大學
圖書館藏清光緒 14 年吳縣朱氏校刊本影印，1888）

〔註38〕 【清】張爾田編：《玉谿生年譜會箋》（臺北：臺灣中華書局，1979），
其後附有《李義山詩辨正》（北京：中華書局，1963），爲張氏手批
李義山詩的輯錄本，爲後人編纂而成。

〔註39〕 方瑜於〈李商隱的詠史詩〉中指出其詠史七絕共有 48 首，但未細目
列出，韓惠京的《李商隱詠史詩探微》則明列其 67 首詠史詩，其中
七絕有 48 首；廖振富的《唐代詠史詩之發展與特質》以爲李商隱的

目排列如下：〈海上〉、〈五松驛〉、〈漫成三首〉其一、〈四皓廟〉（羽翼殊勳）、〈景陽井〉、〈灞岸〉、〈漢宮詞〉、〈寄蜀客〉、〈漢宮〉、〈華嶽下題西王母廟〉、〈瑤池〉、〈過景陵〉、〈四皓廟〉（本爲留侯）、〈岳陽樓〉（漢水方城）、〈賈生〉、〈舊將軍〉、〈過楚宮〉、〈梓潼望長卿山至巴西復懷譙秀〉、〈漫成五章〉其一、二、三、五、〈題漢祖廟〉、〈讀任彥昇碑〉、〈舊頓〉、〈齊宮詞〉、〈吳宮〉、〈華清宮〉（華清恩幸）、〈華清宮〉（朝元閣迴）、〈驪山有感〉、〈龍池〉、〈馬嵬二首〉其一、〈咸陽〉、〈東阿王〉、〈涉洛川〉、〈楚吟〉、〈夢澤〉、〈南朝〉（地險悠悠）、〈隋宮〉（乘興南遊）、〈詠史〉（北湖南埭）、〈過鄭廣文舊居〉、〈楚宮〉（十二峰前）、〈北齊二首〉、〈天津西望〉、〈華山題王母祠〉、〈過華清內廄門〉、〈王昭君〉、〈曼倩辭〉等，可參見附錄（五）：李商隱詠史七絕詩作。

二、研究方法與步驟

　　本篇論文的研究方法，主要採用縱向分析及橫向分析兩大途徑，而以杜牧、李商隱及其詠史七絕作品爲研究對象，進行「歷時性」與「共時性」的研究，由於杜李兩人同爲晚唐大家，故其「共時性」的研究中依「外緣」與「內因」兩大途徑，以期瞭解兩人的詠史七絕作品，由於「外緣」與「內因」並非壁壘分明，而是可以相互影響，並共同牽引作品的走向，前者以歷史時代背景及詩人生平經歷爲主，目的在於瞭解作品所受的外在條件及影響因素，並從中分析作品成果在文學發展過程中的意義與價值；後者則以作品本身爲重心，而從形式、主題內容及寫作手法等方向對創作進行剖析，以見詩作的整體結構、內涵美感及風格特色；而透過前人評者對其作的各種理解及評

詠史詩有 62 首，其中 42 首爲七絕；潘志宏的《晚唐三家詠史詩研究》則認爲有 70 首，七絕則有 49 首；賴玉樹的《晚唐五代詠史詩之美學意識》則有 72 首，其中七絕有 47 首；張家豪的《李商隱詠史詩解讀研究》則有 69 首詠史，其中七絕有 47 首；可見對詠史詩的定義不一，故所認爲的詠史詩數目也不同。

論，更可加強對文本的瞭解，以及作品中所欲表現的時代意義，進而比較兩人詠史七絕所呈現的不同風格面貌。

　　首章「緒論」論述研究動機與目的、研究範圍、方法與步驟及前人研究成果之回顧。第二章「從詠史詩到晚唐的詠史七絕」則以詠史詩體爲主題，由其定義、淵源落筆，從而論述從漢代到魏晉南北朝的形成過程及各階段特質的轉變，接著分述唐代各期詠史詩的發展，而以初、盛、中及晚唐等四期爲界，分析唐代詠史詩在內容意旨、詩歌體式及寫作手法上的推演，最後一節則以晚唐的詠史七絕爲重心，先敘述說明晚唐的時代背景，再則爲文學背景，由盛唐杜甫的議論入詩、中唐的論史之風等影響落筆，以及七絕用於詠史的特殊性，以見造成晚唐詠史七絕興盛的各方力量。第三章「杜牧李商隱生平簡介」則主要依循「外緣」途徑，著重於杜牧、李商隱兩人的生平，透過其家世背景、成長過程、履歷遭際及各階段詠史詩的創作情況，加強作者生平歷程與作品間的聯繫，從而洞見時代脈動、個人遭遇對詩作的影響及其後詩歌風格之形成可能所受的內外因素；最末則就杜李之交遊及贈詩等互動，以見兩人相互間的關係與影響。第四章「杜李詠史七絕之題材及主題內容」及第五章「杜李詠史七絕之寫作手法及風格特色」則主要依循「內因」途徑，針對晚唐杜李兩人的詠史七絕作品加以剖析研究，進而比較兩人詩作的不同之處。第四章從題材及主題內容兩個方向，分析杜李詠史七絕中題材及主題的偏好及取向，題材方面則分爲歷史人物（事）及地點遺跡兩方面加以說明，其後並依照詩作的主題內涵將兩人詠史七絕分爲：詠懷型、評論型、懷古型等三類，並舉詩作加以具體分析討論，以見兩人詠史之偏愛特長。而第五章則將兩人詠史七絕所運用的寫作手法及形成的風格特色來作分析，以清人張玉穀論左思〈詠史〉八首的四種筆法來論述杜牧的詠史七絕，而以比興寄託的具體表現手法來說明李商隱的詠史七絕，藉由兩人各自特殊的筆法以突顯其作品特色；此外，由於兩人詠史七絕皆使用翻案、情景交融、對比映襯、以小見大等相同手法，故於分述說

明中相互比較，以見其同中有異的手法，其後則進一步將杜李詠史七絕所形成的藝術風格作一比較，歸納出各具不同的詩風特色。第六章「結論」就杜李詠史的特色風格說明其詩歌對諸前人的繼承，而其中兩人詠史七絕更同受詩聖杜甫的影響，進而分析兩人接受杜詩程度上的不同及原因，其後則藉由各史籍、詩話、文集及近人研究等對於兩人詠史七絕的評語，並綜合前章論述，歸納總結其詠史七絕之價值，說明兩人對後代詠史的影響層面，最末則稍加探討後世對杜李重視程度不一的可能原因，文末並附錄兩人生平年表、詠史詩繫年表及詠史七絕詩作，以便閱者參照。

第三節　前人研究成果回顧

　　此文依據所論主題，揀選有關之書籍著作、學位論文及單篇期刊論文，唯前人研究者眾，數量不勝枚舉，而於此節目的並不在於鉅細靡遺，故以下僅就與本文主題直接相關且重要關鍵者加以簡述，大致上依詠史、絕句、杜牧、李商隱等相關主題內容分述說明，而其中不免有滄海之遺珠。

一、書籍專著

　　1. 許鋼：《詠史詩與中國泛歷史主義》（臺北：水牛出版社，1997）

　　針對詠史詩研究的專著並不多，此書可說是首部，且作者融入西方理論加以對照，類似比較文學的表達方式。作者主要在探討並揭示中國傳統儒士，如何藉此獨特的文學體裁，表現他們的世界觀及人生觀。許氏之重心在於眾多詠史詩作中所體現的「中國泛歷史主義」，故論述內容分為：歷史、詩與儒家思想，歷史的道德化與象徵化，歷史的空間化與永恆化，歷史的審美化與宗教等四大部分，對於詠史詩的文學表現省略不談，提供另一種觀點視野；也因此，以七絕詠史的現象、針對杜牧或李商隱詠史作品的深入探討等，並非作者所著眼的議題。

　　而其他相關詠史之書籍，則大多是詠史詩的評選集，如：降大任選注、張仁健賞析的《詠史詩注析》〔註40〕、儲大泓之《歷代詠史詩選註》〔註41〕、陳建根的《詠史詩》〔註42〕等，內容多是編選自漢魏至近代，在思想及形式藝術上表現完美的詠史詩，編者加以注解與研析，裨益於讀者對詩人及其詩作之瞭解。而其中《詠史詩注析》一書，則依題材分類編排，並將題材或題目相同但見解構思不同的作品同列，比較不同詩人的觀點、寫作技巧與風格；此作法與萬萍、葉維恭所主編的《中國歷代詠史詩辭典》〔註43〕相近，此書雖爲工具書，但以宏觀視角界定詠史詩，而所收詩作豐富多元，分門別類有條不紊，或可資參考。

　　2. 李宜涯：《晚唐詠史詩與平話演義之關係》（臺北：文史哲出版社，2002）註：此爲學位論文，原名爲《晚唐詠史詩研究》（文化大學中國文學研究所博士論文，2000）

　　此著除了說明詠史詩的定義及興起發展外，並就內涵與特徵，將晚唐詠史詩分爲兩大類：一爲雅正文學範疇之抒懷型詠史詩，以杜牧、李商隱、溫庭筠詩作爲代表；一則爲通俗文學範疇之敘事型詠史詩，以胡曾、汪遵、周曇、孫元晏、羅隱等人作品爲代表。書中討論的重心主要放在後者，並以胡曾的詠史詩爲例，說明其與講史平話小說、明清歷史演義小說之間的關係，進一步分析其對民間通俗文學的重要影響，並深入探討其源流及史觀。因此，全文對於晚唐抒懷型詠史詩著墨不多，其中對杜牧及李商隱詠史詩的論述，篇幅份量較少，且較無深入的探討。

　　3. 賴玉樹：《晚唐五代詠史詩之美學意識》（臺北：威秀資訊科

〔註40〕降大任選注、張仁健賞析：《詠史詩注析》（山西：山西人民出版社，1985）

〔註41〕儲大泓：《歷代詠史詩選註》（西安：陝西人民出版社，1990）

〔註42〕陳建根：《詠史詩》（北京：人民文學出版社，1989）

〔註43〕萬萍、葉維恭主編：《中國歷代詠史詩辭典》（江西：江西教育出版社，1998）

技股份有限公司，2005）註：此爲學位論文（中國文化大學中國文學研究所博士論文，2003）

　　此文在蕭馳〈中國古典詠史詩的美學結構〉〔註44〕及王紅〈試論晚唐詠史詩的悲劇審美特徵〉〔註45〕的基礎上，以晚唐五代爲時代背景，研究當代詠史詩所呈現的審美特徵；透過大環境所提供的條件，對詠史內涵與藝術價值的影響，以瞭解詩人於詩作中普遍表現的心靈趨向及當代的美學意識。除了傳統詩文理論與詩話中的美學原理的運用，作者結合西方美學論點與近代中國美學家所提出的文藝理論、美學思想，從意象塑造、時空設計、聲情辭情三方面分析詩人詠史的美學表現；並以歷史眞實與藝術眞實的統一及主觀情意與客觀物境交融等層面分析其美學特徵；最後歸納出含蓄美、精警美和悲慨美等美學風格，並賦予價值與地位。作者發掘晚唐五代詠史詩作中悲美的特質，並感受當時詩人的悲劇心理，論述嚴謹不紊，具參考價值。

　　4. 周嘯天：《唐絕句史》（重慶：重慶出版社，2006）

　　此書以絕句爲研究中心，而以歷史敘述的方式呈現，以文學與史學結合的論述筆法相當特殊，作者先由絕句的萌芽與發展起頭，再論述盛唐絕句的高度發展，並介紹當代著名的絕句創作詩人，如：王維、王昌齡、李白等及其作品特色、長短之分析，其後論述杜甫對絕句藝術的拓展創新而使得絕句再度繁榮，具承先啓後之作用，繼而論述中唐及晚唐絕句的持續發展及對宋代絕句的影響。作者雖非以詠史七絕爲主題，但從絕句的發展中得以窺見盛唐杜甫於絕句上的發展開創對晚唐杜李詠史七絕的影響，且其中一篇〈小李杜絕句比較〉更說明兩人絕句特色風格的不同，實與本文欲呈現的主題接近，可資參考，而作者文史並重的寫法，頗有助益於對唐絕句的變化發展有更完整的認識。

〔註44〕蕭馳：〈中國古典詠史詩的美學結構〉，《學術月刊》第 12 期（1983），頁 42〜47。

〔註45〕王紅：〈試論晚唐詠史詩的悲劇審美特徵〉，《陝西師大學報》（哲學社會科學版）第 1 期（1989），頁 83〜89。

5. 繆鉞：《杜牧傳·杜牧年譜》（河北：河北教育出版社，1999）

繆氏致力於研究詩人杜牧，此著本爲兩部分之結合：傳記及年譜，主要在研析詩人的生平事跡，作者詳採史書之傳記資料及相關的古籍論述，並加以融會編寫，頗具參考價值。此外，顏崑陽的《杜牧》〔註46〕及張再富的〈杜牧之年譜〉〔註47〕中對其生年行事亦多所研究，而由朱傳譽所主編的《杜牧傳記資料》〔註48〕，內容包括詩人的生平傳略、交遊、學行、思想、著作等相關論文，可相互參酌。其他如：胡可先的《杜牧研究叢論》〔註49〕及吳在慶的《杜牧論稿》〔註50〕等作皆著重在徵辨考據，對其生平、詩作繫年及疑偽詩等均有精審之攷校。而譚黎宗慕的《杜牧研究資料彙編》〔註51〕雖近於參考書性質，但搜羅多方資料，有助於查詢考證，而上述諸書對於詩人全面且深入的瞭解皆有所裨益。

6. 吳調公：《李商隱研究》（臺北：明文書局，1988）

此書爲早期研究李商隱詩歌的專著之一，依序對於李商隱的生平、思想及審美觀，作詳盡的敘述，並加以考證；其後針對他的政治詩與愛情詩，深入剖析，歸納出藝術上的特色及風格的形成與發展；最後則探討其詩歌之淵源承襲及對後世之影響，並在思想、藝術性方面給予公正的評價。由於研究內容豐實，所論範疇大體完備，頗具參考價值，關於本文詠史主題，吳氏並無獨立出來專門討論，而是歸屬於李商隱政治詩的內容中討論，以爲詠史乃爲現實服務，故視詠史詩爲借史進行諷諭的政治詩，而在論其詩之藝術特色時僅說明其詠史一體具有藝術概括更趨精簡（絕句之使用）、與詠懷古迹融成一氣、題材多爲南朝、隋代帝王失國與唐代馬嵬之變等特點。吳氏論點雖精

〔註46〕顏崑陽：《杜牧》（臺北：河洛出版社，1978）

〔註47〕張再富：〈杜牧之年譜〉，《中華學苑》第7期（1971），頁101～157。

〔註48〕朱傳譽編：《杜牧傳記資料》（臺北：天一出版社，1985）

〔註49〕胡可先：《杜牧研究叢稿》（北京：人民文學出版社，1993）

〔註50〕吳在慶：《杜牧論稿》（福建：廈門大學出版社，1991）

〔註51〕譚黎宗慕：《杜牧研究資料彙編》（板橋：藝文印書館，1972）

關，但對李商隱頗具個人特色的詠史詩未有專門的研究，相形之下，
不及對其他題材詩作的重視，關於其詠史七絕對後世之影響也僅輕描
淡寫，整體而言，較爲重視李商隱詩歌思想性及藝術性的形成。

7. 黃盛雄的《李義山詩研究》（臺北：文史哲出版社，1987）

此書共五章，依李詩之題材加以分類論述，分別爲：詠史、豔
情及詠物三門，末章則就其詩之思想內容及藝術性加以探討，而每
個章節結構完整緊密，可以單獨成立。其詠史一章，作者在前人的
研究基礎上，進一步分析了詩人的歷史智慧，並說明李氏多用七絕、
表達精簡的寫作藝術，認爲李商隱繼承左思、杜甫及杜牧的藝術成
就，結合詠懷與論史，發展出更爲成熟的史論型詠史詩。此部分與
本文主題頗近，且文末提及杜牧詠史對李商隱的影響、杜李兩人同
受杜甫沾溉等論點，皆提供本文一些方向，而可在此基礎上作更深
入的分析研究。

8. 劉學鍇：《李商隱詩歌研究》（合肥：安徽大學出版社，1998）

此書包含五個部分：本體篇、源流篇、研究史篇、考辨篇及餘論
篇等，在不同的領域範疇，探討李商隱的詩作；其中本體篇中的第一
部份即以李商隱的詠史詩爲討論對象，說明其主要特徵及對古代詠史
詩的發展，並指出其詠史詩作具有諷時性、典型性及抒情性等特質。
此部分與本文主題頗近，可資參考。而研究史篇分述唐末至清代及近
代中國大陸對李商隱的研究，清代尤其興盛，出現不少極具深度的注
本，作者則針對重要者加以論述，加上其後所介紹的大陸地區研究李
氏之作品，對於研究李商隱者提供不少資訊。

此外，劉氏與余恕誠合著有《李商隱詩歌集解》〔註52〕一書，
此著以明汲古閣刊《唐人八家詩》之《李義山詩》三卷爲底本，結合
明清八家校本，並以唐、宋、元三代主要總集及選本進行校正勘誤，
完整彙集各家之注釋箋評，爲研究李詩意旨之重要參考書，或可與葉

─────────────────

〔註52〕劉學鍇、余恕誠編著：《李商隱詩歌集解》（臺北：洪葉文化事業有
　　　　限公司，1992）

蔥奇的《李商隱詩集疏注》〔註53〕及其他注本相互參看。

9. 沈秋雄的《詩學十論》（臺北：文史哲出版社，1993）

此書雖以《詩學十論》爲題，然主論李商隱，相關論文高達七篇，故特列於此。諸篇獨立，論其詩中用典、詠物詩、比興詩及無題詩組等，雖無開闢一門專論詠史，但於比興詩中論及藉古喻今之詠史詩，而借神仙以喻人事的遊仙詩中大多爲本文所義界之詠史詩，由此亦可見詠史與其他詩體間的重疊性與模糊關係，而關於詠史詩之定義待至本文第二章再作進一步的闡述。且於用典一篇，論及其詩多用仙典及故事反用之特色，亦爲詠史之範疇，可資參考。此著雖涉及詠史詩體，但非屬專論，且對李商隱之詠史七絕並無特別說明。

除了研究杜李及其詩歌的專書著作外，近人選注兩人的詩作相關書籍數量繁多，誠然無法指數，而彙整單篇相關的研究論文集，如：《李商隱詩研究論文集》〔註54〕、《李商隱研究論集》〔註55〕、朱傳譽主編的《杜牧傳記資料》〔註56〕、《李商隱傳記資料》〔註57〕及劉學鍇、余恕誠、黃世中等編的《李商隱資料彙編》〔註58〕等，皆爲研究者重要的參考資料。

二、相關之單篇論文

1. 齊益壽：〈談六朝詠史詩的類型〉，《中華文化復興月刊》第10卷第4期（1977），頁9～12。

〔註53〕葉蔥奇：《李商隱詩集疏注》（北京：人民文學出版社，1985）
〔註54〕國立中山大學中山學會主編：《李商隱詩研究論文集》（臺北：天工書局，1984）
〔註55〕王蒙、劉學鍇主編：《李商隱研究論集》（廣西：廣西師範大學出版社，1998）
〔註56〕朱傳譽編：《杜牧傳記資料》（臺北：天一出版社，1985），其中包含探討詩人的生平傳略、交遊、學行、思想、著作等相關論文。
〔註57〕同上註，《李商隱傳記資料》。
〔註58〕劉學鍇、余恕誠、黃世中編：《李商隱資料彙編》（北京：中華書局，2006）

　　此文將六朝詠史詩區分為：史傳型、詠懷型和史論型等三大類型，為詠史詩的分類奠立基礎，後人相關研究多以此為依據基準。至於其他定義詠史詩及論述其歷代發展的篇章，如：降大任的〈古代詠史詩初探〉〔註59〕、彭衛的〈中國古代詠史詩初探〉〔註60〕、黃筠的〈中國詠史詩的發展與評價〉〔註61〕、雷恩海的〈詠史詩淵源的探討暨詠史內涵之界定〉〔註62〕等等，不勝枚舉，均為認識詠史詩的最佳媒介。

　　2. 陳松青：〈唐代詠史詩論三題〉，《松遼學刊》（社會科學版）第 5 期，總第 88 期（1999），頁 1～7。

　　唐代是詠史詩發展的成熟期、高峰期，作者歸納出唐代詠史詩興盛的四大因素：1.重視歷史的時代心理，以詠史體現崇實精神。2.門閥制度的瓦解，點燃士人的預世思想。3.廣泛的遊歷經驗，興發懷抱。4.兼容並蓄的文化政策，思想上的自由開放。作者分析唐代有助於詠史詩發展之條件外，並分述其演變特色：詠史與懷古的融合、史論詩的確立及述史體的轉變。作者論點精當，且例證適切，具提綱挈領之效。

　　3. 劉維俊：〈評杜牧的詠史詩〉，《天津師院學報》第 6 期（1981）。

　　此文先議論杜牧的文學主張，以為其受中唐古文運動之影響，而重文氣內涵、輕文采辭藻，文中提及的詠史詩作，數量雖不多，但皆具代表性；且融合杜牧的時代家世、史書傳略及詩話評議於詠史作品的分析，論述上更見周詳而深刻。且作者將杜牧文章與詩歌並列評賞，作詩文間的互證，以全面性地理解其詠史詩的內涵，寫法特殊，內容詳盡，具有參考價值。而黃菊芳的〈杜牧的性行與其議論型詠史

〔註59〕降大任：〈古代詠史詩初探〉，《晉陽學刊》第 5 期（1983），頁 30～35。
〔註60〕彭衛：〈中國古代詠史詩初探〉，《史學理論》第 3 期（1997），頁 20～30。
〔註61〕黃筠：〈中國詠史詩的發展與評價〉，《中國文化研究》總第 6 期冬之卷（1994），頁 35～39。
〔註62〕雷恩海：〈詠史詩淵源的探討暨詠史內涵之界定〉，《貴州社會科學》第 4 期（1996），頁 70～74。

詩〉〔註63〕則針對七首議論型詠史詩進行論述，且細分成三類：翻案型、設問型及比較型。析論仔細，架構完整，構思新穎，可與此篇相互參看。

4. 劉曾遂：〈略論杜牧詠史七言絕句〉，《電大教學》第 4 期總第103 期（1994），頁 18～21。

此文先就杜牧的家世背景、文學思想及人格特質等條件說明其詠史具現實意義及善於翻案的特色，且對史論式七絕詠史的發展與確立有所影響，其後直接以 6 首詩作及前人評論說明其風格之特色，最末則評介其詠史七絕於唐代詠史詩發展過程中的地位與成就，以為杜牧大量地創作詠史七絕，而其鮮明的史論筆法及迴異的格調實為當代第一人，實為詠史發展過程中的里程碑，不但確定史論式七絕詠史的主流地位，甚而影響後來的詩人，此文實為本文主題內容相同，且提供不少研究方向，為主要參考論文之一。

5. 楊雲輝：〈論杜牧詠史詩的藝術特徵〉，《吉首大學學報》（社會科學版）第 1 期（1999），頁 55～59。

此文由探討晚唐時局落筆，說明杜牧詠史詩具「濃厚歷史滄桑感」的原因，進而論述其藝術特徵：1. 深沉凝重的歷史感與矛盾的現實感和諧統一。2. 議論中帶有熾熱的情感，益使議論更為深刻。3. 把對歷史的整體感受情緒化、意象化，並完美融懷古於詠史之中。論點精闢，極有深度；或可與著重於詩美學的葉繼奮之〈杜牧詠史詩的審美特徵〉〔註64〕相互參酌。

6. 方瑜：〈李商隱的詠史詩〉，《中外文學》5 卷第 11、12 期（1977），頁 76～92、頁 82～98。

作者認為詩人對歷史人物及事件的選擇吟詠，表現了個人的偏好、獨特的見解，故此文著重於李商隱詠史的內容素材，依其時代先

〔註63〕黃菊芳：〈杜牧的性行與其議論型詠史詩〉，《中文研究學報》第 2 期（1999），頁 53～68。

〔註64〕葉繼奮：〈杜牧詠史詩的審美特徵〉，《寧波高等專科學校學報》第 12 卷第 1 期（2000），頁 6～9。

後加以分析，歸納出主觀的批判及議論性強的詩作內涵，與其愛憎分明的性格、道德感及政治觀息息相關；且涉及愛情的詠史詩，多採袒護眞情、肯定戀愛的態度，顯示詩人著重於精神層面。作者透過詠史詩的探討，瞭解其詩作的多面性及豐富內涵，以見其詠史的特殊地位及創獲成就，但以題材爲綱要進行分析，相對於其詠史手法、風格等，僅穿插簡略說明，較無條理。

　　而探討李商隱詠史詩作的相關論文，數量龐大，無法一一列舉，如：陳貽焮的〈談李商隱的詠史詩和詠物詩〉〔註65〕、劉學鍇的〈李商隱詠史詩的基本特徵及其對古代詠史詩的發展〉〔註66〕、王定璋的〈李商隱詠史詩的憂患意識與批判精神〉〔註67〕、徐禮節的〈李商隱詠史詩──傳統詩學審美要求的完美實現〉〔註68〕等皆可相互參看。

　　7. 劉學鍇：〈義山七絕三題〉，《文學遺產》第 2 期（2000），頁34～41。

　　作者以爲李商隱詩歌中創作比重最高的七絕，有其地位及影響力，其特色爲：1.「運重入輕」：用七絕這種輕巧靈便的體裁來抒寫重大的政治歷史題材和深重的政治、人生感慨，作內容上的拓新。2.「化重爲輕」：將重大的政治歷史題材典型化、將深重的人生感慨意緒化，且在抒寫重大題材和深重感慨的同時，保持並發揚了七絕富於情韻和風神的優長，成功地表現藝術手法。3.「推進一層」：發現常人所不能發現的美之外，亦化解舒緩了人生的悲劇情緒。全篇精闢地分析李商隱刻意爲之的七絕之創新及藝術成就，從中說明詩人對七絕

〔註65〕陳貽焮：〈談李商隱的詠史詩和詠物詩〉，《李商隱研究論集》（廣西：廣西師範大學出版社，1998），頁 69～86。

〔註66〕劉學鍇：〈李商隱詠史詩的基本特徵及其對古代詠史詩的發展〉，同上註，頁 625～639。

〔註67〕王定璋：〈李商隱詠史詩的憂患意識與批判精神〉，《天府新論》第 3 期（1995），頁 56～62。

〔註68〕徐禮節：〈李商隱詠史詩──傳統詩學審美要求的完美實現〉，《巢湖學院學報》（人文社會科學版）第 4 卷第 2 期（2002），頁 55～59。

發展所作的貢獻。並可與張夢機的〈李商隱七絕的藝術特徵〉〔註69〕、房日晰的〈李商隱七絕論略〉〔註70〕及彭合成的〈李商隱七絕藝術初探〉〔註71〕等，相互參看。

8. 房日晰：〈杜牧李商隱之詠史詩比較〉，《西北大學學報》（哲學社會科學版）第 24 卷第 83 期（1994），頁 60～64。

此文首先對杜李詠史詩所產生的當代政治、文化氛圍作了探討，進而分析二人相近的藝術構思：1.表現卓絕過人的史識政見。2.表達出強烈的懷才不遇之感。3.以鮮明對照的特寫鏡頭，形成強烈的對比，讓人印象深刻。4.筆鋒犀利，語含譏諷。文中又指出他們在觀察問題的立場、視點、心態等則有較大的差異，如：杜以才氣取勝，而李以抒情見長，然其詠史詩的主旨卻能夠殊途同歸，達到批判現實、諷喻政治的目的。此文舉例適切，條理清晰，明白指陳兩人詠史之異同，然並未論及多以七絕呈現之特色。

9. 官曉麗：〈秋風夕陽話晚唐——從杜牧、李商隱的創作看晚唐詩歌的悲美〉，《西藏民族學院學報》（社會科學版）第 3、4 期（1994），頁 113～120。

此文以兩人詩作說明晚唐人的精神狀態：1.以詩歌悲美的內容呈現世紀末情緒：悲哀與無奈。2.高揚的主體意識與孱弱的社會現實，在晚唐人的心中撞擊出激越的悲的冷火：幽藍、深情，卻痛楚。3.對「永恆主題」的悲涼歌詠，試圖探求人生的出路。作者著重於大時代的影響力，試圖從其詩作窺見末世之悲美，以發掘晚唐人之集體意識。而對於兩人「有文無行」、不拘細節的生活態度及尊重女性、追求堅貞愛情等觀點，亦有合理解釋。

〔註69〕張夢機：〈李商隱七絕的藝術特徵〉，《詩學論叢》（臺北：華正書局，1993），頁 81～96。

〔註70〕房日晰：〈李商隱七絕論略〉，《唐詩比較論》（西安：三秦出版社，1998），頁 213～222。

〔註71〕彭合成：〈李商隱七絕藝術初探〉，《吉首大學學報》（社會科學版）第 3 期（2000），頁 59～62。

10. 黃桂鳳：〈李商隱與杜牧對杜詩之容受比較〉，《綏化學院學報》第 26 卷第 1 期（2006），頁 50～55。

作者認爲杜李之出身經歷、個性、藝術追求等條件不同，雖處在相差不大的社會大環境下，在接受杜甫詩時卻呈現不同的傾向，因而形成了各自不同的風格，亦對唐末五代及宋以後詩歌產生不同的影響。兩人詩作接受杜詩的情況表現在：1.以時事入詩。2.比興寄托、諷諫的手法。3.關心民生疾苦的精神。而李商隱詩在接受杜詩諷刺性質的同時，又受李賀曲折虛幻等風格影響；而杜牧接受杜詩濃郁沉鬱風格的同時，又受韓文之雄壯影響，故各成一派，影響後代。此文論點精闢，佐證歷歷，極有深度。

三、相關之學位論文

1. 廖振富：《唐代詠史詩之發展與特質》，臺灣師範大學國文研究所碩士論文，1989。

就目前探討詠史詩的相關論文及專著中，這篇論文有相當完整深入的研究，極具參考價值。論文先陳述詠史詩於漢魏六朝的醞釀發展，其後依序說明詠史詩於初盛唐、中唐及晚唐三期之形式與內涵上的轉變；最後則著重在唐代詠史詩的藝術特質及貢獻影響，並總結出：「唐代詠史詩是中國詠史詩發展承先啓後的重大關鍵，其主要貢獻有二：一是題材與內涵的開拓。二是體式與作品風貌的新變。而它對後代的影響，則主要表現在『論史七絕』寫作傳統的開創上。」〔註 72〕全文邏輯性強，論點適切，結構條理分明，不僅對於唐代詠史詩的共相，與各階段的殊相，有所分析及歸納，且無論就內容之深度或廣度都十分詳盡豐贍。但因爲主要是對唐代各期詠史發展的綜觀，雖提及晚唐詠史之體式集中於七絕，於其後亦說明詠史七絕之特質，但屬詠史全盛期之晚唐僅以三大家（杜李、溫庭筠）爲代表，列

〔註 72〕廖振富：《唐代詠史詩之發展與特質》（臺灣師範大學國文研究所碩士論文，1989），頁 333。

舉數首各體詠史詩作說明，雖指出其詠史各具不同特色及獨特地位，但論述杜李之篇幅終究有限，無法見其詠史七絕之全貌。

2. 徐亞萍：《唐代詠史詩與中國傳統士文化關係之研究》，高雄師範大學國文研究所博士論文，1999。

此論文著重於文化背景的探究，作者透過對大唐文化的特徵類型、政經局勢的發展變遷、當代士風及各階段詠史詩的剖析，以發掘文學現象背後的文化因素，從中衡定唐代詠史詩的成就與影響，並進而探究其與唐代士文化之間的關係，並追溯唐代詠史詩中抒情詠懷、以古諷今及以詩論史之創作內容的文化根源，從而演繹歸納出唐代詠史詩之所以迭有成果的文化原因及其意義。作者經由有條不紊的整理分析，發現唐代文士的心靈意識中，既有承襲傳統士文化的一面，亦有反映當代現實文化的一面，故唐代詩人的深層文化意識裡，有其傳統性，又具現實性，因此若以「功利主義」或「浮薄士風」來批判唐代士人，似乎過於輕率而不公，此論文提供另一視野，呈現唐代詠史文學背後的文化因素，有助於瞭解唐人詠史的文化意識。

3. 潘志宏：《晚唐三家詠史詩研究》，清華大學中國文學研究所碩士論文，1993。

此論文主要在探討杜牧、許渾、李商隱三家的詠史詩，作者以為此三人之「成果頗能代表晚唐詠史詩之大概，也可做為我們欲進一步研究晚唐詠史詩之基礎。」〔註73〕作者首先對「史」及「詠史詩」下定義，並說明晚唐的時代背景，其後則依據詠史詩之內容意旨，加以分類為詠懷型、議論型、諷諭型及懷古型四種類型。再以這四類為綱，分別論述三家詠史詩的內涵及特色。此篇在齊益壽將六朝詠史詩加以分類的基礎上，對晚唐詠史內涵進行剖析，對當時詠史詩的類型有具體而微的分類，以見詠史詩體之發展與特色；加上有些看法獨特，如：指出杜牧之議論型詠史詩，因能善用「假想翻案」及「反襯比較」等

〔註73〕潘志宏：《晚唐三家詠史詩研究》（清華大學中國文學研究所碩士論文，1993），頁3。

手法，加上杜牧本身豐富敏銳的觀察力及對歷史發展的洞悉力，避開詩歌因議論過多而流於述實之缺點，使議論中肯而有味。但對於杜牧以七絕形式詠史的現象，並無特別著墨，且僅以晚唐杜李及許渾三家之作來論當代的詠史詩風，似乎稍顯單薄，不及全面。

4. 向懿柔：《唐代詠史絕句研究》，清華大學中國文學研究所碩士論文，2001。

此論文著重於唐代詠史詩所使用之體式，集中說明詠史詩發展至唐，尤其是中晚唐時大量以絕句詠史的現象，進而分析絕句沒有對仗的格律限制，故較律詩更能自由運用於詠史，且以相同主題，但不同體式的詠史詩為例，加以印證詠史絕句之效果及特出之處。其後歸結出詠史絕句的藝術特色：「意新」、「意在言外」；故詩人多採翻案、以不同角度切入或對歷史進行假設等方式來表現對歷史的新意，亦透過對比、顯因隱果、顯果隱因等手法，欲使讀者在有跡可循的情況下，進而體會作者的言外之意；而其目的不外是追求絕句「句絕意不絕」的理想要求，這也使詠史絕句中頗多條件句與疑問句的原因；最後則說明唐代各期詠史絕句的發展。此文所論與本文研究內容相近，可資參考，但所論範圍較大，故於晚唐的詠史絕句雖提及杜李之作，但著墨不多，且重心放在詠史的絕句形式，對於詠史詩的內涵類型、風格或影響等著墨較少，無法瞭解杜李兩人詠史七絕之全貌。

5. 周宜梅：《杜牧詠史詩研究》，臺灣師範大學國文系在職進修碩士學位班碩士論文，2004。

此論文以杜牧的 40 首詠史詩為研究重心，作者由內因、外緣兩路徑，循序漸進地以其主題內涵、寫作手法、風格特色及其成就影響加以說明。此篇以較寬廣的角度界定詠史詩，即為廣義之詠史詩（即包括懷古型在內），故所認定的杜牧詠史詩，在數量上相較於前人之見為多，如：廖振富在《唐代詠史詩之發展與特質》中以為杜牧之詠史僅有 12 首〔註74〕，而潘志宏在《晚唐三家詠史詩研究》中以為杜

〔註74〕廖振富以為懷古乃以消極性的歷史幻滅感為主調，參見廖振富：《唐

牧之詠史也只有 15 首〔註75〕。而此舉則爲杜牧之詠史內涵增添更多
的視窗，並指出其開闊的思想內涵、豪豔的風格特色、翻案拗峭的藝
術手法及對宋人議論之風的影響力。此篇內容與本文研究主題十分相
近，可資參考，但最末僅簡述杜牧七絕詠史的成就，對其關鍵的承啓
地位及重要的先導作用，並沒有太多的著墨。

　　6. 簡麗珍：《杜牧七言絕句析論》，臺灣大學中國文學研究所碩
士論文，1995。

　　此論文先就語言表現和意境內涵分析杜牧的七絕詩作，再根據其
藝術成就，評定它在文學史上的地位與價值。作者透過作品的研究，
指出杜牧七絕中的意象與句法節奏，兼具承繼與新變之跡，以展現出
獨特的個人風格。意境內涵方面，杜牧的七絕在傳統抒情領域有所表
現外，也承襲杜甫議論入絕的作法，且集中表現在論政詠史作品，不
但發揮七絕精警之特質，也影響晚唐的七絕論史之風，及後來宋人偏
重知性議論的詩風傾向。作者並歸納出杜牧七絕承啓詩體的發展，並
以俊爽爲基調，融合多元矛盾風格，發展出獨特的整合性風格，在疏
盪華麗的藻飾下，煥發出豪健拗峭的氣概，獨樹一幟，甚而與盛唐七
絕能手李白、王昌齡相媲美，具有不容忽視的地位與意義。此篇內容
與本文研究主題十分相近，可資參考。另外楊靜芬的《杜牧近體詩研
究》〔註76〕亦針對杜牧特定形式之詩作切入討論，而較爲早期的邱柳
漫的《杜牧生平及其詩之析論》〔註77〕亦將杜牧詩作依絕律各體分類
後，加以評議，皆可與此篇相互參看。

　　　代詠史詩之發展與特質》（臺灣師範大學國文研究所碩士論文，
　　　1989），頁 10、182。
〔註75〕潘志宏：《晚唐三家詠史詩研究》（清華大學中國文學研究所碩士論
　　　文，1993），頁 36～37。
〔註76〕楊靜芬：《杜牧近體詩研究》（中興大學中國文學研究所碩士論文，
　　　1999）
〔註77〕邱柳漫：《杜牧生平及其詩之析論》（臺灣大學中國文學研究所碩士
　　　論文，1973）

7. 韓惠京：《李商隱詠史詩探微》，中國文化大學中國文學研究所碩士論文，1987。

此為早期研究詠史詩議題的論文之一，以晚唐李商隱為個案的專題研究。作者以為向來以愛情豔詩著稱的李商隱，其實在詠史的創作裡，更能深切表現出個人的思想內涵及詩歌的寫作技巧；指出李商隱六百餘首詩作中，佔有十分之一份量的詠史詩，形式上以七絕最多，因此他不作史傳體的敘述鋪排，而是利用精鍊和高度概括的剪裁手法，畫龍點睛地發揮比興的優長，甚而認為在詠史詩的發展史上，七絕詠史的創造，應歸功於李商隱。而這與他擅長以七律形式呈現的豔情詩，恰好形成鮮明對比。此篇內容與本文研究主題十分相近，可資參考。而早期研究李商隱詩歌的學位論文，尚有張淑香的《李義山詩研究》〔註78〕、朴柱邦的《李義山詩意象之研究》〔註79〕及朴仁成的《李商隱及其詩研究》〔註80〕，可相互參看。

8. 張家豪：《李商隱詠史詩解讀研究》，東海大學中國文學研究所碩士論文，2006。

此論文作者以為李商隱藉由詠史詩作或寄託深遙，或感時傷世，或批判時政，皆與其一生經歷息息相關，故在對其詠史詩作進行研究時，必須依據其時代背景、個人際遇等加以闡析，方能深入瞭解作品的意涵，以求無誤理解作者的用意主旨。故作者以前人研究之成果與資料為基礎，並將李商隱 69 首詠史詩依性質區分為：以古鑒今、借古喻今、託古諷今與懷古慨今等四種類型，以前人箋注評論詳細剖析，以推見其微旨，作精要之解讀外並分析其作品思想及寫作特色。但作者著重於李商隱詠史內涵之解讀，而忽略其詠史多以七絕形式呈

〔註78〕張淑香：《李義山詩研究》（臺灣大學中國文學研究所碩士論文，1972），此論文後出版，為《李商隱詩析論》一書（臺北：藝文印書館，1974）
〔註79〕朴柱邦：《李義山詩意象之研究》（政治大學中國文學研究所碩士論文，1978）
〔註80〕朴仁成：《李商隱及其詩研究》（臺灣師範大學國文研究所碩士論文，1984）

現之特色，且對於其詠史之藝術風格著墨甚少，此外，其中懷古慨今之作除了包括作者因遊歷某地或因某事興發而作的詠史作品，並將〈寄蜀客〉及〈王昭君〉此兩首作者以爲主旨意涵不明確者歸於其中，似乎較爲不妥，但此論文內容與本文研究主題十分相近，仍具參考性。處於晚唐末世的李商隱，因周旋於牛李兩黨，遭際坎坷，發於詩則多寄託深微，暗寓忠憤，而此論文即以此爲前提，或可與楊儀君之《論牛李黨爭與李商隱政治詩的關係》〔註81〕相互參看；至於李商隱詩的闡釋方式，顏崑陽的《李商隱詩箋釋方法論》〔註82〕有深入探討，亦可參看。

〔註81〕楊儀君：《論牛李黨爭與李商隱政治詩的關係》（華梵大學東方人文思想研究所碩士論文，2004）

〔註82〕顏崑陽：《李商隱詩箋釋方法論》（臺北：臺灣學生書局，1994）

第二章　從詠史詩到詠史七絕

第一節　詠史詩的定義與流變

一、詠史詩的定義

　　詠史詩顧名思義，是一種歌詠歷史題材的詩歌類型，而諸前人的解釋頗為類似相近，如《文鏡秘府論》南卷〈論文意〉中謂：「詠史者，讀史見古人成敗，感而作之。」〔註1〕唐人呂延濟在《文選》六臣注中，對王粲詠史詩的定義為：「覽史書，詠其行事得失，或自寄情。」〔註2〕而清代何焯對詠史詩的解釋是：「詠史者不過美其事而詠歎之，櫽括本傳，不加藻飾，此正體也。」〔註3〕但眾說皆過於籠統廣泛，不夠明確。

　　由於詠史詩本身內涵的複雜多元，造成與其他詩體的交疊融合，誠如大陸學者施蟄存在《唐詩百話》中所言：「詠史詩不是一種特定

〔註1〕　日本弘法大師：《文鏡秘府論》（臺北：河洛圖書出版社，1976），頁135。

〔註2〕　【南朝‧梁】蕭統編、【唐】李善注：《文選》卷21，收於《景印文淵閣四庫全書》第1330冊（【清】紀昀等總纂，臺北：臺灣商務印書館，1985），頁473。

〔註3〕　【清】何焯：《義門讀書記》卷46，收於《景印文淵閣四庫全書》第860冊（【清】紀昀等總纂，臺北：臺灣商務印書館，1985），頁670。

形式的詩，而是一種特定題材的詩。凡是歌詠某一歷史人物或歷史事實的詩，都是詠史詩。」但他也指出：「以歷史人物或歷史事實爲題材的，也可能不是詠史詩。借歷史人物或事實來抒發自己身世之感的，屬於詠懷。遊覽古跡而觸發感慨的，屬於懷古。只有客觀地賦詠歷史人物或事實，或加以評論，或給前人的史論提出翻案意見，這才是本色的詠史詩。但這樣的詠史詩，也還很難與詠懷或懷古分清界線。」足見詠史詩體之難與其他詩體明確分割，因爲「詩人筆下總有感情，絕對客觀的詠史詩，毫無意義。」〔註4〕而旅美學者許鋼也認爲詠史詩的領域是一片屬性可爭議的「灰色地帶」，而不是一條鐵定的分界線。〔註5〕因此，詠史詩在沒有特定形式的情況下難以明確地定義，即便是定義了也常與「懷古詩」及「詠懷詩」等相互混淆，故以下先釐清「詠史」與「詩史」、「史詩」、「詠懷」、「懷古」、「覽古」及「用典」等之間的異同，再就「詠史詩」下定義：

（一）詠史與詩史

根據唐人孟棨《本事詩・高逸第三》所記：「杜逢祿山之難，流離隴蜀，畢陳於詩，推見至隱，殆無遺事，故當時號爲『詩史』。」〔註6〕可知「詩史」一詞於此，原本是對社會詩人杜甫之長篇律詩的特稱，正以其善於反映當代之政事，實錄當時之物事等特色；之後而普遍化爲一種文學觀念，指涉「以敘事的方式，紀錄事件，而又能透顯歷史意義和批判精神」的詩歌創作型態，〔註7〕誠如降大任所言：

> 詩史，是對某些古典詩歌的特定稱呼，不是詩歌文學分類
> 概念。詩史的「史」是對後人而言的，對作者來說，只是
> 他生活的當代耳聞目睹的現實社會生活。詠史詩的「史」，

〔註4〕 上述所引參見施蟄存：《唐詩百話・晚唐詩話・三家詠史詩》（臺北：文史哲出版社，1994），頁744～745。

〔註5〕 許鋼：《詠史詩與中國泛歷史主義》（臺北：水牛出版社，1997），頁6。

〔註6〕 【唐】孟棨：《本事詩》，收於《歷代詩話續編》（【清】丁福保編，臺北：木鐸出版社，1983），頁15。

〔註7〕 顏崑陽：《李商隱詩箋釋方法論》（臺北：臺灣學生書局，1994），頁11。

> 不僅對後人，對作者來說，也已是前代歷史。二者形式可
> 以相同，內容所反映的時代性不同。〔註8〕

故「詠史」與「詩史」兩者之界分，除了根本上的相異——詠史爲詩類，詩史則否，兩者所記人事物的時代性亦大不相同：前者爲已然之舊事，後者則爲當下之時事。由此可知，詠史詩作所詠之史，必須在詩人創作其作品時已經成爲歷史。〔註9〕因此，爲了避免與社會詩、時事詩相混淆，詠史詩的「史」的發生時間點基本上應當界定在「作者出生之前」〔註10〕，即便詩人詠本朝故事亦當以此點爲原則。

（二）詠史與史詩

「史詩」一詞，隸屬西方文學之領域，在西方通常是指一部「反映具有重大意義的歷史事件，或以古代傳說爲內容的長篇敘事詩。」〔註11〕主要目的在客觀述事，如古希臘的《奧德賽》、《伊里亞特》。雖然詠史詩同樣也「以歷史人物事件爲主要題材，但加以詠贊、敘述、評論，以寄託個人主觀的情志理想，或論斷歷史人事之是非以表現見解。」〔註12〕實則側重於主觀的感發議論。故兩者雖有共同處，但性質不一：史詩純爲客觀的歷史敘述，詠史則著重在詩人面對歷史時的主觀意識。且無論就體制淵源、形式篇幅、內容精神或整體氣勢，兩者都有明顯差異。

〔註 8〕降大任：《詠史詩注析·試論我國古代詠史詩》（山西：山西人民出版社，1985），頁 487。而行文中：「對作者來說，也已是前代歷史。」等敘述似乎不夠周全，而與事發在作者出生之前的前提不完全吻合，詠史基本上不以本朝事爲限，如：李商隱詠史包括以本朝玄宗爲對象者。

〔註 9〕許鋼：《詠史詩與中國泛歷史主義》（臺北：水牛出版社，1997），頁 5。

〔註 10〕如：降大任、潘志宏、周宜梅等均採此說，參見降大任：《詠史詩注析·試論我國古代詠史詩》（山西：山西人民出版社，1985），頁 488。潘志宏：《晚唐三家詠史詩研究》（清華大學中國文學研究所碩士論文，1993），頁 10。周宜梅：《杜牧詠史詩研究》（臺灣師範大學國文系在職進修碩士位班碩士論文，2004），頁 10。

〔註 11〕同註 9。

〔註 12〕廖振富：《唐代詠史詩之發展與特質》（臺灣師範大學國文研究所碩士論文，1989），頁 10～11。

（三）詠史與詠懷

　　詠史詩是繼承中國詩歌抒情與言志的傳統，採用歷史事件、歷史人物或歷史古跡的題材，配合詩人的想像力與時代精神，所構成的一種特殊詩體。〔註13〕因此，詠史的基本精神在合敘事與抒情為一，藉史以抒懷，這與詠懷詩表現的層面有所重疊，就實際作品而言，詠史詩作中可直見寄託者，其實和詠懷有極大程度的融合，故清人何焯評左思的〈詠史〉八首為「名為詠史，實為詠懷。」〔註14〕認為其詩本質上屬於詠懷，甚至有學者以為詠史為詠懷之一。〔註15〕由上述可知詠史往往具有詠懷的成分，難以作壁壘分明的界定。

　　廣泛地說，我們可視詠史為詠懷的創作技巧之一，而詠史可包含在詠懷的範圍之內，但即便兩者相似度及重疊性高，並不表示兩者全然等同；因為詠懷是個很廣泛的概念，所謂「詠懷者，有詠其懷抱之事為興是也。」〔註16〕若詠懷的標準純為以詩抒懷，則詠物可以詠懷，游仙可以詠懷，當然，詠史也可以詠懷。因此，「詠史」與「詠懷」此兩種詩體的內容特質，實質上各自有不同的偏向，彼此並不等同，故應就詩作的內容加以分析來作區別。

（四）詠史與懷古、覽古

　　詠史詩常以「懷古」或「覽古」之名出現，造成與懷古詩之混淆，主要原因在於兩者所指對象——「史」與「古」範疇之相近，然而這並不表示可將兩者劃上等號，誠如廖振富所言：「詠史與懷古

〔註13〕韓惠京：《李商隱詠史詩探微》（中國文化大學中國文學研究所碩士論文，1987），頁 12～13。

〔註14〕【清】何焯：《義門讀書記》，卷 46，收於《景印文淵閣四庫全書》第 860 冊（【清】紀昀等總纂，臺北：臺灣商務印書館，1985），頁 475。

〔註15〕李正治以為六朝時以〈詠史〉為題的組詩類型，風格即在「皆是詠懷，無關論古。」將詠史詩組視為詠懷詩，參見《六朝詠懷組詩研究》（臺灣師範大學國文研究所碩士論文，1980），頁 50。

〔註16〕日本弘法大師：《文鏡秘府論》南卷〈論文意〉（臺北：河洛圖書出版社，1976），頁 135。

兩種類型的含蓋對象固然有所重疊，難以作壁壘分明的界定，但二者的內容特質仍各有不同偏向，彼此均不能含蓋對方、取消對方。」〔註17〕而降大任在〈試論我國古代詠史詩〉一文中表示過：「詠史詩是直接由古人古事的材料發端來創作的，懷古詩則須有歷史遺跡、遺址或某一地點、地域為依托，連及吟詠與之有關的歷史題材。」〔註18〕明確指陳懷古詩的必要條件──「必切時地」〔註19〕，亦有學者指出懷古是以消極性的歷史幻滅感為主調〔註20〕；也有學者從詩歌表現的精神來看詠史與懷古，認為詩人情意所投射的對象層次完全不同，一個是歷史的現象，而一個是生命的本質〔註21〕，可見兩者本質上存有相異處。

　　而本文關於詠史與懷古之界定，或可以儲大泓的一段話為依據：「有些題為懷古之作，論及歷史上的人和事，可歸之於詠史詩一類；倘僅僅寫滄桑之感，發思古之幽情，不聯繫具體的古人古事，就不能以詠史詩視之了。」〔註22〕大致上以涉及歷史人事與否為判定根據，也因此，詠史詩可以包含懷古的素材，但懷古詩並不一定就能是詠史詩；且古人以「懷古」、「覽古」、「詠史」命題者，在今人看來，不少是名實不符的〔註23〕，所以要正確區分兩者，不單只看詩題，更需結

〔註17〕廖振富：《唐代詠史詩之發展與特質》（臺灣師範大學國文研究所碩士論文，1989），頁11。

〔註18〕降大任：《詠史詩注析・試論我國古代詠史詩》（山西：山西人民出版社，1985），頁488。

〔註19〕【清】沈德潛：《說詩晬語》，收於《清詩話》（【清】丁福保編，臺北：明倫出版社，1971），頁550。

〔註20〕同註17，頁10。

〔註21〕侯迺慧：〈唐代懷古詩的結構模式與生命開解〉，《唐詩主題與心靈療養》（臺北：三民書局，2005），頁216。

〔註22〕儲大泓：《歷代詠史詩選註》（西安：陝西人民出版社，1990），頁1～2。

〔註23〕陳松青舉例說明：「如以『覽古』、『懷古』命題實則詠史者，有晉盧諶的〈覽古〉、唐陳子昂〈薊丘覽古七首〉、李德裕〈東郡懷古二首〉、李涉〈懷古〉（尼父未適魯）、賈島〈易水懷古〉、皮日休〈館娃宮懷古五絕〉、〈汴河懷古二首〉等等。至於以『詠史』命篇而實

合作品的內涵情志〔註24〕以作爲評判的標準，因爲兩者只是題材上的重疊，但所含蓋的情意層次卻是完全不同〔註25〕；至於懷古型詠史詩爲懷古與詠史之揉合，其界定待至本文第四章第二節詳加說明。

（五）詠史與用典

「詠史」與「用典」相混淆的情況，多出現在詠懷型詠史詩，正如齊益壽在〈談六朝詠史詩的類型〉一文中所言：「詠懷型的詠史詩對史事則加以濃縮，加以簡化，對於古人只勾勒他的某一特點，變成爲使事用典的一種技巧。」〔註26〕《文心雕龍》中稱「用典」爲「事類」，將之定義爲：「事類者，蓋文章之外，據事以類意，援古以證今。」〔註27〕由此可知，典故的功用在於借古人古事以爲己用，以表達情思，充其量只是一種文法修辭，誠如降大任所言：「用典，是創作手法問題。詠史詩卻是指古詩的一種類別，與是否用典，

非詠史，也早有傳統，晉左思〈詠史八首〉大多形同於唐陳子昂的〈感遇詩〉，而唐王丘有〈詠史〉（高潔非養正）、王昌齡〈詠史〉（荷蕡至洛陽）等即與左思〈詠史〉同格。至如杜甫〈蜀相〉、劉禹錫〈西塞山懷古〉更是詠史懷古兼具的典範之作。」參見《唐代詠史詩論三題》，《松遼學刊》（社會科學版）第 5 期總第 88 期（1999），頁 2～3。

〔註24〕劉若愚認爲：「中國人對歷史的感覺，其方式很像他們對個人生命的感覺一樣：他們將朝代的興亡與自然那似乎永久不變的樣子相對照；他們感歎英雄功績與王者偉業的徒勞，他們爲古代戰場或者往昔美人，『去年之雪』（les neiges d' antan）【譯註：法國抒情詩人維雍（Francois Villon 1431~1463?）悼往昔美女的詩句。】而流淚。表現這種感情的詩，通常稱爲『懷古詩』。這與所謂『詠史詩』不同；『詠史詩』一般指示一種教訓，或者以某個史實爲藉口以評論當時的政治事件。」表示應以作品的情志作爲分類之判準。參見劉若愚著，杜國清譯：《中國詩學》（臺北：幼獅文化，1981），頁 82～83。

〔註25〕參見侯迺慧：〈唐代懷古詩的結構模式與生命開解〉，《唐詩主題與心靈療養》（臺北：三民書局，2005），頁 249 之注 9 說明。

〔註26〕齊益壽：〈六朝詠史詩的類型〉，《中華文化復興月刊》第 10 卷第 4 期（1977），頁 10。

〔註27〕【南朝・梁】劉勰：《文心雕龍》〈事類〉，收於《景印文淵閣四庫全書》第 1478 冊（【清】紀昀等總纂，臺北：臺灣商務印書館，1986），頁 52。

是性質不同的兩碼事。」〔註 28〕且「典故」之古人古事在詩中只是
媒介工具，詩人借之以喻今，其本身缺乏獨立意義及主體性。而「詠
史」所詠的歷史人物、事件，在詩中居主體地位，具有獨立性，足
見兩者之迥異。

　　關於詠史詩的定義，在相關的學位論文中多各有義界，且頗爲接
近，如：潘志宏在《晚唐三家詠史詩研究》中認爲：「詠史詩通常是以
歷史人物事件爲主要題材，表達作者的情感抱負及以之諷諭、議論，
或對過往的歷史所產生的感情意識及歷史觀的一種詩歌類型。」〔註 29〕
李宜涯在《晚唐詠史詩研究》中表示：「詠史詩是以歷史事件或人物爲
主題的詩，詩人藉由這個主題表達自己的想法和意見；或僅是描述，
不加修飾而已。」〔註 30〕周宜梅在《杜牧詠史詩研究》中所下的定義
爲：「在古典詩歌中，以歷史人物、事件或古跡爲吟詠題材，借此以抒
懷、言志或議論的作品，就是詠史詩。」〔註 31〕而其中廖振富的界定
較爲明確詳盡：「凡是作品內容以歷史人物事件爲主要題材，加以詠
贊、敘述、評論，以寄託個人主觀的情志理想，或論斷歷史人事之是
非以表現見解者，都是屬於詠史詩，即使它是由實際景物、古跡觸發
而作，甚至以懷古爲題，只要具備上述內容，便是詠史。」〔註 32〕

　　而大陸學者亦有相關見解，如：降大任以爲：「詠史詩是中國古代
詩歌中作者直接歌詠歷史題材，以寄寓思想感情，表達議論見解的一
個類別。」〔註 33〕而任海天廣泛定義：「凡以歷史爲主體情感寄託的詩

〔註 28〕降大任：《詠史詩注析・試論我國古代詠史詩》（山西：山西人民出
　　　　版社，1985），頁 489。
〔註 29〕潘志宏：《晚唐三家詠史詩研究》（清華大學中國文學研究所碩士論
　　　　文，1993），頁 13。
〔註 30〕李宜涯：《晚唐詠史詩研究》（文化大學中國文學研究所博士論文，
　　　　2000），頁 33。
〔註 31〕周宜梅：《杜牧詠史詩研究》（臺灣師範大學國文系在職進修碩士學
　　　　位班碩士論文，2004），頁 10。
〔註 32〕廖振富：《唐代詠史詩之發展與特質》（臺灣師範大學國文研究所碩
　　　　士論文，1989），頁 10。
〔註 33〕同註 28，頁 488。

作，都視之爲詠史詩。」〔註34〕儲大泓則認爲詠史詩在中國詩歌中獨
具特色，它是「介於敘史與詠懷之間，敘史、論史與詠懷兼而有之的
詩歌體材。」並且「借評論歷史來表達自己的胸襟、抱負、理想、政
見以及苦悶，有的更明顯地借古喻今，爲當時的現實服務。」〔註35〕
此說明詠史詩的現實主義傾向，而其目的則在「本指時事而托之」。由
此可知，詠史詩本身是對歷史進行構思的一種詩歌類別，就構思的層
次而言，實已包含了引申發揮、重新詮釋、藉古論今及翻案立說等辯
證模式，是詠史詩中展現意義最重要的一部分〔註36〕；因此，詠史詩
一般都是有所寄託的，它熔述史、達識、抒情爲一爐，與詩人的時代
背景相聯繫，具有現實意義〔註37〕；所以，雖以嘆古懷昔的形式呈現，
但反映的是現實社會的新問題、新情緒，不僅消弭了歷史與現實之間
的時空距離，也擴大了詠史詩表現的容量。而綜合上述高見，此採較
爲寬廣的角度，以爲詠史詩的前提在於其內容是否關乎歷史，而以詩
作內容爲衡量標準，將詠史詩定義爲：以歷史（包含古人、舊事等）
爲詩作題材者（或有遺跡爲媒介），而詩人藉以或抒懷、或言志、或評
論、或諷諭、或寄慨等，以表現主觀情感的詩作，即爲詠史詩。

二、詠史詩的淵源及形成

在掌握詠史詩的定義後，關於詠史詩的淵源，最早則可追溯至中
國各體詩歌之源——《詩經》，及承襲其於後的《楚辭》，迄今長達二
千四百到二千七百多年，可說是淵遠流長。而《詩經·大雅》中的〈生
民〉、〈公劉〉、〈綿〉、〈大明〉、〈皇矣〉等西周詩歌，記述詠贊了周人
的發跡起源及先祖的英勇事跡，雖然沒有直接名日「詠史」，但其內

〔註34〕任海天：〈傷悼與反思：晚唐詠史詩的焦點指向〉，《北方論叢》第 3
　　　　期總第 149 期（1998），頁 78。
〔註35〕儲大泓：《歷代詠史詩選註》（西安：陝西人民出版社，1990），頁 1
　　　　～3。
〔註36〕季明華：《南宋詠史詩研究》（臺北：文津出版社，1997），頁 12。
〔註37〕黃筠：〈中國詠史詩的發展與評價〉，《中國文化研究》冬之卷總第 6
　　　　期（1994），頁 35～36。

容實質已呈現詠史的意向，大體上合乎詠史詩「以歷史爲題材而抒發詠嘆」的標準，故可視爲詠史之濫觴。以下舉〈公劉〉一篇爲例說明：

> 篤公劉，匪居匪康，迺埸迺疆，迺積迺倉，迺裹餱糧，
> 于橐于囊，思輯用光。弓矢斯張，干戈戚揚，爰方啓行。
> 篤公劉，于胥斯原，既庶既繁，既順迺宣，而無永歎。陟
> 則在巘，復降在原。何以舟之，維玉及瑤，鞞琫容刀。篤
> 公劉，逝彼百泉，瞻彼溥原，迺陟南岡，乃覯于京。京師
> 之野，于時處處，于時廬旅，于時言言，于時語語。篤公
> 劉，于京斯依。蹌蹌濟濟，俾筵俾几。既登乃依，乃造其
> 曹，執豕于牢，酌之用匏。食之飲之，君之宗之。篤公劉，
> 既溥既長，既景迺岡，相其陰陽，觀其流泉。其軍三單，
> 度其隰原，徹田爲糧。度其夕陽，豳居允荒。篤公劉，于
> 豳斯館，涉渭爲亂，取厲取鍛。止基迺理，爰眾爰有，夾
> 其皇澗，遡其過澗。止旅乃密，芮鞫之即。〔註38〕

詩中敘述后稷的後代——公劉，率領周氏族人離開邰，去尋找更好的定居地點。 拓荒者們跋山涉水，歷經艱辛，終於找到一處有水泉的高曠地區，即渭水流域的豳。公劉率領大家披荊斬棘、開荒闢土，於此建設家園。詩篇以述古詠事爲主，較接近以詩歌形式記錄下來的古代歷史，歌頌祖德則含有史詩意味，但廣義地就「歌詠歷史題材」的層面而言，可說是「開了詠史詩的先河。」〔註39〕

　　而《楚辭》與詠史詩兩者的關係，相形之下，比《詩經》來得相近密切。主要是在「比」此一手法的運用上，以及歷史題材的擇取上，關於此點，朱自清在《詩言志辨》中曾指出：

> 後世的比體詩可以說有四大類：詠史、游仙、豔情、詠
> 物。……這四體的源頭都在王注《楚辭》裏。只就〈離騷〉
> 看罷：「湯、禹嚴而求合兮，摯、咎繇而能調，苟中情其好

〔註38〕《十三經注疏・詩經》〈大雅・公劉〉（板橋：藝文印書館，1993），
　　　　頁616～622。
〔註39〕降大任：《詠史詩注析・試論我國古代詠史詩》（山西：山西人民出
　　　　版社，1985），頁490。

脩兮，又何必用夫行媒！」這不是以古比今麼？〔註40〕

由上述可知詠史詩與《楚辭》之間的傳承關係，尤其是屈原的〈離騷〉、〈天問〉等作品，其中涉及許多歷史人物、神話傳說及重大的歷史事件，經巧妙組合後成爲屈原的個人政見，其中更寓有藉史詠懷、諷諭的深刻意義。如〈離騷〉其中小段所提：

> 昔三后之純粹兮，固眾芳之所在；雜申椒與菌桂兮，豈維
> 紉夫蕙茝。彼堯舜之耿介兮，既遵道而得路；何桀紂之猖
> 披兮，夫唯捷徑以窘步。〔註41〕

即以歷史上的聖主堯、舜與暴君桀、紂兩相對比，詩人在發表治國之見的同時，間接傳達了憂國之情。而中國詩壇上的奇葩之一〈天問〉，形式上十分特別，全篇幾乎以問句構成，詩人從遠古之初問到楚國現狀，從天文地理提及歷史興亡，連續一百七十多個提問，表現屈原的淵博學識及深廣研究，字裡行間更充斥著追根究柢的探索精神。故魯迅嘗言之：「懷疑自遂古之初，直至百物之瑣末，放言無憚，爲前人所不敢言。」〔註42〕而〈天問〉除了形式之奇特，內容更充滿想像，語言也相當精簡，最重要的是，此與《詩經》的表達方式顯然不同，詩中的歷史陳述只是引子，作者的感懷與情緒才是真正的主角；而《楚辭》之前的《詩經》則是以歷史人物或事件爲主要對象，詳加敘述，最後以讚歎或勸戒作結。故同樣作爲詠史詩萌芽淵源的所在，卻有不同的表現方式，這顯示詠史詩發展的初期，即分別以「敘述」與「詠懷」兩種方式作呈現。〔註43〕

關於詠史詩的正式形成，明人胡應麟在《詩藪》中有云：「詠史之名，起自孟堅，但指一事。」〔註44〕明確指出東漢班固是第一位以

〔註40〕 朱自清：《朱自清古典論文集》（臺北：遠流出版社，1982），頁 269。
〔註41〕 【戰國】屈原撰，馬茂元注釋：《楚辭注釋》（臺北：文津出版社，1993），頁 15。
〔註42〕 魯迅著，林賢治評注：《魯迅選集·評論卷》〈摩羅詩力說〉（湖南：湖南文藝出版社，2004），頁 23。
〔註43〕 季明華：《南宋詠史詩研究》（臺北：文津出版社，1997），頁 23。
〔註44〕 【明】胡應麟：《詩藪·外編》卷 2〈六朝〉（臺北：廣文書局，1973），頁 436。

「詠史」爲題的詩人，確立詠史一體，具先創之功。不過，在他之前，實然已有詠史之作，只是未標詠史之名。如：西漢武帝時東方朔所作的〈嗟伯夷〉，內容即爲詠史，其文如下：

> 窮隱處兮，窟穴自藏，與其隨侫而得志兮，不若從孤竹于
> 首陽。〔註45〕

此詩借詠嘆伯夷的清高自守，以強調自身志節永存不變。詩已直接以歷史人物爲題，將詠史詩的主題內容界定得更爲明確，故其較《詩經》、《楚辭》等作品在主題訴求上更爲成熟。〔註46〕一直到東漢班固，才出現名實相稱的詠史詩作，內文如下：

> 三王德彌薄，惟後用肉刑。太倉令有罪，就遞長安城。
> 自恨身無子，困急獨煢煢。小女痛父言，死者不可生。
> 上書詣闕下，思古歌雞鳴。憂心摧折裂，晨風揚激聲。
> 聖漢孝文帝，惻然感至情。百男何憒憒，不如一緹縈。〔註47〕

詩中描述西漢少女緹縈代父請罪，感動了文帝，因而廢除肉刑的歷史故事。〔註48〕班固據《史記》所載平舖直述，除了首聯以感慨破題，末聯以贊頌收尾外，其餘皆本於史傳，文字質樸不加藻飾，故鍾嶸《詩品》視之爲下品，於序評其「質木無文」，但鍾嶸沒有因此忽略此詩的重要性，認爲：「東京兩百載中，惟有班固〈詠史〉。」〔註49〕肯定其在「詩人之風，頓已缺喪」的時代中的歷史地位。清人丁福保更標明此詩特色，及對其後的曹植、王粲等文人的影響：「東京氣格漸變，班固詠史，據事直書，特開子建、仲宣詠三良一派。」〔註50〕和東方

〔註45〕【明】張溥：《漢魏六朝百三名家集》一（臺北：文津出版社，1979），頁 139。
〔註46〕季明華：《南宋詠史詩研究》（臺北：文津出版社，1997），頁 24。
〔註47〕同註45，頁 459。
〔註48〕「緹縈救父」一事見於《史記》〈孝文本紀〉、〈扁鵲倉公列傳〉、《古列女傳》〈辯通傳〉及《漢書》〈刑法志〉等史書中。
〔註49〕【南朝·梁】鍾嶸：《詩品》，收於《歷代詩話》（【清】何文煥編，臺北：漢京文化事業有限公司，1983），頁 2。
〔註50〕【清】丁福保編：《全漢三國晉南北朝詩》〈緒言〉（臺北：世界書局，1969），頁 19。

朔的〈嗟伯夷〉相較，班固的〈詠史〉較接近《詩經》以敘述爲主、感歎作結的風格；而東方朔的作品則延續了《楚辭》假史言懷的傳統。因此，漢代的詠史詩發展，只是在名稱上有了重大突破，手法上承襲詩騷，在內容上尚無十分出色的作品出現。

第二節　詠史詩的發展

一、魏晉南北朝時期

　　詠史詩雖自漢代即已興起，但在班固名符其實的〈詠史〉出現後，其餘同類作品寥寥無幾，故當時尚未形成風氣。諸多學者歸因於漢代是個重視經學的時代，談論歷史被認爲是散文體裁的份內之事，所以文人大多尚無興趣以詩歌形式來論史，故詠史詩作極少。〔註51〕一直到魏晉南北朝，詠史名家及佳作始大量出現。

　　因而梁昭明太子蕭統所編纂的《文選》，在卅七類的文學作品中，詩的部分已設立〈詠史〉一門，共收錄九家二十一首的詠史作品，包括：王粲〈詠史〉、曹植〈三良詩〉、左思〈詠史〉八首、張協〈詠史〉、盧諶〈覽古〉、謝瞻〈張子房詩〉、顏延之〈秋胡行〉、〈五君詠〉五首、鮑照〈詠史〉及虞羲〈詠霍將軍北伐〉等，而實際的創作量則遠超過於此，由此足見詠史詩的創作在此期已蔚爲風氣，並成爲一特定的詩類名稱。

　　諸多名家中，則以西晉太康詩人——左思，爲魏晉時期詠史詩的代表作家。由上述二十一首詠史詩作，左思一人就佔了八首的情況，即可見其備受重視的程度及特殊價值。《文心雕龍》〈才略篇〉云：「左思奇才，業深覃思，盡銳於『三都』，拔萃於『詠史』。」〔註52〕意謂

〔註51〕彭衛：〈中國古代詠史詩歌初論〉，《史學理論研究》第 3 期（1994），
　　　　頁 22。
〔註52〕【南朝・梁】劉勰：《文心雕龍》〈才略〉，收於《景印文淵閣四庫全
　　　　書》第 1478 冊（【清】紀昀等總纂，臺北：臺灣商務印書館，1986），
　　　　頁 66。

左思獨運匠心，將詠史詩的發展推向另一高峰。就內容來說，左思〈詠史〉將一己情懷融入詠史，藉詠史以抒懷，塑造詠懷型詠史詩的典型範式，故清代何焯在《義門讀書記》中論：「題云詠史，其實乃詠懷。」〔註53〕沈德潛於《說詩晬語》中更說：「太沖詠史，不必專詠一人，專詠一事，己有懷抱，借古人事以抒寫之，斯爲千秋絕唱。」〔註54〕張玉轂的《古詩賞析》亦言：「太沖詠史，非呆衍史事，特見史事以詠己之懷抱也。」〔註55〕由此可知，左思〈詠史〉已擺脫班固〈詠史〉單詠一人一事的模式，演變爲錯綜史實、融會古今、連類引喻以言志抒情，在詠嘆古人古事中表現了強烈鮮明的主觀意識。關於此點，何焯有明言：

> 詠史者，不過美其事而詠嘆之，檃括本傳，不加藻飾，此正體也。太沖多自攄胸臆，乃又其變。〔註56〕

何氏將左思〈詠史〉視爲詠史詩之「**變體**」，正說明其跳脫傳統窠臼而別立一幟，吟詠的主題重心已由客觀歷史的敘述，轉移至個人性情懷抱的抒發。也就是承繼〈離騷〉等創作模式，配合自身才力，交融而成，推陳出新，與《詩經》等以敘述爲主的風格已漸行漸遠。〔註57〕

在形式上，左思〈詠史〉則具靈活多樣的表現手法。張玉轂即明確舉出太沖詠史的四種模式：

> 或先述己意，而以史事證之；或先述史事，而以己意斷之；或止述己意，而史事暗合；或止述史事，而己意默寓。〔註58〕

〔註53〕【清】何焯：《義門讀書記》，卷46，收於《景印文淵閣四庫全書》第860冊（【清】紀昀等總纂，臺北：臺灣商務印書館，1985），頁669。

〔註54〕【清】沈德潛：《說詩晬語》，收於《清詩話》（【清】丁福保編，臺北：明倫出版社，1971），頁550。

〔註55〕【清】張玉轂：《古詩賞析》卷11，收於《漢文大系》（臺北：新文豐出版公司，1978），頁7。

〔註56〕同註53，頁670。

〔註57〕季明華：《南宋詠史詩研究》（臺北：文津出版社，1997），頁31。

〔註58〕【清】張玉轂：《古詩賞析》卷11，收於《漢文大系》（臺北：新文

以下試舉左思〈詠史〉八首中的第二首〈鬱鬱澗底松〉，加以說明：

> 鬱鬱澗底松，離離山上苗。以彼徑寸莖，蔭此百尺條。
>
> 世胄躡高位，英俊沉下僚。地勢使之然，由來非一朝。
>
> 金張籍舊業，七葉珥漢貂。馮公豈不偉，白首不見招。〔註59〕

詩人透過澗底松及山上苗的比喻和對比，揭露「上品無寒門，下品無士族」門第階級的不合理。以挺拔高聳的澗底松比喻寒門才士，而豪門貴族猶如柔弱矮小的山頂草苗，二者因立足點的不平等造成「世胄躡高位，英俊沉下僚」的結果，文末更以漢武時的顯貴金日磾、張安世與衰老困頓的馮唐形成鮮明對比，反映出門閥制度扼殺人才的社會現象，藉以抒發自己出身寒微，而懷才不遇的悲憤；所使用的表現手法即以比興「先述己意，而以史事證之。」

　　由上述種種可知，左思〈詠史〉在魏晉時期詠史發展中的指標性地位，故梁鍾嶸《詩品》論左詩：「其源出於公幹，文典以怨，頗為精切，得諷諭之致。」〔註60〕列之為上品。明代胡應麟《詩藪》更推崇左思〈詠史〉之成就為：

> 太沖詠史，景純游仙，皆晉人傑作。詠史之名，起自孟堅，但指一事。魏杜摯〈贈毋丘儉〉，疊用八古人名，堆垛寡變。太沖題實因班，體亦本杜，而造語奇偉，創格新特，錯綜震蕩，逸氣干雲，遂為古今絕唱。〔註61〕

清人沈德潛亦稱：「斯為千秋絕唱也，後惟明遠太白能之。」〔註62〕陳祚明在《采菽堂古詩選》則云：「太沖一代偉人，胸次浩落，洒然

豐出版公司，1978），頁7。

〔註59〕【南朝·梁】蕭統編，【唐】李善注：《文選》卷21，收於《景印文淵閣四庫全書》第 1330 冊（【清】紀昀等總纂，臺北：臺灣商務印書館，1985），頁 475。

〔註60〕【南朝·梁】鍾嶸：《詩品·序》，收於《歷代詩話》（【清】何文煥編，臺北：漢京文化事業有限公司，1983），頁9。

〔註61〕【明】胡應麟：《詩藪·外編》卷2〈六朝〉（臺北：廣文書局，1973），頁 436。

〔註62〕【清】沈德潛：《說詩晬語》，收於《清詩話》（【清】丁福保編，臺北：明倫出版社，1971），頁 550。

留詠。似孟德而加以流麗，仿子建而獨能貴簡，創成一體，垂示千秋。」〔註63〕而綜觀魏晉南北朝詠史詩的發展情形，可以發現無論是創作手法、內容意蘊或文士寄托上，都有顯著的進步，詠史詩逐漸走向成長茁壯階段。故齊益壽在〈談六朝詠史詩的類型〉一文中將六朝的詠史詩作劃分為三大類型：史傳型、詠懷型及史論型詠史詩〔註64〕，足見當時詠史詩的發展已臻至成熟。

二、唐朝時期

唐代的詠史詩，隨著國勢的起落盛衰，產生了內容意涵的變化；而絕律近體的發展成熟，也使得詠史詩在表現手法上，出現了新的方式與突破。故詠史詩發展至唐代，受到時代政局、社會情勢與詩歌體式的演變等因素影響，呈現出與前代不同的風貌，在「眾體皆備」的條件下「繁複多姿」，其輝煌奪目之成就，可說是締造了詠史詩的高峰，誠如廖振富所言：「唐代才是中國詠史詩的發達時期，另一方面，它也是我國詠史詩發展承先啟後的關鍵：盛唐以前，大抵以繼承六朝詠史為主，中晚唐以後則有全新的轉變與發展，直開後代詠史的方向。宋代以後各時期的詠史詩，容或各有成績，但大抵不出唐代所開創的範圍。」〔註65〕足見唐代詠史詩於內涵與表現形式等各層面的高度發展，以下就明人高棅《唐詩品彙》一書的分期方式，將唐朝分為初、盛、中、晚唐四期〔註66〕，由於中唐詠史的

〔註63〕【清】陳祚明：《采菽堂古詩選》，收於《續修四庫全書》《集部·總集類》（上海：上海古籍出版社，2002）第1591冊，卷11，頁60。

〔註64〕齊益壽：〈談六朝詠史詩的類型〉，《中華文化復興月刊》第10卷第4期（1977），頁9～12。

〔註65〕廖振富：《唐代詠史詩之發展與特質》（臺灣師範大學國文研究所碩士論文，1989），頁2。

〔註66〕明人高棅編選的《唐詩品彙》（臺北：學海出版社，1983）中將唐朝分為四期，其起迄如下：初唐——自高祖武德初至睿宗先天末（西元618～712）計九十餘年；盛唐——自玄宗開元初至肅宗寶應末（西元713～762）計五十年；中唐——自代宗廣德初至敬宗寶歷末（西元763～826）計六十餘年；晚唐——自文宗大和初迄哀帝天祐四年

轉變對晚唐詠史七絕的影響甚大，故於第三節「晚唐詠史七絕的形成」中加以論述，而此僅先就初唐及盛唐階段詠史創作之發展概況加以說明：

（一）初唐階段

初唐詩歌仍受前朝影響，如太宗時的「上官體」，即爲六朝宮體之末流餘音；詠史一體亦是，留有前朝詩歌的遺跡，故形式上乃漢魏六朝所盛行的五言古詩體式。而南北朝以來詩歌追求形式美、詩式逐漸格律化的醞釀發酵之後，武后時在詩人沈佺期及宋之問的努力下，律詩形式逐漸定型。而在大唐政治清明、社稷承平、經濟繁榮等環境背景下，普遍文士詩人心懷壯志，滿腔輔君立功、霖雨蒼生的理想抱負，抱持著發憤軒昂的積極人生觀。發爲詠史，自然多是透過歷史人事來頌揚君德或君臣遇合之想望。作法上承襲東漢班固「櫽括本傳」之體例，內容上則是客觀敘事多於主觀詠懷，基本上多繼承前人成就，尚無創新之舉。如：王珪的〈詠漢高祖〉、〈詠淮陰侯〉、魏徵的〈賦西漢〉、李百藥的〈謁漢高廟〉、盧照鄰的〈詠史四首〉及于季子的〈詠漢高祖〉等均爲初唐史傳型詠史詩之代表作品，以下就魏徵的〈賦西漢〉，一窺當代特色：

> 受降臨軹道，爭長趣鴻門。驅傳渭橋上，觀兵細柳屯。
>
> 夜宴經柏谷，朝遊出杜原。終藉叔孫禮，方知皇帝尊。
>
> 〔註67〕

在歷史上，魏徵以諍諫剀切著稱，史書記載他「有志膽，每犯顏進諫，雖逢帝甚怒，神色不徙，而天子亦爲之霽威。」〔註68〕故詩作多以史爲諫，引用歷史爲借鏡，冀望上位記取前人教訓。詩的前三聯分別寫西漢高祖、文帝、武帝之事，最後指出因叔孫通爲劉邦制禮，而得享帝位之尊；藉漢朝開國史實，規勸太宗自約以禮，方可永保皇位。全

亡國（西元827～908）計八十餘年。

〔註67〕清聖祖敕編：《全唐詩》卷31（北京：中華書局，1960），頁441。

〔註68〕【五代・後晉】劉昫等：《二十五史・唐書》卷71〈魏徵傳〉（臺北：藝文印書館，據清乾隆武英殿刊本景印），頁3783。

篇幾乎是客觀的史事陳述，但其目的在勸國君引以爲戒，故實爲諷諭內涵的詠史詩。

　　而唐朝爲大一統時代，加上水陸交通的便利往來，人身遷徙的機會增加，使唐人的精神主體趨於開闊，逐漸跳脫「讀史見古人成敗，感而作之」〔註69〕的詠史型態，發展出「經古人之成敗詠之」〔註70〕的覽跡懷古型詠史詩，在親臨遺址、撫今追昔中，發抒「前不見古人，後不見來者，念天地之悠悠，獨滄然而涕下」〔註71〕的共同心聲，爲唐代詠史詩的發展增添「更深長的抒情韻味和更高的美學品味。」〔註72〕廖振富則認爲此乃詠史與懷古的初步融合〔註73〕，詠史詩由原先對歷史的緬懷，進而目寓山河遺跡，藉具體的空間加深歷史的滄桑感。懷古詩之名雖起自陳子昂，但實於六朝即有懷古特質之作，如：謝朓的〈和伏武昌登孫權故城〉便是，而直到初唐的張九齡、陳子昂等人才展現生氣，如：李百藥的〈郢中懷古〉、劉希夷的〈洛川懷古〉及陳子昂的〈薊丘覽古贈盧居士藏用七首〉等。以下就陳子昂的〈薊丘懷古〉七首中的第二首〈燕昭王〉加以說明：

> 南登碣石阪，遙望黃金臺。丘陵盡喬木，昭王安在哉？
> 霸圖悵已矣，驅馬復歸來。〔註74〕

詩藉吟詠燕昭王招賢之事，寄托自身懷才不遇的感慨。前兩句詩人登臨遠眺，思古中表現對於古代賢君的熱切嚮往，次聯語氣轉折，抒發滄海桑田，往事不返，以及生不逢時的沉痛，結尾則慨歎國事日非、

〔註69〕 日本弘法大師：《文鏡秘府論》南卷〈論文意〉（臺北：河洛圖書出版社，1976），頁135。

〔註70〕 同上註。

〔註71〕 清聖祖敕編《全唐詩》卷83陳子昂：〈登幽州臺歌〉（北京：中華書局，1960），頁902。

〔註72〕 陳松青：〈唐代詠史詩論三題〉，《松遼學刊》（社會科學版）第5期總第88期（1999），頁3。

〔註73〕 廖振富在《唐代詠史詩之發展與特質》（臺灣師範大學國文研究所碩士論文，1989）一文中，對於唐代各期詠史詩發展有詳盡說明及研究。

〔註74〕 清聖祖敕編《全唐詩》卷439（北京：中華書局，1960），頁4895。

霸圖不再，最後黯然驅馬回營。雖仍以五言古詩形式呈現，但全文六句有四句在感懷，詠史內涵出現轉變，重心已逐漸由客體（古人）回歸到主體（作者），呈現詠史詩的詠懷本志。其他如：〈白帝城懷古〉、〈峴山懷古〉等相關之作皆包含較多的紀行成分，為初唐懷古型詠史詩之特色。

（二）盛唐階段

盛唐各類詩歌承襲初唐繼續發展，但對詠史詩體而言，盛唐可說是詠史詩的奠基期。〔註75〕在大時代精神的影響下，創作上則多兼有班固述史與左思抒情，將敘事詠懷二種內涵合而為一。而形式上，雖仍以漢魏六朝及初唐常使用的古詩、樂府等形式為多，但絕律等近體體式的運用已漸趨成熟。由於時代局勢之諸多變化，盛唐詩人在詠史內容上，除了對聖賢豪傑有所稱羨外，亦抒發封建社會下士人的普遍心理──不知遇的鬱鬱寡歡。如：王維的〈夷門歌〉：

> 七雄雄雌猶未分，攻城殺將何紛紛。秦兵益圍邯鄲急，魏
> 王不救平原君。公子為嬴停駟馬，執轡愈恭意愈下。亥為
> 屠肆鼓刀人，嬴乃夷門抱關者。非但慷慨獻良謀，意氣兼
> 將身命酬。向風刎頸送公子，七十老翁何所求。〔註76〕

詩取材自《史記》中的〈魏公子列傳〉，以七古形式描敘侯嬴與朱亥等人的事蹟，充滿豪壯慷慨之情。詩人另有一首五古詠史詩作〈李陵詠〉亦採述史手法，以抒發悲愴憐惜之感。由於王維一生宦途平順，終享榮貴，故其詠史內容多集中在對前代豪傑的詠嘆，而以兼採敘詠

〔註75〕雷恩海、吳定法：〈明麗青春的追求與迷惘──盛唐詠史詩述論〉，《復旦學報》（社會科學版）第 2 期（1999），頁 42。而且根據作者不完全統計，唐以前詠史詩，《先秦漢魏晉南北朝詩》中所收有 30 位詩人約 50 首作品，四百餘年間創作寥寥幾十首。但至於唐代，據清編《全唐詩》及陳尚君《全唐詩補編》統計，詠史詩已達 1600 首，其中初唐約 60 首，盛唐 150 首，中唐 290 首，晚唐 1100 首，詠史詩作者初唐 20 人，盛唐 30 人，中唐 70 人，晚唐 95 人。可見詠史詩於盛唐發展日盛，為往後詠史詩體奠定根基。

〔註76〕清聖祖敕編《全唐詩》卷 125（北京：中華書局，1960），頁 1256。

的筆法呈現，形式上則涉及古今體，體現盛唐詩作「眾體皆備」的特色。而同時代的李杜等人，則經歷顛厄不遇的遭際，故諸人詠史較王維之作，呈現多樣的內涵與情蘊。如：李白的〈古風〉五十九首中的詠嚴君平：

> 君平既棄世，世亦棄君平。觀變窮太易，探元化群生。
> 寂寞綴道論，空簾閉幽情。騶虞不虛來，鸑鷟有時鳴。
> 安知天漢上，白日懸高名。海客去已久，誰人測沈冥。
> 〔註77〕

前二句化用鮑照的「君平獨寂寞，身世兩相棄。」〔註78〕但李白此作，則表達更濃烈的無奈及對現實的不滿情緒。而〈古風〉諸作多採五古形式，以詠懷手法來詠史，將左思〈詠史〉的詠懷精神發揚光大，雖不是單獨以詠史組詩的形式出現，但事實上卻是繼左思之後，最傑出的一系列詠史組詩，可說是總結唐代詠史詩古詠懷傳統的最後高峰。〔註79〕

　　在懷古型詠史詩方面，盛唐繼承初唐懷古型詠史詩的成果，在形式及內容上有所突破。加上優越的盛唐時局背後暗藏的隱憂，於天寶年間逐漸顯現，日益腐敗的政局，使詩人心有所感，只好寄情山水以求心靈慰藉。而遊及自然山河與歷史遺跡時，今昔時空及世事沉浮的感慨油然而生，面對物是人非的現實，更有一股具有宇宙意識的滄桑與空茫感，體認人生的幻滅如夢。因此，多於詠史中慨歎時空之變遷。如李白的〈蘇臺覽古〉：

> 舊苑荒臺楊柳新，菱歌清唱不勝春。
> 只今惟有西江月，曾照吳王宮裏人。〔註80〕

詩中描述昔日吳王闔廬父子苦心經營的姑蘇台，早已破敗，如今楊柳

〔註77〕 清聖祖敕編《全唐詩》卷 161（北京：中華書局，1960），頁 1671。

〔註78〕 【南朝・宋】鮑照：〈詠史〉，收於【清】丁福保編：《全漢三國晉南北朝詩》二《全宋詩》卷 2（臺北：世界書局，1969），頁 878～879。

〔註79〕 以上參見廖振富：《唐代詠史詩之發展與特質》（臺灣師範大學國文研究所碩士論文，1989），頁 72。

〔註80〕 同註77，卷 180，頁 1836。

青青，菱歌飄揚。詩人藉由遊歷舊跡，表達歲月無常，歷史無情，事功不再的感慨；以七言絕句的形式，抒發對王朝幻滅的傷感，與「宮女如花滿春殿，只今惟有鷓鴣飛。」〔註81〕有異曲同工之妙。

　　盛唐與李白齊名的杜甫，則以社會寫實詩聞名於時，素有「詩聖」、「詩史」之稱。在詠史的創作上，兩人呈現不同的風格：李詩豪爽奔放，而杜詩沉鬱宏肆。杜甫的詠史詩，懷抱著國事陵夷之憂，充滿身世淪落之感，瀰漫著深沉蘊蓄的情調。如〈蜀相〉一詩：

> 丞相祠堂何處尋，錦官城外柏森森。
> 映階碧草自春色，隔葉黃鸝空好音。
> 三顧頻繁天下計，兩朝開濟老臣心。
> 出師未捷身先死，長使英雄淚滿襟。〔註82〕

此為杜甫於肅宗上元二年（西元 761），居於成都草堂春游諸葛武侯祠時所作。詩採用七律近體形式，前兩聯描繪春色無邊、黃鸝好音的場景，反襯祠宇的益形荒涼落寞，傳達了作者心中的寂寥，表現濃郁的懷古情懷。後兩聯將諸葛亮一生，由初出茅蘆、經歷兩朝，而至勞瘁身死的功業身世，作了簡要的概括以贊頌。托景寄情，用情敘事，將紀行、懷古及詠史，做了高度的融合。而詩人之名作〈詠懷古跡五首〉，則為以七律形式所作之詠史，此組詩作於安史亂後杜甫流落夔州，「晚節漸於詩律細」的晚年時期。以下就〈詠懷古跡五首〉其五以窺見其詩特長：

> 諸葛大名垂宇宙，宗臣遺像肅清高。
> 三分割據紆籌策，萬古雲霄一羽毛。
> 伯仲之間見伊呂，指揮若定失蕭曹。
> 福移漢祚難恢復，志決身殲軍務勞。〔註83〕

〈詠懷古跡五首〉其四詠先主劉備與諸葛武侯，其五則專論武侯之事功並加以推崇，杜甫堪稱是專力歌詠稱頌孔明的唐人，對此君臣之遇

〔註81〕【唐】李白：〈越中覽古〉，收於清聖祖敕編《全唐詩》卷181（北京：中華書局，1960），頁1846。

〔註82〕清聖祖敕編《全唐詩》卷226（北京：中華書局，1960），頁2431。

〔註83〕同上註，卷230，頁2511。

合，表達贊頌欽慕之情，亦將自身之情感在述史與詠懷中，作一主觀與客觀的完美結合；且從個人懷抱的抒發、失意不遇的寄慨，及對於時代國家的深情關照，合個人小我與家國大我於和諧的統一之中。杜甫除了以近體形式來詠懷古跡，創立新的典範外〔註 84〕，更以詩議論，尤其有意結合以神韻爲主要風格的七絕形式與議論內涵，此創舉引領了往後的議論風尙，影響後世深遠。由於杜甫對中晚唐詠史之風影響甚大，無論是詠史七絕或議論型詠史詩皆爲其創舉之遺跡，杜甫堪稱詠史詩於內涵與表現形式上轉變之先驅，故另闢一節加以說明，如下。

第三節　晚唐詠史七絕的形成

今體絕律爲唐代詩歌文學的新興產物與成就，因此，詠史詩發展至唐，除了本身內容題材的開闊，與其他詩派相互的影響融合之外，形式格律之條件因素的確立成熟，激發了詠史在詩體上的轉型衍變，發展至晚唐，詩人普遍以七絕形式詠史，且蔚然成風。此節承接前段唐代詠史詩的發展，而以晚唐的詠史七絕爲重心，透過詠史詩在唐朝各期的發展及轉變，說明詠史七絕的形成過程中所受的時代背景及文學背景等影響因素。

一、晚唐的時代背景

詩歌的發展變化，除了本身因子的條件成熟，客觀的政經環境亦具影響力，如：盛唐詩歌所呈現的雄渾豪邁，自然與強兵富邦的帝國氣象、兼容並蓄的自由風俗，及外來的文化刺激等因素有關，而受到大時代精神的感召，盛唐詩人在作品中，表露強烈的自尊與自信，可視爲當時普遍心態的最佳寫照。所謂「文章關氣運，非人力。」〔註 85〕

〔註 84〕廖振富對此有深入研究，參見《唐代詠史詩之發展與特質》（臺灣師範大學國文研究所碩士論文，1989）一文，頁 102～112。

〔註 85〕【明】胡應麟：《詩藪・內編》卷 4〈近體上・五言〉（臺北：廣文書局，1973），頁 190。

即言是，而王世懋亦言：「晚唐詩人，如溫庭筠之才，許渾之致，見豈五尺之童下，直風會使然耳，覽者悲其衰運可也。」〔註86〕可見詩風之轉變，非個人之力可及，而與當時政治社會息息相關，亦如法國學者丹納（Taine Hippolyte，1828～1893）所言：「作品的產生取決於時代精神和周遭的習俗。」〔註87〕故可從中窺知端倪。唐玄宗天寶十四年（西元755）起，歷時八年的安史之亂，讓國勢如日中天的唐朝從此一蹶不振，致命的一擊，讓積累的朝野問題一一呈現，以下所述內容主要參考相關史書古籍，並斟酌傅樂成的《隋唐五代史》〔註88〕、《漢唐史論集》〔註89〕及其他相關書籍對晚唐局勢的記載，加以分析晚唐的時代背景：

（一）牛李之爭

關於牛李黨爭對晚唐學術文化的影響，傅錫壬著有《牛李黨爭與唐代文學》〔註90〕專書深入探討，相關論文不遑枚舉，當代的「小李杜」因與牛李兩黨都有接觸交集，最後懷才不遇，鬱鬱而終，可說是黨爭下的無辜犧牲者，尤其李商隱一生陷入黨爭漩渦，深受其害而無法自拔。

黨爭的形成可溯及漢朝，漢武帝獨尊儒術，重視經學，朝廷多以經取士，經學成為士人步上仕途的階梯，唐代也不例外。而唐初君臣多為武人，不得不引用文化水準較高的士族來擔任官職，因此，南北朝遺留下來的門第勢力仍有相當的影響力。武后時，高士廉撰《氏族志》〔註91〕，書中不敘出身低微的武后，武后深以為辱，對於那些以

〔註86〕【明】王世懋：《藝圃擷餘》，收於《歷代詩話》（【清】何文煥編，臺北：漢京文化事業有限公司，1983），頁780。

〔註87〕法人丹納著，傅雷譯：《藝術哲學》（臺中：好讀出版有限公司，2004），頁43。

〔註88〕傅樂成：《隋唐五代史》（臺北：中國文化學院出版部，1980）

〔註89〕傅樂成：《漢唐史論集》（臺北：聯經出版社，1981）

〔註90〕傅錫壬：《牛李黨爭與唐代文學》（臺北：東大圖書公司，1984）

〔註91〕唐太宗貞觀十二年（西元638）官修《氏族志》，當時天下氏族分為9等，計293姓，1651家。高宗時，許敬宗《氏族志》不敘武后世，

世家自恃的貴族大為反感，於是變更科舉制度，特重進士科而輕明經，這對經學出身的豪門大族無非是一大打擊，從此平民出身的進士與世族間相互攻訐的局勢逐漸形成。

科考下，座主門生、同年榜友等關係，相互結合形成力量。玄宗時大幅縮減進士人數，仕途日益阻塞，各股力量彼此排擠自然無可避免。中唐以後，中央政府和地方藩鎮抗爭漸趨激烈，朝官對此反應兩極，一派主張征討藩鎮，重振王權；另一派主張寬容政策，反對用兵。而手握皇儲廢立的宦官集團本身也有黨派問題，與朝官黨派互相援引呼應後，到憲宗元和年間擴大發展成以牛僧孺、李德裕為代表的兩大黨派。其中李黨以世族大家李德裕為首，重視經學，具事功心，主張強化中央政權，故對藩鎮外敵採取用武的積極態度；而以牛僧孺為首的牛黨，重視詩文，利祿心重，行為多放浪浮冶，對內亂外患主張採取息兵的消極態度。

憲宗時的對策衝突，即為引爆「牛李黨爭」的導火線：元和三年（西元 808），李德裕之父李吉甫為相，牛僧孺、李宗閔、皇甫湜等人應「賢良方正直言極諫」的制舉考試，對指陳時政之失無所避諱，李吉甫泣訴憲宗，以為主考官徇私，於是憲宗黜斥諸考官，牛僧孺等人也因此久不獲調。基於種種潛伏的因素，兩黨從此結下不解之仇，長達四十年（西元 808～849）的黨爭，中晚唐士人無一倖免其害，就連文宗皇帝也不得不發出「去此朋黨實難」〔註92〕的感嘆。

而牛李兩派勢力隨著在位者及時勢的推移，互有消長。穆宗時，李逢吉請引牛僧孺為相，調李德裕為浙西觀察使，此八年牛黨把持朝廷。敬宗朝，因牛僧孺久相而無善績，出為武昌節度使，李逢吉為山南東道節度使，李黨逐漸居優勢。文宗時，牛黨又轉盛。其後武宗以

而李義府亦恥其家無名，於是令孔至約等人，重加刊定改名《姓氏錄》，著錄的民族有 235 姓，2287 家，參見《新唐書》卷 95〈高儉傳〉及《唐會要》卷 36〈氏族〉條。

〔註92〕【五代·後晉】劉昫等：《二十五史·唐書》卷 176〈李宗閔傳〉（臺北：藝文印書館，據清乾隆武英殿刊本景印），頁 4554。

李德裕爲相，李黨勢力再次抬頭。到了宣宗，相李德裕遭罷，最後死於崖州（西元 849），而牛僧孺亦卒於前兩年（西元 847），糾纏四十年的牛李爭戰，最後在兩黨首領的相繼逝世而逐漸止息，以兩敗俱傷的局面收場，這對動盪不安的晚唐時局無疑是雪上加霜，而晚唐混亂不已的政局及懷才不遇的騷人遷客，爲黨爭下最大的受害者。

（二）宦官之禍

大唐行政中央除了朋黨比周，徇私廢公左右朝政，昏君身旁的宦官，氣焰愈加囂張，竊權干政，帝王甚至受其脅迫，爲唐末亂世添一禍源。唐初宦官隸屬內侍省，不任事，僅守門傳命，因此未能干政。到了中宗，沉溺於享樂，宮中嬪妃婢女大增，宦官的人數也隨之增加。

玄宗朝則是宦官得勢弄權，朝綱紊亂的關鍵。玄宗沉迷聲色，權力下放，寵宦高力士權傾一時，甚至「販官鬻爵，除拜不受旨。」〔註93〕得以進退朝臣。安史亂起，宦官李輔國專掌禁軍，爲宦官掌握軍權的開端。開元中，甚至以宦官爲監軍，造成各地藩鎮武將與宦官勾結，其勢力進一步由中央擴展到地方。肅宗朝，宦官更取得皇室的財政權，干預國家財政。至德宗，朱泚亂後，罷黜武將領軍，改以宦官統之，中央兵權落入宦官的手中。唐朝自代宗起，則以宦官爲樞密使。樞密使一職原僅承受表奏，宣布詔令，乃皇帝個人的文件之收發。但宦官卻乘機審查表奏、矯稱聖旨，竊取皇權，干涉行政，以滿足私利爲前提，致使朝政窒礙難行。

在掌握財、政、軍三權後，中晚唐皇室儲君的廢立，甚至皇帝的生殺大權，自然落入宦官的手中。安史之亂發生時，宦官李輔國及太子亨（即肅宗）策動馬嵬兵變，擁肅宗於靈武即位，開宦官擁立皇帝之先例。其後的十四帝，除了德宗、順宗、敬宗及哀帝，其餘皆受宦官的冊立而登位，而憲宗、敬宗、文宗及武宗更遭宦官所弒。即所謂

〔註93〕【五代・後晉】劉昫等：《二十五史・唐書》卷132〈宦者下〉（臺北：藝文印書館，據清乾隆武英殿刊本景印），頁2346。

「萬機之與奪任情，九重之廢立由己。」〔註94〕足見其猖狂程度。尤其，文宗太和九年的「甘露之變」〔註95〕失敗，朝臣與宦官之戰勝負定矣，宦官則變本加厲，目中無人為所欲為，毫無法紀可言。司馬光在《資治通鑑》的一段話：「自是天下事皆行於北司，宰相行文書而已。宦官氣益盛，迫脅天子，下視宰相，陵暴朝士如草芥。」〔註96〕可為明證。

　　宦官這股頑強的政治勢力，幾乎操控了晚唐所有的君主，也左右了晚唐八十年的命脈。清人趙翼對於唐代宦官之危害及其得以擅權的緣由，有十分中肯的分析：「東漢及前明，宦官之禍烈矣，然猶竊主權以肆虐天下，至唐則宦官之權反在人主之上，立君、弒君、廢君，有同兒戲，實古來未有之變也。推原禍始，總由於使之掌禁兵、管樞密，所謂倒持太阿而授之以柄，及其勢成，雖有英君察相，亦無如之何矣。」〔註97〕晚唐政局已是風雨飄搖，昏君無能加上牛李黨爭、宦官弄權長期的摧殘，苟延殘息，終究難逃覆亡的宿命。

（三）藩鎮之亂

　　唐代除了朝廷有朋黨、宦官的交叉弄政，地方則有藩鎮跋扈叛亂。中唐由於吐蕃、回紇等外族頻頻扣關，朝廷只好增設防禦，其中之一即是加重邊防節度使的權力，但這卻導致日後外重內輕的局

〔註94〕【五代‧後晉】劉昫等：《二十五史‧唐書》卷184〈宦官列傳‧序〉（臺北：藝文印書館，據清乾隆武英殿刊本景印），頁2380。

〔註95〕見《唐書‧本紀第十七下‧文宗下》所記載：「壬戌，中尉仇士良率兵誅宰相王涯、賈餗、舒元輿、李訓，新除太原節度王璠，郭行餘、鄭注、羅立言、李孝本，韓約等十餘家，皆族誅。時李訓、鄭注謀誅內官，詐言金吾仗舍石榴樹有甘露，請上觀之。內官先至金吾仗，見幕下伏甲，遽扶帝輦入內，故訓等敗，流血塗地。京師大駭，旬日稍安。」【宋】司馬光：《資治通鑑》卷245〈唐紀六十一‧文宗大和九年〉（臺北：明倫出版社，1978），頁7911之記載更為詳盡，可相互參看。

〔註96〕【宋】司馬光：《資治通鑑》卷245〈唐紀六十一‧文宗大和九年〉（臺北：明倫出版社，1978），頁7911。

〔註97〕【清】趙翼：《二十二史箚記》卷20〈唐代宦官之禍〉（臺北：洪氏出版社，1978），頁262。

勢，造成地方與朝廷的敵對抗衡。加上安史亂後，肅宗、代宗為求戰爭早日結束，對於安史降眾及乘勢擴張的藩鎮未有妥當的處置，以致後來藩鎮坐大，對唐室造成嚴重威脅。而朝廷甚至為了攏絡安史餘孽而封之，而「盧龍節度使李懷仙，收安史餘黨，各擁勁卒數萬，治兵完城，自署文武將吏，不供貢賦，與山南東道節度使梁崇義及正己皆為結婚，互為表裏。朝廷專事姑息，不能復制，雖名藩臣，羈縻而已。」〔註98〕更形成所謂的「河北三鎮」。而由「喜則連橫而叛上，怒則以力而相併，又其甚則起而弱王室。」〔註99〕可見其囂張猖狂之極。

其後德宗時朝政日非，引起藩鎮對朝廷的輕視與覬覦，起兵反唐的藩鎮相互連結，爆發「朱泚之亂」〔註100〕，亂後德宗姑息遷就的態度，更使得藩鎮的氣燄愈加熾盛，一發不可收拾。而憲宗時發憤圖強，一連串的用兵，中央大獲全勝，使國家再度統一，重振朝廷聲威，暫時解決了藩鎮的問題，史稱「元和中興」。只是唐季君主未能持續中興大業，斬草未根除，以致藩鎮再起，直到唐亡，地方始終是割據的局面。

（四）外患侵凌

除了宦官、朋黨、藩鎮之內憂，唐朝還得面對邊疆強蕃的虎視眈眈，其中威脅最大的邊族，當屬西北的回紇、西部的吐蕃及西南的南詔。安史亂前，大唐與回紇的關係尚可，安史亂時，回紇還曾遣兵相助，但常於收復城池後，大肆劫掠，對百姓的侵擾不亞於安史叛軍，當時唐朝中央軍力尚未復原，只好對此蠻橫行為視若無睹，更以和親、貿易等方式拉攏回紇，避免其以武力侵犯，甚至助唐反擊吐蕃。直到開成年間，北狄的黠戛斯舉兵進攻國勢已衰的回紇，部族潰敗逃

〔註98〕 【宋】司馬光：《資治通鑑》卷223〈唐紀・代宗永泰元年〉（臺北：明倫出版社，1978），頁7178。

〔註99〕 【宋】歐陽修等：《二十五史・新唐書》卷64〈方鎮一〉（臺北：藝文印書館，據清乾隆武英殿刊本景印），頁1759。

〔註100〕 同註98，卷228〈唐紀・德宗建宗四年〉，頁7347。

亡，從此不再是有唐的邊患。

　　玄宗朝曾設節度使以防禦吐蕃。安史亂起，唐室遣調邊防兵將支援，西北空虛，吐蕃趁機扣邊，數年間勢力迅速擴張。其後南紹大破吐蕃，取得城池獻予唐室，自此，吐蕃國勢銳減。武宗時，吐蕃內亂，宣宗大中年間沙州刺史張義潮來降，並平定鄰近諸州郡，送其圖籍入長安，河湟之地於是盡入版圖，吐蕃也從此衰亡。

　　安史亂起，西方吐蕃入寇的同時，西南邊的南紹亦乘機北犯，擴展了不少地盤，且於大曆年間聯合吐蕃攻唐。德宗時命劍南西川節度使韋皋招撫南紹，頗有成效，其後南紹向唐室朝貢二十年。文宗時西川節度使李德裕積極操軍練武，修兵屯糧，與南紹和平相處長達三十年。然自宣宗朝，南紹王世隆不聽朝命，自稱皇帝，改國號為大禮，年號建極，連年遣兵攻唐。直到僖宗世隆死後才結束長年兵禍，不再入寇中原。〔註101〕

　　唐室自安史亂後國力大衰，大不如前，以致四方夷狄頻頻扣關，誠如「邊塞失和，羌豪俶擾，煙塵驟起，烽燧相連。」〔註102〕所述，而羸弱的中央政府，兵力不足的情況下，面對回紇在經濟上的予取予求，只有吞聲忍氣；對於吐蕃經常性的小規模侵擾邊境，只能視而不見；南紹在晚唐時挑釁不斷，終致桂州戍卒之亂，引發唐室的滅亡，實為多故之秋的大唐季世添一禍亂。

（五）文化氛圍

　　唐代是中國詩歌藝術發展最為輝煌的朝代，無論質或量，都達到空前的高潮。而文學的發展，有如一條曲折浩蕩的大河，不如歷史朝代之興替，可清楚劃分，亦非單純直線式的連接。因此，文學發展推進之間，必然有許多重疊與影響、轉彎與歧出，晚唐的詩風

〔註101〕上述參見傅樂成《隋唐五代史》一書中的第八章〈安史亂後的對外關係〉（臺北：中國文化學院出版部，1980），頁221～230。
〔註102〕【清】董誥等編：《全唐文》卷786溫庭筠〈上蕭舍人啟〉（北京：中華書局，2001），頁8231。

亦然。初唐承齊梁之餘，仍脫離不了豔綺華麗的色彩；詩為當時王
公貴族的娛樂品，他們以浮豔的詞采來描繪宮庭臺閣的金粉氣象。
而此類作品無法反映社會，也缺乏個人的生命經驗，如虞世南、沈
佺期等，皆為此類臺閣能手，甚至初唐四傑也不免受影響。一直到
盛唐，王維、李白等人，才以他們蓋世絕倫的才華，把感情、生命
融入詩中，開拓詩的領域。而在詩人杜甫將個人小我的情感擴展為
對時代大我的關懷之後，詩於是走入社會，用以反映社會情態。這
種詩風由杜甫先發，後經張籍、元稹、白居易等的大力推行創作，
臻至顛峰。但因元白之際，過於著重反映社會的寫實功用，致使作
品流於平淺，忽略詩的藝術美，引起許多詩人的反動。加上韓愈、
孟郊等奇險一派，開闊詩的創作技巧途徑，遂使晚唐詩風，漸漸走
上重視技巧之新奇，辭藻之華美，情感之細膩的型態中，形成唯情
唯美的藝術價值。因此，晚唐所謂的唯美詩，乃鎔初唐詩風與杜甫
「語不驚人死不休」的寫作精神於一爐的作品。這種鎔和，中唐李
賀已啟其端緒，到晚唐則蔚然成風。〔註103〕

　　而當時士風受科舉制度的影響，由南宋人葛立方的一段話：「應制
詩非他詩比，自是一家筆法，大抵不出於典實富豔爾。」〔註104〕可見
一斑，除了考試制度影響詩風，混亂的時局嚴重挫折士人的政治熱情，
故表現於詩歌多窮苦之言，「唐自大中間，國體傷變，氣候改色，人多
商聲，亦愁思之感。」〔註105〕這段話可為明證。而晚唐環境險惡，詩
人舉步維艱，無從施展抱負，亦不能直言傾吐內心的願望與要求，所
以藉用「諧音隱語」這種迂迴的表達形式，寫作政治諷刺詩；借夫婦
之道，以喻君臣之義，恰如《離騷》中滿紙「香草」「美人」，表面道

〔註103〕姜伯純：〈杜牧與李商隱〉，《中國文學名著欣賞》（臺北：莊嚴出版
　　　　社，1979），頁178。

〔註104〕【宋】葛立方：《韻語陽秋》，收於《歷代詩話》（【清】何文煥編，
　　　　臺北：漢京文化事業有限公司，1983），頁498。

〔註105〕【清】余成教：《石園詩話》，收於《清詩話續編》下（郭紹虞編，
　　　　臺北：木鐸出版社，1983），頁1777。

情，實則辭微文約，委婉諷諭。〔註106〕而自安史亂後政治腐敗，取士常受宦官權貴干擾，士人爲求登第而不擇手段，多出自寒門的進士，在金榜題名後壓力盡釋，往往尋歡作樂，縱情於聲色，「十年一覺揚州夢，贏得青樓薄倖名。」〔註107〕的現象其來有自，誠如「進士科當唐之晚節，尤爲浮薄，世所共患也。」〔註108〕所言，加上唐人染有胡風，個性直率爽朗，敢於衝破傳統禮教藩籬，統治集團亦採取較爲開放的民族政策，男女間的界限也因而趨於模糊。因此晚唐進士禮法觀念淡薄，喜作放縱豔冶之遊，而其詩文作品亦不乏吟詠男女戀情、描寫閨閣歌妓的內容，這恐怕是浸乎時風無可避免之結果。

二、晚唐詠史七絕的盛行

　　晚唐腐敗黑暗的政局、內憂外患頻仍的時代背景，提供詠史詩肥沃的土壤，在過去各階段的發展基礎上，孕育出豐碩的成果，晚唐可視爲詠史蓬勃發展的高峰期，不僅出現杜牧、李商隱、羅隱等詠史名家，詩人溫庭筠、曹鄴、儲嗣宗、皮日休、陸龜蒙、李山甫、羅鄴、韋莊等亦留下不少詠史佳篇。

　　特別的是，此時期湧現專寫詠史的詩家，如：胡曾、徐夤、汪遵、周曇、孫元晏等，他們有意識地從事詠史詩的創作，甚至創作大量的詠史組詩，且幾乎以七絕形式呈現。如：《全唐詩》收錄汪遵詩一卷，幾乎皆爲詠史詩；而胡曾則有〈詠史〉150 首；周曇的〈詠史〉組詩，按時代先後分門別類，共有 213 首等，可見當時詠史風行之盛，詩人們「有計畫、有組織」地創作詠史詩，甚而有學者主張眞正的詠史詩並非起於班固，而是晚唐的胡曾。〔註109〕但他們的

〔註106〕曾進豐：《晚唐詩的鋒芒與光彩——以社會詩及風人體爲例》（臺南：漢風出版社，2003），頁 22。

〔註107〕【唐】杜牧：《樊川外集》，附於《樊川文集》（臺北：漢京文化事業有限公司，1983），頁 321。

〔註108〕【元】馬端臨：《文獻通考》卷29〈選舉二〉（臺北：商務印書館，1987），頁 276。

〔註109〕張政烺：〈講史與詠史詩〉，《國立中央研究院歷史語言研究所集刊》

詠史詩往往通體議論，盡露鋒芒，在文學發展史中一向不受重視，然而也有學者持不同看法，認爲他們的詩對後世講史性的平話和歷史演義影響深遠，肯定其文學價值。〔註110〕根據學者統計，有唐一代的詠史詩共1442首，而晚唐的詠史詩就有1014首，遠比中唐的229首、盛唐的147首及初唐的52首來得多，且在全體詩作的比重上亦最高，佔了作品總數的十分之七；而唐代詠史詩人共計213位，晚唐就高達95位，爲作家總數的十分之四〔註111〕，由上述足見晚唐詠史詩的蓬勃發展，以下則就晚唐的文學背景，以見當時詠史七絕之興盛所受的影響力量。

（一）杜甫議論入詩的啟發

就唐人七絕而言，固然以「語近情遙，含吐不露」〔註112〕爲創作標準，呈現「不知所以神而自神也」〔註113〕的風格。故盛唐的李白、王昌齡等絕句能手，其七絕代表作皆以渾然天成，獨具風韻著稱，無瑕雕飾而無跡可求，呈現七絕一體明朗單純、剔透玲瓏之美。但至杜甫，其七絕一改前調，首以議論入詩〔註114〕，將七絕導向追求「意」之新奇一途，扭轉了七絕的風格本色，即如王世貞所言：「七言絕句，

第十冊（1948），頁618。

〔註110〕參閱李宜涯：《晚唐詠史詩與平話演義之關係》（臺北：文史哲出版社，2002），對此有深入的研究。

〔註111〕所列數據爲林庚之統計結果：晚唐詠史詠計有1014首，遠多於中唐229首，盛唐147首，初唐52首。在比重上佔全體詩作6.9%，重於中唐1.2%，盛唐2.3%，初唐1.9%，參見林庚：〈盛唐氣象〉，《北京大學學報》第2期（1958）。

〔註112〕【清】沈德潛：《說詩晬語》，收於《清詩話》（【清】丁福保編，臺北：明倫出版社，1971），頁542。

〔註113〕【唐】司空圖：〈與李生論詩書〉，《司空表聖文集》（上海：上海古籍出版社，宋蜀刻本唐人叢刊，1994），頁26。

〔註114〕清人葉變有言：「從來論詩者，大約伸唐而絀宋，謂唐人以詩爲詩，主情性，於三百篇爲近，宋人以文爲詩，主議論，於三百篇爲遠，何言之謬也，唐詩有議論者，杜甫是也，杜五言古詩，議論尤多。」可見議論入詩之風，始自杜甫。參見《原詩》卷4〈外篇下〉，收於《清詩話》（【清】丁福保編，臺北：明倫出版社，1971），頁607。

盛唐主氣，氣完而意不盡工；中晚唐主意，意工而氣不甚完。」〔註115〕說明了中晚唐的七言絕句，在繼承盛唐絕句的基礎上呈現新的風貌；具體表現則在內涵的加深，題材的擴大，以及與之相應的藝術上新的突破。〔註116〕故主張「詩必盛唐」的王世貞，對於晚唐七絕同樣推崇，以爲兩者「各有至者，未可以時代優劣也。」〔註117〕

　　對於杜甫的創舉，學者汪中以爲：「少陵是波瀾壯闊，恣肆汪洋的大手筆，他要負起掣鯨魚於碧海的艱巨任務，而不願作蘭苕翡翠的局面。所以他的絕句詩的瘦硬，不同于昌齡，太白諸公，大家面目，不同凡響，可以說少陵是有意爲之，否則岐王宅裏，錦城絲管一類風格的詩，他是可以大作特作的。」〔註118〕說明杜甫是有意識地以七絕來議論，並成功地塑造逆向卻出奇創新的變格，帶動了往後詩作「以意爲主」的議論風氣。而熊柏畦亦言：「自從杜甫以另一姿態的創作出現以後，中晚唐的絕句也就隨之面目一變，影響的跡象顯然，尤多的是融議論入詩，充分抒發作者的思想，如劉禹錫、李商隱、羅隱輩，則更爲顯著。」〔註119〕可見杜甫此舉對晚唐詠史七絕的直接作用，甚至影響到主議論的宋詩，葉燮之言：「杜七絕輪囷奇矯，不可名狀，在杜集中，別是一格，宋人大概學之，宋人七絕，大約學杜者什六七，學李商隱者什三四。」〔註120〕可爲明證。

　　而杜甫的議論入詩，最初表現在其代表作〈戲爲六絕句〉中，詩人以詩評詩，且以七言絕句形式作論，且論及詩體本身，可說是將詩

〔註115〕【明】王世貞：《藝苑卮言》卷4，收於《明詩話全編》肆（吳文治主編，南京：鳳凰出版社，2006），頁4239。
〔註116〕馮海榮：《杜牧》（上海：上海古籍出版社，1991），頁107。
〔註117〕同註115。
〔註118〕汪中：《杜甫》（臺北：河洛出版社，1977），頁18～19。
〔註119〕熊柏畦〈試論杜甫的絕句〉之語，引自周益忠先生：《論詩絕句發展之研究》（臺灣師範大學國文研究所碩士論文，1983），頁7。
〔註120〕【清】葉燮：《原詩》卷4〈外篇下〉，收於《清詩話》（【清】丁福保編，臺北：明倫出版社，1971），頁610。

與文學批評兩相結合，而創「論詩絕句」〔註 121〕一體。雖然杜甫的
〈戲爲六絕句〉乃論詩絕句，所論對象爲詩人、詩作，並發抒己見，
與詠史以史爲論，表達主觀感受，爲不同的內涵範疇，但就廣義的「歷
史」而言，即是對前賢之作的評議，故對後來的詠史七絕的發展有所
影響。以下分析〈戲爲六絕句〉其一，窺見杜甫以議論入詩，呈現七
絕的不同面貌：

> 庾信文章老更成，凌雲健筆意縱橫。
> 今人嗤點流傳賦，不覺前賢畏後生。〔註 122〕

詩前半說明庾信於晚年，才有凌雲縱橫的穩健文筆，作品因年紀老大
而更見成績；後半則斥責時人對庾信早年時清新流麗之作妄加批判，
杜甫以爲詩人詩風的增進及轉變，爲大家必經之歷程，故不應否定各
階段的成就，而對當時大放厥詞者提出告誡。

　　杜甫此舉不僅爲七絕的創作內涵另闢一徑，其後更不乏仿效追隨
者，而其中以李商隱表現得最爲徹底傑出〔註 123〕，周益忠先生有言：
「今就論詩絕句而觀，以組詩形式，不經意之命題，出之以絕句而仿
杜者，遍尋全唐，唯得義山一人。義山非但律體學杜，絕句之學杜者
亦有之，於此可知。其漫成五章及三首，分別效杜之戲爲及解悶。」
〔註 124〕除了引領時風，杜甫此手法亦促使最能發揮詩人新意的詠史
題材，與七絕形式自然縮合，展現「句絕而意不絕」〔註 125〕的藝術
價值，使詠史七絕更於晚唐達到創作的高峰，蔚然成風。

〔註121〕關於「論詩絕句」一體，周益忠先生在《論詩絕句發展之研究》（臺
　　　　灣師範大學國文研究所碩士論文，1983）一文中有精闢詳盡的分析
　　　　研究。

〔註122〕清聖祖敕編《全唐詩》卷227（北京：中華書局，1960），頁2453。

〔註123〕由北宋王安石之言：「唐人知學老杜而得其藩籬者，唯義山一人而已。」
　　　　可見一斑。

〔註124〕周益忠先生：《論詩絕句發展之研究》（臺灣師範大學國文研究所碩
　　　　士論文，1983），頁33。

〔註125〕元人楊載指出絕句的美學要求爲：「婉曲回環，刪蕪就簡，句絕而意
　　　　不絕。」參見《詩法家數》，收於《景印文淵閣四庫全書》第 416
　　　　冊（【清】紀昀等總纂，臺北：臺灣商務印書館，1986），頁62。

（二）中唐論史之風的推進

中唐因安史之亂所造成的變動，文學浪漫主義衰退，現實主義增強。此時詩人多懷有中興家國、恢復盛唐事業的期盼，這種普遍心理反映在詩歌的創作上，把眼光投向過去，把瀕臨亡國的隱憂投向歷史往事，希望從中歸結教訓，示警當世；即藉由詠史詩歌，來達到以史爲鑒的目的，故元和、長慶年間，詠史之作空前繁榮，可說是「盛唐氣象」的延續。

此外，中唐的詠史內涵受上述杜甫論詩絕句的影響，逐漸往「以詩議論」的方向發展，這種以詩論史的手法，影響晚唐及其後諸朝以詠史議論之風氣〔註126〕，甚至發展成別出心裁的翻案手法。在形式上，中唐詠史詩繼承盛唐的發展，且「眾體兼備」之下，絕律近體之體例已進而取代古詩等舊體式，成爲中唐詩人最常使用的詠史形式，而廖振富就曾提及中唐詠史體式的轉變：「尤其以七絕詠史特別值得注意，數量不少且不乏佳篇，爲晚唐詠史七絕之大盛，開啓先機。」以爲中唐是「由五古詠懷傳統，轉變爲七絕論史新傳統的過渡階段。」〔註127〕故以下先就中唐詩人呂溫的詠史七絕〈讀句踐傳〉，加以分析說明以見中唐詠史的轉變及特色：

> 丈夫可殺不可羞，如何送我海西頭。
>
> 更生更聚終須報，二十年間死即休。〔註128〕

首句筆力遒勁，勾勒出句踐鐵錚錚的男子漢形象；次句反詰，表明句踐表面上卑事夫差、親爲夫差前馬，實則內懷復仇決心；詩後半則道盡愛國之激情，說句踐因國仇已報，故死亦甘心的慷慨之情。全詩氣

〔註126〕關於此點，廖振富認爲：「這是詠史詩發展過程中，一個全新的寫作方向，影響晚唐及宋代詠史詩至深且鉅。如果就中國詠史詩的整體流變來觀察，這可說是繼左思開創『託古詠懷』的寫作傳統後，另一次重大的革命性轉變。」說明中唐詠史在內涵上的轉變，參見《唐代詠史詩之發展與特質》（臺灣師範大學國文研究所碩士論文，1989），頁113。

〔註127〕上述參見廖振富：《唐代詠史詩之發展與特質》（臺灣師範大學國文研究所碩士論文，1989），頁122。

〔註128〕清聖祖敕編《全唐詩》卷371（北京：中華書局，1960年），頁4175。

勢磅礴，動人心魄，但直接議論的方式，且無出於前人之創見，造成作品無雋永之餘味，然此爲議論型詠史詩的初期階段，故爲不可避免之現象。其他如陳羽的〈讀蘇屬國傳〉、歐陽詹的〈讀周太公傳〉、李遠的〈讀田光傳〉等皆因讀史有感，發爲議論，但亦因議論方式類似史贊一體，故價值不高。而中唐在懷古型詠史方面的發展亦有成績，多因古跡觸發而作，且與懷古詩有進一步的融合現象，突破六朝以迄盛唐「讀史而詠」的傳統，擴大了詠史詩的範疇〔註129〕，如：劉禹錫的〈西塞山懷古〉：

> 西晉樓船下益州，金陵王氣黯然收。
> 千尋鐵鎖沈江底，一片降幡出石頭。
> 人世幾回傷往事，山形依舊枕江流。
> 今逢四海爲家日，故壘蕭蕭蘆荻秋。〔註130〕

此詩採用七律形式，並繼承盛唐杜甫懷古型詠史詩歌的成就，將懷古情懷與詠史精神二者完美交匯。前半敘史，描述王濬經歷艱苦鏖戰，破吳立功一事。後半懷古慨時，在六朝的交替遞嬗中，揭示國家興亡的歷史借鏡，最終表達在四海一家之時卻心懷隱憂。而其詠懷古跡以七絕表現者亦佳，如〈金陵五題〉等，已爲小杜李的創作開啓門扉〔註131〕，以下就〈金陵五題〉其一〈石頭城〉加以說明，如下：

> 山圍故國周遭在，潮打空城寂寞回。
> 淮水東邊舊時月，夜深還過女牆來。〔註132〕

金陵，今之南京，昔爲六朝定都之地，周遭形勢險要。詩人於自序有云其作詩意旨：「余少爲江南客，而未遊秣陵，嘗有遺恨。後爲歷陽守，跂而望之，適有客以〈金陵五題〉相示，欻爾生思，欻然有得。

〔註129〕廖振富：《唐代詠史詩之發展與特質》（臺灣師範大學國文研究所碩士論文，1989），頁95。

〔註130〕清聖祖敕編《全唐詩》卷359（北京：中華書局，1960年），頁4058。

〔註131〕晏天麗：〈杜牧與李商隱的詠史詩比較〉，《湖南廣播電視大學學報》（2005），頁64。

〔註132〕同註130，卷365，頁4117。

他日友人白樂天掉頭苦吟，歡賞良久。且曰：『石頭詩云：潮打空城寂寞回。吾知後之詩人不復措辭矣！』餘四詠雖不及此，亦不孤樂天之言耳。」〔註133〕詩以七絕形式呈現，前半寫詩人登臨古城所見，一片荒廢寂寥之景，後半則以舊時月仍夜夜相照，襯托出物是人非、今非昔比之慨；全詩透過眼前山水之景，帶出六代繁華已逝，已成過往遺跡，傷前朝外，亦有垂後鑑之言外意。濃厚的懷古幽思，配合絕句的風格特長，成功表現「意在言外，寄有於無」〔註134〕的情韻。

　　而白居易為中唐著名的社會詩人，與元稹等同倡「新樂府運動」，主張「文章合為時而著，歌詩合為事而作。」〔註135〕欲藉平易近人的詩歌來反映社會現實，而其詠史詩作與社會寫實詩歌一樣，具積極諷諭的特色。而有些詩作論點別具新意，已有議論翻案之姿，如〈昭君怨〉一詩：

　　　明妃風貌最娉婷，合在椒房應四星。
　　　只得當年備宮掖，何曾專夜鳳幃屏。
　　　見疏從道迷圖畫，知屈那教配虜庭。
　　　自是君恩薄如紙，不須一向恨丹青。〔註136〕

根據《西京雜記》的記載：「元帝後宮既多，不得常見。乃使畫工圖形，案圖召幸之。諸宮人皆賂畫工多者十萬，少者亦不減五萬。獨王嬙不肯，遂不得見。匈奴入朝求美人為閼氏，於是上案圖，以昭君行。及去，召見，貌為後宮第一，應善對，舉止閑雅，帝悔之，而名籍已定，帝重信於外國，故不復更人。乃窮案其事，畫王皆棄市。」〔註137〕而作者一反諸多詠王昭君的詩作論點，認為「君恩薄如紙」才是昭君和親之主因，與畫工無關，道出歷代失寵宮女的哀

〔註133〕清聖祖敕編《全唐詩》卷365（北京：中華書局，1960年），頁4117。
〔註134〕明人高棅引謝靈運之言，參見《唐詩品彙》（臺北：學海出版社，1983），頁466。
〔註135〕【唐】白居易：《白氏長慶集》（臺北：藝文印書館，1981），頁408。
〔註136〕同註133，卷439，頁4895。
〔註137〕【漢】劉歆撰（【晉】葛洪輯）：《西京雜記》卷2（臺北：藝文印書館，1968）

怨及悲劇，觀點新穎，令人耳目一新，由此反映出中唐議論爲主的詠史詩風，而此亦爲容受杜詩的結果，誠如清人馮班所言：「杜子美創爲新題樂府，至元白而盛，指論時事，頌美刺惡，合於詩人之旨。」〔註138〕而詩人相同題材的詩作，尚有〈王昭君二首〉，如下：

> 滿面胡沙滿鬢風，眉銷殘黛臉銷紅。
>
> 愁苦辛勤憔悴盡，如今卻似畫圖中。
>
> 漢使卻回憑寄語，黃金何日贖蛾眉。
>
> 君王若問妾顏色，莫道不知宮裏時。〔註139〕

根據《全唐詩》於詩題下注「年十七」，可見此兩首詩爲詩人青年時期的作品。全篇針對王嬙之事而發，且兩首詩作皆以七絕行之，前者寫王昭君在匈奴愁苦不堪，形容憔悴，竟如當年畫工所繪。後者純爲虛寫，詩人想像王昭君歸漢心切，懇請漢使隱瞞容顏已憔悴，藉以諷刺當年畫工之醜化眞容，造成不遇之遭際。詩人針對同一歷史題材，表達不同觀點，並利用各種形式，呈現截然不同的風貌。而白氏〈讀老子〉一詩：「言者不如（一作知）知者默，此語吾聞於老君。若道老君是知者，緣何自著五千文。」〔註140〕更是反脣相譏，足見中唐詠史機智善變、刻意求新的特點〔註141〕，表面形式雖相似於前述讀書有感而發的史論體詠史詩，然其議論內容已脫史贊一派，由此可見議論型詠史詩發展至此，已日趨成熟。

　　而中唐李賀素有「詩鬼」之稱，其詠史則獨立於議論時風之外，在華美詞藻下暗寓諷刺，頗具個人風格，這種寫法，直接沾漑了李商隱、溫庭筠二人的詠史詩。〔註142〕李賀年少時即展現非凡的文學天賦，但遭人妒嫉，甚至被逼迫放棄科舉考試。悲憤交集的詩人，此後

〔註138〕【清】馮班：《鈍吟雜錄》（臺北：廣文書局，1969），頁91。

〔註139〕清聖祖敕編《全唐詩》卷437（北京：中華書局，1960），頁4858。

〔註140〕同上註，卷455，頁5150。

〔註141〕陳松青：〈唐代詠史詩論三題〉，《松遼學刊》（社會科學版）第5期總第88期（1999），頁5。

〔註142〕廖振富：《唐代詠史詩之發展與特質》（臺灣師範大學國文研究所碩士論文，1989），頁149。

詩風益加奇詭。發爲詠史，則寄寓不遇之恨與史鑒之意，絢麗奇特的形象描寫，風格相當獨特。如〈金銅仙人辭漢歌〉一首：

> 茂陵劉郎秋風客，夜聞馬嘶曉無跡。
> 畫欄桂樹懸秋香，三十六宮土花碧。
> 魏官牽車指千里，東關酸風射眸子。
> 空將漢月出宮門，憶君清淚如鉛水。
> 衰蘭送客咸陽道，天若有情天亦老。
> 攜盤獨出月荒涼，渭城已遠波聲小。〔註143〕

詩人於其詩序有言：「魏明帝青龍元年八月，詔宮官牽東西取漢孝武捧露盤仙人，欲立置前殿。宮官既拆盤，仙人臨載，乃潸然淚下，唐諸王孫李長吉，遂作金銅仙人辭漢歌。」〔註144〕此詩即依據《漢晉春秋》之簡單紀事而來，將魏明帝拆遷金銅仙人至洛陽的故事，透過豐富的想像創造，鎔鑄成形象瑰麗幽奇、感情眞摯的詩篇，目的則在諷刺君王求仙之盲目荒唐，而詩採篇幅較大的七古形式，多以動態的鋪陳敘事爲主，以流宕的聲情，奔放的氣勢取勝，而使本詩在實寫史事及虛寫想像中更覺雋永而餘味不盡。

（三）詠史與七絕的完美結合

　　詠史詩經過長期的孕育推演，發展至晚唐達到成熟的階段，在末世的時代氛圍下，當代詩人普遍潛藏著沉鬱感傷的憂患意識，而在題材內容的選取及寫作上亦有所創新轉變，故晚唐詠史詩多兼具深度與廣度，舉凡歷史興替、政治舉措、人物際遇、高人逸士，甚至美女嬌娃，詩人無不發以議論，加以褒貶，加上承襲中唐的論史之風，發展出對歷史翻案的評議手法，不但將史傳型詠史詩中「贊」的部分轉變成「論」，且從客位（原本主位爲「傳」）提升至主位，脫離敘議結合、以議結敘、篇幅長大的格局而獨立出來，此即沈德潛所謂的「粘著一事，明白斷案。」〔註145〕而在唐之前，此類史論型詠史詩數量極少，

〔註143〕清聖祖敕編《全唐詩》卷83（北京：中華書局，1960），頁896。
〔註144〕同上註。
〔註145〕【清】沈德潛：《說詩晬語》，收於《清詩話》（【清】丁福保編，臺

而將議論成功注入絕句，則始自杜甫，而在其論詩詩代表作〈戲爲六絕句〉中別開生面，此時七絕已有一改盛唐舊調的嘗試，而被後人目爲變體，其中「議論入詩」更是杜甫七絕的特色之一〔註 146〕，而中唐興起的議論之風，使得愈來愈多的詩人使用短小的篇幅（主要是七言絕句）來詠史，且朝「意新」一途發展，延續至晚唐論史七絕乃蔚爲大觀，而其議論內容也由平穩趨於尖新，故晚唐詩人往往在史料上立意翻新，大作翻案文章，以求標新立異，不同凡響。

　　清人施補華在評議李商隱的七絕時，提及其以議論爲主，且「神韻不乏，卓然有以自立。」最末則提到「此體於詠史最宜。」〔註 147〕可見詠史內容與七絕形式之間，實具有相輔相成、相得益彰的關係。由於晚唐詠史受杜甫議論入詩及中唐論史之風的影響，在寫作上多是擷取歷史的片斷，或勾勒重點輪廓，詩人的目的在於一語破的地表達獨特見解，並不針對史料作全面性的批判；而在經過中晚唐詩人的嘗試，發覺以七絕最適合在最精簡的篇幅中一針見血，對歷史人事作獨到的判斷，以表現睿識慧解〔註 148〕；除了寫作經驗的歸納趨勢，周嘯天則從詩體格律來說明絕句一體之長：「絕句既有形式整飭、音韻和諧的優點，其格律又具有自由伸縮的餘地，便於爲作者掌握運用，可謂體兼古近之長。」〔註 149〕關於此點，廖振富直接就詠史詩的發展與詩體形式間的相互關係來作更明確的說明，以爲中唐論史之風漸盛的情況下，論史作品若採用五古則失之煩冗，七古則以敘事靈動爲特色，與議論不相干，五絕則難以伸展己見，而律詩嚴格的的格律和

　　　　北：明倫出版社，1971），頁 550。

〔註 146〕上述參見張夢機：〈杜甫變體七絕的特色〉，收於《思齋說詩》（臺北：華正書局，1977），頁 105。

〔註 147〕【清】施補華：《峴傭說詩》，收於《清詩話》（【清】丁福保編，臺北：明倫出版社，1971），頁 998。

〔註 148〕廖振富針對唐代詠史詩與不同特質之體式間的關係有詳細的分析說明，可參見廖振富：《唐代詠史詩之發展與特質》（臺灣師範大學國文研究所碩士論文，1989），頁 275～287，而本頁所引參見此文頁 280。

〔註 149〕周嘯天：《絕句詩史・引言》（成都：巴蜀書社，1999），頁 5。

對仗、八句的篇幅都不利於議論，也因此，律詩的較大容納度並沒有形成優勢，加上頷頸兩聯有對仗的要求限制；反觀絕句，其形式簡潔有力，較能集中議論的焦點，使立論更清晰銳利。更重要的是，絕句發展至中晚唐受老杜變體七絕的影響下，已由盛唐的「主氣」演變爲「主意」，而詠史正是最便於發揮作者新意的寫作題材，兩相結合，終於造成詠史七絕的大盛。〔註 150〕

　　綜合上述唐代各期詠史詩的發展可知，唐代詠史詩承襲漢魏六朝詠史詩的三條路線：史傳型、詠懷型以及史論型詠史詩，並進一步發展出懷古型詠史詩。而它們相互影響又各具特色：史傳體從徵實模刻轉變到趨虛抒情詠懷；而史論體則從敘議結合的史傳體中剝離出來，逐漸形成通篇議論的內涵，而這種以詩論史、風格趨於怪奇尖新的詠史方式，成爲晚唐及其後諸朝以詠史議論風氣的濫觴，且發展出機杼別出的翻案手法；而懷古詩中的幽思情愫則與詠史精神日益融涵，使得深思與情韻完美結合。

　　而在內容意涵上，唐代詠史詩也隨著國勢之盛衰產生變化：初盛唐由於政治較爲開明，一般士人對政治充滿熱情，事功思想強烈，故詩作多描寫前代豪傑或理想人物，以詠史勸諫君王或述其壯志。而中晚唐以後，政治昏暗，社會動盪不安，詩人們常藉由詠史詩表達對國家的憂患之思，興替之感，及個人際遇之困厄，故內容多集中於六朝滅亡故事及君王荒淫誤國，充滿沉重憂鬱的感傷。另一方面，隨著近體詩體的成熟，詠史詩體式的使用亦有所轉變，而以下就唐朝各階段各種主要詩體的創作數量之統計〔註 151〕，以見各體詩式之消長，或可從中窺知唐詠史形式上的轉變：

〔註 150〕周嘯天：《絕句詩史・引言》（成都：巴蜀書社，1999），頁 5。

〔註 151〕此表格引自施子愉〈唐代科舉制度與五言詩的關係〉一文而稍加刪減改變，其中將五言、七言排律部分省略不錄，而僅列本文所需數據資料，並加以比例化，以便於分析比較，參見《東方雜誌》第 40卷第 8 號（1944），頁 39。

體　別		初　唐		盛　唐		中　唐		晚　唐	
五言	古詩	663	721	1795	2316	2447	3453	561	754
七言		58	39%	521	46%	1006	28%	193	6%
五言	律詩	823	895	1651	1951	3233	5081	3864	7547
七言		72	48%	300	39%	1848	41%	3683	60%
五言	絕句	172	249	279	751	1015	3945	674	4265
七言		77	13%	472	15%	2930	32%	3591	34%
合計〔註152〕		1865		5018		12479		12566	

透過上列數據的消長變化，我們可以得知以下幾點分析：

1. 就每句字數（即五言、七言）大致而言，所列各體別中五言詩的數量在唐代各分期，均比七言詩來得多；唯絕句一體，七絕的數量上在盛唐時期即超越五絕，故持續發展至晚唐，七絕明顯遠多於篇幅短小的五絕。大體來看，直到中唐以後，尤其是在晚唐，七言詩體才廣泛爲詩人採用，從詩歌的數量上看，也打破了以五言詩爲主體的格局。〔註153〕由於「七言上四字下三字，足以當五言兩句。」〔註154〕七言是比五言更具伸縮性，容納度較大，較具彈性，故能適應較爲廣泛的題材內容，而五絕基於五言句法的固定而受限，缺乏變化的幅度，不如七絕來得流轉靈活，加上篇幅過於短小，實不足以概括史料的描述，亦無法發展個人論點，不如七絕來得符合晚唐詠史主於議論的需求。而也由於絕句篇幅的短小，才使得作者更須在概括凝練、在藝術典型化，對詩歌來說即意境的深化方面作更大的努力，以求小中見大，計一當十。〔註155〕故晚唐的詩作體式，其中七絕的數量與七律及五律旗鼓相當，可以說三者勢均力敵，各自佔有相當大的比例，而晚唐詩

〔註152〕如上註所述，此合計數目僅爲所列體別之總和，而非唐代四期所有體式詩作之總和；故表格所示比例亦爲就所列體例總和之比重，並非唐代四期所有體式詩作總和之比重。

〔註153〕徐青：〈中晚唐時期的詩律特點〉，《湖州師專學報》第 3 期總第 81 期（1996），頁 36。

〔註154〕【清】劉熙載：《藝概》卷 2《詩概》，收於《清詩話續編》下（郭紹虞編，臺北：木鐸出版社，1983），頁 2435。

〔註155〕周嘯天：《絕句詩史・引言》（成都：巴蜀書社，1999），頁 8。

幾乎有三分之二爲七言詩，足見七言詩於容納度與變化幅度上的優勢。

2. 就古詩一體而言，初唐到盛唐成長數量穩定，所佔所列體式之比重都有五分之二左右，但於中唐其成長率相較之下已遠不及絕律近體，甚至到了晚唐出現驟減的情況，與近體在數量上相差懸殊，中唐與晚唐依表所列之詩歌總數相差不多，但晚唐古體僅佔所列體式詩歌總數的百分之六，可見其幾乎已爲近體所取代，而詠史詩亦有此現象：初、盛唐仍多採古體或樂府，至中晚唐則多採用近體，尤其是七絕一體，數量最多。

3. 絕句與律詩各體隨著發展的成熟度，創作數量逐漸增加，其中絕句於中唐大幅成長，而律詩自初唐亦穩健持續成長，晚唐時絕律近體已高達古體的十五倍強之多。而上述唐詩創作形式變化的大體情況，基本上可與唐人詠史體式之轉變相互呼應，誠如廖振富所言：

> 初盛唐時期，詠史詩的主要體式是五古，至於近體，僅有數量極少的五絕、五律，而七絕、七律則幾未曾見。進入中唐時期，這種狀況有明顯的轉變：其一，五古詠史雖仍有一定數量，但内涵多轉變爲論史，而創作成績普遍欠佳，顯示五古詠史的正統地位逐漸動搖中。其二，近體律絕正沛然興起，轉變爲創作之新風尚。其中，尤以七絕詠史特別值得重視，數量不少且不乏佳篇，爲晚唐七絕詠史詩之大盛，開啓先機。整體而言，本期是由五古詠懷傳統，轉變爲七絕論史新傳統的過渡階段。〔註156〕

此正說明唐代各期詠史於內涵及體式上的轉變，而中唐爲改變的過渡期，晚唐更爲詠史的全盛期，而七絕與詠史於中唐的自然結合，延續至晚唐更形成詠史七絕的蓬勃發展，造就藝術成就上的高水平。總之，詠史詩發展至唐代，因應多方條件的轉變，無論於題材、內涵、體式及表現手法上皆呈現出與前代不同的風貌，新出的筆法與突破實具承上啓下的關鍵地位，對後代詠史發展方向更具影響力。

〔註156〕廖振富：《唐代詠史詩之發展與特質》（臺灣師範大學國文研究所碩士論文，1989），頁122。

第三章 杜牧李商隱生平簡介與詠史七絕創作情形

第一節 杜牧生平簡介

　　劉勰在《文心雕龍》〈體性第二十七〉中有言：「吐納英華，莫非情性。」〔註1〕說明作品所形成的個人風格，正反映出作者的思維、性格、氣質精神等各方面特質，而上述種種修養的孕育，則與其家世背景及成長過程息息相關，故此章節以杜李兩人生平為主軸，或可發覺其個性之形成助因。關於杜牧生平簡介，筆者主要參考繆鉞的《杜牧傳・杜牧年譜》〔註2〕、吳在慶的《杜牧詩文選評》〔註3〕及胡可先的《杜牧研究叢稿》〔註4〕，並斟酌其他相關論文，主要分期如下，而相關表格可參見附錄（四）：杜李詠史詩繫年表：

一、家世及幼年（西元 803～812）

　　杜牧，字牧之，京兆萬年（今陝西西安）人，生於唐德宗貞

〔註1〕【南朝・梁】劉勰，周振甫注：《文心雕龍注釋附新譯》（臺北：里仁書局，1984），頁536。

〔註2〕繆鉞：《杜牧傳・杜牧年譜》（河北：河北敦育出版社，1999）

〔註3〕吳在慶：《杜牧詩文選評》（上海：上海古籍出版社，2002）

〔註4〕胡可先：《杜牧研究叢稿》（北京：人民文學出版社，1993）

元十九年（西元 803），卒於宣宗大中六年（西元 852），享年五十。
出自名門望族，最早可追溯到西漢御史大夫杜周；而其後的西晉
鎮南大將軍杜預，不但通曉戰術，建立事功，且博學多能，注有
《左傳》一書；而杜牧之祖杜佑歷任中唐德宗、順宗、憲宗三朝
宰相。在顯赫家世的影響下，杜牧自然充滿自信及優越感，如其
在〈冬至日寄小姪阿宜詩〉中所言：「我家公相家，劍佩嘗丁當。」
〔註 5〕對於自己的出身，頗感驕傲自豪。相對的，杜牧在先祖輝煌
成就的鼓舞下，對於家國心懷壯志，熱切於事功的追求，並以前
人為模範，自詡頗高，在〈上李中丞書〉中有言：「某世業儒學，
自高、曾至于某身，家風不墜，少小孜孜，至今不怠。」〔註 6〕
可見其對於家族優良的學術傳統，致力傳承的自我要求，而祖父
杜佑著有《通典》，故杜牧生平尤其留心經世致用之務，論政談兵，
頗具見地，自言對於「治亂興亡之跡，財賦兵甲之事，地形之險
易遠近，古人之長短得失。」〔註 7〕有所研究，足見家世對他的影
響程度之大。

　　雖然杜牧很少在作品中提及幼年生活，但從出生開始，祖父
杜佑的官運一直很好，連任三朝宰相，且杜氏子弟，也大多在朝
為官，其門第之貴盛可以想見。總計自唐德宗貞元十九年（西元
803）杜牧出生，到唐憲宗元和七年（西元 812）這十年間，整個
天下局勢，雖已動盪不安，但卻是杜牧最為無憂的童年時期。在
長安的安仁里老家，臨近杜家的樊川別墅，風景幽美，杜牧就是
在這渡過一段歡愉的時光，其後詩文集甚至以樊川為名，〈朱坡絕
句三首〉等詩作中亦常提及當地景致，皆足見其對幼年時故鄉舊
地的懷想眷念。

〔註 5〕【唐】杜牧：《樊川文集》卷 1〈冬至日寄小姪阿宜詩〉（臺北：漢京
　　　　文化事業有限公司，1983），頁 9。
〔註 6〕同上註，卷 12〈上李中丞書〉，頁 183。
〔註 7〕同上註。

二、少年科第（西元 813～827）

（一）生活經歷簡述

　　憲宗元和七年（西元 812）十一月，杜佑卒於長安安仁坊宅中，享年七十八。其死後，他三個兒子各房的情況就發生變化：杜牧父親杜從郁及二伯父杜式方的相繼去世，家中經濟狀況急轉直下，孤立無援，後來杜牧嘗自述：「某幼孤貧，安仁舊第，置於開元末，某有屋三十間。去元和末，酬償息錢，為他人有，因此移去，八年中，凡十徙其居。奴婢寒餓，衰老者死，少壯者當面逃去，不能呵制⋯⋯奔走困苦，無所容庇，歸死延福私廟，支拄攲壞而處之⋯⋯某與弟顗食野蒿藋，寒無夜燭，默所記者，凡三周歲。」〔註 8〕可見當時處境之窘迫孤苦。

　　但困頓艱苦的境遇並沒有擊潰年輕且樂觀的杜牧，反而激勵他更奮發向上，致力於讀書，胸懷大志的他尤其注意到經濟國防、兵事之學對國家的重要性，且鑽研於《孫子》，並為之作注，曾在書序裡提到：「及年二十，始讀尚書、毛詩、左傳、國語、十三代史書，見其樹立其國，滅亡其國，未始不由兵也。」〔註 9〕主張賢能才士更應精習兵法，以負起國家大任；而經史古籍的廣泛涉獵也為其日後的軍政言論紮下根基。杜牧的文學才華初步展現在〈阿房宮賦〉一文中，當時年少的敬宗即位，大興王宮、縱情聲色，年方二十三的杜牧則藉由秦朝故事加以諷刺，全篇詞采華麗、情致豪健，表達對家國大事的關注與先見。此後聲名大作，甚至受到太學博士吳武陵的賞識推薦，在文宗大和二年（西元 828），即以第五名舉進士第，是此開始他的官場生涯。

（二）詠史詩的創作情形

　　年輕氣盛的杜牧，此期除了寫於唐敬宗寶曆元年（西元 825）的名篇〈阿房宮賦〉外，尚有可與之相呼應的詠史詩作——〈過華清宮

〔註 8〕【唐】杜牧：《樊川文集》卷 16〈上宰相求湖州第二啟〉（臺北：漢京文化事業有限公司，1983），頁 244。

〔註 9〕同上註，卷 10〈注孫子序〉，頁 151。

絕句三首〉〔註10〕，文體雖不同，但主旨內涵相似，前者藉秦事以諷時主，後者更以唐玄宗之荒淫誤國，希冀在位君主自覺而引以爲戒，兩者諷諭性質高，由此可見其關注現實、古爲今用、因時而發的創作態度。

三、八年幕府歲月（西元 828～835）

（一）生活經歷簡述

二十六歲的杜牧在中進士、舉賢良方正科後，朝廷授予弘文館校書郎，然此非其志；後爲江西觀察使沈傳師所賞識，辟爲團練巡官，後沈傳師轉爲宣歙觀察使，杜牧亦隨之赴宣州，三年後奉沈傳師之命，北至揚州，入淮南節度使牛僧孺幕，爲牛所賞識，時年三十一。而當時揚州爲繁華勝地，杜牧在這度過一段浪漫生活，留下不少風流韻事，由此見其性格上不修邊幅、放蕩不羈的一面。

文宗大和二年（西元 828）到九年（西元 835）這段時間，杜牧流轉於各地幕府，並投入牛僧孺手下，爲其往後仕途的不得意，埋下因子。因爲當時朝中分爲兩大政治派系：一派以牛僧儒、李宗閔爲首，是爲牛黨；另一派則爲李黨，以李德裕爲領袖，兩黨各有支持的朝臣勢力，彼此相互排擠，仇怨極深。而杜牧祖杜佑曾與李德裕父李吉甫共事，故杜牧理當投入李黨，但終卻投入牛黨，此舉讓李德裕明知杜牧之才，卻仍視之爲敵，捐而不用。

（二）詠史詩的創作情形

杜牧雖生性浪漫，加上身處繁榮之地揚州，但仍不忘家國大事，由其於大和年間所作的古文諸作即知，如：〈戰論〉、〈守論〉、〈原十六衛〉、〈罪言〉等，其政事才能與報國願望從中可見。而此期的詠史作品有寫作於唐文宗大和八年（西元 834）的〈揚州三首〉其二、其

〔註10〕此寫作時間乃依據吳在慶的說法：「此詩作年難考，因這一時期杜牧有〈阿房宮賦〉之作，其地及作意相近，故編於此。」上述參見吳在慶：《杜牧詩文選評》（上海：上海古籍出版社，2002），頁 7。

三，其二爲五言律詩，其三則以五言排律的形式呈現，詩人就地取材，以揚州爲寫作的出發點，思及隋煬帝遊幸揚州舊事。

四、二任朝官、再寓宣揚二州（西元 835～841）

（一）生活經歷簡述

　　文宗大和九年（西元 835），杜牧三十三歲，結束了長期的幕府生活，被調回中央擔任監察御史，可說是建功立業的大好機會，無奈朝中嚴重的派系人事糾紛，加上本身剛直敢言、嫉惡如仇的性格，不願同流合污，於是杜牧改派至東部洛陽任御史分司，以遠離政治中心，而同年十一月，便發生震驚朝野上下的「甘露之變」〔註11〕。文宗開成二年（西元 837），杜牧則因弟杜顗眼疾而寄寓揚州，因告假滿百日而去職。後因便於照顧胞弟，應宣歙觀察使崔鄲之辟，赴宣州爲團練判官。開成四年（西元 839），杜牧遷爲左補闕，兼史館修撰，重回朝廷。開成五年（西元 840），文宗崩，宦官殺太子，另立穎王李瀍，是爲武宗。朝中人事依舊複雜紛亂，加上照顧弟杜顗之考量，杜牧在武宗會昌二年（西元 842）出爲黃州刺史。

（二）詠史詩的創作情形

　　杜牧雖有在朝爲官的機會，但惡質的政治生態，讓個性耿介的他斷然離去，加上家庭因素的牽絆，使得杜牧來回於朝野，有志卻難伸，思緒較爲低落，甚而萌發「江湖酒伴如相問，終老煙波不計程。」〔註12〕的歸隱念頭，但也因宦途蹭蹬，詩歌創作頗有成績，

〔註11〕見《唐書・本紀第十七下・文宗下》所記載：「壬戌，中尉仇士良率兵誅宰相王涯、賈餗、舒元輿、李訓，新除太原節度王璠，郭行餘、鄭注、羅立言、李孝本，韓約等十餘家，皆族誅。時李訓、鄭注謀誅內官，詐言金吾仗舍石榴樹有甘露，請上觀之。內官先至金吾仗，見幕下伏甲，遽扶帝輦入內，故訓等敗，流血塗地。京師大駭，旬日稍安。」【宋】司馬光：《資治通鑑》卷 245〈唐紀六十一・文宗大和九年〉（臺北：明倫出版社，1978），頁 7911 之記載更爲詳盡，可相互參看。

〔註12〕【唐】杜牧：《樊川文集》卷 1〈逢裴坦判官歸宣州因題贈〉（臺北：漢京文化事業有限公司，1983），19 頁。

而此期詠史作品共有 9 首，如下：〈故洛陽城有感〉、〈金谷園〉（以上作於唐文宗開成元年（西元 836））、〈題宣州開元寺〉、〈題宣州開元寺水閣閣下宛溪夾溪居人〉（以上作於唐文宗開成三年（西元838））、〈商山富水驛〉、〈題武關〉、〈題烏江亭〉、〈題橫江館〉及〈題商山四皓廟一絕〉（以上作於唐文宗開成四年（西元 839））；而其中以七絕形式呈現者有：〈金谷園〉、〈題烏江亭〉、〈題橫江館〉及〈題商山四皓廟一絕〉。

五、轉徙黃池睦三州（西元 842～848）

（一）生活經歷簡述

從武宗會昌二年（西元 842）到宣宗大中二年（西元 848）間，杜牧開始他在地方上「三守僻左，七換星霜」〔註13〕勞頓的轉徙生涯。武宗會昌二年（西元 842）出為黃州刺史；會昌四年（西元 844），轉任池州刺史；會昌六年（西元 846），又改任睦州刺史；直到宣宗大中二年（西元 848）才又回到中央。杜牧這七年間四處轉任遷徙，實因當時武宗以李德裕為相，向來不拘小節的杜牧不為其所好，加上杜牧本身性格剛直耿介、不肯阿附，自然受到排擠，故常在文中表達內心的抑鬱不平，如：「會昌之政，柄者為誰？忿忍陰污，多逐良善。牧實忝幸，亦在遣中。黃崗大澤，葭葦之場。」〔註14〕（〈祭周相公文〉）

即便如此，杜牧仍關注著民生，積極干政，並多次上書宰相，與李德裕談政論兵，如：〈上李司徒相公論用兵書〉、〈上李太尉論北邊事啟〉、〈上李太尉論江賊書〉等；文中所提的具體建議，多被李德裕採納施行，但李卻因黨爭之故而不論其功，使杜牧胸中甲兵千萬卻無用武之地，徒留遺憾。

〔註13〕【唐】杜牧：《樊川文集》卷 16〈上宰相求湖州第二啟〉（臺北：漢京文化事業有限公司，1983），頁 238。

〔註14〕同上註，卷 14〈祭周相公文〉，頁 205～206。

（二）詠史詩的創作情形

晚唐政權的移轉，正可與牛李政黨之消長相呼應，此期杜牧因黨爭之故流轉於地方幕府，但勞瘁的七年並沒有澆熄詩人對政治的熱情，反而多次上書丞相，積極表達看法，而此時期亦是杜牧詩歌創作的繁榮期之一，其中律詩、絕句之作也較多，並形成各自的特色，在藝術上均取得了很高的成就〔註15〕；而創作的詠史詩亦多，共有 12 首，如下：〈雲夢澤〉（作於唐武宗會昌二年（西元 842））、〈蘭溪〉、〈題木蘭廟〉、〈題桃花夫人廟〉、〈赤壁〉（以上作於唐武宗會昌四年（西元 844））、〈潤州二首〉、〈春申君〉（以上作於唐武宗會昌六年（西元 846））、〈江南懷古〉、〈江南春絕句〉、〈泊秦淮〉、〈汴河懷古〉（以上作於唐宣宗大中二年（西元 848））；而其中以七絕形式呈現者有 10 首，如下：〈雲夢澤〉、〈蘭溪〉、〈題木蘭廟〉、〈題桃花夫人廟〉、〈赤壁〉、〈春申君〉、〈江南懷古〉、〈江南春絕句〉、〈泊秦淮〉、〈汴河懷古〉，且其中不乏名作佳篇。

六、出知湖州到中書舍人（西元 848～852）

（一）生活經歷簡述

宣宗大中二年（西元 848），杜牧年已四十六，獲得宰相周墀的提拔，授官司勳員外郎、史館修撰。但他仍看不慣官場的不良習氣，加上生計的考量而請求外任，在大中四年（西元 850）出守湖州刺史；但隔年即被朝廷調回，拜為考功郎中知制誥，不久升遷中書舍人；仕途似乎開始逐順，但卻因體弱多病，加上家人的相繼去世，晚年的杜牧已無心於仕宦聞達，甚至激憤地焚燬手邊的詩文作品，而自知不久於世，撰作〈墓誌銘〉；大中六年（西元 852）冬末，杜牧病逝於故居安仁里，享年五十。

（二）詠史詩的創作情形

此時杜牧已歷經仕途的起落況味，而朝廷依舊動盪不安，加上身

〔註15〕吳在慶：《杜牧詩文選評》（上海：上海古籍出版社，2002），頁 96。

體不適，詩人此期詠史作品並不多，僅有作於唐宣宗大中四年（西元850）的詠史七絕〈登樂游原〉及寫於唐宣宗大中六年（西元 852）的〈華清宮三十韻〉，而這也與詩人後期世界觀的消極面愈益發展有關〔註16〕。

　　而其他作年不詳的詠史詩則有：〈過驪山作〉、〈過勤政樓〉、〈過魏文貞公宅〉、〈西江懷古〉、〈臺城曲二首〉、〈詠歌聖德遠懷天寶因題關亭長句四韻〉、〈和野人殷潛之題籌筆驛十四韻〉、〈青塚〉、〈邊上聞胡笳三首〉其一及〈隋宮春〉等 11 首；而其中以七絕形式呈現者有：〈過勤政樓〉、〈過魏文貞公宅〉、〈青塚〉、〈邊上聞胡笳三首〉其一及〈隋宮春〉等。

小結

　　杜牧的性格與處世態度，根據《新唐書》的記載：「剛直有奇節，不為齪齪小謹，敢論列大事，指陳病利尤切至。」〔註17〕可見其鮮明的個性，及獨特的處世原則，早年則自立於黨爭之外，且嘗自言不願「俯仰進趨，隨意所在，希時循勢。」〔註18〕（〈上李中丞書〉），又恨「邪柔利己，偷苟讒諂。」〔註19〕（〈上池州李使君書〉），剛直褊狷，不能屈己事人的性情，讓人難以接近，不得當權者歡心，但杜牧不因私廢公，曾三次上書當時宰相李德裕，共商國事，由於言詞中肯，切中時要，為李所採用，結果頗有成效，但因杜牧宦途中頗受牛黨提拔，加上李不喜其浪漫任性、不謹守細節的性情，故李對其功勞隻字不提，致使杜牧壯志難酬。

　　雖然仕宦處處受阻，但樂觀向上、頗為自信的杜牧，熱情不減，仍以各種方式積極干政，表達在政治軍事上的卓越識見，以裨補時

〔註16〕馮海榮：《杜牧》（上海：上海古籍出版社，1991），頁 105。
〔註17〕【五代・後晉】劉昫等：《二十五史・唐書》卷 166〈杜牧傳〉（臺北：藝文印書館，據清乾隆武英殿刊本景印），頁 1972。
〔註18〕【唐】杜牧：《樊川文集》卷 12〈上李中丞書〉（臺北：漢京文化事業有限公司，1983），頁 183。
〔註19〕同上註，卷 13〈上池州李使君書〉，頁 190。

弊，試圖挽救屠弱的末世局勢。而創作詠史詩亦爲其手段之一，因此詩人在他短暫任職朝官及長期流轉於地方期間，產生不少詠史作品，透過對歷史的議論評價，表現他對時政的參與關心，故其「二任朝官、再寓宣揚二州（西元 835～841）」及「轉徙黃池睦三州（西元 842～848）」兩個階段的詠史創作最多，尤其後者更出現不少頗負盛名的詠史七絕佳作。

第二節　李商隱生平簡介

關於李商隱的生平，筆者以清人張爾田所編的《玉谿生年譜會箋》〔註20〕及馮浩的《玉谿生詩集箋注》〔註21〕爲準，並參酌吳調公的《李商隱研究》〔註22〕、劉學鍇與余恕誠合著的《李商隱詩歌集解》〔註23〕及其他相關論著，加以分期，如下：

一、家世及幼年（西元 812～821）

李商隱，字義山，號玉谿生〔註24〕，又號樊南生〔註25〕。生於唐憲宗元和七年（西元 812）〔註26〕，卒於宣宗大中十二年（西元858），終年四十七歲。原籍懷州河內（今河南沁陽），從其祖父起遷居鄭州滎陽（今河南滎陽）。關於家世，他有如此描述：「公先真帝子，

〔註20〕【清】張爾田編：《玉谿生年譜會箋》（臺北：臺灣中華書局，1979）
〔註21〕【唐】李商隱著，【清】馮浩注：《玉谿生詩集箋注》（臺北：里仁書局，1980）
〔註22〕吳調公：《李商隱研究》（臺北：明文書局，1988）
〔註23〕劉學鍇、余恕誠合著：《李商隱詩歌集解》（臺北：洪葉文化事業有限公司，1992）
〔註24〕清人馮浩認爲玉溪指的是懷州近王屋山的一條溪水，義山曾於該處學仙道，因以爲名。
〔註25〕李商隱未登第前曾居長安城郊，長安城南則有樊川。
〔註26〕關於李商隱生年，自馮浩以來，約有三種說法：錢振倫於《玉谿生年譜訂誤》以爲是唐憲宗元和六年（西元 811）；張爾田所編的《玉谿生年譜會箋》則以元和七年（西元 812）爲是；而馮浩的《玉谿生年譜》定爲元和八年（西元 813），此斟酌各家說法而採張爾田所持。

我系本王孫。」〔註27〕（〈哭逐州蕭侍郎二十四韻〉），因與唐王朝李淵之祖有著同族關係，從中可看出作者的自豪與驕傲，但事實上，傳至詩人家道已式微中衰，甚至過去四代先祖只是低階官僚，皆無在唐朝廷擔任過要職，因此，李商隱可說是出身於沒落的王孫貴族。李商隱出身不如杜牧來得烜赫，幼年即遭逢家中巨變，促使其性格的早熟。十歲喪父後，孤兒寡母的生活更是困苦無依，曾自述：「某年方就傅，家難旋臻。躬奉板輿，以引丹旐。四海無可歸之地，九族無可倚之親。既衵故丘，便同逋駭。生人窮困，聞見所無。及衣裳外除，旨甘是急。乃占數東甸。傭書販舂。日就月將，漸立門構。」〔註28〕（〈祭裴氏姊文〉）只能以親友的接濟及替人繕寫勉強度日，生活上困頓不堪，亦造成詩人年幼心靈上的壓力。雖然童年動盪飄泊，父親最後病逝幕府，但山明水秀、風光旖旎的江南，仍給詩人留下美麗的兒時回憶，甚至豐富了他爾後詠史詩的意境，孕育詩人「百寶流蘇」的風格〔註29〕，也在不少的抒情詩作中，提及水鄉的湖光山色與江南的風土民情。

二、艱辛求學（西元 822～827）

（一）生活經歷簡述

即使現實環境的困苦窘迫，李商隱並沒有因此改變求學向上的決心，其世代相承的家教良好，先人在政治上雖不聞達，但仍屬書香門第，父親李嗣亦留心於子女的教育，從詩人自述「五年誦經書，七年弄筆硯。」〔註30〕（〈上崔華州書〉）的詩句即知。失怙後，李商隱更奮發圖強，辛勤讀書，與弟羲叟受教於堂房叔父，嘗自言：「某材誠漏

〔註27〕【唐】李商隱，【清】馮浩注：《玉谿生詩集箋注》卷 1（臺北：里仁書局，1980），頁 51～52。

〔註28〕【唐】李商隱，【清】馮浩注，錢振倫、錢振常箋注：《樊南文集》卷 6 祭文〈祭裴氏姊文〉（上海：上海古籍出版社，1984），頁 340～346。

〔註29〕吳調公：《李商隱研究》（臺北：明文書局，1988），頁 6。

〔註30〕同註28，卷 8 書〈上崔華州書〉，頁 440～441。

薄，志實辛勤，九考匪遷，三多益苦。引錐刺股，雖謝於昔時；用瓜
鎮心，不慚於前輩。」〔註31〕（〈上漢南盧尙書狀〉）其苦讀之情狀可
以想見，而這也爲往後詩作的藝術成就及圓熟境界奠定深厚的基礎，
在思想上，則深受個性狷介孤僻的堂叔影響，而形成耿介卓然的性格。

　　少年時代的艱苦生活也給詩人的心靈長期地罩上陰影。他沒有前
輩李白那種汪洋萬頃的胸襟，也沒有好友杜牧那種豪放挺拔的氣度。
對於沒落家族的嗟嘆及死去親人的緬憶，幾乎成爲他青少年時期沉重
的精神負擔。這種抑鬱的精神狀態與爾後的坎坷仕途匯合起來，不僅
成爲他晚年虔心佛教的伏根，也爲他詩歌的感傷成分提供了現實基
礎。〔註32〕而思想早熟的詩人在十六歲時即有創作，由「樊南生十六
著〈才論〉、〈聖論〉，以古文出諸公間。後爲鄆相國、華太守所憐，
居門下時，敕定奏記，始通今體。」〔註33〕（〈樊南甲集序〉）這段話
可知。

（二）詠史詩的創作情形

　　困苦的成長背景及生活經歷，加上長輩的影響，促使李商隱個性
上的善感早熟、耿直不阿，故詩人在年少十五、十六時便有思想成熟
的詠史作品，如：寫於唐敬宗寶曆二年（西元 826）的七律〈富平少
侯〉及同題〈陳後宮〉的兩首五律，以及寫於唐文宗大和元年（西元
827）的〈無愁果有愁曲北齊歌〉，且其中不乏以古諷今之作，由此足
見生活經歷對詩人創作的影響層面。

三、十年應舉（西元 828～837）

（一）生活經歷簡述

　　文宗大和三年（西元 829），李商隱十八歲，其文才爲天平軍

〔註31〕【唐】李商隱，【清】馮浩注，錢振倫、錢振常箋注：《樊南文集‧
　　　　補編》卷 6 狀〈上漢南盧尚書狀〉（上海：上海古籍出版社，1984），
　　　　頁 679～681。
〔註32〕吳調公：《李商隱研究》（臺北：明文書局，1988），頁 8。
〔註33〕同註 31，卷 7〈樊南甲集序〉，頁 426。

節度使令狐楚所讚賞，不但辟之爲巡官，且親授駢文章奏的寫作技巧。從李商隱「自蒙半夜傳衣後，不羨王祥得佩刀。」〔註34〕（〈謝書〉）的詩句中可知令狐楚的辛勤教誨，讓他獲益良多，對其後來的文學造詣有所影響。吳調公就以爲李商隱在文學創作上若沒有得到令狐楚的指點，那麼他的駢文就不可能如此之精進，而詩中的用典遣詞也不一定能這樣繁富，詩的風格可能將又是另一番面目。〔註35〕

詩人二十一歲時，隨令狐楚離調到太原幕府，且在令狐楚的資助下赴京應試，但二次皆未考取。當中則受到崔戎的賞識，受其招聘，在華州（今陝西華縣）刺史幕下，後隨崔戎的調任赴兗州（今山東兗州西），不久因崔戎逝世而幕府解散。文宗開成元年（西元836），李商隱奉母遷居，並在濟源玉陽山學道教，此舉對他的詩歌藝術風格產生了影響，名山勝景中所流傳下來的美麗神話，引發詩人的興趣，導使他爾後大量地運用了這方面的材料，豐富了詩人的想像，開拓了詩境的空間，加深了構思的奇特和色彩的變幻〔註36〕，也有藉浪漫的神話傳說來詠史的情況。隔年，開成二年（西元 837），詩人又上京應考，當時令狐楚子綯爲左補闕，在他的推薦下，李商隱順利及進士第，時年二十六。

（二）詠史詩的創作情形

此時期李商隱在文章寫作上有較大的改變，因受到令狐楚的賞識及指導，由原本的古文寫作，轉變成習作駢文。而詩人參加進士考試的過程並不順遂，最終則藉著關係及第，其間詠史作品並不多，僅有作於唐文宗大和三年（西元829）的七律〈隨師東〉。

〔註34〕【唐】李商隱，【清】馮浩注：《玉谿生詩集箋注》卷 1〈謝書〉（臺北：里仁書局，1980），頁 51～52。
〔註35〕吳調公：《李商隱研究》（臺北：明文書局，1988），頁 8。
〔註36〕同上註，頁 13。

四、入王茂元幕到祕書省正字（西元 838～846）

（一）生活經歷簡述

文宗開成三年（西元 838），李商隱二十七歲，受涇原節度使王茂元之聘請，並娶了他的女兒，無意中捲入牛李黨爭的漩渦裡。因為王茂元屬於李黨，而李商隱早年受知於牛黨的令狐楚，最後卻入王幕，故被視為背離令狐楚父子，甚至被批為忘恩負義。因此，後來令狐綯入相，詩人多次向他陳情求援，都沒有獲得引薦。開成四年（西元 839），李商隱參加禮部試書判中式後，授官祕書省校書郎，後調補弘農縣尉。武宗會昌元年（西元 841），辭去弘農尉，入華州刺史周墀幕府。隔年在忠武節度使王茂元幕，掌書記。並赴京應禮部試，以書判拔萃，授祕書省正字，後則因母喪居家。會昌五年（西元 845），守喪期滿，入京仍為祕書省正字。

（二）詠史詩的創作情形

李商隱因婚姻的牽連而捲入牛李黨爭，在宦途處處受阻的情況下，只能擔任朝廷微職，或居於地方幕府，此期詠史作品共有 15 首，如下：〈馬嵬二首〉、〈思賢頓〉（以上作於唐文宗開成三年（西元 838））、作於唐武宗會昌二年（西元 842）的〈灞岸〉以及〈漢宮詞〉、〈北齊二首〉（以上作於唐武宗會昌五年（西元 845））、〈茂陵〉、〈漢宮〉、〈華嶽下題西王母廟〉、〈華山題王母祠〉、〈過景陵〉、〈瑤池〉、〈海上〉、〈四皓廟〉（本為留侯）（以上作於唐武宗會昌六年（西元 846））；而其中以七絕形式呈現者有：〈馬嵬二首〉其一、〈灞岸〉、〈漢宮詞〉、〈北齊二首〉、〈漢宮〉、〈華嶽下題西王母廟〉、〈華山題王母祠〉、〈過景陵〉、〈瑤池〉、〈海上〉及〈四皓廟〉（本為留侯）等 12 首，比重很高。

五、飄泊的游幕生活（西元 847～858）

（一）生活經歷簡述

宣宗時重用牛黨，罷黜李德裕，而在兩黨首領相繼逝世之後，牛李黨爭亦趨於緩和，但李商隱的仕途並沒有因此而順遂。宣宗大中元

年（西元 847），李商隱隨李黨的桂管觀察使鄭亞外放，其四六文集
《樊南甲集》即於此年編定，隔年離開桂州北歸，參加冬選，爲盩厔
（今陝西周至）尉，後改爲京兆尹參軍，專主章奏。大中四年（西元
850）入武寧軍節度使盧弘正幕，但隔年盧弘正病死，李商隱黯然回
京，向宰相令狐綯陳情，最後補太學博士。大中五年（西元 851），
詩人遠赴東川任幕職，柳仲郢辟之爲書記，後改判官。大中七年（西
元 853），編定《樊南乙集》。大中九年（西元 855），柳仲郢爲吏部侍
郎，隔年入朝，充諸道鹽鐵轉運使，奏李商隱充鹽鐵推官，後罷官，
還鄭州閒居，不久即病故，享年四十七。

（二）詠史詩的創作情形

　　生活的不安定，士人的無枝可棲，反映著國家的動盪飄搖，滿腹
理想的李商隱在人生的最後階段，受限於現實環境而四處漂泊，居無
定所，但依舊不放棄希望，詠史詩的創作也不曾間斷，此期詠史作品
共有 40 首，如下所列：〈五松驛〉、〈四皓廟〉（羽翼殊勳）、〈夢澤〉、
〈海上謠〉、〈宋玉〉、〈楚宮〉（複壁交青瑣）（以上作於唐宣宗大中元
年（西元 847））、〈潭州〉、〈楚宮〉（湘波如淚）、〈岳陽樓〉（漢水方
城）、〈過楚宮〉、〈楚宮二首〉、〈楚吟〉、〈舊將軍〉、〈韓碑〉（以上作
於唐宣宗大中元年（西元 847））、〈過鄭廣文舊居〉、〈漫成五章〉其
一、二、三、五、〈漫成三首〉（以上作於唐宣宗大中三年（西元 849））、
〈題漢祖廟〉、〈讀任彥昇碑〉（以上作於唐宣宗大中四年（西元 850））、
〈利州江潭作〉、〈梓潼望長卿山至巴西復懷譙秀〉、〈武侯廟古柏〉（以
上作於唐宣宗大中五年（西元 851））、作於唐宣宗大中七年（西元 853）
的〈無題〉（萬里風波）、作於唐宣宗大中九年（西元 855）的〈籌筆
驛〉、作於唐宣宗大中十年（西元 856）的〈鄠杜馬上念漢書〉以及
〈南朝〉（地險悠悠）、〈南朝〉（玄武湖中）、〈齊宮詞〉、〈景陽井〉、〈詠
史〉（北湖南埭）、〈覽古〉、〈吳宮〉、〈隋宮〉（乘興南遊）、〈隋宮〉（紫
泉宮殿）（以上作於唐宣宗大中十一年（西元 857））；而其中有 23 首
爲詠史七絕，如下：〈五松驛〉、〈四皓廟〉（羽翼殊勳）、〈夢澤〉、〈岳

陽樓〉（漢水方城）、〈過楚宮〉、〈楚宮二首〉其一、〈楚吟〉、〈舊將軍〉、〈過鄭廣文舊居〉、〈漫成五章〉其一、二、三、五、〈漫成三首〉其一、〈題漢祖廟〉、〈讀任彥昇碑〉、〈梓潼望長卿山至巴西復懷譙秀〉、〈南朝〉（地險悠悠）、〈齊宮詞〉、〈景陽井〉、〈詠史〉（北湖南埭）、〈吳宮〉及〈隋宮〉（乘興南遊）等。

而其他不編年的詠史詩則有：〈九成宮〉、〈舊頓〉、〈天津西望〉、〈過華清內廄門〉、〈隋宮守歲〉、〈華清宮〉（華清恩幸）、〈華清宮〉（朝元閣迥）、〈驪山有感〉、〈龍池〉、〈賈生〉、〈王昭君〉、〈咸陽〉、〈曼倩辭〉、〈東阿王〉、〈涉洛川〉及〈寄蜀客〉等 16 首；而其中詠史七絕有 14 首，如下：〈舊頓〉、〈天津西望〉、〈過華清內廄門〉、〈華清宮〉（華清恩幸）、〈華清宮〉（朝元閣迥）、〈驪山有感〉、〈龍池〉、〈賈生〉、〈王昭君〉、〈咸陽〉、〈曼倩辭〉、〈東阿王〉、〈涉洛川〉及〈寄蜀客〉等。

小結

李商隱為人耿直邁脫，不善逢迎，初受知於牛黨令狐楚，後娶李黨王茂元之女，被牛黨視為背德無行，一生周旋於兩黨，兩不討好下，致使在政途中備受打擊。至於《新唐書》本傳中對他的評價：「詭薄無行」〔註37〕、「放利偷合」〔註38〕與《舊唐書》本傳中的「無持操，恃才詭激。」〔註39〕皆屬非公正中立之偏見，不夠周全客觀故不足為憑；反觀李商隱處於晚唐末世，又為牛李的私人恩怨與政治紛擾所苦，鴻鵠之志不得展現，時運不濟而終生抑鬱，實為黨爭下受害最深者。

風雨飄搖的晚唐，有志士人普遍懷有不遇之心理，心思細膩的李商隱固然感受到大環境的積弱不振，昔日盛況似乎無以挽回，但詩人仍舊不放棄一絲希望，試圖以寫作來實現政治抱負，但最後仍不敵黨

〔註37〕【宋】歐陽修等：《二十五史・新唐書》卷 230〈李商隱傳〉（臺北：藝文印書館，據清乾隆武英殿刊本景印），頁 2314～2315。

〔註38〕同上註，頁 2315。

〔註39〕【五代・後晉】劉昫等：《二十五史・唐書》卷 190 下〈李商隱傳〉（臺北：藝文印書館，據清乾隆武英殿刊本景印），頁 2536。

爭的迫害，仕宦終身不遂，而同時代詩人崔玨〔註40〕詩中的：「虛負凌雲萬丈才，一生襟抱未曾開。」〔註41〕可說是他坎坷一生的最佳寫照。

杜牧、李商隱詠史詩繫年表　　　　　　　　　　　註：前加 * 者爲七言絕句

寫作時間	杜牧分期之詠史詩		李商隱分期之詠史詩
唐敬宗寶曆元年（西元825）	少年科第	* 〈過華清宮絕句三首〉【23歲】	艱辛求學
唐敬宗寶曆元年（西元826）	八年幕府歲月		〈富平少侯〉、〈陳後宮〉（玄武新開苑）、〈陳後宮〉（茂苑城如畫）【15歲】
唐文宗大和元年（西元827）			〈無愁果有愁曲北齊歌〉【16歲】
唐文宗大和三年（西元829）			〈隨師東〉【18歲】　十年應舉
唐文宗大和八年（西元834）		〈揚州三首〉其二、其三【32歲】	
唐文宗開成元年（西元836）	二任	〈故洛陽城有感〉、* 〈金谷園〉【34歲】	

〔註40〕《全唐詩》卷591對崔玨有以下的簡短介紹：「崔玨，字夢之，嘗寄家荊州，登大中進士第，由幕府拜秘書郎，爲淇縣令，有惠政，官至侍御。」而義山集中現存〈送崔玨往西川〉七律一首，首謂「年少因何有旅愁」，說明崔玨年輕時就與商隱相識。崔詩風格據《唐才子傳》說與趙光遠、孫榮相近，據《全唐詩》中所收諸詩，則其牢落抑塞之氣也有略近義山之處。商隱死后，崔玨有〈哭李商隱〉吊詩二首，爲同時代人吊詩之僅存者，這兩首詩對商隱評價很高……哀義山之死曰：「詞林枝葉三春盡，學海波瀾一夜乾。」表明崔玨對義山創作精神是理解的，所以薛雪稱他爲義山之「九原知己」。以上引自董乃斌的《李商隱的心靈世界》（上海：上海古籍出版社，1992），頁288。

〔註41〕清聖祖敕編《全唐詩》卷591崔玨：〈哭李商隱〉（北京：中華書局，1960年），頁6858。

唐文宗開成三年（西元838）	朝官、再寓宣揚二州	〈題宣州開元寺〉、〈題宣州開元寺水閣閣下宛溪夾溪居人〉【36歲】	入王茂元幕到祕書省正字	〈馬嵬二首〉（＊其一）、〈思賢頓〉【27歲】
唐文宗開成四年（西元839）		〈商山富水驛〉、〈題武關〉、＊〈題烏江亭〉、＊〈題橫江館〉、＊〈題商山四皓廟一絕〉【37歲】		
唐武宗會昌二年（西元842）		＊〈雲夢澤〉【40歲】		＊〈灞岸〉【31歲】
唐武宗會昌四年（西元844）		＊〈蘭溪〉、＊〈題木蘭廟〉、＊〈題桃花夫人廟〉、＊〈赤壁〉【42歲】		
唐武宗會昌五年（西元845）	轉徙黃池睦三州			〈漢宮詞〉、〈北齊二首〉【34歲】
唐武宗會昌六年（西元846）		〈潤州二首〉、＊〈春申君〉【44歲】		〈茂陵〉、＊〈漢宮〉、＊〈華嶽下題西王母廟〉、＊〈華山題王母祠〉、＊〈過景陵〉、＊〈瑤池〉、＊〈海上〉、〈四皓廟〉（本爲留侯）【35歲】
唐武宗會昌七年（西元847）			飄泊的游幕生活	〈五松驛〉、＊〈四皓廟〉（羽翼殊勳）、＊〈夢澤〉、〈海上謠〉、〈宋玉〉、〈楚宮〉（複壁交青瑣）【36歲】
唐宣宗大中二年（西元848）		＊〈江南懷古〉、＊〈江南春絕句〉、＊〈泊秦淮〉、＊〈汴河懷古〉【46歲】		〈潭州〉、〈楚宮〉（湘波如淚）、＊〈岳陽樓〉（漢水方城）、＊〈過楚宮〉、〈楚宮二首〉（＊其一）、〈楚吟〉、＊〈舊將軍〉、〈韓碑〉【37歲】

年代		杜牧	李商隱
唐宣宗大中三年（西元849）	出知湖州到中書舍人		✻〈過鄭廣文舊居〉、✻〈漫成五章〉其一、二、三、五、〈漫成三首〉（✻其一）【38歲】
唐宣宗大中四年（西元850）		✻〈登樂游原〉【48歲】	✻〈題漢祖廟〉、✻〈讀任彥昇碑〉【39歲】
唐宣宗大中五年（西元851）			〈利州江潭作〉、✻〈梓潼望長卿山至巴西復懷譙秀〉、〈武侯廟古柏〉【40歲】
唐宣宗大中六年（西元852）		〈華清宮三十韻〉【50歲】	
唐宣宗大中七年（西元853）			〈無題〉（萬里風波）【42歲】
唐宣宗大中九年（西元855）			〈籌筆驛〉【44歲】
唐宣宗大中十年（西元856）			〈鄠杜馬上念漢書〉【45歲】
唐宣宗大中十一年（西元857）			✻〈南朝〉（地險悠悠）、〈南朝〉（玄武湖中）、✻〈齊宮詞〉、✻〈景陽井〉、✻〈詠史〉（北湖南埭）、〈覽古〉、✻〈吳宮〉、✻〈隋宮〉（乘興南遊）、〈隋宮〉（紫泉宮殿）【46歲】
不編年詩		〈過驪山作〉、✻〈過勤政樓〉、✻〈過魏文貞公宅〉、〈西江懷古〉、〈臺城曲二首〉、〈詠歌聖德遠懷天寶因題關亭長句四韻〉、〈和野人殷潛之題籌筆驛十四韻〉、✻〈青塚〉、〈邊上聞胡笳三首〉其一、✻〈隋宮春〉	〈九成宮〉、✻〈舊頓〉、✻〈天津西望〉、✻〈過華清內廄門〉、〈隋宮守歲〉、✻〈華清宮〉（華清恩幸）、✻〈華清宮〉（朝元閣迥）、✻〈驪山有感〉、✻〈龍池〉、✻〈賈生〉、✻〈王昭君〉、✻〈咸陽〉、✻〈曼倩辭〉、✻〈東阿王〉、✻〈涉洛川〉、✻〈寄蜀客〉

　　而為了更清楚比較杜李的詠史作品，以下將兩人的詠史作品所使用的詩體形式以表格的方式呈現，如下所列：

體　　式		杜　牧	李商隱
古詩	五言	3	1
	七言	2	1
律詩	五言	2	5
	七言	6（15.4%）	16（21%）
絕句	五言		2
	七言	23（59%）	49（64.4%）
排律	五言	3	1
	七言		1
總　　計		39	76

　　由上列數據可知：杜李兩人詠史詩的數量雖有所差距，李約爲杜的兩倍，但仍有不少相同之處，如：兩人詠史詩皆有採用七言絕句形式來表現的傾向，其詠史七絕比重皆甚高，接近於總數的三分之二，關於此點廖振富也有相近的看法：「杜牧詠史數量雖少，但已有專用七絕之趨向，而李商隱則是第一位大量創作七絕詠史的詩人，量多而質精，對詠史七絕一體的風行，貢獻最大。」〔註42〕而且兩人皆以詠史七律居次，而其他體式的詠史詩則都只有寥寥數首，而由兩人詠史作品大量使用七絕呈現的現象，正可反映詠史形式的發展轉變及時代的趨勢，足見詠史七絕於晚唐之興盛流行。

第三節　杜李兩人之交遊及贈詩

　　同處於晚唐的杜牧與李商隱，兩人相差九歲，且杜牧從兄杜悰，其母爲李氏，李商隱與之爲中表，因此杜李之間存有親戚關係〔註43〕。本小節目的即在透過杜李兩人之間的互動，以見對彼此的影響或相近之處；而文人之間的交遊情形，可藉由其詩文集及其他載籍，以得知其梗概。杜牧門第頗高，又夙負文名，且杜李兩人既

〔註42〕廖振富：《唐代詠史詩之發展與特質》（臺灣師範大學國文研究所碩士論文，1989），頁 178。

〔註43〕參見王先漢：〈杜牧交遊考〉一文，收於《中華學苑》第 6 期（1970），頁 103。

爲親戚，理當早已相識，但遍尋《樊川文集》卻無贈和李商隱詩，
其可能原因〔註44〕之一是杜牧在晚年時，激憤焚燬手邊的詩文作品
時失傳〔註45〕，而現存李商隱詩集中有兩首寫給杜牧的贈詩：〈杜
司勳〉及〈贈司勳杜十三員外〉，我們或許可就此一窺二人之間的
關係，並從中挖掘他們詩歌創作精神上的相似之處。

　　杜李二人終生輾轉流離，奔波仕宦，即便有血緣關係，會面的機
會極少，而李商隱平素對杜牧詩即有特別深切的解會，將他視爲詩壇
之知己，故宣宗大中年間的一次過從相聚，便在贈詩中極力表現對杜
牧的滿心傾倒與惺惺相惜的情誼。以下就〈杜司勳〉一詩，進行分析：

　　　　高樓風雨感斯文，短翼差池不及群。

　　　　刻意傷春複傷別，人間惟有杜司勳。〔註46〕

此詩作於宣宗大中三年（西元 849），時李商隱 38 歲，正在長安京兆
掾曹任內，而由詩題可知杜牧時爲尚書司勳員外郎。杜牧於大中二年
（西元 848）八月受命此職，於十二月到京城，隔年五月牛僧孺喪禮，
兩人分別承擔其祭文及墓誌銘〔註47〕的撰寫工作，此時相遇於長安的
兩人皆已經歷過仕途上的坎坷蹭蹬，也流轉遷徙不少地方幕府，原有
理想似乎離現實愈來愈遠，心情不免苦悶，而於此刻逢遇同志相知
者，自然是傾洩出內心積壓已久的抑鬱與憤慨不平。故詩首句先描述
目前的政治形勢，詩人淋漓盡致地描寫出晚唐風雨飄搖的社會氛圍，
相對的，大環境影響詩壇的是文人內在的孤寂感。心思敏銳的李商隱
很快地察覺到末世所瀰漫的低氣壓，因此多表現出寒風砭骨的寂寞落
拓、無可奈何的悲哀；在這種情況下，知己誠然難得可貴，而「感」

〔註44〕關於此點，董乃斌於〈李商隱與杜牧之比較──從李商隱贈杜牧的兩
　　　　首詩說起〉一文中有相關研究及不同的思考方向，可供參考，參見《上
　　　　海大學學報》（社會科學版）第 12 卷第 1 期（2005），頁 12～16。
〔註45〕同註 43。
〔註46〕清聖祖敕編《全唐詩》卷 539（北京：中華書局，1960），頁 6157。
〔註47〕【唐】杜牧：《樊川文集》卷 7〈唐故太子少師奇章郡開國公贈太尉
　　　　牛公墓誌銘〉（臺北：漢京文化事業有限公司，1983），頁 114～119，
　　　　而李商隱爲牛僧孺所寫的祭文今已失傳。

一字正說明李商隱對於杜牧憂國傷時之作，心有同感故可爲知己。次句則自謙才短，以爲自己翅短力微，不能與同群比翼而飛，實際上即是就兩人壯志未逐的類似遭際而作，發抒同病相憐之感。

　　詩後半詩人特別提及杜牧的風流綺靡之作，並以爲眾人只看到詩的表面皮毛，而忽視其傷春、傷別背後所寄寓之眞旨。清人姚培謙有言：「天下惟有至性人，方解傷春傷別。茫茫四海，除杜郎外，眞是不曉得傷春，不曉得傷別也。」〔註48〕可見杜牧詩蘊含著深情至性，而憂國傷時的傷春及自慨不遇的傷別之作，正是其詩作的兩大主題。由於李商隱深體杜牧「刻意」作詩之用意，故將自己引爲杜牧的知己，極寫對他的推崇與傾倒感佩，而詩人明寫杜牧，實則暗寓自己，亦即馮浩所說的：「極力推重樊川，正是自作聲價。」〔註49〕因爲刻意地傷春傷別也正是李商隱詩所用力之處，清人何焯也說：「高樓風雨，短翼參差，玉溪方自傷春傷別，乃彌有感於司勳之文也。」〔註50〕由此可見李商隱與杜牧詩歌創作的主要精神——「傷春傷別」是息息相通的，這是他們進行交誼與成爲知己的基礎，也是他們二人詩歌的精髓。〔註51〕而同年之作〈贈司勳杜十三員外〉大旨相近，但側重處不一，如下所列：

> 杜牧司勳字牧之，清秋一首杜秋詩。
> 前身應是梁江總，名總還曾字總持。
> 心鐵已從干鏌利，鬢絲休嘆雪霜垂。
> 漢江遠弔西江水，羊祜韋丹盡有碑。〔註52〕

根據杜牧〈杜秋娘詩〉序所言：「杜秋，金陵女也，年十五，爲李錡

〔註48〕【清】姚培謙：《李義山詩集箋注》之語，引自劉學鍇、余恕誠編著：《李商隱詩歌集解》（臺北：洪葉文化事業有限公司，1992），頁 877。
〔註49〕【清】馮浩：《玉谿生詩集箋注》（臺北：里仁書局，1980），頁 397。
〔註50〕【清】何焯：《義門讀書記》之語，引自劉學鍇、余恕誠編著：《李商隱詩歌集解》（臺北：洪葉文化事業有限公司，1992），頁 877。
〔註51〕胡可先：〈寂寞詩壇之知音——李商隱贈杜牧的兩首詩發覆〉，《徐州師範學院學報》（社會科學版）第 3 期（1995），頁 43。
〔註52〕清聖祖敕編《全唐詩》卷 541（北京：中華書局，1960），頁 6226。

妻。後錡叛滅，籍之入宮，有寵於景陵。穆宗即位，命秋爲皇子傅姆。皇子壯，封漳王。鄭注用事，誣丞相欲去異己者，指王爲根。王被罪廢削，秋因故歸故里。予過金陵，感其窮且老，爲之賦詩。」〔註53〕可見詩因杜秋娘之遭遇有感於世事無常、沉浮不定，藉以慨嘆身世乖舛，命運自己無法掌控，而李商隱特舉此詩，讚賞杜牧這種作法，主要也由於自己時運不遂，加上呼應上述〈杜司勳〉詩中的「刻意傷春復傷別」；且李商隱的〈井絡四十韻〉一詩，其立意結構更全仿杜牧之〈杜秋娘詩〉，於此可知杜牧對李商隱的影響，也可知兩人有同好。〔註54〕而根據《南史・江總傳》的記載：「江總（文本爲「摠」），字總持……及長，篤學有文辭。仕梁，爲尚書殿中郎……後主即位，歷吏部尚書僕射……陳亡入隋，拜上開府。」〔註55〕頷聯引名聲高卻仕途坎坷的江總，固然惋惜杜牧之遇合，但也有勉勵意味，如清人屈復所言：「死生人所不免，詩追江總，文堪不朽，何嘆白首哉！」〔註56〕

　　此詩與〈杜司勳〉雖以讚美杜牧爲主旨，但〈杜司勳〉一詩基於自己與杜之際遇相似而發，側重於同「感」，而〈贈司勳杜十三員外〉則以「贊」爲主。頷聯極推重其「心鐵」之利，即胸中甲兵，不獨贊其詩文。杜牧素以經世濟時之才略自負，主張宰相文臣更須熟諳軍事，義山於此不徒視之以詩人，而極稱其軍事長才，可謂其真知己。而「心鐵」二句爲全篇主旨，謂其政治軍事之籌策既已切中時需，固能爲國所用，雖鬢絲雪垂，老大而名位未達，亦自可無憾，足見作者不以一己之窮達爲悲喜之胸襟氣度。最末二句則說杜牧奉詔撰韋丹碑文，此碑正如當年其先人杜預追弔羊祜一般，稱其峴山碑爲墮淚碑，必能流傳不朽，言杜牧雖運命不酬，然其詩文自能流傳於後，足見李商隱對杜牧之傾倒。

〔註53〕【唐】杜牧：《樊川文集》卷1〈杜秋娘詩〉（臺北：漢京文化事業有限公司，1983），頁5。

〔註54〕馮海榮：《杜牧・杜牧的影響》（上海：上海古籍出版社，1991），頁133。

〔註55〕【唐】李延壽：《二十五史・南史》卷36〈江總傳〉（臺北：藝文印書館，據清乾隆武英殿刊本景印），頁439～440。

〔註56〕【清】屈復：《玉谿生詩意》（臺北：正大印書館，1974），頁316。

　　處於江河日下的大唐季世，杜李兩人雖出身有別，但對政治充滿熱情；尤其杜牧「其通古今，善處成敗。」〔註57〕懷有過人的知兵才學及史識。只是兩人雖以天下爲己任，但現實中報國無門，抱負塡膺卻無以付諸實現，只好轉而以詩諫主，在詩作中投注情感與希望；縱然官場上的不得志，抑鬱而終的仕宦生涯，始終沒有消減他們對家國生民的關注與熱忱，故其詩歌創作精神有其相似處，而杜李兩人遭際之不遂，亦促使詩歌中表現出相同的「傷春傷別」之基調情思，彼此惺惺相惜，實因「同是天涯淪落人」之慨而發。

〔註57〕【宋】歐陽修等：《二十五史・新唐書》卷166〈杜牧傳〉（臺北：藝文印書館，據清乾隆武英殿刊本景印），頁1972。

第四章　杜牧李商隱詠史七絕之題材及主題內容

　　黃盛雄曾指出：「詠史詩的選材與寫作旨趣，不但可以看出作者的人格，其關懷古人的胸襟，也於茲顯現。」〔註1〕方瑜亦認為詩人對歷史人物與事件的選擇性吟詠，同樣表現了個人的偏嗜、見解與諷諭。〔註2〕因此，藉由研究詩人詠史作品中題材的擷取方向，得以窺見其心靈特徵及理想懷抱，而由詩中情意更可見其創作心靈與詠史之精髓。

第一節　題材

　　詠史詩，顧名思義乃以歷史為取材對象，故關於詩作題材上的分類，若依循本文第二章對詠史詩的定義，或是一般論文研究的分析方向，大致上可以將歷史題材分為人物、舊事、遺跡三類；而其中歷史人物與舊事相關性強，皆為詠史詩之主體，似乎無法斷然一分為二，故此於題材分類上統歸為一類；至於歷史遺跡，乃詩人懷想往事、興發感觸之依據，為觸景生情之媒介，實則與詠史之主軸──歷史人事

〔註1〕黃盛雄：《李義山詩研究》（臺北：文史哲出版社，1987），頁13。
〔註2〕方瑜：〈李商隱的詠史詩（上）〉，收於《中外文學》5卷第11期（1977），頁76。

脫離不了關係，尤其是懷古型作品，誠如方虛古所言：「懷古者，見古跡，思古人，其事無他，興亡賢愚而已。」〔註3〕由上述可知歷史題材中人物、舊事、遺跡之間互有關連，故以下將詠史之題材粗略區分為歷史人物（事）與地點遺跡兩大類，而地點遺跡一類僅在於說明是否有地點作為媒介，但即便有提及歷史遺跡，或詩題為行經某地名者，其內涵也不一定就是詠史詩或懷古型作品〔註4〕，仍需視其所詠人事內涵而定，如杜牧的〈蘭溪〉中蘭溪一地為詩人的觸發媒介，內容則為作者行經蘭溪，追思戰國忠臣屈原遭讒遷貶之故事，而其主旨在發抒「同是天涯淪落人」之感，故就其內涵意旨而言，應將之歸類為詠懷型詠史詩；而李商隱的〈四皓廟〉（羽翼殊勳）為詩人行經四皓廟，表面上也像是懷古型詠史作品，而內容是詩人由眼前景物聯想起異時同地的歷史人事，並結合現實政治加以議論，故實為評論型詠史詩〔註5〕；因此，歷史遺跡為詩人聯想往昔故事的某個根據，可視為詩人寫作的出發點，而不為主題內涵分類上的唯一根據，關於此點，於下一章主題內容中的懷古型詠史詩一小節中，將補充說明懷古型詠史詩之條件要素。

一、杜牧

以下就杜牧的 23 首詠史七絕，將其中所涉及的地點遺跡及歷史人物（事）予以分類，相關表格參見附表，而以下所列則依《樊川文集》之次序來作說明：

〔註3〕【元】方虛古：《瀛奎律髓》，收於《四庫善本叢書初編》第 53、54 函（臺北：藝文印書館），未標頁碼。

〔註4〕侯迺慧於〈唐代懷古詩的結構模式與生命開解〉一文中指出：「從詩歌精神來看詠史與懷古，我們可以說，詩人情意投射的對象層次完全不同，一個是歷史的現象，一個是生命的本質。」作者以全詩意旨之指向及面對歷史人事題材所專注的層面來界分詠史與懷古，引自《唐詩主題與心靈療養》（臺北：三民書局，2005），頁 216。

〔註5〕關於本文詠史七絕的分類方式：詠懷型、評論型及懷古型等三類，於下一章節有詳述。

（一）歷史人物（事）

　　杜牧的詠史七絕多有地點遺跡為媒介，進而連結到相關的歷史人事，或因景而生情，純粹就歷史人物生發者較少，僅有〈春申君〉一詩。此詩以東周戰國時春申君為主角，而以其門客李園為配角，詩人藉春申君為家奴所弒史事來抨擊晚唐朝官的平庸無能，不思國事而只知享樂鬥爭，忘恩負義而不知感恩圖報，頗具現實意義。

　　由於杜牧性格樂觀豪放，造就其俊逸爽朗的創作個性，並與其豪邁情致的作品風格三者相互呼應，故就題材中所涉及的人物而言，其詠史七絕作品中出現不少正面性人物，如：〈題魏文貞公宅〉以初唐賢臣魏徵來稱頌君臣之知遇、在〈雲夢澤〉中推崇唐將郭子儀以說明立功保勳之志，以及〈題木蘭廟〉中對民間女英雄木蘭的激賞之情等；一般而言，杜牧詩歌雖多展現豪放剛直的風格，但由於自身遭際不遇，英雄無用武之地下，詩人不免心生感慨，故其詠史七絕作品中亦不乏悲劇性人物，如：戰國時為家奴所弒的春申君、忠臣屈原因讒流放外地、漢使蘇武為胡人所囚，仍不改其節、王昭君為國和番，身死異鄉等，而面對晚唐政局的窮途末路，詩人不取承平盛世的清明聖君，而多以荒淫無道的亡國之君為借鏡，如：〈過勤政樓〉、〈過華清宮絕句三首〉中的唐玄宗與楊貴妃、南朝時發生侯景之亂的梁武帝及〈汴河懷古〉、〈隋宮春〉中的隋煬帝、西漢梁孝王等。

（二）地點遺跡

　　杜牧詠史七絕以地點遺跡為題材媒介者，包括：〈過華清宮絕句三首〉、〈金谷園〉、〈題烏江亭〉、〈題橫江館〉、〈題商山四皓廟一絕〉、〈雲夢澤〉、〈蘭溪〉、〈題木蘭廟〉、〈題桃花夫人廟〉、〈赤壁〉、〈江南懷古〉、〈江南春絕句〉、〈泊秦淮〉、〈汴河懷古〉、〈登樂游原〉、〈過勤政樓〉、〈過魏文貞公宅〉、〈邊上聞胡笳三首〉其一、〈隋宮春〉及〈青塚〉等。

　　由於杜牧仕宦不遂，轉徙地方幕府，經歷甚多，很多詠史七絕都是詩人於就職途中遊覽勝景、或親臨此地憑弔之後，所寫下的感懷詩

篇，故多興發思古幽情的歷史古蹟，如：勤政樓、樂游原、江南、橫江館、汴河、金谷園、蘭溪、木蘭廟及青塚等；此外，富含人事背景的歷史遺址所歸納的歷史教訓，則促使詩人創作出饒有諷諫意味的詠史七絕，如華清宮、秦淮運河、魏徵舊宅等；除了上述荒弛故宮建築、故事性強的前人遺址外，其他尚有詩人藉以生發議論的媒介，如：赤壁古戰場、桃花夫人廟、商山四皓廟等，詩人因景情生，或一抒心中塊壘感懷，或諷諭帝妃驕奢、議論前人功過，或懷古以寄慨，皆反映出晚唐詠史七絕題材豐富之特色。

杜牧詠史七絕題材之分析

（一）歷史人物（事）

詩　名	時　代	人物主角	備　註
〈春申君〉	東周戰國	春申君	藉春申君事（以門客李園爲配角）抨擊朝官平庸無能

（二）地點遺跡

詩　名	時　代	地點遺跡	備註（相關之人物主角）
〈過華清宮絕句三首〉	唐	華清宮遺址	其一爲楊玉環，其二、三則寫玄宗與楊妃
〈金谷園〉	西晉	金谷園舊地	石崇之寵妾綠珠【懷古型詠史七絕】
〈題烏江亭〉	秦	烏江亭	項籍
〈題橫江館〉	東漢三國	橫江館	孫策兄弟及西晉龍驤將軍王濬（以無爭漁翁相襯）【懷古型詠史七絕】
〈題商山四皓廟一絕〉	西漢	商山四皓廟	東國公、角里先生、綺里季及夏黃公（佐太子劉盈）
〈雲夢澤〉	唐	雲夢澤故址	郭子儀（以韓信、范蠡陪襯）
〈蘭溪〉	東周戰國	蘭溪	楚國忠臣屈原
〈題木蘭廟〉		木蘭廟	木蘭（以王昭君陪襯）
〈題桃花夫人廟〉	東周春秋	桃花夫人廟	息國夫人（以綠珠相對比）
〈赤壁〉	東漢三國	赤壁古戰場	吳將周瑜（詩人著眼於大小喬）

〈江南懷古〉	南朝	金陵	梁武帝【懷古型詠史七絕】
〈江南春絕句〉	南朝	江南	【懷古型詠史七絕】
〈泊秦淮〉	唐	秦淮運河	
〈汴河懷古〉	隋	汴河	隋煬帝、西漢梁孝王【懷古型詠史七絕】
〈登樂游原〉	漢	樂游原	【懷古型詠史七絕】
〈過勤政樓〉	唐	勤政樓廢墟	唐玄宗【懷古型詠史七絕】
〈過魏文貞公宅〉	唐	魏徵舊宅	唐太宗、臣魏徵（以同時代的封德彝相對比）
〈邊上聞胡笳三首〉其一	西漢	邊塞	蘇武
〈隋宮春〉	隋	隋代故宮	隋煬帝【懷古型詠史七絕】
〈青塚〉	西漢	青塚	王昭君

二、李商隱

　　本文所錄李商隱 49 首詠史七絕，其中所涉及的歷史遺跡及人事，如下所列，相關表格參見附表，以下則依《玉谿生詩集箋注》頁數次序說明：

（一）歷史人物（事）

　　李商隱詠史七絕以人物為題材者有：〈北齊二首〉中的齊後主及馮小憐、〈舊將軍〉中的李廣、〈漫成五章〉其一、二、三、五中的沈宋、初唐四傑、李杜、孫權、王羲之、郭子儀及張仁愿等、〈漫成三首〉其一中的何遜及范雲、〈讀任彥昇碑〉中的任昉、〈賈生〉、〈王昭君〉、〈曼倩辭〉中的東方朔、〈東阿王〉及〈寄蜀客〉中的司馬相如、卓文君等。相較於杜牧，李商隱詠史七絕作品中理想性的人物寫得較少，而所舉亦多傾向失政亡國等負面史例，誠如吳調公所言：「李商隱詠史詩的題材多為南朝和隋代帝王失國與唐代馬嵬之變……較少歌頌古代的正面人物、理想人物。」〔註6〕且在「人為」之國家觀點的驅使下，李商隱詠史的焦點多放在帝王，且多為歷史上惡名昭彰的

〔註 6〕吳調公：〈論李商隱詩的風格特色〉，收於《李商隱詩研究論文集》（國立中山大學主編，臺北：天工書局，1984），頁 347～348。

末世之主，其目的即在藉由對前人的諷刺以鑑戒時主，切勿步其後塵，重蹈歷史覆轍，如：好色迷信的周穆王、荒淫無度的吳王夫差、〈過楚宮〉、〈楚宮二首〉其一及〈岳陽樓〉（漢水方城）中的楚襄王、好細腰的楚靈王等，而末代君王則有齊廢帝、陳後主、北齊後主及隋煬帝等；而詩人又特別著意於導致國勢中衰的當朝玄宗，相關的諷刺作品甚多，如：〈馬嵬二首〉、〈華清宮〉同題二首、〈驪山有感〉及〈龍池〉等，而詩人即便面對雄才大略的漢武帝與秦始皇，亦特意取其貪婪長生或美色的一面，揭示其負面形象加以撻伐來告誡君主，可知其詠史富含濃厚的以古諷今之用意。此外，歷史上時遭橫逆的文人才士也是李商隱詠史七絕中頻繁出現的人物類型，如：屈原、宋玉、才高命短的賈誼、賦聖司馬相如、陳思王曹植、任昉、〈過鄭廣文舊居〉中和屈宋並論的庾信與鄭虔以及在〈漫成五章〉、〈漫成三首〉中出現的沈宋、初唐四傑、李杜、王羲之及何遜等人。無論是擷取六朝君王之題材，或是採用否定形象的人物，李商隱詠史七絕題材之選擇方向，皆與現實政治及自身遭際有關。

（二）地點遺跡

李商隱詠史七絕以地點爲題材者有：〈馬嵬二首〉其一、〈灞岸〉、〈漢宮詞〉、〈漢宮〉、〈華嶽下題西王母廟〉、〈華山題王母祠〉、〈過景陵〉、〈瑤池〉、〈海上〉、〈四皓廟〉（本爲留侯）、〈五松驛〉、〈四皓廟〉（羽翼殊勳）、〈夢澤〉、〈岳陽樓〉（漢水方城）、〈過楚宮〉、〈楚宮二首〉其一、〈楚吟〉、〈過鄭廣文舊居〉、〈題漢祖廟〉、〈梓潼望長卿山至巴西復懷譙秀〉、〈南朝〉（地險悠悠）、〈齊宮詞〉〈景陽井〉、〈詠史〉（北湖南埭）、〈吳宮〉、〈隋宮〉（乘興南遊）、〈舊頓〉、〈天津西望〉、〈過華清內廄門〉、〈華清宮〉（華清恩幸）、〈華清宮〉（朝元閣迥）、〈驪山有感〉、〈龍池〉、〈咸陽〉及〈涉洛川〉等。由於詩人處於晚唐腐敗政局而懷才不遇，其心中抑鬱自然透過詠史以弔古傷今、寄託感慨，且緊密聯繫著政治因素，故其詠史七絕政治色彩相當濃厚，足見詩人對現實政治的深切關懷，也因此，其詠史詩作大量提及具人事背景而

深含歷史教訓的故宮舊址，如：馬嵬坡、漢宮、景陵、雲夢澤、楚宮、江南、齊宮、景陽井、金陵、吳宮、隋宮、華清宮、**驪**山、龍池及咸陽等。

李商隱詠史七絕題材之分析

（一）歷史人物（事）

詩　　名	時　代	人物主角	備　　註
〈北齊二首〉	北齊	齊後主、馮小憐	藉高緯荒淫亡國事以警誡武宗
〈舊將軍〉	西漢	李廣	託古諷宣宗君臣斥前朝有功將相
〈漫成五章〉 其一、二、 三、五	其一：沈宋、初唐四傑 其二：盛唐李杜 其三：東吳孫權、東晉王羲之 其五：唐郭子儀、張仁愿	前三首藉詠史慨己遭棄沉淪，其五嘆功臣遭斥
〈漫成三首〉 其一	南朝	何遜、范雲	藉何遜受范雲賞愛事，自比寓意
〈讀任彥昇碑〉	南朝齊	任昉（以蕭衍為陪襯）	託任昉事寄己不遇、庸才貴仕之慨
〈賈生〉	西漢	賈誼（以漢文帝陪襯）	憐賈誼不遇，諷漢文帝求仙以刺時主
〈王昭君〉	西漢	王昭君（以毛延壽為陪襯）	託昭君以致志士才人不遇之慨
〈曼倩辭〉	西漢	東方朔	
〈東阿王〉	魏	曹植、甄宓（灌均為配角）	自比曹植，抒發才命相妨之慨
〈寄蜀客〉	西漢	司馬相如、卓文君	肯定長卿、文君之愛情，並自比文君

（二）地點遺跡

詩　　名	時　代	地點遺跡	備註（相關之人物主角）
〈馬嵬二首〉其一	唐	馬嵬坡	唐玄宗、楊貴妃
〈灞岸〉	唐	灞岸	【懷古型詠史七絕】
〈漢宮詞〉	西漢	漢宮	漢武帝（以司馬相如為陪襯）
〈漢宮〉	西漢	漢宮	漢武帝（西王母、東方朔、鈎弋夫人及李夫人為配角）

〈華嶽下題西王母廟〉	周	華山西王母廟	周穆王、西王母
〈華山題王母祠〉		華山西王母廟	西王母、麻姑
〈過景陵〉	唐	景陵	武皇（以魏武帝及黃帝託諷）
〈瑤池〉	周	瑤池	周穆王、西王母
〈海上〉	秦	海邊	秦始皇（譴徐福求仙未成）
〈四皓廟〉（本爲留侯）	西漢	四皓廟	張良（四皓、蕭何爲配角）
〈五松驛〉	秦	五松驛	趙高、李斯（以賈誼〈過秦論〉表意）
〈四皓廟〉（羽翼殊勳）	西漢	四皓廟	四皓：東國公、角里先生、綺里季及夏黃公
〈夢澤〉	楚	雲夢澤	楚靈王
〈岳陽樓〉（漢水方城）	楚	岳陽樓	楚襄王（夢高唐神女）
〈過楚宮〉	楚	楚宮	楚襄王、神女
〈楚宮二首〉其一	楚	楚宮	楚襄王、神女
〈楚吟〉	楚	江陵	宋玉
〈過鄭廣文舊居〉		鄭廣文舊居	屈原、宋玉、庾信與鄭虔
〈題漢祖廟〉	西漢	漢祖廟	漢高祖（以項籍爲陪襯）
〈梓潼望長卿山至巴西復懷譙秀〉		長卿山、巴西	司馬相如、譙秀
〈南朝〉（地險悠悠）	南朝梁	江南	梁元帝、徐妃
〈齊宮詞〉	南朝齊梁	齊宮	齊東昏侯、潘妃（以梁蕭衍爲陪襯）
〈景陽井〉	陳	景陽井	陳後主（以西施事相對比）
〈詠史〉（北湖南埭）	六朝	金陵	
〈吳宮〉	東周吳	吳宮	吳王夫差
〈隋宮〉（乘興南遊）	隋	隋宮	隋煬帝
〈舊頓〉		舊頓	【懷古型詠史七絕】
〈天津西望〉		天津	【懷古型詠史七絕】
〈過華清內廄門〉	唐	華清宮內廄	【懷古型詠史七絕】
〈華清宮〉（華清恩幸）	唐	華清宮	唐玄宗、楊貴妃（以褒姒陪襯）

〈華清宮〉（朝元閣迴）	唐	華清宮	唐玄宗、楊貴妃
〈驪山有感〉	唐	驪山	唐玄宗、楊貴妃、壽王
〈龍池〉	唐	龍池	唐玄宗、楊貴妃、壽王（以薛王陪襯）
〈咸陽〉	秦	咸陽	秦始皇
〈涉洛川〉	魏	洛川	曹植、甄宓（灌均為配角）

小結

　　由於杜李身處晚唐國勢江河日下之時，加上論史之風之盛行，故其詠史七絕每每以古說今，目的在藉前朝施政得失，作為對當前政治的龜鑑與諷諫，且多以不恤民間疾苦、恣情縱慾而動搖國本，甚而導致國家覆滅的亡國之君、荒淫帝妃為詠史題材，尤以李商隱作品特別顯著；此外，杜李詠史七絕或以女性為出發點，或將焦點集中於女性，頗具特色，為二人作品之共同點；而同中有異的是，杜牧詩中出現多為現實中的女性，而李商隱詠史七絕則還包括神話傳說中的女性，如：西王母、麻姑、洛神、神女等，且多涉及愛情，為其詠史增添不少浪漫情懷，由此可見其善於以神話傳說的人物點染豔情，附會戀愛對象〔註7〕的特色，此點待至第五章詳敘。而兩人詠史七絕所詠主角人物，常有配角人物的出現以烘染襯托或對照比較，如：杜牧〈題桃花夫人廟〉以綠珠對比主角息夫人；而李商隱的〈龍池〉則以薛王突顯壽王。而兩人詠史七絕相同的人事題材有：屈原、項籍、商山四皓、王昭君、隋煬帝及當朝之玄宗、楊妃及郭子儀等，而在地點題材方面，兩人皆多以富含歷史人事背景的故宮遺址為媒介，或揭示歷史教訓，或藉以大發議論；但由於杜李二人個性相左，加上個人際遇有別，取材方向不一、觀察歷史各種的角度立場，加上寫作手法的相異變化，而使二人詠史七絕呈現迥然不同的風格。

〔註7〕方瑜：〈李商隱的詠史詩〉（上），《中外文學》5卷第11期（1977），頁79。

第二節　主題內容

　　關於詠史詩的分類，自古即有，如清人何焯有云：「詠史者，不過美其事而詠嘆之，檃括本傳，不加藻飾，此正體也。太沖多自攄胸臆，乃又其變。」〔註8〕即將詠史分爲史傳正體與詠懷變體二類；而袁枚亦云：「詠史有三體：一借古人往事抒自己之懷抱，左太沖之〈詠史〉是也；一爲隱括其事而以詠歎出之，張景陽之〈詠二疏〉、盧子諒之〈詠藺生〉是也；一取對仗之巧，義山之『牽牛』對『駐馬』、韋莊之『無忌』對『莫愁』是也。」〔註9〕分詠史爲三，而其中的第一體即上述何氏所謂的詠懷變體一類。而今之學者亦有不同的分類方式，如臺灣最早討論詠史詩之分類的單篇論文──齊益壽的〈六朝詠史詩的類型〉，則將六朝的詠史詩分爲史傳型、詠懷型及史論型三類〔註10〕。由於詠史發展至唐達到一個高峰，故針對唐代詠史詩，不少學者加以研究分類，如陳文華以爲中晚唐之詠史詩，可分爲「隱括本傳，詠其得失」的傳體、「藉古抒懷，諷時刺世」的論體及「評論古人，獨抒己見」的評體〔註11〕；而袁方則依據對詠史引用歷史材料特點的認識，分唐代詠史詩爲專題詠史、泛詠史及變體詠史三種類型〔註12〕；而其他相關論述或學位論文，亦有相似的分類方式，如：廖振富將唐代詠史詩分爲：託古抒懷、借古諷今及以詩論史等三類寫作旨趣〔註13〕。

〔註 8〕　【清】何焯：《義門讀書記》卷46，收於《景印文淵閣四庫全書》第860冊（【清】紀昀等總纂，臺北：臺灣商務印書館，1985），頁670。

〔註 9〕　【清】袁枚：《隨園詩話》（臺北：廣文書局，1979），未標頁碼。

〔註10〕　有關詠史類型的相關定義，參見齊益壽：〈六朝詠史詩的類型〉，《中華文化復興月刊》第10卷第4期（1977），頁9～12。

〔註11〕　參見陳文華：〈論中晚唐詠史詩三大體式〉，《文學遺產》第5期（1989），頁67～74。

〔註12〕　參見袁方：〈大視野下的歷史觀照──也論唐代詠史詩的分類、取材及繁榮原因〉，《西安文理學院學報》（社會科學版）第9卷第4期（2006），頁5～7。

〔註13〕　參見廖振富：《唐代詠史詩之發展與特質》（臺灣師範大學國文研究所碩士論文，1989）

　　而其中潘志宏的《晚唐三家詠史詩研究》﹝註14﹞，則依據詠史
詩之內容意旨，將晚唐詠史區分爲詠懷型、議論型、諷諭型與懷古
型等四大類別；而其中對於詠懷型及議論型詠史詩的定位，不出齊
益壽所謂的詠懷型與史論型詠史詩之範疇，由於傳統史傳型詠史詩
發展至晚唐，已爲其他類型所取代，故潘氏捨之未列入，且認爲諷
諭型及懷古型詠史詩，爲唐代詠史詩獨具之發展特色。今參酌諸家
說法，認爲潘氏在齊氏的研究基礎上，對晚唐詠史類型的區別方法
較爲明確，故於此沿探之；但以爲其中議論型及諷諭型詠史詩兩者
有所重疊，性質上頗爲相近﹝註15﹞，故參酌上述陳文華的分類方式，
將議論型及諷諭型二者合併爲「評論型」一大類，而此類詠史作品
於杜李兩人詠史七絕中所佔比例甚高，然各有不同指向與特色，足
見兩人論史作品不同之處，將於後詳述。故以下就杜牧及李商隱的
詠史七絕，將其主題內容略分爲：詠懷型、評論型及懷古型等三類
加以分析說明。

〔註14〕參見潘志宏：《晚唐三家詠史詩研究》（清華大學中國文學研究所碩
　　　　士論文，1993）
〔註15〕如：杜牧的〈題桃花夫人廟〉以設問的方式議論息夫人的同時，亦
　　　　以爲主墜樓殉情的綠珠諷刺息媯的苟活偷安；〈春申君〉在論春申君
　　　　爲家奴所弒的同時，亦諷刺晚唐當朝的國士大臣，受人恩惠卻不知
　　　　回報的行徑。而李商隱的〈題漢祖廟〉，前人程夢星、屈復讚李商隱
　　　　創論之精，如：「同離故鄉，成敗不同。雖曰天數，不無人事，創論
　　　　卻是實理。」而晚唐穆、敬以來，河北藩鎮已成定局，朝廷亦放棄
　　　　恢復之意圖，故此作用意乃藉詠史諷慨時主苟且偷安而無雄心；而
　　　　其〈賈生〉在論賈誼遭際不遇的同時，亦有自比及諷刺漢文帝不能
　　　　知人善任之意；而〈南朝〉（地險悠悠）更是合諷諭議論於一的作品，
　　　　由此可知此兩類型詠史內涵有相近或重複之處，從另一角度而言，
　　　　諷諭或可視爲議論的一種。此外，有的詠史詩作因內涵多元豐富，
　　　　具有二種以上的特性，可分列在不同類型，此種現象，潘志宏在《晚
　　　　唐三家詠史詩研究》一文中曾提及：「李商隱詠史詩中之〈賈生〉分
　　　　列於詠懷型及諷諭型……（頁35），杜牧詠史詩〈華清宮三十韻〉分
　　　　列於諷諭型及懷古型……（頁37）」故本文就杜李詠史七絕之主要內
　　　　涵意旨爲分類標準，對於少部分詠史詩作類別之重疊則略述，主要
　　　　目的在於說明詩人所擅長的詠史類別。

一、詠懷型

（一）杜牧

出身名門的杜牧在家學的影響下，年少時即懷有遠大的政治抱負，鑽研用力於政經軍防，有著積極進步的政治思想，喜好談兵論政，此與其豪邁剛直的個性相得益彰，故其詩風自然，趨於俊爽勁健，激昂感慨。因此他往往因壓抑不住飽滿的政治激情，而順從感情的激盪、意緒的自然發展，坦露胸襟，直筆見意〔註16〕，因此，關於自我懷抱等主觀性情多徑直發抒在感懷詩作中，相形之下，透過歷史人物或史事來間接表達的詠史作品較少；在杜牧的 23 首詠史七絕中，屬於詠懷型者僅〈蘭溪〉、〈題木蘭廟〉及〈青塚〉三首，如〈蘭溪〉一詩，杜牧在傷屈原遭際之餘，亦傷己之不遇：

> 蘭溪春盡碧決決，映水蘭花雨發香。
> 楚國大夫憔悴日，應尋此路去瀟湘。

詩作於杜牧去國離鄉，出守黃州僻郡之時。蘭溪在蘄州西，今名浠水，據說附近一帶多生蘭花，故名。詩前二句寫蘭溪的自然風光：暮春時節，蘭溪澄碧深廣，而雨後岸邊蘭花更散發著清香。後二句則因物起興，由香草蘭花思及忠誠而遭斥的屈原，詩人想像他當年被流放江南，沿著這條路前往瀟湘的憔悴模樣。而屈原的作品中，常以香草如蘭花、白芷等比喻忠貞高潔之君子，或用以寄託己身之清白；故詩人看見位於楚國境內，夾岸芳蘭盛開的蘭溪，自然聯想起楚國三閭大夫屈原。全文筆調流麗，在郁郁菁菁的蘭花映襯下，愈見屈原人品之潔白無瑕，情景交融；而詩人在傷古的同時，亦寓有懷才不遇之慨。而〈題木蘭廟〉則以女性爲詠嘆對象，旨在歌頌傳說中的巾幗英雄木蘭，如下：

> 彎弓征戰作男兒，夢裏曾經與畫眉。
> 幾度思歸還把酒，拂雲堆上祝明妃。

〔註16〕吳在慶：《杜牧論稿》（福建：廈門大學出版社，1991），頁 166。

木蘭，即北朝樂府〈木蘭詩〉﹝註17﹞裡的女中豪傑，她女扮男裝，代父從軍，爲國立功，後來功成身退，不受爵賞，榮歸故里。詩首二句寫木蘭白天像男子一樣騎馬彎弓，勇敢征戰；晚上則在夢中，回復女兒本色。詩人透過眞實與夢境的對比，刻畫出她的特殊身分與非凡本事。後二句虛寫，想像木蘭思念家鄉時，在拂雲堆前向王昭君以酒祝禱的情景。詩人巧妙地連結木蘭與昭君這兩位不同時代、命運迥異的女性，前者爲國征戰、萬里從戎，後者則爲國和親、死留青塚；兩人遭際相去，但皆背負家國的重責大任，充分表現爲國紓困的愛國之心，木蘭向昭君祝禱，除了表達敬意，也說明她內心思歸故鄉與現實中安靖邊烽的對立矛盾，展現先國後家的高尚胸襟而〈青塚〉之主角亦爲女性，即以王昭君客死沙域事寄慨，如下：

　　青塚前頭隴水流，燕支山上暮雲秋。
　　蛾眉一墜窮泉路，夜夜孤魂月下愁。

詩前半寫秋景藉以襯托王昭君爲國和番，最終死留青塚事；後半則虛寫王昭君死後亡魂不得歸漢之憾，詩人藉昭君事寄託生不逢辰，終身仕宦不遂之慨。而上述兩首皆以女性觀點來敘寫，爲詠史七絕增添不少含蓄婉約風格，尤其前者詩人更以明妃襯托民間女子木蘭，對比中獨出心裁，更使得詩情委婉動人，而後者則直寫明妃之不得志，無論是表達內心對木蘭的贊美之意或是對昭君的惋惜感慨，從中皆得見詩人欲爲國紓困、效力獻身的心志抱負，相形之下，當朝爲政者的軟弱無能不言而喻。

（二）李商隱

　　在李商隱 49 首詠史七絕中，有 15 首爲詠懷型作品，爲數不少，如下：〈過楚宮〉、〈楚吟〉、〈過鄭廣文舊居〉、〈漫成五章〉其一、二、三、五、〈漫成三首〉其一、〈讀任彥昇碑〉、〈梓潼望長卿山至巴西復懷譙秀〉、〈王昭君〉、〈曼倩辭〉、〈東阿王〉、〈涉洛川〉及〈寄蜀

﹝註17﹞【宋】郭茂倩：《樂府詩集》卷 25（臺北：世界書局，1979），頁 813
　　　～815。

客〉等。由於李商隱出身沒落王族，心懷遠志卻周旋於黨爭，致使一生仕途坎坷，現實與理想之間的衝突使其飲恨而終；因此，李商隱詠懷型詠史七絕多是利用古人古事作爲抒發自身懷抱之媒介或將先人事蹟拿來自況，藉此類作品表達個人隱喻及政治理念。以下就〈漫成三首〉其一說明，詩人以雪、花的相得益彰來說明自己與令狐楚的關係：

> 不妨何范盡詩家，未解當年重物華。
> 遠把龍山千里雪，將來擬並洛陽花。

根據《梁書·何遜傳》：「遜八歲能賦詩，弱冠州舉秀才，南鄉范雲見其對策，大相稱賞，因結忘年交好。」〔註18〕詩前半即就此事出，謂何遜、范雲同爲詩家，而范雲對於何遜描繪物華之才惺惺相惜，而今作者不解當時「重物華」之風氣，亦不明白何范同爲詩家卻不相妨，言外意即文人相忌之時風，而「未解」一詞足見詩人對時俗相輕陋習之感嘆。後半承上舉洛陽花雪之佳句〔註19〕，藉以表現何遜「重物華」之文采不負范雲之賞愛。而此詩爲懷念令狐楚早年之賞譽。由史書所記載：「年纔及弱冠，楚以其少俊，深禮之，令與諸子遊。」〔註20〕及〈上令狐相公狀一〉一文：「某才乏出群，類非拔俗。攻文當就傅之歲，識謝奇童；獻賦近加冠之年，號非才子。徒以四丈東平，方將尊隗，是許依劉，每水檻花朝，菊亭雪夜，篇什率徵於繼和，盃觴曲賜其盡歡，委曲款言，綢繆顧遇。」〔註21〕可知李商隱年少時即受知於楚，和何遜弱冠即爲范雲所稱賞事相似，故詩人借以自況。而〈漫

〔註18〕 參見《梁書·列傳第43·文學上·何遜》，引自【唐】姚思廉等撰，楊家駱主編：《新校本梁書》，頁693。

〔註19〕 【南朝·梁】范雲：〈范廣州宅〉聯句：「洛陽城東西，長作經時別。昔去雪如花，今來花似雪。濛濛夕煙起，奄奄殘暉滅。非君愛滿堂，寧我安車轍。」此應爲范雲作，李商隱於詩中誤以爲何遜作。

〔註20〕 【五代·後晉】劉昫等：《二十五史·唐書》卷190下〈李商隱傳〉（臺北：藝文印書館，據清乾隆武英殿刊本景印），頁2536。

〔註21〕 【唐】李商隱：〈上令狐相公狀一〉，收於【唐】李商隱著、【清】馮浩詳注、錢振倫、錢振常箋注：《樊南文集》卷5〈狀〉（上海：上海古籍出版社，1988），頁647。

成三首〉其二、其三〔註22〕為五絕，故於此不詳論，但都是懷念早年賞遇者之作，因為感念者不只一人，故題用「漫成」；而三首全拿何遜自比，並以用典來暗作鉤聯，井然自成章法。而由清人錢龍惕之論：

> 霧夕芙蕖之句，為水部得意語，而沈則三復不已，范則輒用嗟賞，其掩映一時，傾動前輩，為不可誣也。抑揚反覆于少陵之〈戲為六絕句〉也。直神似之，豈止伯仲之間乎？

可見這三首面貌雖和杜甫〈戲為六絕句〉相近，而意趣則並不相同，更和一般泛泛論古相去甚遠；因為這完全是借事抒懷，各有興寄，裏面又蘊涵著豐富的情感，所以饒有韻味而不枯板〔註23〕，故雖承杜甫〈戲為六絕句〉之意而為，但較之杜詩可說是毫不遜色。而〈漫成五章〉雖純以議論出之，體裁格調亦全仿杜之論詩絕句，而五首各就感想所及一一抒寫，乍看之下好似不相屬，實則從詩人自己的感觸出發，思想上由遠及近，純然一線融貫。以下就〈漫成五章〉其一說明，詩人以王楊沈宋寄寓身世沉淪之慨，如下：

> 沈宋裁辭矜變律，王楊落筆得良朋。
> 當時自謂宗師妙，今日惟觀對屬能。

首句讚嘆宋之問及沈佺期寫作之才與變化詩律之功〔註24〕，次句則誇王勃與楊炯等初唐四傑駢文創作之巧〔註25〕，實則指令狐楚今體章奏之精工而早年得其親授，四六文技巧純熟。下二句則言從令狐楚習文，以為自此可平步青雲，不料後與令狐綯交惡，未能一展長

〔註22〕【唐】李商隱：〈漫成三首〉其二：「沈約憐何遜，延年毀謝莊。清新俱有得，名譽底相傷？」、其三：「霧夕詠芙蕖，何郎得意初。此時誰最賞，沈范兩尚書。」

〔註23〕葉蔥奇：《李商隱詩集疏注》（北京：人民文學出版社，1985），頁88。

〔註24〕《二十五史・新唐書・列傳第127・文藝中宋之問》：「魏建安後訖江左，詩律屢變，至沈約、庾信，以音韻相婉附，屬對精密。及宋之問、沈佺期，又加靡麗，回忌聲病，約句準篇，如錦繡成文。學者宗之，號為『沈、宋』。」引自【宋】歐陽修著，楊家駱主編：《新校本新唐書附索引》，頁5751。

〔註25〕《新唐書・列傳第126・文藝上王勃》：「王勃與楊炯、盧照鄰、駱賓王皆以文章齊名，天下稱『王、楊、盧、駱』，號『四傑』。」引自【宋】歐陽修著，楊家駱主編：《新校本新唐書附索引》，頁5741。

才，而當初以爲可躋身顯達的章奏技巧，如今卻只能當作往來幕府以勉強維生的工具，不過被人以文辭相賞而已，其中暗含無限傷痛，道盡幕府生涯之潦倒窮愁。而胡震亨更將此詩與杜甫〈戲爲六絕句〉其二〔註26〕相提並論：「『當時自謂宗師妙，今日惟觀對屬能。』義山自詠爾時之四子。『爾曹身與名俱滅，不廢江河萬古流。』杜少陵自詠萬古之四子。」以解釋李商隱之詩旨，然亦見兩人詩作的承繼關係與不同之處。而〈漫成五章〉其二則借李杜才高卻不爲君王所用，寄託受黨爭排斥之憤慨：

> 李杜操持事略齊，三才萬象共端倪。
> 集仙殿與金鑾殿，可是蒼蠅惑曙雞。

詩人以爲己之詩才與李杜略齊，正當有所作爲時卻遭讒而漂泊幕府，不得在朝仕官，誠如李杜雖曾於集仙殿與金鑾殿上蒙受君主賞識，但李白遭高力士毀謗而杜甫遭李林甫猜忌，終因讒佞所害而無法久居朝廷，不但譴責小人讒毀賢才之意，批評時君賢愚不分之過，同時寄託自身遭遇的憤慨；正因遭遇相同，心理上更有了認同感及對二人的全面接受，由遭遇相同而學習，因學習而崇敬，應是辯證地存在李商隱對杜詩的接受中〔註27〕，而三章則借王羲之寄託己不遇沉淪之情：

> 生兒古有孫征虜，嫁女今無王右軍。
> 借問琴書終一世，何如旗蓋仰三分。

首句以人子立場寫己無孫仲謀之武略，次句則自謙爲人女婿，卻無王右軍之文才，尤其今日世道重武事而輕文才，而文人如己者皆仕途坎坷、際遇浮沉。故三四句以忿忿不平之語提出「琴書終一世」之文士，必然遜於「旗蓋仰三分」之武將之論，實爲自己與其他不遇者發出不平之鳴，亦抒發文士不及武將易於顯達之慨；而此章似乎可與〈讀任

〔註26〕【唐】杜甫：〈戲爲六絕句〉其二：「楊王盧駱當時體，輕薄爲文哂未休，爾曹身與名俱滅，不廢江河萬古流。」

〔註27〕蔡振念：《杜詩唐宋接受史》（臺北：五南圖書出版股份有限公司，2001），頁172。

彥昇碑〉相互參看，如下：

> 任昉當年有美名，可憐才調最縱橫。
>
> 梁臺初建應惆悵，不得蕭公作騎兵。

詩人以文名才調皆盛的任昉〔註28〕來自比，以爲己身才情縱橫卻沉淪使府，終以文辭事人，而對於庸才貴仕及武人易於顯貴之現狀，亦表達不滿而自歎才命相妨；而這和其〈驕兒詩〉中所謂「兒愼勿學爺，讀書求甲乙，穰苴司馬法，張良黃石術，便爲帝王師，不假更纖悉。」〔註29〕用意一樣，自歎遠不及武人。而由董乃斌所言：「難怪詩人要想到人的命運何以如此沒有定準，生活又何以如此捉弄人之類的問題，從而感到惆悵迷惘、大惑不解起來。只要把義山的一生顛躓同令狐楚那一帆風順的宦歷加以比較，就可以理解充滿於詩人胸中的抑塞

〔註28〕根據《南史》的記載：「任昉字彥昇，能屬文，當時無輩，尤長爲筆，王公表奏無不請焉。齊永元末爲司徒右長史。梁武帝霸府初開，以爲驃騎記室參軍。武帝踐阼，歷官御史中丞、秘書監，出爲新安太守，卒。」而《梁書》記載：「武帝與昉遇竟陵王西邸，從容謂昉曰：『我登三府，當以卿爲記室。』昉亦戲帝曰：『我若登三事，當以卿爲騎兵。』以帝善射也。」可知任昉頗具文才。

〔註29〕【唐】李商隱：〈驕兒詩〉：「袞師我驕兒，美秀乃無匹。文葆未周晬，固已知六七。四歲知名姓，眼不視梨栗。交朋頗窺觀，謂是丹穴物。前朝尚器貌，流品方第一。不然神仙姿，不爾燕鶴骨。安得此相謂，欲慰衰朽質。青春妍和月，朋戲渾甥姪。繞堂復穿林，沸若金鼎溢。門有長者來，造次請出揖。客前問所須，含意下吐實。歸來學客面，敗秉爺笏。或諧張飛胡，或笑鄧艾吃。豪鷹毛崱屴，猛馬氣佶傈。截得青篔簹，雖走恣唐突。忽復學參軍，按聲喚蒼鶻。又復紗燈旁，稽首禮夜佛。仰鞭罥蛛網，俯首飲花蜜。欲爭蛺蝶輕，未謝柳絮疾。階前逢阿姊，六甲頗輸失。凝走弄香奩，拔脫金屈戌。抱持多反側，威怒不可律。曲躬牽窗網，唾拭琴漆。有時看臨書，挺立不動膝。古錦請裁衣，玉軸亦欲乞。請爺書春勝，春勝宜春日。芭蕉斜卷箋，辛夷低過筆。爺昔好讀書，懇苦自著述。憔悴欲四十，無肉畏蚤虱。兒愼勿學爺，讀書求甲乙。穰苴司馬法，張良黃石術。便爲帝王師，不假更纖悉。況今西與北，羌戎正狂悖。誅赦兩未成，將養如癰疾。兒當速成大，探雛入虎穴。當爲萬戶侯，勿守一經帙。」

不平之氣，乃是以現實政治生活中不公平、不合理現象為其根由的。」
〔註30〕足見李商隱詠懷型詠史中抒懷內容與現實社會之間的關係。而
〈過鄭廣文舊居〉則感嘆自古文人遭際同出一轍：

> 宋玉平生恨有餘，遠循三楚弔三閭。
>
> 可憐留著臨江宅，異代應數庾信居。

這是李商隱補太學博士後，偶經鄭宅而假以寄慨之作。詩前半寫宋玉
臨江作〈九辯〉以憑弔屈原並寄慨遺恨，暗比鄭廣文還貶台州（今浙
江省臨海縣）司戶，實則自寓漂泊桂、徐使府之感。後半以為異代庾
信之身世際遇又恰似宋玉，故宋玉臨江故宅應教庾信居住，方為宅得
其主；詩人借前人因相似遭遇而後人復哀後人，傳達千古懷才不遇之
悲痛。而杜甫贈鄭虔的〈醉時歌〉有言：「諸公袞袞登臺省，廣文先
生官獨冷。」〔註31〕亦深慨己與鄭虔雖異代卻同調，同來就任此等閒
職冷官，亦有生不逢辰之感。而明妃出塞固為歷來詠史主題之一，〈王
昭君〉一詩則以王昭君為毛延壽所害事加以感發：

> 毛延壽畫欲通神，忍為黃金不顧人。
>
> 馬上琵琶行萬里，漢宮長有隔生春。

依照張爾田在《李義山詩辨正》的說法，這首詩為李商隱遠就梓潼幕
職時所作。詩以毛延壽醜化昭君事〔註32〕為出發點，以毛延壽為私利

〔註30〕董乃斌：〈李商隱悲劇初探〉之語，引自劉學鍇、余恕誠編著：《李
商隱詩歌集解》（臺北：洪葉文化事業有限公司，1992），頁1018。

〔註31〕【唐】杜甫：〈醉時歌〉：「諸公袞袞登臺省，廣文先生官獨冷。
甲第紛紛厭粱肉，廣文先生飯不足。先生有道出羲皇，先生有才
過屈宋。德尊一代常轗軻，名垂萬古知何用。杜陵野客人更嗤，
被褐短窄鬢如絲。日糴太倉五升米，時赴鄭老同襟期。得錢即相
覓，沽酒不復疑。忘形到爾汝，痛飲真吾師。清夜沈沈動春酌，
燈前細雨簷花落。但覺高歌有鬼神，焉知餓死填溝壑。相如逸才
親滌器，子雲識字終投閣。先生早賦歸去來，石田茅屋荒蒼苔。
儒術於我何有哉，孔丘盜跖俱塵埃。不須聞此意慘愴，生前相遇
且銜杯。」

〔註32〕根據《西京雜記》的記載：「元帝後宮既多，不得常見。乃使畫工圖
形，案圖召幸之。諸宮人皆賂畫工多者十萬，少者亦不減五萬。獨王
牆不肯，遂不得見。匈奴入朝求美人為閼氏，於是上案圖，以昭君行。

而顛倒好醜來比喻讒毀排擠己者，而自比昭君；繼而寫明妃長沙遠赴萬里胡域，最終埋骨青塚、不得歸漢，而漢宮唯遺其生前春風面貌矣，詩人以其不幸遭際抒發慨嘆，寄寓長久以來封建制度下志士才人懷利器而不遇的悲劇。而〈梓潼望長卿山至巴西復懷譙秀〉一詩則是詩人藉尋訪前人不成，吐露世無知音之慨：

> 梓潼不見馬相如，更欲南行問酒壚。
>
> 行到巴西覓譙秀，巴西惟是有寒蕪。

關於相如、譙秀等賢士，詩人嘗於〈獻河東公啓二首〉中言及：「射江奧壤，潼水名都，俗擅繁華，地多材雋，指巴西則民皆譙秀，訪臨邛則客有相如。」〔註33〕但此詩則反其意寫今日實無相如、譙秀之人：行至梓潼縣望長卿山，不見相如其人，故南行至成都欲訪其遺址；而行至巴西，懷想晉代隱者譙秀而欲尋覓其遺跡，卻只見巴西寒蕪一片。詩人取材特殊，其目的誠如清人程夢星所言：「巴蜀人物與相如可並稱者甚眾，義山獨取譙秀，專爲其爲桓溫表薦，猶長卿爲狗監所薦，而傷今更無人薦己也。觀題中『望』字，『懷』字可見。」〔註34〕傷己不遇且無人推薦實爲詩人言外之意。此外，與長卿相關的詩尚有〈寄蜀客〉，其表面上寫相如文君事，正面肯定其戀情，同時亦有自況之意：

> 君到臨邛問酒壚，近來還有長卿無。
>
> 金徽卻是無情物，不許文君憶故夫。

詩以相如琴挑文君〔註35〕、當壚賣酒〔註36〕事寫起，於臨邛酒壚前問

及去，召見，貌爲後宮第一，應善對，舉止閑雅，帝悔之，而名籍已定，帝重信於外國，故不復更人。乃窮案其事，畫王皆棄市。」

〔註33〕【唐】李商隱：〈獻河東公啓二首〉，收於【唐】李商隱著，【清】馮浩詳注、錢振倫、錢振常箋注：《樊南文集》卷4〈啓〉（上海：上海古籍出版社，1988），頁221。

〔註34〕清人程夢星語引自劉學鍇、余恕誠編著：《李商隱詩歌集解》（臺北：洪葉文化事業有限公司，1992），頁1128。

〔註35〕《漢書・司馬相如傳》：「卓王孫有女文君新寡，好音，故相如繆與令相重，而以琴心挑之。」引自【漢】班固等撰，楊家駱主編：《新校本漢書集註并附編兩種》，頁2530。

〔註36〕《漢書・司馬相如傳》：「相如與文君俱之臨邛，盡賣車騎，買酒舍，

長卿近況，實則詢問今日仍有像相如文君此等動人戀情，詩人表達對此椿愛情的高度讚賞；特別的是，詩人不言文君無情而不守夫寡，反以「金徽無情」意味相如琴音魅力之難以抗拒，足以撼動文君芳心，使其難以寡居，語意婉轉含蓄至極，多獲評者讚賞，如清人何焯便道：「以無情誚金徽，殊妙。」〔註37〕姚培謙則以為：「不言文君之越禮，而轉歸咎金徽，此立言微妙處。」〔註38〕而沈祖棻亦言詩人「忠厚」〔註39〕，足見其詠史七絕委婉含蓄之特色。而面對晚唐末世所形成的悲愴美，詩人於〈楚吟〉則是以楚臣宋玉寄慨：

> 山上離宮宮上樓，樓前宮畔暮江流。
> 楚天長短黃昏雨，宋玉無愁亦自愁。

詩人於日暮時分在高聳山峰頂端的離宮中，獨自走上最高樓層，遠眺淵遠綿長的江流，以天地之廣闊對比出一己之渺小，蒼涼之感自然浮現，而詩人思緒也不由主地回到遙遠的昔日，想像宋玉即便擁有荊臺萬家、萬般寵信，但面對眼前晚景應該也曾湧起無端的愁緒吧？況且詩人僅為浪跡天涯、懷才不遇的窮途文士，其悲涼情懷可以想見。詩人以暮日景象象徵晚唐末世國家呈現的種種衰敗現象，而以「長短黃昏雨」暗喻賢者視線受阻，有因讒遭陷之意，故樂觀的宋玉也因而發愁，更無論身世沉淪的李商隱了，此作情思要渺而興寄極深。而〈過楚宮〉一詩寫襄王雲雨之夢，然借題發揮，旨在抒發自傷自憐之情：

乃令文君當壚。相如身自著犢鼻褌，與庸保雜作，滌器於市中。」引自【漢】班固等撰，楊家駱主編：《新校本漢書集註并附編兩種》，頁 2530。

〔註37〕【清】何焯：《義門讀書記》卷 46，收於《景印文淵閣四庫全書》（【清】紀昀等總纂，臺北：臺灣商務印書館，1985），頁 516。

〔註38〕清人姚培謙語引自劉學鍇、余恕誠編著：《李商隱詩歌集解》（臺北：洪葉文化事業有限公司，1992），頁 1901。

〔註39〕沈祖棻：「此因蜀客而及臨邛之地，因臨邛而及相如文君之事也。不言文君無情，不憶故夫，但言琴上金徽，乃相如挑文君之媒介，其物無情，不許文君更憶故夫，此詩人之忠厚也。」引自《唐人七絕詩淺釋》（上海：上海古籍出版社，1997），頁 208。

　　巫峽迢迢舊楚宮，至今雲雨暗丹楓。

　　微生盡戀人間樂，只有襄王憶夢中。

詩人利用充滿浪漫色彩的襄王神女之戀鋪陳：而在楚宮的雲雨之情，
「至今」依舊如火紅般的丹楓飄搖於秋日陰雨中，隱約中令人無從捉
摸，卻也無法移開視線，詩人藉由外在自然景物烘托出晦澀不明之氣
氛，而與神話傳說相輔相成。後半更以平凡而不可或缺的「人間樂」，
對比出襄王雲雨夢中高情遠意卻虛無飄渺的人生理想，由於李商隱一
生困頓無法盡享現實人間之樂，故只好如襄王一般在夢中尋求理想境
界，而對於一己堅持的理想又難以觸及，故清人馮浩以為「自傷獨不
得志」〔註40〕之作，而郝世峰亦言：「詩人的人生經驗同故事的情境
相複合、重疊，產生了融匯著多種感情的『微生盡戀人間樂，只有襄
王憶夢中。』的瞬間聯想。這一聯想，同評價楚襄王毫無關係，只是
詩人自己對人生的感歎。」〔註41〕而〈曼倩辭〉則借東方朔來自況入
仕以後十餘年的沉浮久滯，或可相互參看：

　　十八年來墮世間，瑤池歸夢碧桃閒。

　　如何漢殿穿針夜，又向窗中覷阿環。

誠如馮浩所評：「以仙境比清資，而歎久遭淪謫。上元為尊貴之神，窗
外偶窺，不得深款，當借指朝貴。」〔註42〕詩人此詩可能是重官秘書
省時所作，秘省雖地近清禁，但李商隱畢竟與顯貴地位懸絕，所以即
便如此，距離仍舊是可望而不可及，藉東方朔事〔註43〕以自比故紀昀

〔註40〕清人馮浩語引自劉學鍇、余恕誠編著：《李商隱詩歌集解》（臺北：
　　　　洪葉文化事業有限公司，1992），頁782。
〔註41〕郝世峰：〈李商隱七絕臆會〉之語，引自劉學鍇、余恕誠編著：《李
　　　　商隱詩歌集解》（臺北：洪葉文化事業有限公司，1992），頁783。
〔註42〕清人馮浩語引自劉學鍇、余恕誠編著：《李商隱詩歌集解》（臺北：
　　　　洪葉文化事業有限公司，1992），頁1702。
〔註43〕可參見《博物志》所記：「七月七日夜七刻，王母降於九華殿。王母
　　　　索七桃，以五枚與帝，母食二枚。惟母與帝對坐，其從者皆不得進。
　　　　時東方朔竊從殿南廂朱鳥牖窺母，母顧之，謂帝曰：『此窺牖小兒，
　　　　嘗三來盜我桃。』」及《漢武內傳》所載：「七月七日，西王母降於
　　　　宮中，遣侍女郭密香與上元夫人相問，上元夫人又遣一侍女答問，

亦評此詩：「自感之作，寓慨不盡。」〔註44〕而〈漫成五章〉其五與上述〈漫成五章〉其他作品或其他有關身世浮沉之作稍有不同，此作結合現實，藉由詠郭子儀與張仁愿之功，爲李德裕有功遭貶事興發慨嘆：

　　郭令素心非黷武，韓公本意在和戎。

　　兩都耆舊偏垂淚，臨老中原見朔風。

詩人以主觀意念論斷郭子儀結盟回紇〔註45〕之「素心」乃「非黷武」，而韓國公張仁愿〔註46〕築降城絕虜之「本意」則「在和戎」，若依詩意與時事比附，則此作寄寓時臣李德裕有功遭貶之意，乃以詩爲其申冤抒怨。誠如劉盼遂所言：「『中原見朔風』者是說耆舊於垂老之年在中原得見朔風變楚風，北鄙之風變成王化之風，所以激動而流淚也。義山原是對李德裕推崇備至，讚美他運籌劃策的才能，並爲他的被斥而鳴不平的。」〔註47〕

小結

　　杜牧的詠史七絕作品中詠懷型一類較少，此現象應與其「剛直」〔註48〕之性格有關，而詩人的詩歌創作及形成的風格特色，亦受自身

日：『阿環再拜上問起居。』俄而夫人至，年可二十餘，天姿精耀，靈眸絕朗，向王母拜，王母呼同坐北向。母勒帝曰：『此眞元之母，尊貴之神，女當起拜。』帝拜問寒溫。」

〔註44〕清人紀昀語引自劉學鍇、余恕誠編著：《李商隱詩歌集解》（臺北：洪葉文化事業有限公司，1992），頁 1702。

〔註45〕《新唐書·列傳第 62·郭子儀》：「永泰元年，懷恩盡說吐蕃、回紇、党項、羌、渾、奴剌等三十萬，掠涇、邠，蹦鳳翔，入醴泉、奉天，京師大震……急召子儀屯涇陽，軍纔萬人……子儀以數十騎出，免胄見其大酋曰：『諸君同艱難久矣，何忽亡忠誼而至是邪？』回紇捨兵下馬拜曰：『果吾父也。』子儀即召與飲，遺錦綵結歡，誓好如初。」引自【宋】歐陽修等著、楊家駱主編：《新校本新唐書附索引》，頁 4606。

〔註46〕《舊唐書·列傳第 43·張仁愿》：「景龍二年，拜左大將軍、同中書門下三品，累封韓國公。」引自【後晉】劉昫等撰、楊家駱主編：《新校本舊唐書附索引》，頁 2983。

〔註47〕劉盼遂：〈李義山詩說〉，引自劉學鍇、余恕誠編著：《李商隱詩歌集解》（臺北：洪葉文化事業有限公司，1992），頁 925～926。

〔註48〕【宋】歐陽修等：《二十五史·新唐書》卷 166〈杜牧傳〉（臺北：藝文印書館，據清乾隆武英殿刊本景印），頁 1972。

政治思想、仕途生涯等之影響；且誠如注家馮集梧所言：「牧之語多直達，以視他人之旁寄曲取而意爲辭晦者，迥乎不侔。」〔註49〕杜牧多直接透過指陳時政的時事詩、政治詩或論說散文來表達，直抒胸臆，且詩多採篇幅較長的五古形式，雖其五古作品不多，但他憂國憂民的思想情懷，一生報國的熱情宏願，往往藉五言古詩慷慨激昂地表現出來；像〈感懷詩〉、〈郡齋獨酌〉、〈雪中書懷〉等作都是，這些詩沉鬱頓挫，筆力健舉，與其思想內容配合相當〔註50〕，因而借詠史抒懷者不多。而性情多愁善感的李商隱，面對晚唐王朝之腐敗及己身仕途之顛簸，詩人在慨嘆歷史的同時，亦藉古人以自況來發抒身世之感，故其數量不少的詠懷型詠史七絕實與其身世相結合呼應，如明顯仿傚杜甫論詩詩的〈漫成三首〉、〈漫成五章〉等部分七絕作品，而依其內涵可歸爲詠史作品，詩人在承繼老杜的同時還有所創新變化，於詠史融入自身遭際開拓另一領域。而此類詠懷作品從精神上來說，它是抒情的，非常純粹的抒情；從表現上來說，它特別注重寄託與比興；從風格上來說，它是渾成自然、溫柔敦厚的〔註51〕，富含詩人慨己傷時的情感，更由於其身世之變與政局關聯之緊密，個人遭遇的抒寫內容實則反映時政之變異，增添了詩的政治社會性。

二、評論型

　　本文評論型詠史詩內容包括：評定歷史及藉古諷今二者，前者以「粘著一事，明白斷案。」〔註52〕爲定義，即是將史傳型的「贊」轉化爲「論」，而且評論往往是別出心裁、慧眼獨具，齊益壽認爲南朝

〔註49〕【唐】杜牧著，【清】馮集梧注：《樊川詩集注》〈自序〉（上海：上海古籍出版社，1998），頁3。

〔註50〕謝錦桂毓：〈文學史上的杜牧〉（上），《中外文學》第 3 卷第 9 期（1975），頁 132。

〔註51〕呂正惠語引自潘志宏：《晚唐三家詠史詩研究》（清華大學中國文學研究所碩士論文，1993），頁 22。

〔註52〕【清】沈德潛：《說詩晬語》，收於《清詩話》（【清】丁福保編，臺北：明倫出版社，1971），頁 550。

宋人顏延之的〈五君詠〉可爲此類作品早期的代表〔註53〕，此五首詩對竹林七賢阮籍等五人且述且論，結合述論而成，此種寫法發展至唐宋，詩人進一步藉詠史以翻舊案，對史事提出自己的觀點，立意趨於新穎獨出。進而對古人古事提出褒貶，並含諷刺、曉論、警告、引導之意，且寄寓諷諭今主時政之旨；由於唐朝施行寬鬆的文化政策，唐人文士自由諷議的空間相對較大，間接助長詠史詩的興盛，藉由宋人洪邁所言：「唐人歌詩……直辭詠寄，略無避隱。至官禁嬖昵，非外間所應知者，皆反復極言，而上之人亦不以爲罪，今之詩人不敢爾。」〔註54〕可見一斑。

（一）杜牧

　　而在杜牧的 23 首詠史七絕中，就有 12 首是屬於評論型的，占二分之一，比重最高，如下：〈過魏文貞公宅〉、〈過華清宮絕句三首〉、〈春申君〉、〈赤壁〉、〈雲夢澤〉、〈泊秦淮〉、〈題桃花夫人廟〉、〈題烏江亭〉、〈題商山四皓廟一絕〉及〈邊上聞胡笳三首〉其一等。

　　杜牧身處晚唐末世，國勢正如江河日下，故其所論之帝王后妃，多是不恤民間疾苦、恣情縱慾而動搖國本，甚而導致國家覆滅的亡國之君；其目的即在藉前朝施政得失，作爲對當前政治的龜鑑與諷諫；而當朝剛愎昏聵、好色重奢的唐玄宗，更爲杜牧詠史七絕中極力撻伐的對象，如：〈過華清宮絕句三首〉，如下：

　　　　長安回望繡成堆，山頂千門次第開。
　　　　一騎紅塵妃子笑，無人知是荔枝來。

詩首句描寫華清宮所在之驪山，而東、西繡嶺景色如繡，美不勝收，而語意雙關，行宮之壯麗不言而喻。其後特寫動態的宮門開啓、專使疾駛揚塵及楊妃的嫣然一笑，對比中引發讀者的懸念遐想，看似互不

〔註53〕齊益壽於〈談六朝詠史詩的類型〉一文中提及：「六朝史論型詠史詩數量亦少，僅顏延之〈五君詠〉五首可納入這一型。」由此可知〈五君詠〉可爲議論詠史早期的代表作。

〔註54〕【宋】洪邁：《容齋隨筆》卷2（上海：上海古籍出版社，1983），頁236。

相干的鏡頭，在詩人的精心安排下營造出神祕氛圍，到最後作者才含
蓄委婉地揭示謎底——荔枝，原來「一騎紅塵」與「妃子笑」，全是
因為「荔枝來」。作者不需多言進貢荔枝的人馬僵斃，相望於道，然
玄宗的荒淫好色及貴妃的恃寵而驕昭然若揭，雖說「無人知」，但實
為「眾所皆知」，蠻橫荒唐的獨裁者形象分明躍於紙上，並與前面渲
染的不尋常的氣氛相呼應。俞陛雲在《詩境淺說續編》中云：「唐人
之過華清宮者，輒生感喟，不過寫盛衰之意；此詩以華清為題，而有
褒姬烽火一笑傾周之慨。」〔註55〕可見其諷刺之深，慨歎之深。全詩
不事雕琢，不用典故，而在平易的敘述中騁其譴責諷刺之目的，寓議
於敘，含蓄而有力，足見杜甫清麗俊爽之詩風；且由此章亦得見杜牧
詠史中以女性為觀照視角之特長，而次章及末章則側重在玄宗的荒嬉
娛樂，沉溺聲色，終而導致亡國之禍，如下：

新豐綠樹起黃埃，數騎漁陽探使回。

霓裳一曲千峰上，舞破中原始下來。

安祿山於唐玄宗時兼任平盧、范陽、河東三鎮節度使，對於唐朝政
權虎視眈眈，伺機而動，但皇帝對他卻毫無戒心。在皇太子及宰相
屢屢啟奏下，玄宗方才派遣中使輔璆琳以賜柑為名一探虛實，但輔
璆琳受安祿山厚賂，言其不反，而唐玄宗輕信謊言，自此更加恣意
享樂，以為高枕無憂。前二句正是描寫這段事跡，作者從繁複的安
史之亂史事中，揀取關鍵性場景，頗具匠心，從中亦突顯對比出安
祿山的狡黠及為政者的糊塗。作者以華清宮作為中間橋段，連結前
後，描述宮中歌舞之盛，刻畫出玄宗放縱小人、逞慾享樂的昏君形
象。詩人利用詩中「千峰上」與「始下來」形成的鮮明對照，說明
統治者醉生夢死、耽於逸樂的程度，足以致使國破家亡的嚴重後果，
而「始」字之使用，更具力重千鈞的效果，赤裸揭露玄宗執迷不悟，
終致安史之亂的罪狀。而末章亦使用平鋪直述的手法，以達到諷諭
時主的目的：

〔註55〕【清】俞陛雲：《詩境淺說續編》（臺北：開明書局，1982）

> 萬國笙歌醉太平，倚天樓殿月分明。
>
> 雲中亂拍祿山舞，風過重巒下笑聲。

前二句寫唐王朝由上到下，處處歌舞昇平的歡樂景象。「醉」一字道盡世局冥冥、眾人皆醉的末世景象，並突顯表面河清海晏的假象。後兩句則寫安祿山於高殿中跳著胡旋舞，肥碩的身子快疾如風地旋轉，滑稽的模樣引起陣陣的歡笑聲，渲染出帝妃們夜夜笙歌、日日高枕的荒淫無道。而萬國笙歌的昇平景象背後，則隱藏著一場動搖國本的空前災禍危機——安史之亂。而最為諷刺的是，帝妃們不但對於國難當頭毫無知覺，還為發動劫難的禍首亂拍助興，縱情玩樂，其昏庸至極，引人欷歔；上述三首詩組，即針對中唐玄宗事，希冀晚唐主政者能引以為戒，記取前車之鑑。

此外，晚唐末世，宦官當權亂政，皇帝多為其所挾制，甚至遭受殺害，而當朝文武百官無一能挺身而出，誅除元兇大患，也因此杜牧藉春申君為家奴所弒之史實，弔古以傷今，〈春申君〉〔註 56〕一詩充滿感傷，如下：

> 烈士思酬國士恩，春申誰與快冤魂。
>
> 三千賓客總珠履，欲使何人殺李園。

春申君，姓黃名歇，戰國時期楚國人。楚考烈王時任相，受封於蘄春、申息間，故稱，為戰國四公子之一。根據《戰國策》的記載：「李園求事春申君為舍人……乃進其女弟，即幸於春申君。知其有身……而言之楚王，楚王召入，幸之。遂生子男，立為太子，以李園女弟為王后。楚王貴李園，李園用事……欲殺春申君以滅口。」〔註57〕而楚考

〔註56〕杜牧好友張祜有〈感春申君〉詩，其內容、用韻皆與杜牧的〈春申君〉相同，可見兩詩應是唱和之作。而宋人葛立方有言：「杜牧、張祜皆有〈春申君〉絕句。……二詩語意太相犯。嗚呼！朱英之言盡矣，而春申不能必用；李園之計巧矣，而春申不能預防；春申之客眾矣，而無一為春申君殺李園者，所以起二子之論也。」見《韻語陽秋》卷 7～139，收於《宋詩話全編》冊 8（吳文治主編，南京：鳳凰出版社，2006），頁 8245～8246。

〔註57〕參見【漢】劉向：《戰國策·楚策》（臺北：里仁書局，1982），頁 575～576。

烈王死後，李園果然殺害春申君及滅其全家。由於詩人飽讀史書，於此巧妙運用《史記》中智伯、豫讓的典故——國士〔註58〕，於詩先表明己意，以爲眞正的壯士應當報答別人的知遇之恩；再者對史實提出己見，認爲春申君枉死於小人之手，但卻無烈士爲之復仇，詩人對此提出疑問，並以「冤魂」表達對春申君的同情與爲之報仇的義憤。詩後二句則以「珠履」反問春申君之門客，既受到國士般的禮遇殊榮，怎麼不如國士般地爲主公報仇，以答其知遇之恩呢？詩人論史，且翻陳出新，運用兩次反詰引人沉思，除了增加感染力，令讀者印象深刻，而也在反覆的問句中，大力撻伐了不懂得感恩圖報的人，詩人著眼於春申君門下的三千食客，藉以抨擊晚唐的達官貴人懦弱徒享高俸厚祿而不爲國獻身效力，卻只知紙醉金迷或黨爭互鬥，除了感嘆內憂外患的政治環境、批判滿朝官員的忘恩負義、不知感恩圖報外，詩人亦表達出對於晚唐時政的滿懷憂心，另一名篇〈泊秦淮〉亦是，其寫法含蓄，效果卻更爲深刻：

> 煙籠寒水月籠沙，夜泊秦淮近酒家。
> 商女不知亡國恨，隔江猶唱後庭花。

相傳秦淮河爲秦始皇時所開挖，鑿鍾山以通淮河，故稱。唐代，金陵城內的秦淮河兩岸酒家林立，是個極爲繁華熱鬧的地方。首句宛若一幅圖畫，以兩個「籠」字，將煙、水、月、沙輕柔地溶合在一起，交織出煙波水青、清輝沙白的寒冷朦朧景象。次句點題，以「近」字承接上下，在舟船緩緩駛近岸邊的同時，悠悠傳來附近酒家的音樂歌聲，仔細一聽，爲南朝陳後主所作的〈玉樹後庭花〉。由於陳後主沉湎聲色，不問朝政，終至亡國，故此靡靡之作被人稱是「亡國之音」。而晚唐時人非但沒有記取歷史教訓，自引爲戒，反倒只顧眼前的飲酒享樂，已然步上後主之後塵而渾然不覺。作者藉由夜泊秦淮的所見所聞，諷刺時人紙醉金迷的生活態度，不滿中隱含對國家前程的擔憂，而此詩以景寄情，即事抒懷而隱含史事，在迷濛夜景中更添詩人情感

〔註58〕參見《史記·刺客列傳》：「智伯，國士遇我，我故國士報之。」

之深曲沉鬱。

　　除了縱情聲色而速禍亡國的帝王及眾人醉生夢死的生活態度，面對晚唐黑暗的政治環境與個人不遇的遭際，杜牧在〈過魏文貞公宅〉中藉古諷今，欲喚醒委靡不振的世俗，如下：

> 蟪蛄寧與雪霜期，賢哲難教俗士知。
> 可憐貞觀太平後，天且不留封德彝。

首二句以譬喻與對比的修辭技巧，論俗士之不知賢哲，好比夏生秋死之蟪蛄，難有期於高潔之霜雪，後二句則舉盛唐的魏文貞、封德彝爲例，加以具體說明。詩人以爲魏徵諍諫太宗施仁義，造就了「貞觀之治」盛世，於此高度稱揚其賢能才智，亦間接歌頌了唐太宗的開明納諫、知人善任，而擯除封德彝的反對聲浪。而詩人將貞觀之功歸於魏徵的忠心輔佐，並對封德彝有所批判，正是借以諷諭當今朝中碌碌無奇而無所作爲之群小。作者在追慕貞觀時期君聖臣直、朝政清和的同時，亦懷有晚唐能再現太平盛況的希冀，故針對阻礙朝政之俗士加以譏刺，其中多少也融入自己生不逢辰的悲嘆。詩人極力稱頌忠臣之功，表現其「何日武臺坐，兵符授虎臣。」〔註59〕的野心，見其對己才之自負；而其雄心壯志，不僅以直抒胸臆的方式呈現，更以多元方式表現，如在〈雲夢澤〉一詩中，杜牧藉由對大唐功臣郭子儀的推崇，抒發其爲家國建功立業的人生志向，如下：

> 日旗龍斾想飄揚，一索功高縛楚王。
> 直是超然五湖客，未如終始郭汾陽。

詩以韓信之事起頭，韓信助劉邦定天下，勞苦功高，封爲楚王，後因有人告其謀反，於是高祖僞稱巡幸雲夢，命諸侯會集於陳；當韓信謁見時，令武士擒縛之，載返京師，後以謀反之罪誅於呂后之手。詩前二句就此史實說居功自傲的韓信，未得善終。後二句則以范蠡、郭子

〔註59〕【唐】杜牧：〈史將軍二首〉：「長鈹周都尉，闊如秋嶺雲。取鼇孤登壘，以駢鄰翼軍。百戰百勝價，河南河北聞。今遇太平日，老去誰憐君。壯氣蓋燕趙，耽耽魁傑人。彎弧伍百步，長戟八十斤。河湟非內地，安史有遺塵。何日武臺坐，兵符授虎臣。」

儀兩相對比，以為即便是功成身退，飄然於五湖的范蠡，也比不上長保富貴、身名俱泰的郭子儀。詩舉韓信、范蠡、郭子儀三位歷史功臣度長絜大，詩人以為韓信為下，范蠡其次，而以郭子儀為上；因前二者的君臣際會皆為有始無終，徒留遺憾；唯有畢生忠於朝廷、謙卑恭敬的郭子儀，君臣相得，善始善終，了無缺憾。全詩因雲夢澤舊地追憶相關往事，並發抒自己的歷史觀點與人生志願，足見杜牧內心的企慕嚮往與自我期許，希冀有朝一日能和郭汾陽一樣為國鞠躬盡瘁、平亂建功，功高蓋世而榮華始終、保有富貴美名。

　　而杜牧七絕所詠的歷史人物，有幾首是以女性為議論的出發點，除了杜牧個人性格所致，也與文人以女性為襯托，增加詩歌情趣之傳統有關。〔註60〕以下就〈題桃花夫人廟〉一詩，加以說明：

> 細腰宮裏露桃新，脈脈無言度幾春。
>
> 至竟息亡緣底事，可憐金谷墜樓人。

桃花夫人，即息夫人，姓媯，為春秋時息國君主的夫人。楚文王因喜愛息夫人的美貌，而滅掉息國，虜其而歸；後生二子，息夫人因哀慟國亡夫死，於楚不言不語。詩前二句寫息媯一女事二夫，宛如楚宮裡默默綻放、楚楚可憐的美艷桃花。接著詩人以問句發人省思，直指息夫人紅顏禍國，實為息亡之禍源，並拿綠珠兩相對照，兩人皆因美色而招致亡國破家，但綠珠最後以死殉主，詩人藉此來突顯息夫人不能以身殉國的苟安偷生。詩人利用表面上對剛烈殉情的絕者的大力稱頌褒揚，實地則是極力譴責貶抑弱者的忍辱苟活，手法十分含蓄得體。

〔註60〕段雙喜、陳良中在〈杜牧詠史詩中的女性觀照淺議〉一文中指出：「杜牧的〈赤壁〉等詠史詩的翻案與往往以女性為議論的出發點，他詠史詩很多與女子有關，這是由於杜牧個人生活放蕩不羈，大量創作與女性有關的詩，形成思維定勢，給他的詠史詩提供了女性觀照視角。文人有以女性為襯托增加詩歌情趣之傳統，這也影響了杜牧的詠史詩。」參見《蘭州學刊》第 4 期總第 145 期（2005），頁 270～272。

　　而在杜牧的評論型詠史詩中，不少是別出機杼、匠心獨運的翻案之作，得見詩人創作的獨到之處，如膾炙人口的名篇——〈赤壁〉，爲胡應麟稱作「宋人議論之祖」〔註61〕，對後世影響極大，亦最爲後人所傳頌，如下：

　　　　折戟沈沙鐵未銷，自將磨洗認前朝。

　　　　東風不與周郎便，銅雀春深鎖二喬。

赤壁，山名，在今湖北省蒲圻縣西北長江南岸，與烏林隔江相對，是漢末周瑜敗退曹操的戰場所在，而發生於東漢建安十三年（西元 208）十月的赤壁之戰，對當時情勢局面影響重大；吳蜀聯軍以寡敵眾，大破曹魏十萬大軍，因而形成三國鼎立的局面。而成敗關鍵在於周瑜藉著東南風大起之利，派部將黃蓋詐稱投降，接近曹軍，以火攻法燒盡敵方戰艦，終使曹軍損失慘重，無以南渡。詩開頭「因物起興」：一把沉沒於水底淤泥的斷戟古物，歷經六百餘年仍未銷蝕，在詩人一番磨洗後，認出是赤壁之戰遺物，而引發思古之幽情。後兩句則轉爲議論，作者不從正面論說此一勝仗，而以反面假設立論：倘若當時無東風相助，東吳聯軍恐怕不敵曹魏，歷史將改寫，成敗相反，而東吳若滅亡，皇族貴婦大喬、小喬想必成爲曹操的臣妾俘虜，閉鎖於春意深深的銅雀臺裡。詩人別出心裁，將論述重心，放在自然條件——「東風」上，不言勝利之戰取決於周瑜的雄才韜略，而以爲功在因勢利導的東風，反襯出此役周瑜獲勝之僥倖，足見詩人卓越不凡的歷史識見及治軍之才；且詩人匠心獨出，將議論焦點集中在二喬身上，以其入魏，說明吳之滅亡；以女性作爲議論的生發點，以小見大，除了與杜牧放蕩不羈的性格、獨特的創作個性有關，更重要的是，以女性烘托可增加詩的情趣，藉以沖淡詩的議論性，誠如薛雪所言：「『春深』二字，下得無賴正是詩人調笑妙語。」〔註62〕而賀貽孫評此詩：「惟借

〔註61〕【明】胡應麟：《詩藪》二〈內編下‧絕句〉（臺北：廣文書局，1973），頁 369。

〔註62〕【清】薛雪：《一瓢詩話》，收於《清詩話》（【清】丁福保編，臺北：明倫出版社，1971）

『銅雀春深鎖二喬』說來，便覺風華蘊藉，增人百感，此正是風人巧於立言處。」〔註63〕即在說明其議論仍不乏韻味情趣的特點，全詩在剛柔並濟的形跡中，詩意雋永，而興味盎然，一脫議論內容作品可能出現的乏味缺失。但關於此寫法，前人褒貶不一，如宋人許顗說他「措大不識好惡」〔註64〕，認為杜牧只見美色、不知家國輕重，而宋人謝枋得則以為：「此詩磨洗沉戟，非妄言也，後二句絕妙。眾人詠赤壁，只善當時之勝；杜牧之詠赤壁，獨猶當時之敗。其意曰：東風若不助周郎，吳必亡，曹操得二喬必以為妾，置之銅雀臺矣。此是無中生有，死中求活，非淺識所到。」〔註65〕清人何文煥也提出相似的論點，為杜牧辯護：「夫詩人之詞微以婉，不同論言直遂也。牧之之意，正謂幸而成功，幾乎家國不保，彥周未免錯會。」〔註66〕紀昀亦云：「顗議論多有根柢，品題亦具有別裁……惟譏杜牧赤壁詩，為不說社稷存亡，惟說二喬。不知大喬孫策婦，小喬周瑜婦，二人入魏，即吳亡可知。此詩人不欲質言，變其詞耳。顗遽詆為秀才不知好惡，殊失牧意。」〔註67〕上述諸說，皆以為杜牧在含蓄的反說下，實則蘊涵另一層深意，可見其立意新穎之成功；而更重要的是，詩人在詠史中寄寓對家國時政的關懷，展現軍事才能與經世抱負，誠如賀裳所言：「小杜〈赤壁詩〉古今膾炙……詳味詩旨，牧之實有不滿公瑾之意。牧嘗自負知兵，好作大言，每藉題目自寫，胸懷尺量才度，豈所以閱神駒於牝牡驪黃之外。」〔註68〕而用心經史的杜牧以為古來英雄成就大事，皆機

〔註63〕　【清】賀貽孫：《詩筏》，收於《清詩話續編》（郭紹虞編，臺北：木鐸出版社，1983），頁190。

〔註64〕　【宋】許顗：《彥周詩話》，收於《宋詩話全編》卷2（吳文治主編，南京：江蘇古籍出版社，1998），頁1406。

〔註65〕　【宋】謝枋得：《唐詩絕句選》（臺北：廣文書局，1977），頁44。

〔註66〕　【清】何文煥：《歷代詩話》（臺北：漢京文化事業有限公司，1983），頁530。

〔註67〕　【清】紀昀等總纂：《四庫全書總目題要》（臺北：臺灣商務印書館，1968），頁224。

〔註68〕　【清】賀裳：《載酒園詩話》，收於《清詩話續編》（郭紹虞編，臺北：木鐸出版社，1983），頁254。

遇及外力所致，唯有「天時、地利、人合」等條件的妥當配合，才能
造就千古風流人物，但也因詩人懷才不遇，故詩中含藏生不逢時、英
雄無用武之地的抑鬱不平。而〈題烏江亭〉一詩，爲另一別具見解的
歷史翻案佳作：

> 勝敗兵家事不期，包羞忍恥是男兒。
>
> 江東子弟多才俊，卷土重來未可知。

烏江亭，地名，在今安徽省和縣東北的烏江鎮，因附近有烏江得名。
西元前 203 年，項羽戰敗被圍，深覺無顏見江東父老，於垓下自刎。
詩前二句杜牧提出己見：以爲勝敗乃兵家常事，任誰也沒有必勝的把
握；而唯有敗而不餒，含羞受辱，經得起失敗的打擊才是眞正的男子
漢，並直言批判項羽的一蹶不振及自殺逃避的行爲，認爲他不願意正
視失敗，稱不上是含辱負重的英雄男兒。後二句詩人抽離「不以成敗
論英雄」的傳統史論觀點〔註69〕而大膽假設，認爲江東子弟有的是優
秀人才，倘若當時項羽忍辱渡江，召募組織子弟兵，重振旗鼓，也許
能夠捲土重來，東山再起。杜牧借題發揮，藉史事以自喻自勉，從中
見其高遠的襟抱與自許，全詩展現詩人樂觀不凡的史觀，及其深厚的
軍事才幹。而前人對於此詩之立新翻案，則分持兩極的看法，如：宋
人胡仔認爲此詩「好異而畔於理」〔註70〕；方岳亦言：「牧之處唐人

〔註69〕 由《史記》卷 7〈項羽本紀贊〉：「太史公曰：吾聞之周生曰『舜
目蓋重瞳子』，又聞項羽亦重瞳子。羽豈其苗裔邪？何興之暴也！
夫秦失其政，陳涉首難，豪杰蜂起，相與并爭，不可勝數。然羽
非有尺寸，乘勢起隴畝之中，三年，遂將五諸侯滅秦，分裂天下，
而封王侯，政由羽出，號爲『霸王』，位雖不終，近古以來未嘗
有也，及羽背關懷楚，放逐義帝而自立，怨王侯叛己，難矣。自
矜功伐，奮其私智而不師古。謂霸王之業，欲以力征經營天下。
五年卒亡其國，身死東城，尚不覺寤而不自責，過矣。乃引「天
亡我，非用兵之罪也」，豈不謬哉！」可知司馬遷雖言其敗因，
亦讚其爲當代難得之英豪，且依其所爲歸類於本紀。參見【漢】
司馬遷：《二十五史・史記》（臺北：藝文印書館，據清乾隆武英
殿刊本景印），頁 159。

〔註70〕 【宋】胡仔：《苕溪漁隱叢話・後集》卷 15（臺北：世界書局，1976），
頁 521。

中，本是好爲議論，大概出奇立異，如〈烏江亭〉。」〔註71〕而清人吳喬以爲「詩貴有含蓄不盡之意，尤以不著意見、聲色、故事、議論者爲上……露圭角者，杜牧之〈題烏江亭〉詩是也。」〔註72〕上述論點皆以爲杜牧此詩過於直露，且好作大言，不合常情。但持相反意見者亦有，如：宋人謝枋得則認爲「眾人題項羽廟，只言項羽有速亡之罪耳。牧之題項羽廟，獨言項羽有可興之機。此等意思，亦死中求活，非淺識所到。」〔註73〕肯定杜牧此種創新立論手法，清人吳景旭亦有贊同附和之言〔註74〕，而杜牧在詠史外表現出百折不撓、奮力進取的積極精神，正是對大唐末世寄予東山再起的希冀。

　　而杜牧詠史七絕作品中較爲特別的是富北方風情、邊塞意濃的〈邊上聞胡笳三首〉其一，內容則是歌詠蘇武的高風苦節，如下：

　　　何處吹笳薄暮天，塞垣高鳥沒狼煙。

　　　遊人一聽頭堪白，蘇武爭禁十九年。

蘇武，西漢武帝時人，以中郎將出使匈奴，單于脅迫其變節投降，武不屈，遂被放逐至北海牧羊。拘留匈奴十九年間仍仗漢節，後昭帝與匈奴和親，才始歸還。詩前二句以胡笳、塞垣、狼煙等，交織出一幅迥異於中原之自然人文的邊塞景觀，表現冷清荒涼之感。後二句則寫今之遊人臨之尚且如此傷感，昔日蘇武之淒苦可以想見。情景交融的手法，並以笳聲之悲涼，襯托蘇武之際遇，亦表現其歷經艱厄而不屈不撓之節操。全詩以漢典寫唐事，以西漢蘇武苦囚邊地之事跡，連結到晚唐邊境國防之廢弛，國力衰竭之況，其中寄寓了詩人殷殷的家國憂思。

〔註71〕【宋】方岳：《深雪偶談》，收於《古今詩話叢編》（臺北：廣文書局，1992），頁7。

〔註72〕【清】吳喬：《圍爐詩話》，收於《清詩話續編》（郭紹虞編，臺北：木鐸出版社，1983），頁476。

〔註73〕【宋】謝枋得：《唐詩絕句選》（臺北：廣文書局，1977），頁45。

〔註74〕清人吳景旭嘗言：「牧之數詩，俱用翻案法，跌入一層，正意益醒，謝疊山所謂『死中求活』也。」參見《歷代詩話》（臺北：世界書局，1961），頁750。

（二）李商隱

李商隱的 49 首詠史七絕中有 30 首屬於評論型，將近三分之二的比重，數量相當多，足見其詠史議論入詩的特色，詩題如下：〈馬嵬二首〉其一、〈漢宮詞〉、〈北齊二首〉、〈漢宮〉、〈華嶽下題西王母廟〉、〈華山題王母祠〉、〈過景陵〉、〈瑤池〉、〈海上〉、〈四皓廟〉（本爲留侯）、〈五松驛〉、〈四皓廟〉（羽翼殊勳）、〈夢澤〉、〈岳陽樓〉（漢水方城）、〈楚宮二首〉其一、〈舊將軍〉、〈題漢祖廟〉、〈南朝〉（地險悠悠）、〈齊宮詞〉、〈景陽井〉、〈詠史〉（北湖南埭）、〈吳宮〉、〈隋宮〉（乘興南遊）、〈華清宮〉（華清恩幸）、〈華清宮〉（朝元閣迥）、〈驪山有感〉、〈龍池〉、〈賈生〉及〈咸陽〉等。

關於李商隱詠史七絕所詠對象，已於上節結語指出，基於詠史中託古諷今的用意強烈，加上其歷史觀與政治觀的影響，故其評論型詠史七絕多針對歷史上荒淫溺色、好仙求道的亡國之君加以撻伐，且不乏辛辣直露的諷刺口吻，主要目的則在告誡當朝國君，不要步其後塵，重蹈其覆轍，詩中表露詩人強烈的道德意識與國家意識，而關注焦點在於以歷史教訓譴責現實時事，故詩中的諷時性相當強烈；此外，李商隱亦擅長以神話傳說作爲詠史的依據，增添不少虛無縹緲的浪漫氛圍與情韻。由於此類詩作數量較多，爲了分析方便，此依題材內容粗分爲：關於帝王史實、關於帝王傳說及其他三類加以說明。

1. 關於帝王史實

處於戰國末期的楚頃襄王在歷史與傳說中，有著兩重不同的性格與評價：傳說中的頃襄王富有浪漫的神話色彩，尤其與神女的愛情典故，更常在後代文學作品中出現，相關詞彙，如：巫山、雲雨、陽台、神女、襄王等等，亦逐漸演變成涵蘊性愛意義的隱喻與象徵〔註75〕；而歷史上的頃襄王在楚懷王客死於秦後繼位爲王，不但未報父仇，反而娶秦婦，與秦敵修好，而其死後四十年楚覆亡。而無論就歷史或傳

〔註75〕方瑜：〈李商隱的詠史詩〉（上），《中外文學》5 卷第 11 期（1977），頁 78。

說，李商隱相關的詠史七絕頗多，為其偏愛題材之一，楚頃襄王雖非楚之末代君主，但楚國國勢至此一敗塗地，自此一蹶不振，實為國亡主因，故李商隱對此多加著墨，此與聚焦於導致安史亂的唐玄宗用意相同，皆欲藉前人事託寓歷史規律及歷史教訓以諷諫時主，如：〈岳陽樓〉（漢水方城）即為詩人登樓遠眺，覽觀荊楚百蠻千里之地，油然而生之感慨，如下：

> 漢水方城帶百蠻，四鄰誰道亂周班。
> 如何一夢高唐雨，自此無心入武關。

詩前半藉由登覽古跡而神遊故國，念及春秋戰國時代強國楚，鯨吞鄰近南蠻小國，擾亂了周室的班列次第，四鄰也不敢評議。後半則與前述之富強盛況形成對比，而對楚王的「夢高唐」而「無心入武關」提出疑問，此乃指其父仇未雪，反娶秦人之事，而旨在感慨時君之沉湎聲色而缺乏遠圖。此與詩人的政治觀有關，由於李商隱以為國運之昌亡，維繫在帝王一人，而晚唐君主多荒淫無能、縱情娛樂，故詩人託古以寄慨，激勵國君應有雄圖遠志。詩人針對楚王提出針砭以諷時主，而對於東周吳國，李商隱亦有〈吳宮〉一詩，如下：

> 龍檻沉沉水殿清，禁門深掩斷人聲。
> 吳王宴罷滿宮醉，日暮水漂花出城。

詩以倒敘的方式呈現，以吳宮盛宴後的沉寂，反襯先前宴會熱鬧之極。前半寫臨水而築、雕樑畫棟的吳宮本應燈燭燦爛、歌舞相爭，但宮中卻異常的寂然靜止，彷彿杳無人跡，令人懸想；而詩人於第三句則點出原因——「宴罷滿宮醉」，原來是宴會時歌管相逐，眾人在狂歡痛飲後，酣醉倒臥不起所形成的反常寂寥，最末則在前後因果中生發感觸，以黃昏時流水漂花悄然出城一景，寓有「流水落花春去也」之慨，誠如清人姚培謙所評：「花開花落，便是興亡氣象。二十八字，總從『梧宮秋，吳王愁』六字脫出。」〔註76〕詩人雖不直言明示而以靜態畫面重現，然吳王醉生夢死、荒淫之狀可以想見，好景不常亦為

〔註76〕【清】姚培謙《李義山詩集箋注》之語，引自劉學鍇、余恕誠編著：《李商隱詩歌集解》（臺北：洪葉文化事業有限公司，1992），頁1392。

可想見的必然結果。此亦爲譏諷時主生活糜爛、沉溺酒色之作，然揭示荒淫亡國之理外，亦充滿憂國之情。此外，對於國祚僅短短十多年的秦帝國，詩人於〈咸陽〉一詩提出己見：

　　　咸陽宮闕鬱嵯峨，六國樓臺艷綺羅。

　　　自是當時天帝醉，不關秦地有山河。

根據史書記載：「（始皇）每破諸侯，寫放其宮室，作之咸陽北阪上……殿屋複道周閣相屬，所得諸侯美人鐘鼓以充入之。」〔註77〕詩前半即寫此事，藉秦一統六國的破竹之勢，描寫其聲勢之喧赫，取材特殊；後半則反駁賈誼〈過秦〉中秦以金湯山河得勢之說，以爲只因當時天帝酒醉，秦始皇純粹僥倖獲致天下，全盤否定其功業。詩人以議論的筆調敘說秦始皇建立帝業的緣由，文筆含蓄蘊藉，前後對比中表達辛辣尖刻的諷刺意味，詩人除了感慨天道憒憒，表達內心的憤世之情，也吐露險固山川不可恃之理，與另一詠史作〈覽古〉「莫恃金湯忽太平」〔註78〕之諫相互呼應。而在〈海上〉一詩，詩人揭露始皇嬴政希冀長生不死之妄想，目的亦在諷刺時君，如下：

　　　石橋東望海連天，徐福空來不得仙。

　　　直遣麻姑與搔背，可能留命待桑田。

根據《史記·秦始皇本紀》之記載：「齊人徐市等上書，言海中有三神山，名曰蓬萊、方丈、瀛洲……於是遣徐市發童男女數千人，入海求仙人。」〔註79〕詩前半言秦始皇派人入海求長生藥不得事。後半詩人表明即便得以手似鳥爪的麻姑搔背，亦無法延長人的壽命，進一步諷刺帝王求仙不死之癡心妄爲。而〈五松驛〉一詩，以秦末朝臣亂政托諷晚唐政局，如下：

〔註77〕　參見【漢】司馬遷：《二十五史·史記》卷6〈秦始皇帝本紀〉（臺北：藝文印書館，據清乾隆武英殿刊本景印），頁121。

〔註78〕　〈覽古〉：「莫恃金湯忽太平，草間霜露古今情。空糊赬壤真何益？欲舉黃旗竟未成。長樂瓦飛隨水逝，景陽鐘墮失天明。迴頭一弔箕山客，始信逃堯不爲名。」

〔註79〕　參見【漢】司馬遷：《二十五史·史記》卷6〈秦始皇帝本紀〉（臺北：藝文印書館，據清乾隆武英殿刊本景印），頁123。

　　獨下長亭念過秦，五松不見見輿薪。

　　只應既斬斯高後，尋被樵人用斧斤。

大中元年（西元 847）三月，李商隱隨鄭亞赴桂林，途經五松驛，憑弔古跡以託諷現實。詩人以賈誼〈過秦〉爲引渡，而以秦末趙高、李斯之相互傾軋，比喻當時李訓、鄭注之黨同伐異，趙李雖先後被誅，然秦不久亦隨之而亡，詩人以爲中央內部之紛爭，將使封建統治集團力量大爲減弱，最後走向亡國終祚一途。作者基於大唐季世，牛李朋黨勢若水火，互不相容，加劇政局的動盪變化與反覆不安，故託秦事以寄憂國之感慨，冀望晚唐國君能引以爲戒，勿蹈歷史覆轍，深含警惕之意，爲託諷現實之作。上述多由反面立論而以前朝爲借鏡，而在〈題漢祖廟〉中，詩人正面落筆，直接表達對帝王的期許，希冀時君能自我要求勵精圖治，如下：

　　乘運應須宅八荒，男兒安在戀池隍。

　　君王自起新豐後，項羽何曾在故鄉。

關於秦末同時崛起的劉邦與項籍，一成一敗的結局，後人評價不一，爲詠史議論常見主題，此篇則專就「立志」一點論之，以說明劉項兩人最終成敗之關鍵。詩前半即爲全篇之綱，詩人以爲一國之君應心懷大志，以「宅八荒」爲企圖，不應只侷限於「池隍」，對比鮮明。後半進而舉例說明截然不同的後果：劉邦一統天下與項籍兵敗身亡。前因後果相扣，而詩人的旨意昭然若揭：胸襟寬闊、有鴻鵠志者，終能有所成；而思想狹隘、胸無大志者，終不足成事。除了對劉項成敗發表己見，議論志向之重要，言外之意乃就時主而發，晚唐君主多庸碌無能，缺乏主見及遠略，爲人所左右而無所作爲，故詩人以史爲鑑，以諷慨時主，或可與上述〈岳陽樓〉〈漢水方城〉及〈楚宮二首〉其一：「十二峰前落照微，高唐宮暗坐迷歸。朝雲暮雨長相接，猶自君王恨見稀。」相互參看。而更迭頻繁的南北王朝固爲李商隱詠史中偏愛之題材，但詩人較側重南朝，誠如吳調公所言：「李商隱的綺密瑰妍的審美觀點，導致他以更多的興趣注意南朝史實。也正因爲如此，李商隱在否定形象中，有時卻表現了指責和眷

戀相交織的情懷。」〔註80〕而相關詩作亦較多，如：〈齊宮詞〉、〈南朝〉（地險悠悠）、〈景陽井〉等，而唐人詠南朝者，多慨嘆其興亡，而李商隱之〈南朝〉（地險悠悠）則推陳出新，諷刺六朝君主偏安江左，而無一統天下之志，如下：

> 地險悠悠天險長，金陵王氣應瑤光。
>
> 休誇此地分天下，只得徐妃半面妝。

詩前半言南朝都所在——金陵，山川險阻，且上應天象〔註81〕，具備天文地理條件上之優勢，江山理當得以保全，含有反諷意味。詩後半則強調除天時地利外，人合一環更重要，而以徐妃因元帝獨眼而妝半面事道出梁元帝未能掌握人合，故遑論天下大計而只能苟安一隅，詩人別出心裁，將徐妃的「半面妝」與六朝的「分天下」巧妙地聯繫起來，於對比落差中突顯主題意旨，直刺六朝君主雖自誇擁有天下，而實際上只是半壁江山。由於晚唐君主昏聵無能，任由藩鎮割據地方，造成疆土日蹙，對於時主苟且偷安一時、不務進取的消極態度，詩人有感而發，故借由譏諷六朝徒有險固山川地勢而甘於偏安江左，君臣上下沒有一統全國、復興中原之志以托諷時君。而對於荒淫無度的帝妃，詩人則有〈景陽井〉一詩加以諷刺，如下：

> 景陽宮井剩堪悲，不盡龍鸞誓死期。
>
> 腸斷吳王宮外水，濁泥猶得葬西施。

詩人結合時代不同的二件史事，而有感而發：以為陳後主叔寶與張、孔二妃於國破之日，赴井而不就死〔註82〕，反欲藉此以苟活，實為可

〔註80〕吳調公：〈李商隱詩歌的藝術特色〉，收於《李商隱研究》（上海：上海古籍出版社，1982），頁137。

〔註81〕根據《太平御覽》引〈金陵圖〉的敘述：「昔楚威王見此有王氣，因埋金以鎮之，故曰金陵。秦併天下，望氣者言江東有天子氣，鑿地斷連岡，因改金陵為秣陵。」及張勃《吳錄》的記載：「劉備曾使諸葛亮至京，因睹秣陵山阜，乃嘆曰：『鍾山龍盤，石頭虎踞，帝王之宅也。』」可知古金陵素有「鍾阜龍盤，石城虎踞」之顯要地勢及王氣之稱。

〔註82〕可見於《陳書》：「隋軍陷臺城，張貴妃與後主俱入於井，隋軍出之。晉王廣命斬貴妃，牓於清溪中橋。」及《南史》：「後主逃於井，軍

悲可嘆，而偷生苟且者終究逃不了一死，斬首於清溪，而此下場反倒
不如當年吳破之日西施得以水葬〔註83〕之結局。詩人透過兩位寵妾死
之情狀相對比，目的在譏誚陳叔寶、張麗華帝妃之沉溺娛樂，死至臨
頭仍執迷不悟。而〈詠史〉（北湖南埭）一詩則以六朝為題材，詩人
在其中寓有「地靈不如人傑」之意旨：

　　北湖南埭水漫漫，一片降旗百尺竿。

　　三百年間同曉夢，鍾山何處有龍盤。

南朝三百年間，東吳、東晉、宋、齊、梁、陳等朝政權更迭遞嬗、紛紛
擾擾，本為歷來詠史常見題材之一。而此詩首句寫景：「北湖南埭」即
指玄武湖，為南朝習練水軍之處，亦或帝王盤遊之地，但如今卻「水漫
漫」，一片荒涼而戰艦龍舟不復，繁華不再，寓有無限興亡之感；次句
觸景生情，神遊故國，呈現想像中的歷史畫面，以「一片降旗百尺竿」
統指六代興廢之迅速，象徵六朝政權之腐朽不堪。末二句則以反問總
結，說此地山川險阻，具帝王之氣，然六朝王室腐敗，導致國祚短暫，
政權快速更迭，而所謂「龍盤虎踞」之勢又何足以依恃，說明國之存亡
並非只憑藉地靈形勝，而是在人傑政績，此與劉禹錫「興廢由人事，山
川空地形。」〔註84〕之旨相同。而詩人針對北朝之詠史詩作，只有〈北
齊〉二首，作者將議論融於形象，辛辣諷刺昭然若揭，如下：

　　一笑相傾國便亡，何勞荊棘始堪傷。

　　小憐玉體橫陳夜，已報周師入晉陽。

　　巧笑知堪敵萬幾，傾城最在著戎衣。

　　晉陽已陷休回顧，更請君王獵一圍。

　　人欲下石，乃聞叫聲，以繩引之，驚其太重，乃與張貴妃、孔貴人
　　三人同乘而上。晉王廣命斬貴妃於清溪中。」
〔註83〕《修文御覽》引《吳越春秋》逸篇云：「吳亡後，越浮西施於江，令
　　隨鴟夷以終。」
〔註84〕【唐】劉禹錫：〈金陵懷古〉：「潮滿冶城渚，日斜征虜亭。蔡州新草
　　綠，幕府舊煙青。興廢由人事，山川空地形。《後庭花》一曲，幽怨
　　不堪聽。」收於清聖祖敕編《全唐詩》卷357（北京：中華書局，1960），
　　頁4017。

此兩首詩作透過北齊後主高緯寵幸馮淑妃的史實，批判昏君之荒淫亡國，而其目的在借古以鑑今，希冀當朝武宗能引以爲戒、自我警惕。李商隱詠史，常因呈現主題之需要，而在故事基礎上加以生發、推想或集中概括，想像力的極致發揮以增強作品的藝術效果，以此首章爲例，詩人巧妙剪接馮小憐進御與周師入關二事，利用相去懸殊的具體畫面來說明色荒致禍之理；而根據史書所記：「周師之取平陽，帝獵於三堆，晉州亟告急，帝將還，淑妃請更殺一圍，帝從其言。」〔註85〕更可知高緯置國於不顧，極盡荒唐之能事，次章即據此極力刻畫以諷刺北齊後主，詩人以生活典型性細節，呈現亡國之君喜畋獵、寵女色之好逸享樂性格，簡單敘事但所寓深遠。此兩章均於前半闡明女禍亡國詩旨，後半則舉歷史實例以明證，並以誇張之筆極意渲染，詩人雖不下斷語，但譏評自深而神韻自遠。而唐玄宗與楊妃事本爲唐人詠史偏愛題材之一，且唐人對明皇貴妃事，多率意直接譏評，並不多加隱諱，此與大唐自由開放的社會風氣有關。由於玄宗時發生安史之亂，國勢因而中衰，故李商隱有關本朝的詠史作品，如：〈驪山有感〉、〈龍池〉、〈華清宮〉（朝元閣迥）、〈華清宮〉（華清恩幸）及〈馬嵬二首〉其一等皆以明皇貴妃爲對象，而〈驪山有感〉與〈龍池〉則加入壽王以相互對照，表現其與唐玄宗、楊貴妃三人之間的微妙關係，目的在揭露李隆基「父奪子妻」的宮闈之私〔註86〕，如下：

驪岫飛泉泛暖香，九龍呵護玉蓮房。
平明每幸長生殿，不從金輿惟壽王。

龍池賜酒敞雲屏，羯鼓聲高眾樂停。
夜半宴歸宮漏永，薛王沉醉壽王醒。

〔註85〕【唐】李延壽撰，楊家駱主編：《新校本北史並附編三種·后妃列傳下第二·齊馮淑妃》（臺北：鼎文書局，1976），頁525。

〔註86〕根據《唐書》的記載：「惠妃（壽王瑁母）薨，後宮無當意者。或言壽王妃楊氏之美，上見而悅之，乃令妃自以己意乞爲女官，號太眞。更爲壽王娶郎將韋昭訓女。潛納太眞於宮中，不期歲，寵遇如惠妃。」可知玄宗中冓之醜行。

前章首句寫驪山溫泉，次句明詠溫泉建築之華麗，其中暗寓玄宗溺於美色，且對楊妃寵護有加；下二句則聚焦於壽王，藉其未參與帝妃祀典，揭露父皇奪媳之行徑。而〈龍池〉一詩旨趣亦同，詩前半寫明皇家宴，熱鬧盛大；由於玄宗極愛羯鼓聲〔註87〕，透過羯鼓獨鳴之狀，突顯李隆基專制獨裁之形象。詩後半則寫宴後之寂寥，焦點仍放在被迫割愛的壽王身上，詩人以合理的揣測臆度去想像李瑁的心理活動，虛寫其宴中因觸目傷懷而無以暢飲，故宴後思緒依舊清晰，在與其他諸王酣醉盡興對比下，壽王若有所思、鬱鬱寡歡之狀表露無遺，詩人目的即在藉壽王揭發諷刺其父皇狂妄荒誕之醜態。而詩人有同題〈華清宮〉者二，皆以楊妃為議論對象，說明女寵與國家禍亂之間的關係，與詩人的女禍亡國論相得益彰，如下：

> 朝元閣迥羽衣〔註88〕新，首按昭陽第一人。
>
> 當日不來高處舞，可能天下有胡塵。
>
> 華清恩幸古無倫，猶恐蛾眉不勝人。
>
> 未免被他褒女〔註89〕笑，只教天子暫蒙塵。

前章首聯言楊妃入宮歌舞，色藝之絕倫，而後聯則就此論事，以為玄宗就是因為楊妃而徹夜笙歌、怠荒朝政，甚而致使安史之亂的發生，詩人以反詰語道出此因果關係，明指楊妃傾國及玄宗色荒安樂之罪。而後章更以全篇對比的方式突顯諷意，詩前半言玄宗對楊妃寵愛有

〔註87〕根據《南卓·羯鼓錄》的記載：「羯鼓出外夷，以戎羯之鼓，故曰羯鼓。其聲促急，破空透遠，特異眾樂。明皇極愛之，嘗聽琴未終，遽止之曰：『速令花奴（汝陽王璡小名）持羯鼓來，為我解穢！』」可見玄宗極愛羯鼓樂聲。

〔註88〕參見《太真外傳》的記載：「天寶四載七月，於鳳凰園冊太真宮女道士楊氏為貴妃，半后服用。進見之日，奏霓裳羽衣曲。」又「上乘照夜白，妃步輦至興慶池沉香亭前，牡丹方繁開，宣學士李白立進清平樂詞，遂促李龜年歌之，太真酌酒笑領。」

〔註89〕相關史事，可參見《史記》的記載：「幽王嬖愛褒姒，褒姒不好笑，幽王欲其笑萬方，故不笑。幽王舉烽火，諸侯悉至，至而無寇，褒姒乃大笑。申侯與繒、西夷犬戎攻幽王，幽王舉烽火，兵莫至，遂殺幽王驪山下，虜褒姒。」

加，史無前例，其中寓有玄宗色荒誤國之微辭；其後則說貴妃的「表現」似乎不如前人，留給讀者想像空間，而以褒姒致使幽王傾國事，對比楊妃僅使玄宗幸蜀而未使唐亡，說明貴妃傾國傾城之能力似乎在褒姒之下，故不免要被褒姒所取笑。此篇不同於其他諷諭帝王的作品，而將重心放在妃子身上，並以歷史上著名美人相提並論，兩相比較之下加以反諷，寫法特殊。而〈馬嵬二首〉其一則進一步寫驕矜自大的玄宗，沉淪女色，最終誤國殃民，如下：

> 冀馬燕犀動地來，自埋紅粉自成灰。
> 君王若道能傾國，玉輦何由過馬嵬。

馬嵬坡，在西安府興平縣（今陝西興平）西二十五里處，爲葬楊妃處。根據史書所載：「及祿山叛……潼關失守，從幸至馬嵬，禁軍大將陳玄禮啓請太子誅國忠父子，既而四軍不散。玄宗遣力士宣問，對曰：『賊本尚在。』蓋指貴妃也。力士復奏，帝不獲已，與妃詔，遂縊死於佛室，時年三十八，瘞於驛西道側。上皇自蜀還，令中使祭奠……密令中使改葬於他所。初瘞時以紫褥裹之，肌膚已壞，而香囊仍在。」〔註90〕詩前半即言此事；詩後半則針對此事譴責明皇沉迷聲色，不知及早覺悟，導致國家的傾覆滅亡，然亦無爲楊妃開脫罪名之意。由於李商隱本善於描寫愛情，故於詠史亦發揮這方面的特色，以爲帝王將相也是有血有肉的人，他們不因地位形象而影響其愛情生活，但也認爲愛情生活會直接影響到政治〔註91〕，而當其詠史詩中的主角，一旦兼有纏綿戀愛與政治糾葛的雙重色彩，詩人在詠唱時，往往予以層次上的分割〔註92〕，明皇與貴妃就是個很好的例子之一。而上述五首詠唐明皇與楊貴妃的七絕中，〈驪山有感〉與〈龍池〉寫明皇初得楊妃時紙醉金迷、奢靡無度的宮廷生活，而同題〈華清宮〉的兩首七絕則

〔註90〕【五代·後晉】劉昫等：《二十五史·舊唐書》卷51〈楊貴妃傳〉（臺北：藝文印書館，據清乾隆武英殿刊本景印），頁1045。

〔註91〕黃聖雄：《李義山詩研究》（臺北：文史哲出版社，1987），頁22。

〔註92〕方瑜：〈李商隱的詠史詩〉，收於《唐代研究論集第二輯》（臺北：新文豐出版公司，1992），頁742。

寫導致大唐中衰的安史之亂，最後〈馬嵬二首〉其一寫楊貴妃賜死於馬嵬坡事，詩人恰巧將此段歷史分為三個階段，而有系統地反映此悲劇的整個過程〔註93〕，而此似乎亦是詩人「又聞理與亂，係人不係天。」（〈行次西郊作一百韻〉）、「歷覽前賢國與家，成為勤儉破由奢。」（〈覽古〉）等觀念的具體明證之一。

2. 關於帝王傳說

除了將愛情融入詠史的特色外，李商隱還以神話傳說詠史，其中關於周穆王與西王母事〔註94〕的詠史七絕，為數不少，如：〈華嶽下題西王母廟〉、〈瑤池〉及〈華山題王母祠〉等，就是詩人以此傳說為基礎而作，如下：

> 神仙有分豈關情，八馬虛隨落日行。
> 莫恨名姬中夜沒，君王猶自不長生。

詩作於會昌六年（西元 846），作者以穆王諷武宗希冀長生又牽戀美色為旨。詩人以為仙者應當已擯除人間七情六欲，然求仙者目的卻是為追求私慾的滿足，實與仙業背道而馳，故首句即言如穆王之好色者自是與神仙無分；次句寫穆王雖乘日行萬里的八駿西行以追日，而象徵時間流逝的落日依舊西沉，用以說明追慕仙人仙蹤之願終歸虛無，前二句因果相應。詩後半則進而以穆王寵妾盛姬之亡〔註95〕，言君主好求美色之望落空，闡發即便帝妃終將面對死亡，情緣仙緣均將化為虛有，強求不得。詩人以時君武宗因餌長生藥而罹疾早卒，及與寵溺

〔註93〕 此為韓惠京的看法，然韓氏所論為李商隱的詠史作品，故此論尚包含〈馬嵬二首〉其二（七律）一詩，此雖沒有論及此七律作品，但此看法亦不因此受到影響，故於此引用，參見韓惠京：《李商隱詠史詩探微》（中國文化大學中國文學研究所碩士論文，1987），頁 184。

〔註94〕 《穆天子傳》對兩人會事有此記載：「天子賓於西王母，天子觴西王母於瑤池之上。西王母為天子謠曰：『白雲在天，山陵自出。道里悠遠，山川間之。將子無死，尚能復來。』天子答之曰：『予歸東土，和治諸夏。萬民平均，吾顧見汝。比及三年，將復而野。』」

〔註95〕 《穆天子傳》：「天子遊於河濟，盛君獻女。王為盛姬築臺，砌之以玉。天子西征，至玄池之上，乃奏樂三日，終，是日樂池盛姬亡，天子殯姬于穀邱之廟，葬于樂池之南。」

王才人事〔註96〕，故藉傳說來諷諭現實。而〈瑤池〉一詩亦緣此而發，但寫法不同，而以女性為敘事觀點，如下：

> 瑤池阿母綺窗開，黃竹歌聲動地哀。
> 八駿日行三萬里，穆王何事不重來。

詩專以西王母為描寫對象，首句寫其倚窗遠望，久候穆王不得，次句則寫其耳聞穆王之作——黃竹歌曲〔註97〕，以此暗示穆王已亡，故前二句互為因果關係。詩後半進而寫西王母內在的心理活動：其心裡納悶著穆王有日馳萬里的駿馬〔註98〕，何以遲遲不至赴約。詩人藉此譏諷帝王求仙之虛妄，即便躬逢神仙者亦不得長生，凡是人終究不免一死，揭露求道學仙之愚昧癡妄，深寓長生固不可冀、神仙本不可遇之旨。詩人運用相同題材者，尚有〈華山題王母祠〉一詩，其寓意亦同，如下：

> 蓮華峰下鎖雕梁，此去瑤池地共長。
> 好為麻姑到東海，勸栽黃竹莫栽桑。

詩前半寫蓮華山下雕梁祠廟空鎖著，而瑤池仙境路途遙遠，說明神仙之事固然渺茫虛幻，遙不可及。後半則以想像之辭寫西王母若至東海逢遇麻姑，應勸請其栽種黃竹而莫植桑，由於黃竹歌本為穆王傷民凍寒之作，故西王母以為栽黃竹猶可動哀民之念，而桑田恐有一瞬復變為滄海之慮，寓有「不問蒼生問鬼神」之意，而以神仙飄忽虛無本是不可遇求來諷誡時主。而〈楚宮二首〉其一則不同於上述以史實為基礎的寫法，而以神話傳說為題材，呈現另一種風貌，如下：

〔註96〕《唐書》：「武宗王才人善歌舞，狀纖頎，頗類帝。每畋苑中，才人必從，袍而騎，佼服光侈，觀者莫知孰為帝也。帝惑方士說，欲餌藥長生，後寢不豫，才人獨憂之。及大漸，才人悉取所常貯，散遺宮中。審帝已崩，即自經惺下。」

〔註97〕《穆天子傳》：「日中大寒，北風雨雪，有凍人，天子作詩三章以哀民，曰：『我徂黃竹，□員閟寒』云云。」可知黃竹歌本為穆王傷民凍寒之作。

〔註98〕「湖水出桃林塞之夸父山。山多野馬，造父於此得驊騮、綠耳、盜驪之乘，獻穆王，使之馭，以見西王母。」

　　　　十二峰前落照微，高唐宮暗坐迷歸。

　　　　朝雲暮雨長相接，猶自君王恨見稀。

此則以楚王譏諷時主迷戀女色、不務國事，而以傳說中襄王與神女事〔註99〕為根據，詩前二句寫楚王沉迷情愛、流連忘返，突顯其荒淫昏聵之狀。後二句則寫楚王與得寵者已是朝暮歡聚，卻仍覺相見之稀、意猶未盡，從君王溺色推衍出對於才俊及家國之漠視；而楚襄與神女的愛情也許因為神話傳奇色彩特別濃厚，以致沖淡了詩人的諷意〔註100〕，隱微傳達對時主沉溺女色而不肯親近賢者之諷意，而使詩含蓄有致。

3. 其他

　　上述皆直接以歷史帝王為諷諭對象，或藉前人史實託諷，或以神話傳說寓意，而〈夢澤〉則聚焦於帝王身邊的希寵女性，寫法特殊，如下：

　　　　夢澤悲風動白茅，楚王葬盡滿城嬌。

　　　　未知歌舞能多少，虛減宮廚為細腰。

雲夢澤，指今之洞庭湖一帶藪澤地區，詩人於大中元年（西元847）赴桂，途經此地適逢白茅花開，觸景生情，聯想楚國舊事。首句先寫風吹茅草，一片荒蕪寂寥，渲染出淒涼的氛圍，次句承之，寫即景之情，更顯悲慘。《墨子》一書有言：「昔者楚靈王好士細要，故靈王之臣皆以一飯為節。」〔註101〕《後漢書‧馬廖傳》亦有「楚王好細腰，而國中多餓死。」〔註102〕之言，所謂「上有所好，下必甚焉。」在楚

〔註99〕楚頃襄王與神女事可見於〈高唐賦序〉：「昔者先王嘗遊高唐，夢見一婦人，曰：妾巫山之女也，旦為朝雲，暮為行雨。」及〈神女賦序〉：「襄王使玉賦高唐之事，其夜王寢，果夢與神女遇，其狀甚麗。」等文學作品。

〔註100〕方瑜：〈李商隱的詠史詩〉（上），《中外文學》5 卷第 11 期（1977），頁 79。

〔註101〕【東周】墨子，劉繼華譯注：《墨子》〈兼愛〉中（臺北：錦繡出版社，1992），頁 66。

〔註102〕【南朝‧宋】范曄：《二十五史‧後漢書》卷 54〈馬廖傳〉（臺北：藝文印書館，據清乾隆武英殿刊本景印），頁 317。

王癖好的影響下，宮中甚至國中上下，皆瀰漫著一股「細腰」之風。下二句則針對此一現象唱歎寄慨，雖從宮女立場落筆，但諷刺的是一味地迎合風氣、追逐時俗的人，盲從而不自覺，可笑而可悲，以旁觀者的角度理性批判，冷漠嘲諷中帶有同情憐憫。由於晚唐政局反覆不定，「為細腰」而諂媚逢迎者不在少數，此作多少融入現實意識，為諷刺「虛減宮廚」者害人而誤己而作，誠如郝世峰所言：「這裏反映著詩人對於生活中的庸俗心理的感受，反映著他對於某種已成風氣的愚昧所抱的可憐與輕蔑的態度，這種態度使他能掙脫傳統認識的拘束，從古老的傳說中發現了更高、更深刻、更具普遍性的現實意義。」〔註103〕此外，身世沉淪的忠臣賢士，更是詩人自況的對象，成為其詠史的主角，如西漢文帝時懷才不遇的賈誼：

> 宣室求賢訪逐臣，賈生才調更無倫。
>
> 可憐夜半虛前席，不問蒼生問鬼神。

根據《史記·屈原賈生列傳》中的記載：「賈生徵見，孝文帝方受釐，坐宣室，上因感鬼神事而問鬼神之本，賈生因具道所以然之狀。至夜半，文帝前席。既罷，曰：『吾久不見賈生，自以為過之，今不及也。』」〔註104〕詩人自出機杼，化用史實而別開生面，就此事翻出帝王只知事鬼神而不恤民生之意，而與上述〈楚宮二首〉其一之旨相近。詩前半寫朝廷求賢用士之渴，而賈誼才能絕倫出眾，營造出君臣知遇的氛圍，理當明主賢臣相得益彰，如魚得水。然詩後半語意一轉，揭露真相：文帝虛心請教的竟是荒誕不經的鬼神之事，與民瘼毫無相關，「可憐」二字更道盡賈生之屈抑不伸。全篇諷刺文帝雖用賢臣，然不能善任其才，因而感嘆賈生雖遇盛主而不能有所為，而詩人目的不僅於此，而是暗刺晚唐時主服藥求仙，迷信道佛之徑，因而荒廢國事，捐

〔註103〕郝世峰：〈李商隱七絕臆會〉之語，引自劉學鍇、余恕誠編著：《李商隱詩歌集解》（臺北：洪葉文化事業有限公司，1992），頁615。

〔註104〕參見【漢】司馬遷：《史記·屈原賈生列傳第二十四》，由【宋】裴駰集解，【唐】司馬貞索隱，【唐】張守節正義，楊家駱主編之《新校本史記三家注并附編兩種》，頁2502～2503。

棄賢才，置廣大生民於不顧；而傷賈生之不遇的同時，亦寄自傷之意。
除了漢文帝時的能士賈誼，詩人尚詠歷經文景武三朝的李廣將軍，如
下：

> 雲臺高議正紛紛，誰定當時蕩寇勳。
> 日暮灞陵原上獵，李將軍是故將軍。

根據《後漢書》的記載：「永平中，顯宗追感前世功臣，乃圖畫二十
八將於南宮雲臺。」〔註105〕詩前半由此史實而發，寫群臣聚於雲臺，
紛紛議論平亂立勳之功臣，以「誰定」之強烈語氣訴說功勳高下究竟
由誰評定，實則為忠心漢朝、屢建軍功但卻不得封侯的飛將軍李廣抱
不平。詩後半寫「灞陵夜獵」〔註106〕事，且特意將夜獵時間改寫為
日暮時段，即是利用豐富的意象呈現李廣在夕陽西下受辱之狀，象徵
其日暮途窮的感傷心境。但作者的真正目的並非僅鋪陳漢將舊事，而
是託言時政之不公，由於大中二年（西元848）七月，朝廷續畫功臣
三十七人圖像於凌煙閣〔註107〕，均為初唐至貞元年間文臣武將，而
會昌有功將相則非但不與其中，且受當權者之貶斥，詩人為其深感不
平，故藉建功而未封侯的李廣事，寄託心中的不滿，諷刺宣宗君臣棄
功不錄之行徑。而李商隱題為〈四皓廟〉的詩共有兩首，且皆為詠史
七絕，漢朝四皓雖為所詠人物主角，但二者內容意旨指向不同，其中
〈四皓廟〉（羽翼殊勳）一詩亦為慨嘆李德裕遭黜之作，可與上述〈舊
將軍〉相互對照，如下：

〔註105〕【南朝・宋】范曄：參見《後漢書・朱景王杜馬劉傅堅馬列傳第十二》，
　　　　由【唐】李賢等注，楊家駱主編：《新校本後漢書并附編十三種》，頁
　　　　789。

〔註106〕根據《史記・李將軍列傳》中的記載：「廣家與故潁陰侯孫屏野居藍
　　　　田南山中射獵。嘗夜從一騎出，從人田間飲。還至霸陵亭，霸陵尉
　　　　醉，呵止廣。廣騎曰：『故李將軍。』尉曰：『今將軍尚不得夜行，
　　　　何乃故也！』」參見由【宋】裴駰集解，【唐】司馬貞索隱，【唐】張
　　　　守節正義，楊家駱主編之《新校本史記三家注并附編兩種》，頁2871。

〔註107〕《新唐書・本紀第八・宣宗皇帝李忱・大中二年》：「七月己巳，續
　　　　圖功臣于凌煙閣。」引自【宋】歐陽修著，楊家駱主編《新校本新
　　　　唐言附索引》，頁247。

羽翼殊勳棄若遺，皇天有運我無時。

廟前便接山門路，不長青松長紫芝。

大中元年（西元 847）春，李商隱赴桂經此廟，借四皓有功而見棄於時，託諷時君之罷黜功臣。詩人開門見山，首句即指明詩旨——「棄若遺」，其後三句均爲主意之發揮，藉由廟宇之荒廢寂寥，只長紫芝不長青松的景況，暗示君主的不知與冷落，終使賢能隱沒無聞。由於作者寫作此詩的時間，正逢李德裕出爲荊南節度使，後以太子少保留守東都，爲宣宗所斥而投閒置散，可知此詩爲有感於李德裕之有功而見棄，藉四皓相似之遭際來寄託內心的感慨與不平。

小結

杜李詠史七絕作品中皆以評論型數量最多，由於杜牧曾經擔任史館修撰及兼史職等經歷，加上家學背景所帶來的影響，使其長期積累豐富的歷史學識，且力求創新、以意爲主的文學主張及自身積極用世的心志，使杜牧更留心於歷史人事的盛衰得失，故其評論型詠史七絕之內涵，不僅對於既定史實觀察入微，且能從中發展出獨特的創見及新意，自成一格，形成豪邁機警、俊逸爽朗的自我風格，較偏重於詩的議論內涵。而多愁善感的李商隱則在詠史中抒寫晚唐時局及自身遭際，而在詠懷歷史的衣表下實有針砭現實之裡，故其評論型詠史七絕宛如政論詩作，頗具社會性與時代感，此與其細膩柔婉、含蓄內斂的性格相互呼應，故其詠史含蓄有致卻不失諷諭針砭，側重詩的現實感及諷時性，實爲詠史內涵注入時代新血，由此砍見兩人此類作品中的不同側重方向。

三、懷古型

懷古型詠史詩，顧名思義，即懷古與詠史之交融結合，主要爲詩人在面對歷史遺跡時追懷昔日人事，並抒發昨是今非之感慨。至於懷古與詠史的界分，本文於第二章已有論述，不需贅言，故此僅就本文所謂的「懷古型詠史詩」之評判標準稍加說明：因歸類爲懷古型，其

內容固然多由歷史遺跡（今之地點）聯想到史實故事（昔之人事），具有懷古詩「必切時地」〔註108〕的特質，且詩人透過或今昔是非之對比，或自然人文之對襯，揭示生命與歷史的眞實本質——變〔註109〕，此爲其主要且必然之內涵；但既然實爲詠史詩，內容則以關乎歷史爲前提，相關的歷史人事仍爲必要之連結素材。因此，懷古型詠史詩中所提及的歷史遺址（不以作者親臨與否爲標準），僅爲詩人與過往歷史間的媒介，誠爲藉以興懷的出發點，重點應在於詩中所寄予的人世無常之感懷慨嘆〔註110〕；簡而言之，歷史古跡、相關的歷史人事及世事無常的感慨，爲本文懷古型詠史詩的必要條件。〔註111〕

（一）杜牧

在杜牧的 23 首詠史七絕中，有 8 首屬於懷古型，比重頗高，詩名及出處列目如下：〈過勤政樓〉、〈登樂游原〉、〈江南懷古〉、〈江南春絕句〉、〈題橫江館〉、〈汴河懷古〉、〈金谷園〉及〈隋宮春〉等。杜牧在〈過勤政樓〉一詩中，以昔盛今衰相映襯，抒發深沉的感慨：

> 千秋令節名空在，承露絲囊世已無。
>
> 唯有紫苔偏得意，年年因雨上金鋪。

勤政樓，全名爲「勤政務本之樓」，在長安興慶宮內，唐玄宗開元年間，爲自勉勤於政事而建。詩人透過今昔對比，慨嘆唐朝盛世一去不返。前二句「由今思昔」：原先唐玄宗的生日稱作千秋節，是日舉

〔註108〕【清】沈德潛：《說詩晬語》，收於《清詩話》（【清】丁福保編，臺北：明倫出版社，1971），頁 550。

〔註109〕侯迺慧：〈唐代懷古詩的結構模式與生命開解〉，《唐詩主題與心靈療養》（臺北：三民書局，2005），頁 216。

〔註110〕其中應以世事無常的感慨之旨爲主要判定標準，故以地名爲題者並非全然爲詠史詩或懷古型作品。

〔註111〕賴玉樹於〈晚唐五代詠史詩之美學意識〉一文中歸納歷來詠史詩與懷古詩相混的情形，指出：「大致可以區分爲下列三種：一、將懷古詩視爲詠史詩的一類者。二、將詠史視爲懷古的一類者。三、將懷古等同於詠史詩者。」本文懷古型詠史詩則接近上述第二類，以爲詠史可以包含懷古的素材，但懷古詩並不一定就能是詠史詩，基本上以涉及歷史人事與否爲判定根據。

國上下同歡；但玄宗晚年昏聵荒淫，無心於國政，甚而導致安史之亂，大唐王朝自此由盛轉衰、承平不再，故今日千秋佳節已名存實亡，而往昔節慶時所互贈的五彩絲囊，亦不復存在。後二句則是「感昔傷今」：過去歡騰熱鬧的勤政樓，如今卻一片荒涼冷清，任由紫苔生長，且在雨水的助長下，恣意蔓延到大門前；此處使用轉化修辭，在靜態的荒廢畫面中注入動態生機，並以生氣蓬勃的苔蘚映襯衰弛已久的遺跡，盛衰反差中呈現今不比昔之旨，詩人雖不著議論而意味深長，感慨自出。而〈江南懷古〉一詩，則於詠史中寄寓了對晚唐時局的隱憂：

> 車書混一業無窮，井邑山川今古同。
>
> 戊辰年向金陵過，惆悵閒吟憶庾公。

宣宗大中二年（西元 848），適爲戊辰年，杜牧由睦州赴京，途經金陵（今南京），撫今追昔有感而發。詩前二句指出：國家統一的局面不曾改變，而百姓與山川亦今古無殊。後二句則緬懷史事，詩人回想起南朝梁武帝時，同値戊辰年，且發生於金陵的侯景之亂，時人庾信因而創作〈哀江南賦〉以表達對家國身世的悲哀；詩人憶及故事，內心感慨萬千，不禁同樣惆悵吟詩。杜牧透過對歷史深刻的反思，委婉表現出對當時政局及國家前程的憂思愁慮，而〈江南春絕句〉一詩，則將王朝興亡之慨寄寓於江南美好的春景中：

> 千里鶯啼綠映江，水村山郭酒旗風。
>
> 南朝四百八十寺，多少樓臺煙雨中。

詩前二句描述江南動人春光：詩人以「千里」發端，在廣闊處落筆，不失高曠灑脫的一貫風格，詩前半除了一派春光明媚，極盡視覺及聽覺的享受外，更有美酒佳餚可品味，在多重感官的交織下，燦爛春光盡現。且以鶯「啼」與「風」中酒旗之動態，打破平靜的錦繡畫面，將江南依山傍水的村莊城鎮中一片紅綠相映、處處鶯歌燕舞的春意盎然立體呈現，筆調生動活潑，讀之宛如置身其中。後二句則觸景生情，以眼前繁盛之景，憑弔南朝四代的更迭衰亡；且由全幅景象轉爲雨景的特寫，由於江南春季多雨，在細雨飄灑籠罩下的景致別有一番風

情。詩人藉由雨霧茫茫，不僅使人產生空間上的距離感，也出現時間上的距離感，透過眼前空間上迷離的雨中古刹，喚起時間上遙遠的南朝，兩者互相映照，在景物所造成反差中突顯歷史滄桑之感，呈現高度的藝術成就。全詩以景抒情，詩人在明媚春景中融入歷史情懷，今昔強烈的映襯對照中，意境更爲開闊，而詩意亦令人印象深刻。而〈題橫江館〉一詩，旨在闡述盛名偉業終歸於空，給人無限蒼涼沉重之感，如下：

> 孫家兄弟晉龍驤，馳騁功名業帝王。
> 至竟江山誰是主，苔磯空屬釣魚郎。

橫江一帶是長江重要渡口，歷來爲兵家必爭之地。詩前二句回顧了此地相關的史事：三國的孫策、孫權兄弟二人，在橫江建立東吳政權﹝註112﹞；而後西晉的龍驤將軍王濬，則於此一舉殲滅孫吳，完成晉朝一統大業。二者皆在這起兵鏖戰，各自建立功名，成就帝業。後二句則回到現實，憑弔古跡以抒發感慨：轟轟烈烈的歷史早已成爲過往雲煙，如今這萬里江山的主人究竟是誰？眼前卻只見三兩釣魚郎在長滿苔蘚的石磯上垂釣。問答中感慨自現，「空」一字則盡寫千古豐功偉勳終將化爲烏有，足見詩人內心的淒涼悲壯。而〈汴河懷古〉一詩，則因汴河而生懷古之幽情：

> 錦纜龍舟隋煬帝，平臺複道漢梁王。
> 遊人閒起前朝念，折柳孤吟斷殺腸。

汴河，河名。唐宋人所謂的汴河，一般指通濟河，即隋煬帝時所開鑿的大運河。詩前二句吟詠昔日與汴河有關的隋煬帝與西漢梁孝王，而兩帝行徑皆窮侈極欲：隋煬帝曾乘龍舟沿著運河遊幸江都，以錦緞爲船纜；而西漢梁孝王大治宮室，於汴河附近修築複道，自宮中直通平

﹝註112﹞參見《二十五史‧三國志‧吳書一‧孫策傳》：「術表策爲折沖校尉，行殄寇將軍，兵財千餘，騎數十匹，賓客願從者數百人。比至曆陽，眾五六千。策母先自曲阿徙於曆陽，策又徙母阜陵，渡江轉鬥，所向皆破，莫敢當其鋒，而軍令整肅，百姓懷之。」及〈孫權傳〉：「策起事江東，權常隨從。性度弘朗，仁而多斷，好俠養士，始有知名，侔於父兄矣。」

臺。後二句寫今之遊人至此,皆不自主地思及前朝往事,詩人如是,而在悲慟之餘,獨自吟起悲哀之調〈折楊柳〉曲。本詩因眼前遺跡追憶昔日舊事,在古今中發抒對人事興衰的無限感傷。而〈隋宮春〉一詩,亦詠隋煬帝事:

> 龍舟東下事成空,蔓草萋萋滿故宮。
> 亡國亡家為顏色,露桃猶自恨春風。

詩前二句以今昔對比,寫隋煬帝三次巡幸江都,乘駕龍舟的空前盛況,而終究成空,如今只剩故宮雜草叢生,一片荒蕪之景。後半則寫國家滅絕之悲,因隋煬帝醉心美色、奢靡享樂,最後導致亡國亡家;詩人以轉化修辭寫今之井邊桃花,因無人欣賞而徒恨春風。全詩在古今映照下,自然與人文的對比中,呈現物是人非的懷古之情,充滿悲悽哀婉之情。

在前述〈題桃花夫人廟〉一詩中,杜牧歌詠以死殉主的綠珠,而在〈金谷園〉一詩中,則暗寓對綠珠的憐惜之情,如下:

> 繁華事散逐香塵,流水無情草自春。
> 日暮東風怨啼鳥,落花猶似墮樓人。

金谷園為西晉石崇之私人花園,奢華富麗,盛極一時,而其愛妾綠珠就在園中清涼臺跳樓自盡。詩前二句弔古詠春,繁華盛事已隨香塵消散而無影無蹤,如今只見流水潺潺依舊,春草碧綠如昔;在昔盛今衰對照下,令人不勝唏噓。後二句亦寫春景,日暮時分,風中傳來如怨如慕的鳥鳴,而飄落的花瓣,宛如當年墜樓身亡的綠珠。詩人透過對金谷園遺跡的描寫,慨嘆繁華如過眼雲煙,而富貴不常,詩中充滿傷春之感,而對於綠珠為主香消玉殞,惋惜不已。全詩情景渾然交融,景中寓情,洵為佳作。

杜牧在雙重性格的影響下,詩多有剛奇之風,但仍不失陰柔之美,詩歌呈現多元和諧,剛柔並濟之特色。而杜牧懷古型詠史作品中,將情感寄託於永恆山水,興發物是人非之感,而往往虛化眼前實景而超越時空,而將山水、歷史與現實三者交融,擴大詩歌的時空範圍,更提昇內在的精神層次,特別的是,詩人對於過往歷史雖有蒼涼沉鬱

之情，但卻未完全走向消極悽惻，反而時時流露豪宕俊爽、高曠灑落的恢弘氣度；此點特色固然與其豪縱性格有關，而此類作品更可說是杜牧個人氣質與藝術成就的融合統一。

（二）李商隱

在李商隱的 49 首詠史七絕中有 4 首是屬於懷古型的，列目如下：〈舊頓〉、〈過華清內廄門〉、〈天津西望〉及〈灞岸〉等。由於李商隱的詠史詩聯繫現實而具時代感，而其中懷古型詠史詩亦有此傾向，而其中涉及史事的成分似乎較爲淡薄，且興發感觸的地點媒介，則多爲如巡幸行宮、舊殿內廄等具政治性之址，故從另一個角度看，此類詠史近於政治時事詩；此外，李商隱身置晚唐末世，加以身世飄搖、仕途蹭蹬難行，加上本身的感性因子，於詩作吟詠中不免表現出晚唐所具有的悲愴之美，如〈舊頓〉一詩：

> 東人望幸久咨嗟，四海於今是一家。
> 猶鎖平時舊行殿，盡無宮戶有宮鴉。

舊頓本爲天子臨幸之住宿處所，此爲詩人偶經行殿，而今所見景況一片荒涼，不禁慨歎大唐王室衰微，而承平不復之作。唐代自天寶戰亂後，巡幸之事不行久矣，根據《舊唐書・裴度傳》的記載：「帝語及巡幸，度曰：『國家營創兩都，蓋備巡幸；然自艱難以來，此事遂絕，東都宮闕，及六軍營壘，百司廨署，悉多荒廢。』」〔註113〕可見行幸之久廢。詩人於此藉舊頓之疏棄寥落，遙想承平時之繁華熱鬧，撫今追昔，發抒盛時氣象已逝之感慨。此與〈天津西望〉一詩所言相同，如下：

> 虜馬崩騰忽一狂，翠華無日到東方。
> 天津西望腸眞斷，滿眼秋波出苑牆。

此詩亦慨安史亂後，久廢巡幸，無復太平氣象。首句「虜馬」指的正是胡人安祿山的兵馬，詩前二句寫唐代從祿山亂後，到洛陽的東幸因

〔註113〕【五代・後晉】劉昫等：《二十五史・舊唐書》卷 170〈裴度傳〉（臺北：藝文印書館，據清乾隆武英殿刊本景印），頁 2215。

此廢弛，而此禍亂正是唐室盛衰的轉折點，國勢自此走下坡，而一蹶不振。後二句則因之興慨，鉤勒西望行宮時所見的荒蕪情景，僅有一脈清波悄悄逝出舊苑，一片蒼茫而生感，而滿目蕭條秋意恰與大唐末世衰消頹氛圍相呼應，而與其名篇〈樂遊原〉中「夕陽無限好，只是近黃昏。」寄慨同深，此外，詩人以眼前巡幸行宮衰頹遺跡追念太平盛時之作，尚有〈灞岸〉一詩，如下：

> 山東今歲點行頻，幾處冤魂哭虜塵。
> 灞水橋邊倚華表，平時二月有東巡。

此詩作於會昌四年（西元 844），詩人以倒敘的方式呈現今昔盛衰之對比。根據《舊唐書・武宗本紀》所載：「會昌三年劉稹自爲留後，詔以成德軍節度使王元逵充北面招討使，魏博節度使何弘敬充東面招討使，徐泗節度使李彥佐爲澤潞西南面招討使，河陽節度使王茂元以本軍屯萬善，發兵討伐，未下。四年春，楊弁又叛。」〔註114〕詩前半即寫晚唐外寇侵凌，內鎮叛變，內憂外患之下，連年征討而軍力疲憊，故向東來徵兵。詩後半則寫昔日治平時，每至春日，帝王常有東巡之舉，詩人透過巡幸之遷變，感歎國勢之衰頹，而發此深慨。而〈過華清內廄門〉則藉華清內廄之荒廢，寓今昔盛衰之感：

> 華清別館閉黃昏，碧草悠悠內廄門。
> 自是明時不巡幸，至今青海有龍孫。

詩人由馬政之衰生發國勢之衰，詩前半寫掌天子之御的內廄冷清無馬，在夕陽的襯托下更顯淒涼。後半故作委婉之辭，僅言「不巡幸」、「青海有龍孫」，然河隴邊防之失守、國家大局之虛弱則不言而喻，舉一隅以見全體，見微而知著，與上述詩作有異曲同工之妙，而清人程星夢評之：「唐之馬政，一盛於貞觀、麟德，凡七十萬匹，至永隆、景雲而衰。再盛於開元、天寶，凡四十三萬匹，加之以突厥互市又三十二萬匹，至至德、乾元而又衰。逮至大和、開成以後，

〔註114〕【五代・後晉】劉昫等：《二十五史・舊唐書》卷18〈武宗本紀〉（臺北：藝文印書館，據清乾隆武英殿刊本景印），頁334～335。

銀川監使劉源所奏只七千匹，遂不振矣……義山生於大和、開成之世，則馬政之衰可知，而華清之備遊幸者，自無復生平故事矣……曰『明時』，曰『不巡幸』，乃春秋諱魯之義，不敢斥言其衰也。曰『青海有龍種』，微詞也，不敢斥言其遠莫能致也，乃風人之旨也。」〔註115〕全詩以委婉之詞表現，不言殘敗衰落而愈顯淒涼，而諷慨愈深，故何焯評之：「婉而多風，勝〈龍池〉多矣。」〔註116〕相較於李商隱其他托古諷今的詠史詩，懷古型詠史詩並不藉由對歷史的批判，多是直接對今日衰頹景象的特意描寫，以追懷昔日盛況，瀰漫著末世紀的悲情愁緒，故其諷刺性似乎也沒有借史諷時者來得強烈。〔註117〕

小結

　　杜牧詠史七絕風貌多元、剛柔並濟，除了豪俊健勁，亦有趨近滄桑虛無者，其為數不少的懷古型詠史七絕即為明證，其內容多為撫今追昔而觸發感慨，詩人透過當今現狀遙想緬懷過往之盛景繁華，在古今盛衰對照下，物是人非、浮生苦短之慨油然而生且充滿情韻，足見杜牧詠史詩剛中帶柔的藝術風格；而李商隱的懷古型詠史七絕則富含現實性，多藉由昨是今非之況來託諷當世執政者以代直諫，而同樣面對風雨飄搖的晚唐末世，杜牧豪邁樂觀的性格面對時局之每況愈下，仍交織出感傷中仍不絕望的正面積極態度，對生命時露希望，頗具盛唐氣象，此與細膩內斂的李商隱在詠史中多呈現的悲愴美迥然相異，其風格特色將於下一章節詳述。

〔註115〕清人程星夢語引自劉學鍇、余恕誠編著：《李商隱詩歌集解》（臺北：洪葉文化事業有限公司，1992），頁1500。

〔註116〕清人何焯語引自劉學鍇、余恕誠編著：《李商隱詩歌集解》（臺北：洪葉文化事業有限公司，1992），頁1499。

〔註117〕此與劉學鍇論李商隱諷時性詠史作品所得之結論：「越是和現實政治關係密切的假托影射之作，就越趨隱晦。」相互呼應，劉氏以為越是透過歷史表達者（即表面上隱晦，似與現實政治無關者），其諷刺性往往越為強烈。

綜觀杜李詠史七絕的主題內容，依本文分類方式，其數目列表如下：

內涵類型	詠懷型	評論型	懷古型	數　量
杜牧	3	12	8	23
李商隱	15	30	4	49

　　由此可知杜李詠史七絕作品中皆以評論型數量最多，比重皆在二分之一上下，由於詠史詩發展至晚唐已由傳統史傳蛻變成抒懷史論，加上詠史與七絕的成功結合，因此杜李詠史七絕中評論型作品，雖有不同的偏重方向：或是翻陳出新的史論評議作品，或是希冀晚唐為政者知曉覆滅之痛而自戒的諷諭之作，然多出奇而意勝、含蓄而深刻，且幾乎首首各具特色，而對後世詠史發展有著深遠的影響。

第五章 杜李詠史七絕之寫作手法及風格特色

第一節 寫作手法

　　關於詠史詩的寫作方式，最早且較爲明確的是清人張玉穀評論左思的〈詠史〉八首，且歸納出太沖詠史的四種模式爲：「或先述己意，而以史事證之；或先述史事，而以己意斷之；或止述己意，而史事暗合；或止述史事，而己意默寓。」〔註1〕用以說明其表現手法的靈活多樣，由於杜牧之詠史詩，與左思之〈詠史〉有其共通之處：兩者同屬「變體」的創作方式〔註2〕，且此四種寫作模式爲「史事」與「己意」的變化組合，對於專力於經史且善於議論的杜牧而言，無非是最好發揮所長的表現途徑，故以下就左思的四種寫作手法作爲分析杜牧詠史七絕筆法的方式之一。而李商隱詠史作品則在承繼詩史杜甫的現實主義精神下，將感時與論史相結合而有所創新，故其內容多以現實政治入詩，有的作品則感慨己之不遇而合詠史與詠懷爲一，總而言

〔註1〕【清】張玉穀：《古詩賞析》卷11，收於《漢文大系》（臺北：新文豐出版公司，1978），頁7。

〔註2〕周宜梅：《杜牧詠史詩研究》（臺灣師範大學國文系在職進修碩士學位班碩士論文，2004），頁91。

之，其詠史七絕大多借吟詠史事來寄託對現實政治環境或自己不遇的感慨，這實際上是比興寄託手法在詠史詩中的具體運用〔註3〕，且因通體專用比興的手法，造成詩歌寄意的深隱與情味的雋永。由於杜李兩人詠史七絕皆具高度的藝術價值，而其表現手法有其相同或相異之處，故以下分析的方式大致以兩部分進行，先就能夠突顯兩人詠史七絕特色的筆法各自分析，再者就兩人詠史七絕所使用相同的寫作手法加以比較，以見兩人寫作手法之相同及相異處。

一、杜牧──多樣的表現方式

而此處需要留意的前提是，張玉穀之說乃專就太沖〈詠史〉之作而論，因此並非所有詩人的所有詠史作品都能完全符合此寫法；由於詠史詩的表現方式與其內容意涵息息相關，並隨著詩體的發展、時代的脈動、詩人的性格等因素，寫作手法有愈加豐富、推陳出新的演變趨勢，故非所有詠史作品皆侷限於此四種寫作模式，因而下列分析可能無法涵蓋杜牧所有的詠史七絕作品。由於左思之〈詠史〉在詠史詩的發展歷程中仍具關鍵性地位，代表著詠史詩演變中重要的轉捩點，對後世影響之大，而杜牧之詠史七絕，在詠史發展中亦有其不可取代之地位，故於此就左思〈詠史〉四法論之，目的則在說明杜牧詠史七絕的寫作方式之多元、富有變化性。

（一）先述己意，而以史事證之

在杜牧的詠史七絕中，採「先述己意，而以史事證之」的寫作方式者，則有〈過魏文貞公宅〉、〈題烏江亭〉、〈春申君〉等詩爲代表，以下就〈過魏文貞公宅〉一詩加以說明：

> 蟪蛄寧與雪霜期，賢哲難教俗士知。
>
> 可憐貞觀太平後，天且不留封德彝。

詩前半先抒發「小子安知壯士志哉！」〔註4〕的懷抱，故言「賢哲難

〔註3〕劉學鍇等著：《李商隱》（北京：中華書局，1980），頁104。

〔註4〕【南朝·宋】范曄：《二十五史·後漢書》卷74〈班超傳〉（臺北：藝文印書館，據清乾隆武英殿刊本景印），頁941。

教俗士知」，並以夏蟲蟪蛄比喻眼光淺短的庸俗之士；後半則舉有唐史實「貞觀之治」來加以呼應驗證，根據《唐書・魏徵傳》的一段記載，則有助於此詩的理解，如下：

> 先是，帝嘗歎曰：「今大亂之後，其難治乎？」徵曰：「大亂之易治，譬饑人之易食也。」帝曰：「古不雲善人爲邦百年，然後勝殘去殺邪？」答曰：「此不爲聖哲論也。聖哲之治，其應如響，期月而可，蓋不其難。」封德彝曰：「不然。三代之後，澆詭日滋。秦任法律，漢雜霸道，皆欲治不能，非能治不欲。徵書生，好虛論，徒亂國家，不可聽。」徵曰：「五帝、三王不易民以教，行帝道而帝，行王道而王，顧所行何如爾。黃帝逐蚩尤，七十戰而勝其亂，因致無爲。九黎害德，顓頊征之，已克而治。桀爲亂，湯放之；紂無道，武王伐之。湯、武身及太平。若人漸澆詭，不復返樸，今當爲鬼爲魅，尚安得而化哉！」德彝不能對，然心以爲不可。帝納之不疑。至是，天下大治。蠻夷君長襲衣冠，帶刀宿衛。東薄海，南逾嶺，戶闔不閉，行旅不齎糧，取給於道。帝謂群臣曰：「此徵勸我行仁義，既效矣。惜不令封德彝見之！」〔註5〕

由此可見魏徵輔助太宗成就「貞觀之治」的豐功偉業，實非俗士封德彝之輩所能及，兩相對比下，更顯出魏徵的高瞻遠矚。由於晚唐宦官小人當權，阻礙朝政，初唐的君聖臣直已不復見，詩人有感於此，在歌頌唐太宗與魏徵遇合，諷刺朝廷俗士的同時，多少也興發己才不爲時所用的悲嘆。而其他詩作如：〈題烏江亭〉中詩人先提出己意，以爲「勝敗兵家事不期，包羞忍恥是男兒。」且就項羽事論其人，並以假設翻案作結；而〈春申君〉則先述「烈士思酬國士恩」之常情，以春申君事加以驗證，感嘆養士眾多的春申君卻「誰與快冤魂」。

　　上述詩作詩人皆先述己懷，再舉史實以印證之；先以己身之遭際、感想爲出發點，再由此聯繫相關相似的歷史人事，此法不但借史

〔註5〕　【宋】歐陽修等：《二十五史・唐書》卷 97〈魏徵傳〉（上海：上海古籍出版社，1989），頁 4519。

強化己意之說服力，更爲故事增添個人情感的色彩，主觀與客觀兩者涵融一體，且相得益彰，提升詠史境界之外，亦使詩人的內心情懷，有所發抒之憑藉。

（二）先述史事，而以己意斷之

「先述史事，而以己意斷之」的寫作方式與前述手法正好相反，先言「客觀史事」，再就歷史加以評論；但由於詠史七絕篇幅短小，故詩人大多是取一足以代表歷史人事的重要片段，以部分代替全體，然後再加以評斷或詠歎。因此，詩中所述的故事多是經由作者精心的裁剪，故「客觀事實」多帶有主觀的色彩，詩人利用建構好的思考模式，一針見血地點出題旨中心，以達到畫龍點睛的效果，極具說服力外，亦可突顯詩人解讀歷史卓然獨特見解，呈現別出心裁的意見觀點，頗爲符合杜牧「好爲議論，大概出奇立異。」〔註6〕的創作個性，故在杜牧的詠史七絕中，採此法者數量稍多，如下：〈雲夢澤〉、〈題桃花夫人廟〉、〈題商山四皓廟一絕〉及〈隋宮春〉等，以下先就〈雲夢澤〉一詩加以說明：

> 日旗龍旆想飄揚，一索功高縛楚王。
> 直是超然五湖客，未如終始郭汾陽。

詩人就雲夢澤一地，懷想相關史事：韓信被縛事，見於《史記》：「人有上書告楚王信反，高祖以陳平計，發使告諸侯會陳，吾將游雲夢，實欲襲信。高祖且至楚，信謁高祖於陳，上令武士縛信載後車。」〔註7〕而范蠡退隱事，《國語》有記載：「范蠡滅吳，反至五湖，范蠡辭於王曰：『君王勉之，臣不復入於越國矣。』遂乘輕舟以浮於五湖，莫知其所終。」〔註8〕至於當代郭子儀事，則見於《新

〔註6〕【宋】方岳：《深雪偶談》，收於《叢書集成新編》卷79（臺北：新文豐出版公司，1985年），頁39。

〔註7〕【漢】司馬遷：《二十五史·史記》卷92〈淮陰侯列傳〉（臺北：藝文印書館，據清乾隆武英殿刊本景印），頁1073。

〔註8〕【東周】左丘明：《國語》〈越語上〉（臺北：里仁書局，1980），頁471～472。

唐書》中：「權傾天下而朝不忌，功蓋一時而上不疑，侈窮人欲而議者不之貶。」及「子儀完名高節，爛然獨著，福祿永終，雖齊桓、晉文比之爲褊。」〔註9〕等；由於杜牧長年用力於經國大業，熟諳歷史，詩雖名爲詠雲夢澤，實則將相關的人物史事信手拈來地加以組織，並擷取令人印象深刻的典型事蹟，以簡潔俐落的詩句，介紹史書故實中的歷史人物，並以層遞的方式評比歷史上三位功臣：以爲韓信功高一時卻不得善終，殊爲可惜，比不上范蠡功成身退、遊於五湖，而郭子儀不但爲國立功，且終享榮華，相形之下似乎更勝一籌；詩人於詠史之中發抒議論，從中可得知杜牧懷抱的人生最高理想，其中更鎔客觀歷史與主觀感情於一爐，達到理性與感性融合之完美境界。其他如〈題桃花夫人廟〉中：「至竟息亡緣底事，可憐金谷墜樓人。」則以息夫人事與綠珠事相比，惋惜可憐綠珠的同時，實則批判息嬀的苟活偷生；而〈題商山四皓廟一絕〉則在敘述西漢商山四皓扶正太子事，表面上的安劉之舉，實則使得劉氏險遭諸呂外戚所滅，以爲「南軍不袒左邊袖，四老安劉是滅劉。」足見詩人對歷史獨具高遠的見解論點，令人印象深刻；而〈隋宮春〉寫隋煬帝遊幸江都極盡奢靡，詩人對此提出「亡國亡家爲顏色」之論。

（三）止述己意，而史事暗合

此寫法多是因史起興，由歷史故事生發感懷，而藉以抒寫一己之懷抱。作品以敘述詩人己身的感懷爲主，表現上雖無直接吟詠歷史，但內涵仍暗合於史事，與歷史事跡有著緊密的聯繫關係。此種明述己意而隱含歷史的寫法，能使一己之感慨議論，在過往史跡的實例明證下，更顯現其深刻性。而杜牧的詠史七絕中，可以〈登樂游原〉、〈泊秦淮〉及〈邊上聞胡笳三首〉其一等爲此類寫法的代表，以下就〈登樂游原〉一詩，加以說明：

〔註9〕上述參見【宋】歐陽修等：《二十五史・唐書》卷137〈郭子儀傳〉（臺北：藝文印書館，據清乾隆武英殿刊本景印），頁4607。

長空澹澹孤鳥沒，萬古銷沈向此中。

看取漢家何事業，五陵無樹起秋風。

詩之前半先寫登樂游原遠望之景，藉以興發「萬古銷沉」之感慨，後半則以大漢王朝的興衰爲證，言「漢家盛業，青史燦然，而五陵寂寞，只餘老樹吟風。」〔註10〕之嘆。關於漢代帝王陵墓衰敗之事，可見《三國志》所載：「喪亂以來，漢氏諸陵，無不發掘。」〔註11〕三國時代猶爲如此，時至晚唐，殘破之景應更引人感傷。而關於此詩，後人論之頗詳，如：宋人謝枋得即評此詩云：「漢家基業之廣大爲如何。今日登樂游原，一望五陵，變爲荒田野草，無樹木可以起秋風矣。盛衰無常，興廢有時，有天下者，觀此可慄慄危懼矣，『看取』二字，最妙矣，亦欲人主觀之而動心也。」〔註12〕清人李瑛輯亦曰：「寄慨甚遠，借漢家說法，即殷鑒不遠之意。」〔註13〕，施補華則以爲：「小杜『看取漢家何事業？五陵無樹起秋風。』是加一倍寫法。陵樹秋風，已覺淒廖，況無樹耶？用意用筆甚曲。」〔註14〕足見詩人表面雖是寫景抒懷，實則以史爲鑒，且所舉史例之妥貼適當，能與其感觸見解相互應和。而〈泊秦淮〉則寫詩人停泊秦淮之所見所聞所感，以「商女不知亡國恨，隔江猶唱後庭花」暗合於陳後主沉溺聲色、終至亡國事，目的在抨擊時人醉生夢死的消極人生觀；〈邊上聞胡笳三首〉其一則以「何處吹笳薄暮天，塞垣高鳥沒狼煙。」呈現北方邊塞之荒涼蕭穆，令人深感淒楚，並以漢使蘇武滯留邊地、牧羊十九年事，揭露晚唐邊戍之衰弛，正說明晚唐國勢已去，詩人滿懷憂心不言而喻。

〔註10〕 【清】俞陛雲：《詩境淺說緒編》（臺北：開明書局，1982），頁256。

〔註11〕 【漢】陳壽：《二十五史・三國志・魏志》卷2〈文帝紀〉（臺北：藝文印書館，據清乾隆武英殿刊本景印），頁1077。

〔註12〕 【宋】謝枋得：《唐詩絕句選》卷3（臺北：廣文書局，1977），頁43。

〔註13〕 【清】李瑛輯：《詩法易簡錄》，收於《續修四庫全書・集部》冊1702（上海：上海古籍出版社，2003），頁615。

〔註14〕 【清】施補華：《峴傭說詩》，收於《清詩話》（【清】丁福保編，臺北：明倫出版社，1971），頁988。

上述詩作杜牧均於景中合情，在情景交織下，流露一己之情感，面對晚唐末世寄寓偉業不再的家國憂思，故詩多沉鬱頓挫，且暗合於歷史故事人物，彼此呼應融合，且外在景物的陪襯烘托下，更覺感慨無限而倍加嗟歎，加深增強了詩歌的渲染力。而此寫法與前述「先述己意，而以史事證之」之法最大的不同在於筆下所敘述的史事，具畫龍點睛之妙，詩人多是輕描淡寫一筆帶過，稍加點綴增色以印證一己之論，主要在於發抒感慨，故不如前述寫法對於史事著墨較多，作品中客觀史例與主觀見解之份量相近相當。

（四）止述史事，而己意默寓

這類均採鋪述史事，而隱寓褒貶之意於其中的作法，表面上看來，似乎接近班固「據事直書」的「正體」詠史方式，但實則有所變化。由於班固的詠史詩，幾乎是承襲史傳而作，猶如將史傳加以精簡化、押韻化及整鍊化。而杜牧此類的詠史七絕，則是摘取史傳記載中最具關鍵、代表性的部分，加以整理歸納，且在敘述歷史人物事跡時，已暗含主觀之見解評論；故此絕非史傳的複製、詩歌化，而是帶有濃烈個人情感色彩的詠史作品，且多具有時代性及特殊性，應歸屬於左思「自攄胸臆」、「詠古人而性情懷抱俱現」的「變體」詠史。杜牧的〈過華清宮絕句三首〉即採此法行之。下列就〈過華清宮絕句三首〉中最為後人所稱頌的首章，加以敘述說明：

> 長安回望繡成堆，山頂千門次第開。
>
> 一騎紅塵妃子笑，無人知是荔枝來。

詩描述玄宗與貴妃遊幸華清宮，而玄宗為搏得貴妃一笑，不惜派人遠從南方快馬馳騁，送來貴妃所好荔枝一事。此為杜牧路經華清宮時，思及往事，感觸極深之作，發抒「一笑傾國」之慨，誠如清人俞陛雲所言：「唐人之過華清宮，輒生感喟，不過寫盛哀之感，此詩以『華清』為題，而有褒姒烽火一笑傾周之慨。」〔註15〕而由《開元天寶遺事》中所載明皇、楊妃遊幸華清宮之壯觀陣仗：「明皇歲幸華清宮，

〔註15〕【清】俞陛雲：《詩境淺說續編》（臺北：開明書局，1982），頁256。

五宅車騎皆從，家別爲隊，隊各一色，開合若萬花照耀，谷成錦繡。」〔註16〕足見其極盡奢靡之生活，而詩中所詠貴妃事，可參《新唐書》之記載：「妃嗜荔枝，必欲生致之，乃置騎傳送，走數千里，味未變已至京師。」〔註17〕詩人藉小小果物——荔枝，以見帝后生活之荒淫縱欲，諷刺警諭之意甚深；而歷代詩話對此多有論述，如：宋代謝枋得有云：「明皇天寶間，涪州貢荔枝，到長安，色味不變，貴妃乃喜。州縣以郵傳疾走稱上意，人馬僵斃，相望於道。『一騎紅塵妃子笑，無人知是荔枝來。』形容傳走之神速如飛，人不見其何物也。又見明皇致遠望而悅婦人，窮人之力，絕人之命，有所不顧，如之何不亡？」〔註18〕此詩雖僅止於述史，但詩人在擷選題材及裁剪史事中，已然表達己意，而其二：「新豐綠樹起黃埃，數騎漁陽探使回。霓裳一曲千峰上，舞破中原始下來。」及其三：「萬國笙歌醉太平，倚天樓殿月分明。雲中亂拍祿山舞，風過重巒下笑聲。」皆在平鋪直述中呈現歷史畫面，而讓諷意自然顯現，表現詩人諭世警主之旨而。

　　綜觀杜牧的 23 首詠史七絕，若以左思〈詠史〉八首所採用的寫作手法來區分，除去少數無法明確歸類於這四種手法者，我們可以發現其中杜牧採「先述史事，而以己意斷之」寫法之詩作，獨具濃厚的個人色彩，且多爲後人所傳誦；由以上分析可知，杜牧詠史七絕之寫作手法豐富多變不一，且最善於藉由詠史來評議歷史人事的得失成敗，且作一歸結論斷，並從中獲得歷史教訓或參考鑒戒。杜牧這種在述史的同時又帶有議論己見的手法，對後世造成不小的作用，而他詠史七絕中的翻案見奇，更成爲宋代及之後詩人常使用的詠史作法之一，關於杜牧詠史七絕的影響，將於後文詳述，於此暫略。而杜牧對於詠史詩的貢獻，不僅上有所承，繼續承襲前人規模之外，又下有拓

〔註16〕 【唐】王仁裕：《開元天寶遺事》，收於《百部叢書集成·陽山顧氏文房》（板橋：藝文印書館），頁 18。

〔註17〕 【宋】歐陽修等：《二十五史·唐書》卷 67〈楊貴妃傳〉（臺北：藝文印書館，據清乾隆武英殿刊本景印），頁 4476。

〔註18〕 【宋】謝枋得：《唐詩絕句選》卷 3（臺北：廣文書局，1977），頁 42。

展開發，而有所突破創新，使得往後詠史詩（尤其詠史七絕）的發展
更爲繁榮長遠。

二、李商隱──比興寄託的使用

　　關於比興的概念，劉勰的《文心雕龍・比興篇》中有這樣的看法：
「故比者，附也。興者，起也。附理者，切類以指事，起情者，依微
以擬議。起情故興體以立，附理故比例以生。比則畜憤以斥言，興則
環譬以記諷。蓋隨時之義不一，故詩人之志有二也。」〔註19〕可知「比」
即爲比方，「興」則爲聯想，皆可作爲對現實進行批判的手段，但前
者的手法似乎較爲直接，而後者意在言外，別有寄託，故委婉含蓄；
而鍾嶸《詩品・序》中亦言：「文已盡而意有餘，興也；因物喻志，
比也。」〔註20〕李商隱的近體詩固有「寄託深而措辭婉」的特色，而
其詠史七絕多以比興寄託的方式來表現，故亦有此特色，而所形成的
具體寫作方式，相關論文的分類則大同小異，如：早期研究者韓惠京
將李商隱詠史詩的表現方式分爲：借古以抒懷、託古以諷諭、寄古以
議論及替古以翻案等四種〔註21〕，而張家豪則在劉學鍇的基礎上，針
對李商隱的詠史詩，依其題材性質區分爲：以古鑒今、借古喻今、託
古諷今及懷古慨今等四種類型〔註22〕，以下則綜合上述將李商隱詠史
七絕比興寄託所表現出來的具體手法分爲：借古抒懷、以古鑒今、託
古諷今、懷古慨今等四類。

（一）借古抒懷

　　詠史詩發展至六朝已在歌詠歷史人事當中寄託自己的情懷，如當

〔註19〕【南朝・梁】劉勰：《文心雕龍注釋附新譯》〈比興第三十六〉（臺北：
　　　　里仁書局，1984），頁677。
〔註20〕【南朝・梁】鍾嶸：《詩品》，收於《歷代詩話》（【清】何文煥編，
　　　　臺北：漢京文化事業有限公司，1983），頁3。
〔註21〕參見韓惠京：《李商隱詠史詩探微》（中國文化大學中國文學研究所
　　　　碩士論文，1987）
〔註22〕參見張家豪：《李商隱詠史詩解讀研究》（東海大學中國文學研究所
　　　　碩士論文，2006）

代詠史代表作家——左思，其〈詠史〉八首即「題云詠史，其實乃詠懷。」〔註23〕，爲具有主觀意識的「己有懷抱，借古人事以抒寫之。」〔註24〕之作，由於歷史往往有其相似之現象，故李商隱透過古人古事加以隱指現實、喻託今人，以表達身世不遇的情懷及胸中的抱負理想，如其〈漫成三首〉其一及〈漫成五章〉部分作品就是一個明證，詩人藉諸前人或自況，或慨嘆當朝功臣，其他如：〈有感〉、〈讀任彥昇碑〉、〈東阿王〉及〈過鄭廣文舊居〉等皆自比古人，以喻託個人身世及懷才不遇之慨，而〈舊將軍〉及〈四皓廟〉（羽翼殊勳）二首則慨嘆同時之李德裕等功臣遭棄，而其中又以古人古事自比自況的作品比例最高，實爲命運多舛、有志難伸的詩人之寄託，藉以抒發內心憤懣不平之感。而對於悲劇人物曹植，同病相憐的李商隱亦多所著墨，根據史書的記載〔註25〕，曹植雖出身貴族世家，卻與屈原、賈誼、司馬相如等同爲身世浮沉，且在兄長曹丕立爲世子又繼位稱帝之後，便受皇兄威權所壓迫，過著顛沛飄泊、苟活難安的日子，而與兄嫂甄宓的戀情〔註26〕更以無奈作收，終而英年早逝，因此，不論就政治層面的不遇才士，或愛情層面的悲戀角色，不難理解命運偃蹇的曹植爲李商隱詠史所偏愛的對象之一，以下就〈東阿王〉一詩加以說明：

〔註23〕【清】何焯：《義門讀書記》，卷46，收於《景印文淵閣四庫全書》第860冊（【清】紀昀等總纂，臺北：臺灣商務印書館，1985），頁669。

〔註24〕【清】沈德潛：《說詩晬語》，收於《清詩話》（【清】丁福保編，臺北：明倫出版社，1971），頁550。

〔註25〕《三國志・魏志》：「(植) 善屬文……時鄴銅雀臺新成，太祖悉將諸子登臺，使各爲賦。植援筆立成，可觀，太祖甚異之……每進見難問，應聲而對，特見寵愛。」、「植既以才見異，丁儀、丁廙、楊修等爲之羽翼，太祖狐疑，幾爲太子者數矣。而植任性而行，不自雕勵。文帝御之以術，矯情自飾，宮人左右並爲之說，遂定爲嗣。」及「(文帝及王位) 植與諸侯並就國。黃初二年，監國謁者灌均希旨，奏植醉酒悖慢，劫脅使者。有司請治罪。帝以太后故，貶爵安鄉侯。」等可知出身帝王世族的曹植，無論在政治或愛情，充滿悲劇人物之形象。

〔註26〕詩人關於曹甄愛情尚有〈代魏宮私贈〉及〈代元城吳令暗爲答〉等七絕作品，然爲代言詩作且內容以愛情爲主題，寄寓亦較爲隱晦，故於此未納入詠史範疇討論。

國事分明屬灌均，西陵魂斷夜來人。

君王不得爲天子，半爲當時賦洛神。

詩以兄弟鬩牆、讒佞陷害等政治事件爲重心，前半寫曹植爲曹丕所忌，去留竟落文帝倖臣灌均之手而身不由己，其處境之狼狽可以想見；而魏武帝生前愛曹植文才，故詩人想像其亡靈亦爲此感傷魂斷，此爲虛寫。詩後半則就其遭際下場加以議論，以爲曹植政治上的失敗緣於多才浪漫，而招忌見讒。而其賦〈洛神〉之性質則與詩人擅長〈無題〉等豔語情詩而遭人誤解攻擊頗爲類似，故藉陳王以寄寓才命相妨之慨，而清人程夢星有言：「此詩必非無爲而作。稽之時事，又與當世之諸王無關。以意逆之，乃自喻耳。己善屬詞，陳思亦善屬詞；己好無題之詩，陳思王亦曾爲洛神之賦，故借端以寫本懷……乃此篇之微旨也，與前詩（〈涉洛川〉）『不爲君王殺灌均』同也。」〔註27〕而結語末句詩人更在充滿政治氛圍裡滲入戀情色彩，實爲曹植充滿浪漫傳奇的一生下了傳神的註腳，而詩人詠歎曹子建之作，尚有〈涉洛川〉一詩，如下：

通谷陽林不見人，我來遺恨古時春。

宓妃漫結無窮恨，不爲君王殺灌均。

此爲詩人親臨曹植〈洛神賦〉中提及的通谷、陽林，憶及陳思宓妃事有感而發之作。詩前半寫憑弔古跡，物是人非而觸景興感，點出詩人弔古傷今之懷。後半則假託灌均進讒而宓妃無以「清君側」，致使曹植才高八斗而志不得伸，徒留無盡憾恨。由於李商隱一生沉浮，周旋於牛李黨爭，屢次遭誹受讒，深感其害，頗憾恨讒嫉之輩，姚培謙有道：「甄以讒死，植以讒廢，故云。」〔註28〕點出其主旨，屈復則評：「自寫被讒之恨也。」〔註29〕以爲詩人以曹自況，而程夢星亦云：「此

〔註27〕【唐】李商隱著，【清】朱鶴齡箋注，程星夢刪補：《李義山詩集箋注》（臺北：廣文書局，1972），頁214。

〔註28〕【唐】李商隱著，【清】姚培謙箋注：《李義山詩集箋注》，引自劉學鍇，余恕誠注：《李商隱詩歌集解》（臺北：洪葉文化事業有限公司，1992），頁1828。

〔註29〕【唐】李商隱著，【清】屈復箋注：《玉谿生詩意》（臺北：正大印書館，1974），頁413。

亦爲自己身世而發。當時見憾於絢，必有蔞菲之徒使之，故以灌均爲喻。玩『我來遺恨』四字可見。」〔註30〕指出以灌均比令狐絢，爲詩人發抒憤激之詞，由於李商隱遭際多處相類於曹植，故對其產生「同是天涯淪落人」的同理心態，且尙以「君王」稱之，顯示詩人對其追慕之情，故此兩首詠史七絕主要目的在於託古以寓慨。

（二）以古鑒今

此類作品目的在於以前人成敗所歸結出的歷史教訓來鑒誡後人，希冀藉由對前人之舉的檢討來規勸後人勿重蹈覆轍，由於詩人對於身負天下興衰大任的帝王角色投以很高的關注，故此類作品多以前朝荒淫之君或亡國後主爲例，如：楚襄王、吳王夫差、秦始皇、梁元帝、陳後主、北齊後主、隋煬帝、唐明皇等，可說是以勸諫君王爲主的作品，且多直接以帝王之舉止行徑爲描述重心；此外，詩中時有勸戒意旨，如〈詠史〉（北湖南埭）中以「三百年間同曉夢，鍾山何處有龍盤。」之警句鑒君不可以地勢天命爲恃。值得注意的是，此些帝王以南朝諸君及同朝玄宗最爲李商隱所重視，出現次數甚多，且時間上距離唐代越近的帝王事蹟，引用的次數越多，一來則因去詩人時代不遠，時人記憶猶新，二來藉此鮮明的形象，以加深世人對詩作主題的感觸〔註31〕，以下就去唐不遠的隋朝加以說明，關於國祚短暫的隋代，李商隱把重心放在荒淫失政的隋煬帝身上，根據《隋書‧煬帝本紀》的記載：「（大業元年）開通濟渠……引穀、洛水達於河，自板渚引河達於淮……（大業十二年）七月幸江都宮……奉信郎崔民象以盜賊充斥於建國門，上表諫不宜巡幸，上大怒，先解其頤，乃斬之……奉信郎王愛仁以盜賊日盛，諫上請還西京，上怒，斬之而行。」〔註32〕而〈隋宮〉（乘興南遊）一詩，

〔註30〕【唐】李商隱著，【清】朱鶴齡箋注，程星夢刪補：《李義山詩集箋注》（臺北：廣文書局，1972），頁389。

〔註31〕張家豪：《李商隱詠史詩解讀研究》（東海大學中國文學研究所碩士論文，2006），頁55。

〔註32〕【唐】魏徵：《二十五史‧隋書》卷3〈煬帝本紀〉（臺北：藝文印書

即以開鑿運河、任性遊幸來撻伐隋煬帝的奢靡無度：

乘興南遊不戒嚴，九重誰省諫書函。

春風舉國裁宮錦，半作障泥半作帆。

詩前半言隋煬帝縱性肆意之極，「乘興南遊」四字揭示其南行純粹出於享樂之私欲，其窮奢極慾、不理國事，罔顧生民之獨夫行逕不言自見，甚而任意斬殺勸諫忠臣，在在呈現剛愎自用的昏君形象；後半則承上，將「南遊」具體化，而詩人僅以「裁宮錦」一事小中見大，反映其荒唐妄爲之狀，而全國耗費之龐大，誤時擾民之程度更不在話下，而勞民傷財之舉竟只是要讓國君一人盡興娛樂。全詩雖不著議論，而僅以史事敘述爲主，然見微以知著，而隋煬帝好奢淫、樂盤遊之昏君形象表露無遺，誠如清人姜炳璋所言：「後二不下斷語，而中邊俱到。」〔註33〕而徐德泓亦言：「形其侈樂，句外傳神，並臻妙境。」〔註34〕可見此作之筆法精妙、對比鮮明，發人省思而諷意濃厚；而更迭頻繁的南朝亦爲李商隱詠史中偏愛之題材之一，如：〈南朝〉（地險悠悠）一詩：「地險悠悠天險長，金陵王氣應瑤光，休誇此地分天下，只得徐妃半面妝。」於遣詞用事上則極爲巧妙，而使得意旨深遠，詩人先以反諷語氣說金陵不僅具長江天險還擁有「鍾阜龍盤，石城虎踞」的地勢，且素有王氣之稱，兼具天時地利的南朝應當是永保江山，然詩人筆鋒逆轉，特意以徐妃著半妝來諷刺南朝君主之苟安江左，只分天下一半，詩人構思巧妙，以「半面妝」呼應「分天下」而諷意盡現，而由程星夢之評：「唐人詠南朝者甚眾，大都慨嘆其興亡耳。李山甫『總是戰爭收拾得，卻因歌舞破除休。』二語最爲有識，眾論推之。而義山更出其上，以爲六代君臣，偏安江左，曾無混一之志，坐視神洲陸沉，其興其亡，蓋皆不

館，據清乾隆武英殿刊本景印），頁41、53。

〔註33〕【清】姜炳璋：《選玉谿生詩補說》，引自劉學鍇，余恕誠、黃世中編：《李商隱資料彙編》（北京：中華書局，2006），頁735。

〔註34〕【清】徐德泓、陸鳴皋：《李義山詩疏》，引自劉學鍇，余恕誠、黃世中編：《李商隱資料彙編》（北京：中華書局，2006），頁469。

足道矣。愚謂此詩真可空前絕後，今人徒賞義山豔麗，而不知其識見之高，豈可輕學步哉！」〔註35〕可知其見解之高絕而用意極深，而陸崑曾則以對照比較的方式來評論上述〈南朝〉（地險悠悠）及〈隋宮〉（乘興南遊）兩首詩：「與〈南朝〉一篇，同刺荒淫覆國，彼用諧語，讀者或易忽略；此則莊以出之，怵然知戒也。」〔註36〕足以說明李商隱善於運用不同的寫作技巧來表現相同的主題意旨，而詩人博引歷史諸君覆亡之例的目的不外是希冀時主的覺醒頓悟，記取前人教訓而引以為戒。

（三）託古諷今

此類作品乃寄託古人古事對今人時事寓以諷刺之意，詩人以主觀諷刺口吻，於詩作中對史實賦予譴責譏諷之意，從中表露出強烈的道德意識，關注焦點在於以歷史教訓來譴責現實，故筆調充滿諷刺譴責、尖銳譏諷，且多直接以帝王為對象，相較於同樣揭示歷史教訓的「以古鑒今」作品，此類作品則顯得較為直接露骨，如：〈漢宮〉、〈漢宮詞〉以及〈華嶽下題西王母廟〉中的：「神仙有分豈關情，八馬虛隨落日行。莫恨名姬中夜沒，君王猶自不長生。」以漢武帝、周穆王之妄行來諷刺時主武宗之求仙好色；而〈過景陵〉：「武皇精魄久仙升，帳殿淒涼煙霧凝。俱是蒼生留不得，鼎湖何異魏西陵。」則藉黃帝、魏武帝仙昇與否來諷刺憲宗之迷信神仙；〈題漢祖廟〉：「乘運應須宅八荒，男兒安在戀池隍。君王自起新豐後，項羽何曾在故鄉。」中論劉邦與項羽之成敗以諷時主之苟安而胸無大圖等。其中較為特別的是，在諸帝王對象中，李商隱對於歷史上雄材偉略的漢武帝，並不在描寫其豐功偉業，卻擇取反面的事實，藉此點出漢武帝的好色多情，揭示漢武帝的另一面〔註37〕，故多聚焦於其求仙好女色等負面作為，

〔註35〕【唐】李商隱著，【清】朱鶴齡箋注，程夢星刪補：《李義山詩集箋注》（臺北：廣文書局，1972），頁395～396。

〔註36〕【唐】李商隱著，【清】陸崑曾選箋：《李義山詩解》（臺北：學海書局，1986），頁15。

〔註37〕方瑜：〈李商隱的詠史詩〉（下），《中外文學》5卷第12期（1977），

而其目的則在於諷刺時主武宗，以下就〈漢宮〉一詩加以說明，如下：

　　通靈夜醮達清晨，承露盤晞甲帳春。

　　王母不來方朔去，更須重見李夫人。

此詩作於會昌四、五年（西元 844、845），以漢武帝譏刺武宗李炎之作。詩前半寫漢武帝因思念鉤弋夫人，於通靈臺夜醮直至清晨〔註 38〕，但仍未承得仙露而終成空事。後半承上，譏刺漢武帝對已歿新歡（指鉤弋夫人）的念念不忘，愧對早卒之舊寵（指李夫人〔註 39〕），然求仙不得，終究不免一死，死後將無顏面對李夫人，其貪婪女色之情狀畢露無遺，雖不著譏評，但諷刺自見。根據《舊唐書‧武宗本紀》的記載：「（會昌）五年春正月己酉朔，敕造望仙臺於南郊壇，時道士趙歸眞特承恩禮。」〔註 40〕敘述武宗亦曾在望仙臺候望神仙，詩人此作則託漢武帝行諷，刺時君之求仙兼好女寵。而〈漢宮詞〉一詩，亦以漢武帝為主角，而以司馬相如為配角，目的亦在譏諷武宗，如下：

　　青雀西飛竟未迴，君王長在集靈臺。

　　侍臣最有相如渴，不賜金莖露一杯。

會昌五年（西元 845）十月，李商隱母喪除服後，將入京重官秘書省正字時所作。詩人自母喪返鄉後閒居多病，盼君起用，以漢武帝比武宗，而以司馬相如自況。首句寫西王母使者青鳥西飛不返，暗示西王母杳無音訊，說明求仙之無望，詩人用「竟」、「長」兩字寫漢武帝於祭壇的漫漫等待，突顯求仙之荒誕無稽，君王卻沉迷其中、渾然無覺之狀，藉以譏諷李炎之服金丹、好神仙。下聯筆鋒一轉，進一步翻出

頁 82～84。

〔註 38〕參見《史記‧外戚世家第十九》：「雲陽陵，漢鉤弋夫人陵也，在雲陽縣西北五十八里……宮記云：『武帝思之，爲起通靈台於甘泉，常有一青鳥集臺上往來，至宣帝時乃止。』」

〔註 39〕根據《漢書》所記：「李夫人早卒，帝思念不已。方士齊人李少翁言能致其神，乃夜張燈燭，設帷帳，陳酒肉，而令帝居他帳。望見好女如李夫人之貌，還幄坐而步。又不得就視，帝益相思悲感。」足見武帝對李夫人寵幸之切。

〔註 40〕【五代‧後晉】劉昫等：《二十五史‧舊唐書》卷 18〈武宗本紀〉（臺北：藝文印書館，據清乾隆武英殿刊本景印），頁 337。

帝王溺於仙道必荒於朝政、疏於求賢,以漢武帝捨不得賜一杯露水給患有消渴症之相如,讓他因病而死,極慨君主恩澤不及才俊之士,並突顯國君對家國大業的輕率疏忽。此詩除了諷刺時君「不問蒼生問鬼神」〔註41〕、「有仙人之私而無天子之德」〔註42〕之行徑,亦寄己之渴求仕進而終不得之慨。而上述數首諷諭詩,所託之事雖不一,但其目的皆在警悟好仙、好畋獵、又好女寵的武宗李炎,詩人藉由前人事例,揭破好仙求道並無濟於長保人間榮華富貴,希冀時君能及時醒悟、自我警誡。

（四）懷古慨今

此類作品內容為詩人因途經某地,藉由物換星移而已非昔比的現況而發,由於李商隱詠史多與現實結合,強調詩的時代性,故其「懷古慨今」詩作亦是,表現出晚唐所特具的悲愴感,尤其多藉今昔巡幸事之盛衰變化來突顯主題,如〈舊頓〉:「東人望幸久咨嗟,四海於今是一家。猶鎖平時舊行殿,盡無宮戶有宮鴉。」藉本為天子臨幸之住宿處所之疏棄寥落,遙想承平時之繁華熱鬧,遠眺之際撫今追昔,發抒盛時氣象已逝之感慨;而〈天津西望〉亦如是:「虜馬崩騰忽一狂,翠華無日到東方。天津西望腸真斷,滿眼秋波出苑牆。」為詩人遙望行宮,感慨安史之亂後,時主久廢巡幸而無復過去太平氣象;而在〈灞岸〉中:「山東今歲點行頻,幾處冤魂哭虜塵。灞水橋邊倚華表,平時二月有東巡。」則直接透過巡幸之遷變,感歎國勢之衰頹,〈過華清內廄門〉則小中見大:「華清別館閉黃昏,碧草悠悠內廄門。自是明時不巡幸,至今青海有龍孫。」由馬政之衰生發國勢之衰,以掌天子之御的內廄冷清無馬反映出河隴之失守及國家大局之虛弱;上述皆藉今日遺址的疏棄寥落,遙想昔日承平時之繁華熱鬧,撫今追昔而發抒盛時氣象已逝之感慨。

〔註41〕 【唐】李商隱:〈賈生〉:「宣室求賢訪逐臣,賈生才調更無倫。可憐夜半虛前席,不問蒼生問鬼神。」

〔註42〕 【清】徐增:《而菴說唐詩》之語,引自劉學鍇、余恕誠編著:《李商隱詩歌集解》(臺北:洪葉文化事業有限公司,1992),頁537。

三、杜李之共同手法與比較

（一）反說其事——出奇的翻案

晚唐政權腐敗，託古以喻今成爲當代詩人對現實表達不滿與諷刺的最佳途徑，故評議諷諭性強的詩作屢見不鮮，而在論史之風的環境影響下，杜李的詠史七絕中評論型所占的比重皆最高，且最爲後世所傳誦，而其詠史多以前人故事爲今人借鏡，從中獲得教訓的重史心態，促使其詠史詩「今用」的創作意圖愈加明確，加上兩人「以意爲先」、著重詩作意涵的文學主張，力求作品立意之高絕出奇，故其不少膾炙人口的詠史七絕都運用了「反說其事」的翻案手法，展現詩人特立獨出的非凡觀點，以下就兩人相同題材且皆爲翻案的作品加以分析，以說明兩人各自不同的特色。由於晚唐立嗣廢儲大事多爲宦官所操弄，故足以安邦定國的立儲事爲一般士人心之所繫，對此多有議論，而兩人皆藉由商山四皓之題材表達對於此事的不同看法觀點。如在〈題商山四皓廟一絕〉一詩中，杜牧之論更是與眾不同：

> 呂氏強梁嗣子柔，我於天性豈恩讎。
>
> 南軍不袒左邊袖，四老安劉是滅劉。

此詩先簡述歷史，再就事論事，以己意判斷裁定，詩人針對商山四皓輔佐太子劉盈一事，加以議論其不當疏失及可能對劉氏造成的後果。由於「太子爲人仁儒，高祖以爲不類己，常欲廢太子。」〔註43〕而關於後來商山四皓輔佐事，《漢書》有下列記載：

> 上欲廢太子，立戚夫人子趙王如意。大臣多爭，未能得堅決也。呂后恐，不知所爲。或謂呂后曰：「留侯善畫計，上信用之。」呂后乃使建成侯呂澤劫良……良曰：「此難以口舌爭也。顧上有所不能致者四人。四人年老矣，皆以上嫚侮士，故逃匿山中，義不爲漢臣。然上高此四人。今公誠能毋愛金玉璧帛，今太子爲書，卑辭安車，因使辯士固請，

〔註43〕【漢】司馬遷：《二十五史・史記》〈呂后本紀〉（臺北：藝文印書館，據清乾隆武英殿刊本景印），頁183。

宜來。來，以爲客，時從入朝，令上見之，則一助也。」
於是呂后令呂澤使人奉太子書，卑辭厚禮，迎此四人。四
人至，客建成侯所。

漢十一年，黥布反，上疾，欲使太子往擊之。四人相謂曰：
「凡來者，將以存太子。太子將兵，事危矣。」……呂後
承間爲上泣而言，如四人意……

漢十二年，上從破布歸，疾益甚，愈欲易太子。良諫不聽，
因疾不視事。叔孫太傅稱說引古，以死爭太子。上陽許之，
猶欲易之。及晏，置酒，太子侍。四人者從太子，年皆八
十有餘，鬚眉皓白，衣冠甚偉。上怪，問曰：「何爲者？」
四人前對，各言其姓名。上乃驚曰：「吾求公，避逃我，今
公何自從吾兒遊乎？」四人曰：「陛下輕士善罵，臣等義不
辱，故恐而亡匿。今聞太子仁孝，恭敬愛士，天下莫不延
頸願爲太子死者，故臣等來。」上曰：「煩公幸卒調護太子。」
四人爲壽已畢，趨去。上目送之，召戚夫人指視曰：「我欲
易之，彼四人爲之輔，羽翼已成，難動矣。呂氏眞乃主矣。」
戚夫人泣涕……上起去，罷酒。竟不易太子者，良本招此
四人之力也。〔註44〕

但日後外戚諸呂愈益坐大而圖謀作亂，所幸終爲周勃等所平定，其
過程《漢書》有記載：「勃入軍門，行令軍中曰：『爲呂氏右袒，爲
劉氏左袒。』軍皆左袒。勃遂將北軍。然尙有南軍，丞相平召硃虛
侯章佐勃……產不知祿已去北軍，入未央宮欲爲亂……章從勃請卒
千人，入未央宮掖門，見產廷中……逐產，殺之郎中府吏舍廁中。」
〔註45〕詩人根據史實提出己見，並以假設語來翻案立論，以爲商山
四皓之舉表面上雖是「扶嗣安劉」，但實則埋下外戚禍因，後來甚至
讓劉漢幾近傾覆，除了批判四皓的眼光淺短、盲目擁戴，實不足稱
道外，杜牧眞正的用意則在於警戒當朝君主應唯賢是任，對於攸關

〔註44〕【漢】班固：《二十五史·漢書》〈張良傳〉（臺北：藝文印書館，據
清乾隆武英殿刊本景印），頁 557。

〔註45〕同上註，頁 378。

國家前程的繼承者更應當三思而慎選，此亦足見詩人「唯德是輔」、「選賢與能」的高遠眼界，全詩論點新穎特出而發人深省。而李商隱的〈四皓廟〉（本爲留侯）則有不同立場與看法：

> 本爲留侯慕赤松，漢庭方識紫芝翁。
> 蕭何只解追韓信，豈得虛當第一功。

詩前半根據上述「四皓安劉」的史實，極讚張良之進薦四皓以安王儲，頗具定國之功。而詩後半則以爲當時蕭何只知重將才，而追回韓信之功並不足以稱第一〔註46〕，認爲其功實不如張良。此論違反史論，除了推翻舊案，詩人實有所託寓：即在歎恨宰相李德裕只能有如蕭何般爲國家保將平亂之作爲，卻未能像張良一樣鞏固國儲，以安定邦本，由於晚唐局勢動盪不安，除了昏君當政、佞人當道而政局混亂外，王儲大事竟多爲宦官所操弄，即使大臣宰執，於此亦多未能有所建言，故舊君崩殂之時，每有宮廷變亂而動搖國本，因此，詩人透過詩作反映此政壇亂象，結合歷史與現實，使詠史作品充滿現實性；此作雖與

〔註46〕由《漢書》〈蕭何曹參傳第九〉的記載：「漢五年，已殺項羽，即皇帝位，論功行封，群臣爭功，歲餘不決。上以何功最盛，先封爲鄼侯，食邑八千戶。功臣皆曰：『臣等身被堅執兵，多者百餘戰，少者數十合，攻城掠地，大小各有差。今蕭何未有汗馬之勞，徒持文墨議論，不戰，顧居臣等上，何也？』上曰：『諸君知獵乎？』曰：『知之。』『知獵狗乎？』曰：『知之。』上曰：『夫獵，追殺獸者狗也，而發縱指示獸處者人也。今諸君徒能走得曾耳，功狗也；至如蕭何，發縱指示，功人也。且諸君獨以身從我，多者三兩人；蕭何舉宗數十人皆隨我，功不可忘也！』群臣後皆莫敢言。列侯畢已受封，奏位次，皆曰：『平陽侯曹參身被七十創，攻城掠地，功最多，宜第一。』上已橈功臣多封何，至位次未有以複難之，然心欲何第一。關內侯鄂秋時爲謁者，進曰：『群臣議皆誤。夫曹參雖有野戰略地之功，此特一時之事。夫上與楚相距五歲，失軍亡眾，跳身遁者數矣，然蕭何常從關中遣軍補其處。非上所詔令召，而數萬眾會上乏絕者數矣。夫漢與楚相守滎陽數年，軍無見糧，蕭何轉漕關中，給食不乏。陛下雖數亡山東，蕭何常全關中待陛下，此萬世功也。今雖無曹參等百數，何缺於漢？漢得之不必待以全。奈何欲以一旦之功加萬世之功哉！蕭何當第一，曹參次之。』上曰：『善。』於是乃令何第一，賜帶劍履上殿，入朝不趨。」可知漢高祖以爲蕭何功第一。

上述杜牧的〈題商山四皓廟一絕〉題材相同，所論皆爲四皓定儲一事，且都使用翻案手法，然一褒一貶，觀點恰好相反，杜牧純粹就史事翻案，提出個人獨特的見解，呈現其高遠的歷史視野；相對的，李商隱託古論今，藉四皓保劉之功，議論晚唐政壇實無安國定邦之才，時代性及現實感都相當強烈，而就詩歌的諷諫作用來看，兩人詠史有間接和直接之分，杜牧多半是就史論史，或有感於晚唐的頹勢，籠統地發抒興亡之感，並不指實，不直切當時朝政中的具體得失，而李商隱則不同於杜牧的間接行事，他的許多詠史都有現實背景，指事切近〔註47〕，故相較於杜牧作品，李商隱詩給人的感受及效果則較爲直接而強烈。此外，杜李二人在面對失利未果的歷史人物處理方式不同，杜牧多運用其故事或翻案手法，賦予無限的希冀期許，如〈題烏江亭〉中：「勝敗兵家事不期，包羞忍恥是男兒。江東子弟多才俊，卷土重來未可知。」以爲項羽若忍辱負重或可東山再起；而李商隱〈題漢祖廟〉：「乘運應須宅八荒，男兒安在戀池隍。君王自起新豐後，項羽何曾在故鄉。」則寫項羽因胸無大志而終敗，而李商隱寫歷史人物，幾乎全由失意處下筆，如〈賈生〉中：「宣室求賢訪逐臣，賈生才調更無倫。可憐夜半虛前席，不問蒼生問鬼神。」只言賈誼懷才不遇，不提其早年以博聞爲朝廷元老所服，甚至超遷太中大夫事，多寫英雄賦閒、才士廢放，與頹唐危亡的時勢相結合，因此全詩呈現著低沈的氣氛〔註48〕，而富含現實政治色彩；由此可見，作者個人條件的不同，所持觀點不同而有不同的議論方向與結果。

（二）情景交融——情意的形象化

景中見情爲諸詩人常使用的筆法，常是將其內心深層的情感慨嘆，寄寓在精心擷取、具體可見的形象景物裡，讓讀者透過詩人之眼所見，以解讀其內心世界；杜牧的詠史七絕中，尤其是爲數不少的懷

〔註47〕上述參見晏天麗：〈杜牧與李商隱的詠史詩比較〉，《湖南廣播電視大學學報》（2005），頁64。
〔註48〕黃盛雄：《李義山詩研究》（臺北：文史哲出版社，1987），頁20～21。

古型作品，多是藉由自然景物的永恆經常，來喟嘆歷代朝政的更易遷變，或興發物是人非、世事無常的感慨；簡言之，即以今之景象爲媒介，懷想古人舊事，穿越時空限制，達到情景交融、情景相生的境界，而此作法讓詠史七絕更顯含蓄蘊藉而深刻，頗具鮮明的個人特色，如其〈青塚〉中以「青塚前頭隴水流，燕支山上暮雲秋。」之淒清深秋晚景襯托出詩人對爲國和番，最終客死沙域而「蛾眉一墜窮泉路，夜夜孤魂月下愁。」的昭君之惋惜，而與李商隱〈王昭君〉：「毛延壽畫欲通神，忍爲黃金不顧人。馬上琵琶行萬里，漢宮長有隔生春。」雖爲同一題材，但表現手法不一，前者景中寄情，後者則藉以自況而抒懷；而在〈登樂游原〉一詩中，杜牧登高遠眺，利用空曠寂寥的秋日場景，與內心對兩漢興衰的感嘆相互呼應襯托，情景交融，發出對晚唐末世的慨嘆：

> 長空澹澹孤鳥沒，萬古銷沈向此中。
> 看取漢家何事業，五陵無樹起秋風。

宣宗大中四年（西元 850）秋，杜牧由吏部員外郎出任湖州刺史前登臨所作，時年已四十八歲。樂遊原是長安城南的遊覽勝地，於此可以北望五陵。詩前二句「托物起興」：以滿眼「長空澹澹」的壯闊景致爲媒介，而由飛鳥沒入廣漠長空的情景，聯想到亙古以來前人所立的功業皆已逝去，如同眼前這般逐漸湮沒於永恆的天地之間，因而興發物是人非之概。後二句則以大漢王朝爲例，而以象徵漢朝全盛的五陵，隨著漢末的禍亂喪亡，如今已被破壞殆盡，而幾成廢墟的景象在颯颯秋風的襯托下愈顯悲涼，令人不勝欷噓。詩人以古傷今，憑弔有漢之衰亡，感傷之餘，亦沉痛唐室國運江河日下而步其後塵，表達出對正走向一樣衰頹末路的大唐的惋惜與慨歎，宛如輓歌。而李商隱亦有同題〈登樂游原〉一詩，可與之相互呼應，如下：

> 向晚不適意，驅車登古原。夕陽無限好，只是近黃昏。

此詩以五絕形式呈現，雖與杜牧〈登樂游原〉七絕體式不同，但詩人

登高望遠，同樣牽動起淒婉苦楚的感觸，面對萬里夕陽，思緒敏銳的
李商隱無心欣賞，反而引發好景難常的危亡感，對於美好過往的眷
戀，產生出無限的惆悵迷惘。畢竟唐朝衰亡所帶來的沒落感，個人理
想與黑暗現實的衝突，以及身世家國的雙重衰落，造成當代詩人普遍
的悲劇意識，以為無法掙脫歷史規律下的悲劇命運而深感悲哀與無奈
〔註 49〕，故兩人同題詩中所發抒者，即是這種典型的世紀末情緒感
受，深刻表現出晚唐詩歌的悲美感。

　　而杜牧採用相似手法的尚有〈泊秦淮〉一詩，其主要是以夜泊秦
淮之所見聞，發抒感觸，而首句「煙籠寒水月籠沙」所呈現的朦朧迷
離景致，可視為詩人對大唐前程之空虛茫然的最佳寫照，隱約表現出
作者內心的憂思愁慮，正與其後「商女不知亡國恨，隔江猶唱後庭花。」
中時人紙醉金迷、毫無憂患意識的生活態度形成強烈的對比。詩所呈
現的畫面幽美，韻味雋永，而在細細品味後更能體會其中含蘊的意
旨，詩人融合了盛唐與晚唐之長，既有盛唐蘊藉的情韻之壯美，又有
晚唐的議論著意之長，而呈現清人沈德潛所謂的「遠韻遠神」風貌，
更推之為「絕唱」〔註 50〕，而此詩更深得方東樹的激賞，以為「氣象
稍殊，亦堪接武」〔註 51〕盛唐絕句的壓卷之作。而除了蕭索荒涼的景
象，詩人所寫景物亦有恢弘開闊的一面，如其〈江南春絕句〉一詩中
「千里鶯啼綠映江，水村山郭酒旗風。」描寫燦爛無邊的春季好景，
在壯闊美景中蘊含蓬勃生機，而以南朝時期所建的四百餘座廟宇，矗
立於茫茫煙雨之中，寄託時空變遷、世事更替的滄桑之感，令人印象
深刻，而實際上這種以景表情的作法我們可以從韋應物、王維的詩中
有畫、畫中有詩的山水詩中找到它的來源，這也就是杜牧詩何以被人

〔註 49〕 參見官曉麗：〈秋風夕陽話晚唐——從杜牧、李商隱的創作看晚唐詩
　　　　歌的悲美〉，《西藏民族學院學報》（社會科學版）第 3、4 期（1994），
　　　　頁 113～114。
〔註 50〕 【清】沈德潛：《唐詩別裁集》卷 2（臺北：廣文書局，1970），頁
　　　　471。
〔註 51〕 【清】方東樹：《昭昧詹言》卷 21〈附論諸家詩話〉（臺北：廣文書
　　　　局，1962），頁 312。

稱爲「接武盛唐」的原因之一。〔註52〕而由繆鉞所言：「杜牧之言情寫景小詩，是最擅長的。用四句一首的絕句描繪景物，抒發情感，能含蓄、精鍊、情景交融，往往兩句寫出完整而優美的景象，宛如一幅圖畫，深曲蘊藉的情思，使人玩味不盡。」〔註53〕足見杜牧善於以七絕寫景抒情，完美揉合兩者而富含情韻。

而李商隱亦常藉由外界自然景物與詩中所詠主題形成多元而繁富的交融結合，或借助頗富動感的詞語以寫活境界，增加畫面的動態美；如於〈舊將軍〉中詩人在陳述李廣「灞陵夜獵」〔註54〕事時，特意將夜獵時間改寫爲日暮時段，以「日暮灞陵原上獵，李將軍是故將軍。」呈現李廣在夕陽西下受辱的畫面，即是利用外在自然景觀的烘托表達其日暮途窮的感傷心境，營造令人不忍卒睹的氛圍；而〈楚吟〉：「山上離宮宮上樓，樓前宮畔暮江流。楚天長短黃昏雨，宋玉無愁亦自愁。」中亦以暮日下樓前宮畔的江流景致象徵晚唐國事蜩螗，而以黃昏時的長短間歇雨比喻文士之不遇及對國事的憂心愁慮；〈過楚宮〉：「巫峽迢迢舊楚宮，至今雲雨暗丹楓。」中則以秋日陰雨中飄搖不已的丹楓等外在自然景物營造晦澀不明之氣氛，而與詩人虛無如夢、可望而不可企及的人生理想相互呼應；而聚焦於宮女，寫法相當特殊的〈夢澤〉，首句「夢澤悲風動白茅」以「動」字將秋風颯颯下一片荒蕪的茅草景象生動呈現，渲染出淒涼寂寥的氛圍，使得相承的「楚王葬盡滿城嬌」句更顯悲慘；而其末世悲劇性情緒多以瀰散式的方式滲透於歷史畫面或現實物像中〔註55〕，如於〈詠史〉（北湖南埭）

〔註52〕吳在慶：〈杜牧詩歌的風格及其成因〉，收於《杜牧論稿》（福建：廈門大學出版社，1991），頁223。

〔註53〕繆鉞：〈論晚唐詩人杜牧〉之語，引自吳紹禮：〈杜牧七言絕句述論〉，《東北師大學報》（哲學社會科學版）第2期（1996），頁69。

〔註54〕根據《史記‧李將軍列傳》中的記載：「廣家與故潁陰侯孫屏野居藍田南山中射獵。嘗夜從一騎出，從人田間飲。還至霸陵亭，霸陵尉醉，呵止廣。廣騎曰：『故李將軍。』尉曰：『今將軍尚不得夜行，何乃故也！』」參見由【宋】裴駰集解，【唐】司馬貞索隱，【唐】張守節正義，楊家駱主編之《新校本史記三家注并附編兩種》，頁2871。

〔註55〕許建華：〈深情緬邈的悲愴美──論李商隱詠史詩的藝術成就〉，《成

以玄武湖如今「水漫漫」的荒涼之景，寄寓繁華不復、無限興亡之感，更以險要山川反襯更迭迅速的六朝王室之腐敗；而在懷古型詠史七絕〈天津西望〉中以「天津西望腸眞斷，滿眼秋波出苑牆。」鉤勒西望行宮時所見的荒蕪情景，僅有一脈清波悄悄逝出舊苑，而滿目蒼茫蕭條之秋意恰與大唐末世衰消頹廢氛圍相呼應；在〈過華清內廐門〉中「華清別館閉黃昏，碧草悠悠內廐門。」亦以夕陽西下之晚景襯托掌天子之御的內廐無馬的冷清寂寥，更突顯國家淒涼的窮途末路；而由上述可知，日暮西山的黃昏時節及蕭颯的風雨景致皆爲詩人偏好之情景，且李商隱詠史詩不同於杜牧，其悲愴美不是在激揚壯烈的氣勢中，而是在深情緬邈的情緒中顯現，內蘊深沉，對讀者具有普遍恆久的感染力。〔註56〕

（三）對比映襯──今昔的對照、人物的烘托

爲了沖淡詩的直述性，避免因平板敘述而枯燥乏味，詩人利用鮮明對立的情景畫面或人物事件，以營造氛圍，讓讀者於設計的情境中體悟作者之所欲言，不僅使詩饒有變化，且詩人意旨盡在不言中而讓讀者領會於心；而其中陪襯人物的安排，一方面基於文學藝術效果，使主題形象鮮明突出，一方面也讓讀者能同時獲知人物的事蹟，助於詠史詩本質的表達，有錦上添花之妙。〔註57〕因此，爲了加強作品的感染力，以加深讀者的印象及感受程度，杜李的詠史七絕常利用景象或人物的對照比較、相映互襯的效果以達到此目的。

如杜牧的懷古型作品多透過今昔景象的盛衰消長，以鮮明的對比來突顯昨是今非的意涵，但敘述的動線及寫作手法約略不同，如：〈過勤政樓〉中「唯有紫苔偏得意，年年因雨上金鋪。」以生氣蓬勃的紫苔襯托樓之廢墟，藉以突顯昔日之盛況，在對比中唐國勢衰微不言而

都教育學院學報》第 18 卷第 11 期（2004），頁 44。
〔註56〕許建華：〈深情緬邈的悲愴美──論李商隱詠史詩的藝術成就〉，《成都教育學院學報》第 18 卷第 11 期（2004），頁 44。
〔註57〕黃錦珠：〈吳梅村敍事師研究〉（臺灣師範大學國文研究所碩士論文，1985），頁 53。

喻；而〈隋宮春〉：「龍舟東下事成空，蔓草萋萋滿故宮。亡國亡家爲
顏色，露桃猶自恨春風。」中則先寫隋之興亡，其後直接議論荒淫的
隋煬帝「爲顏色」，終致家國之傾覆，並以今日宮殿之荒廢，桃花無
人欣賞對比昔日巡幸盛事，物是人非之意立現；而〈登樂遊原〉：「長
空澹澹孤鳥沒，萬古銷沈向此中。看取漢家何事業，五陵無樹起秋風。」
中詩人在面對漠漠無垠的永恆蒼穹與殘破不堪的五陵時，發抒對興盛
一時的漢王朝最終衰亡的感傷，實則寄寓對唐室末路的殷深惋惜；而
上述〈江南春絕句〉則是以煙雨春景之生機來襯托前朝之衰亡，景中
有情；以上所引詩作大致上都是藉由今日蕭條景致或舊地故事的烘托
陪襯，來間接表達盛況已逝的慨嘆，詩人利用富含主觀情感的對比畫
面，讓讀者自行領會其內心深意。另一敘述動線則先寫昔日之盛況，
但重點仍在今日之衰頹，如：〈題橫江館〉：「孫家兄弟晉龍驤，馳騁
功名業帝王。至竟江山誰是主，苔磯空屬釣魚郎。」先寫橫江相關史
事：三國東吳及西晉先後於此立功，再以一問一答的方式寫眼前徒留
空曠江景，今昔對比中點出歷史盛衰、偉業終將成空之慨；而〈金谷
園〉：「繁華事散逐香塵，流水無情草自春。日暮東風怨啼鳥，落花猶
似墮樓人。」手法相似，亦以昔日盛事來對比映照出今已衰敗消逝之
實，在「流水無情草自春」中，寓情於景，尤其「自」字之使用，除
了增強「自然——恆存」與「自然——活力」的力量外，同時也強化
了「人事——短暫」與「人事——敗亡」的過程中人爲造作的渺小與
荒謬。〔註58〕而李商隱詠史七絕中的〈北齊二首〉其一可說是最能表
現此寫法的例子，如下：

　　　　一笑相傾國便亡，何勞荊棘始堪傷。

　　　　小憐玉體橫陳夜，已報周師入晉陽。

詩人先以將「小憐玉體橫陳夜」與「已報周師入晉陽」一柔一剛、對
比強烈的句子放在一起，藉由反差對照呈現極大的衝擊與感受，誠如

〔註58〕侯迺慧：〈唐代懷古詩的結構模式與生命開解〉，收於《唐詩主題與
　　　心靈療養》（臺北：三民書局，2005），頁240。

陳貽焮所言：「將極褻昵和極危急而有因果關係的前後兩件事……省略掉時間距離而緊緊地湊在一起，以警快地顯示『一笑相傾國便亡』的主旨。」〔註59〕詩人藉由不同時空的畫面的剪接安排，強調北齊失國與美人傾國之間的關連性，呼應詩人劈頭的警語，而在讀者腦海裡留下深刻的印象。

　　而除了景物的對照映襯，杜牧亦利用配角人物的烘托或對比，以增強或突顯詩中主角的特點，以表達內心的想法，如：〈雲夢澤〉：「日旗龍旆想飄揚，一索功高縛楚王。直是超然五湖客，未如終始郭汾陽。」中以韓信及范蠡爲賓烘托主角郭子儀，以突顯郭子儀的善始善終、長保富貴；而〈題木蘭廟〉：「彎弓征戰作男兒，夢裏曾經與畫眉。幾度思歸還把酒，拂雲堆上祝明妃。」則以出塞和親的王昭君來正襯女英雄木蘭的愛國情操；〈題桃花人廟〉：「細腰宮裏露桃新，脈脈無言度幾春。至竟息亡緣底事，可憐金谷墜樓人。」則利用殉主的綠珠反襯息夫人的苟活偷生，甚至〈題商山四皓一絕〉中「呂氏強梁嗣子柔」，以跋扈專橫的呂后，突顯孝惠帝的仁儒柔弱，透過配角人物的映襯烘托，主角性格似乎更爲具體可象。而李商隱的詠史七絕因多以帝王爲對象，在君主形象的塑造上亦多使用對比的方式，以產生強烈而鮮明的效果，如〈龍池〉中：「龍池賜酒敞雲屏，羯鼓聲高眾樂停。夜半宴歸宮漏永，薛王沉醉壽王醒。」以心懷憤懑而壓抑自我的壽王對比在龍池宴中盡享羯鼓樂聲、而有貴妃美酒伴隨的玄宗，更以宴後其他諸王的酣醉盡興相對比，雙重對比中壽王鬱鬱寡歡、無奈痛苦之狀表露無遺，而詩人不需多加批判指責玄宗的奪媳之醜，而玄宗獨裁敗德之行徑亦在兩相對照下被突顯出來，故宋人陳模明言：「此詩若只詠宮中燕樂而已，而譏訶明皇父子間傷敗人倫者，意已溢於言外矣。蓋貴妃即壽王之妃，明皇奪之。當其內宴，見其父與妃子作樂之時，其飲酒必不能醉。歸而獨醒，聞宮漏之永，壽王無聊之意當如何之。」

〔註59〕陳貽焮語引自劉學鍇、余恕誠編著：《李商隱詩歌集解》（臺北：洪葉文化事業有限公司，1992），頁543。

〔註60〕足見詩人利用想像及對比手法所營造出含蓄蘊藉而又具諷刺的效果。

（四）設問的使用──以發人省思

詩人在詠歎歷史的同時，有時會利用設問的方式，改變文句為詢問性的語氣，以引發讀者注意並刺激其思考，在詩人精心營造且提供足夠條件的氛圍下，引導讀者思索的進行方向，以達到表達理念的目的。黃慶萱曾以心理學的角度，來解釋使用設問法的心理歷程：首先是有疑而發問，此為好奇心的表現，是心智趨向成熟的象徵，並獲取知識的重要手段，這部分是屬於「疑問」；接著進一步挑起別人心中的疑惑，然後尋求疑惑的解決，已由「學不厭」進展到「教不倦」，而解答的方式可分為：直接給答案的「提問」及答案在問題反面的「激問」。〔註61〕而由明人王夫之所言：「詠史詩以史為詠，正當唱嘆寫神理，聽聞者之生其哀樂，一加論贊則不復有詩用。」〔註62〕可知詠史之議論內容若流於平庸直切，成就不高並不可取。而杜牧詠史七絕有一半為以議論為主的評論型作品，比重相當高，詩人在不違背七絕以含蓄蘊藉為主調風格的前提下，且為了避免詩的議論性過強，過於直接而失去詩情詩意，因而採用設問來取代直接議論，目的在於柔化並改善詠史七絕的評論內涵，且能避免鋒芒畢露、缺乏形象之弊病，以下就〈題桃花夫人廟〉一詩加以分析說明：

> 細腰宮裏露桃新，脈脈無言度幾春。
>
> 至竟息亡緣底事，可憐金谷墜樓人。

而關於息夫人事〔註63〕，杜牧採用《左傳》之說，如下：

〔註60〕【宋】陳模：《懷古錄》之語，引自劉學鍇，余恕誠、黃世中編：《李商隱資料彙編》（北京：中華書局，2006），頁101～102。

〔註61〕黃慶萱：《修辭學》（臺北：三民書局，1992），頁36～39。

〔註62〕【明】王夫之：《唐詩評選》，收於《船山全書》十四（長沙：嶽麓書社，1988）

〔註63〕在《列女傳》一書中，有關息夫人事為：「息夫人者，息君夫人也。楚滅息，虜其君使守門，妻其夫人而納之於宮。楚王出游，夫人送

蔡哀侯爲莘故，繩息嬀以語楚子。楚子如息，以食入享，遂
滅息，以息嬀歸，生堵敖及成王焉。未言，楚子問之，對曰：
『吾以婦人而事二夫，縱弗能死，其又奚言？』〔註64〕

至於綠珠一事，則見於《晉書》：「崇有妓曰綠珠，美而豔，孫秀使人
求之。崇時在金谷別館，登涼臺，臨清流，婦人側侍。使者以告，崇
勃然曰：『綠珠吾所愛，不可得也。』竟不許。秀怒，乃矯詔收崇。
崇正宴於樓上，介士到門，崇謂綠珠曰：『我今爲爾得罪。』綠珠泣
曰：『當效死于君前。』因自投於樓下而死。」〔註65〕詩前半以花喻
人，透過情景言息夫人事，第三句則以提問的方式，追根究柢要讀者
回歸根本思考：究竟是誰導致息國的傾覆？這裡較爲特別的是，詩人
並沒有直接回答紅顏禍國，反而以綠珠事間接回答，詩人明言綠珠爲
主殉亡之可憐，言外之意即以爲息夫人沒有以身殉國，根本不值得同
情，透過問答及對比的方式，曲折深刻地表達出對綠珠的惋惜及對息
夫人的不以爲然；也因此，關於此詩，前人多予以肯定，如：宋人許
顗高度讚美此爲「二十八字史論」〔註66〕；而《唐詩絕句類選》中云：
「此以議論爲詩，定千古是非，卻與宋人聲調自別。」〔註67〕《養一
齋詩話》也道：「大義責之，詞色凜凜。眞西山謂牧之〈息嬀〉作，
能訂千古是非，信然。余尤愛其掉尾一波，生氣遠出，絕無酸腐態
也。」〔註68〕趙翼亦論：「惟〈桃花夫人廟〉……以綠珠之死，形息

出，見息君，謂之曰：『人生要一死而已，何以自苦，終不以身更貳
醮。』遂自殺。」言其與息君最終雙雙自殺。見【西漢】劉向：《列
女傳》卷4（臺北：廣文書局，1991），頁7。

〔註64〕【東周】左丘明撰，竹添光鴻會箋：《左傳會箋》〈莊公 14 年〉（臺
北：天工書局，1993），頁 236〜237。

〔註65〕【唐】房喬等：《二十五史・晉書》卷 33〈石崇傳〉（上海：上海古
籍出版社，1989），頁 1360。

〔註66〕【宋】許顗：《彥周詩話》，收於《宋詩話全編》冊 2（吳文治主編，
南京：江蘇古籍出版社，1998），頁 1399。

〔註67〕【明】敖英輯評：《唐詩絕句類選》，收於《唐詩彙評》下冊（杭州：
浙江教育出版社，1995），頁 2368。

〔註68〕【清】潘德輿：《養一齋詩話》卷 7，收於《清詩話續編》（郭紹虞編，
臺北：木鐸出版社，1983），頁 2114。

夫人之不死，高下自見；而詞語蘊藉，不顯露譏訕，尤得風人之旨耳。」〔註69〕以其含蓄蘊藉、用意隱然而視為上乘之作，而上述所評當然多少受到時代氛圍及個人觀念價值的影響，故而可能出現有異於文本意義的偏頗解讀〔註70〕。而若就筆法而言，詩人以提問的方式，激盪讀者思維，且在詩的第三句提出問題，開啓新的思路，不直接回答問題而以對比映襯的方式表現，而「掉尾一波」的作法造成更多的連漪迴響，不但使詩益加委婉曲折而寓意愈深，且讓讀者久久思索箇中真味，令人印象更為深刻。

　　而李商隱詠史亦以運用假設句來使詩的意境拓深，包含推測、想像、判斷的成分〔註71〕，如〈北齊二首〉其一中的「一笑相傾國便亡，何勞荊棘始堪傷。」即在詩開頭就使用激問句道出君王受女惑實為國家覆亡的必然命運，而反詰的使用強化判斷的語氣，而斬釘截鐵的論點則引史例相證，出色的主題思想更令人印象深刻；而〈詠史〉（北湖南埭）中詩人在點出六朝更迭頻繁之史實後，以激問句「三百年間同曉夢，鍾山何處有龍盤。」來強調說明「地靈不如人傑」之理，極具說服力；〈岳陽樓〉（漢水方城）中則對「夢高唐」的楚王提出疑問，實則以其父仇未雪，反娶秦人而「無心入武關」事，感慨時君沉溺聲色而缺乏遠圖，具有現實意義。由此可知，杜李的詠史七絕成功之處，在於強化詠史內涵與七絕形式的交融結合而不致有突兀之感，而透過問題的巧妙設計，引領並刺激讀者解讀方向的同時，還留與讀者思考

〔註69〕【清】趙翼：《甌北詩話》卷 11（臺北：廣文書局，1991），頁 3。
〔註70〕關於此點，或可參考西方學者哈羅德・布魯姆（Harold Bloom）所提出的誤讀理論，《比較文學影響論——誤讀圖示》譯者前言中指出：「後輩作家對前人作品的中心點的重新選擇和闡釋，而這種選擇和闡釋何以集中於此點而不集中於彼點，完全取決於誤讀者（後輩作家）主體的思想、意圖、視界、心境等，換言之，往往正是主體的上述諸心理因素的表現或外化。」參見哈羅德・布魯姆著，朱立元、陳克明譯：《比較文學影響論——誤讀圖示》（臺北：駱駝出版社，1992），頁 5。
〔註71〕方瑜：〈李商隱的詠史詩〉（下），《中外文學》5 卷第 12 期（1977），頁 86。

空間，造成含蓄收斂而詩意雋永的效果，令人再三咀嚼玩味，以達到明人胡震亨所言：「詩人詠史最難，妙在不增一字，而情感自深。」〔註72〕的完美境界。

（五）以小見大──精確擷取題材

由於七絕篇幅短小，用以詠史，當然不能將歷史始末一一詳述，僅能擷取其中關鍵點來呈現詩旨，加上「絕句取徑貴深曲，蓋意不可盡，以不盡盡之。正面不寫寫反面，本面不寫寫對面、旁面，須如睹影知竿之妙。」〔註73〕故為使詠史七絕臻至無窮言外的藝術價值，作者得迴避重大歷史事件，獨具隻眼地截取其中的某個片段或生活細節，暗寓某個歷史的必然結果，並不著痕跡地融鑄己見於其中，而「以小見大」就是其中一法，看似輕描淡寫的背後實則深藏詩人審視歷史的理性及精心設計的巧思，而以局部代表整體，往往具有力重千鈞的後作力，而令讀者印象深刻。

杜牧的詠史七絕多處可見此法之運用，以下就〈華清宮絕句三首〉此詩組來作一說明，其一：「長安回望繡成堆，山頂千門次第開。一騎紅塵妃子笑，無人知是荔枝來。」詩中僅以荔枝一小物表現主題意旨，而詩人在突顯楊妃的恃寵驕奢的同時，實則揭發玄宗的好色荒淫，將其個人私慾的滿足置於家國人民之上；而其二：「新豐綠樹起黃埃，數騎漁陽探使回。霓裳一曲千峰上，舞破中原始下來。」則以〈霓裳羽衣〉一曲與安史之亂大破中原相連結，說明為政者耽於逸樂，與傾家覆國之後果的必然性，而相傳為玄宗所作的〈霓裳羽衣曲〉更可與陳後主的〈玉樹後庭花〉相提並論，成為亡國之音的另一代表；其三：「萬國笙歌醉太平，倚天樓殿月分明。雲中亂拍祿山舞，風過重巒下笑聲。」則以安祿山善於胡旋舞為冰山一角，刻畫宮中帝妃笙

〔註72〕 【明】胡震亨：《唐音癸籤》，收於《明詩話全編》冊7（吳文治主編，南京：鳳凰出版社，2006），頁6848。

〔註73〕 【清】劉熙載：《藝概·詩概》，收於《清詩話續編》（郭紹虞編，臺北：木鐸出版社，1983），頁2438。

歌無度、醉生夢死的糜爛生活，危機實已四伏而渾然不覺，終致家國禍患的發生，上述三首詠史七絕詩組皆不直言安史事，而僅取其中一個歷史畫面，從楊妃嗜食的荔枝到玄宗所作的〈霓裳羽衣曲〉，最後點出安史禍首——安祿山，一步步地接近詩旨中心，赤裸地揭露玄宗的昏聵失政而導致安史之亂重挫國勢的重大罪狀。而李商隱的詠史七絕則用心構思以跳脫容量小的絕句窠臼，且運用生動的想像力，賦予歷史時代的新血活力而感受逼真，而其中亦利用精雕細刻、小中見大的筆法以出奇制勝，最顯著的例子就是〈齊宮詞〉，如下：

　　永壽兵來夜不扃，金蓮無復印中庭。
　　梁臺歌管三更罷，猶自風搖九子鈴。

詩雖題為〈齊宮詞〉，實則兼詠梁朝，詩人根據史書的記載：「齊廢帝東昏侯寶卷起芳樂、芳德、仙華、含德等殿，又別為潘妃起神仙、永壽、玉壽三殿。蕭衍師至，王珍國、張稷應之，夜開雲龍門，勒兵入殿。是夜，帝在含德殿，吹笙歌作女兒子，臥未熟，聞兵入，趨出，直後張齊斬送蕭衍。」〔註74〕前半寫蕭寶卷之昏庸，終致國傾覆，而寵妾潘妃亦不復步步生蓮於殿中；後半則寫後繼梁朝之新主依舊夜夜笙歌、逸樂相繼，已然步上前朝後塵而無覺不知。由於七絕篇幅短小，詩人既寫齊東昏侯失國又寫梁蕭衍之繼起，故詩人以旁觀角度，而從小物細處——九子鈴落筆，雖不著議論卻深寓覆轍相循之慨，小中見大而情韻深遠，故清人屈復有言：「荒淫亡國，安能一一寫盡，只就微物點出，令人思而得之。」〔註75〕紀昀亦嘗言：「意只尋常，妙從小物寄慨，倍覺唱嘆有情。」〔註76〕何焯則稱李商隱長於藉一事點化〔註77〕，沈德潛亦評此詩：「不著議論，可憐夜半虛前席，竟著議論，

〔註74〕參見【唐】李延壽：《二十五史・南史》〈齊本紀下〉（臺北：藝文印書館，據清乾隆武英殿刊本景印）

〔註75〕【唐】李商隱著，【清】屈復箋注：《玉谿生詩意》（臺北：正大印書館，1974），頁396。

〔註76〕【清】沈厚塽：《李義山詩集輯評》（臺北：學生書局，1967），頁229。

〔註77〕【清】何焯：《義門讀書記》卷57、58，收於《景印文淵閣四庫全書》（【清】紀昀等總纂，臺北：臺灣商務印書館，1985），頁913～935。

異體而各極其致。」〔註78〕此作於敘事中諷刺東昏侯之荒淫失國，感嘆後代無視歷史教訓而重蹈亡國之途，其旨實與杜牧〈阿房宮賦〉中：「秦人不暇自哀而後人哀之。後人哀之而不鑑之，亦使後人而復哀後人也。」〔註79〕之見解相互呼應，足見晚唐杜李其作品中古為今用的創作意圖，而其中以小見大的手法更令人印象深刻，而方瑜言李商隱詠史「擅於取極小事以喻大局，正是『那須彌於芥子』的手法。」〔註80〕正是說明此特色。

（六）女性敘寫──增添詩中情韻

杜牧的詠史七絕中有一些是以女性為敘述觀點，用以關懷女性，如：〈題桃花夫人人廟〉、〈題木蘭廟〉、〈金谷園〉及〈青塚〉等。其中有的憐惜其遭遇之不幸，如〈題桃花夫人廟〉的「可憐金谷墜樓人」及〈金谷園〉中的「日暮東風怨啼鳥，落花猶似墮樓人。」皆在表達對西晉石崇寵妾綠珠的惋惜；也有讚揚其效國之忠心，如：〈題木蘭廟〉中「彎弓征戰作男兒，夢裏曾經與畫眉。幾度思歸還把酒，拂雲堆上祝明妃。」中代父從軍的木蘭及〈青塚〉中「蛾眉一墜窮泉路，夜夜孤魂月下愁。」的王昭君等，這些充滿對女性關心與同情的作品，真摯動人，可說是「殊有美思」〔註81〕，有的作品則是特意將焦點放在女性身上，如「一騎紅塵妃子笑，無人知是荔枝來。」（〈過華清宮絕句三首〉其一）中的楊貴妃及「東風不與周郎便，銅雀春深鎖二喬。」（〈赤壁〉）中特意聚焦於皇族貴婦大小喬，而〈題商山四皓一絕〉中則以柔弱太子對比呂后的跋扈專橫，這可能是由於杜牧個人生活放蕩不羈，大量創作與女性有關的詩，形成思維定勢，給他的詠史詩提供

〔註78〕【清】沈德潛：《唐詩別裁集》卷 4（臺北：廣文書局，1970），頁547。

〔註79〕【唐】杜牧：〈阿房宮賦〉，收於《樊川文集》卷 1（臺北：漢京文化事業有限公司，1983），頁 1～2。

〔註80〕方瑜：〈李商隱的詠史詩〉（下），《中外文學》5 卷第 12 期（1977），頁 87。

〔註81〕【宋】魏泰：《臨漢隱居詩話》，收於《宋詩話全編》冊 2（吳文治主編，南京：江蘇古籍出版社，1998），頁 1208。

了女性觀照視角〔註82〕，且以女性爲襯托能增加詩歌情趣，在詠史詩作中增添柔性成分，故其詩風剛中帶柔而富含情韻。

　　而善於寫作情詩的李商隱，其詠史七絕以女性爲詩作出發點或主角者甚多，尤其其詠史作品多有現實政治之傾向，而寫荒淫亡國之君的奢靡行徑，或好女寵、或妄想長生者則多涉及女性與愛情，如：〈北齊二首〉中「巧笑知堪敵萬幾，傾城最在著戎衣。」嗜著軍裝畋獵的馮小憐，〈漢宮〉中漢武帝「通靈夜醮達清晨，承露盤晞甲帳春。」以新歡舊愛鈎弋夫人及李夫人表現其求仙好色的一面、〈東阿王〉及〈涉洛川〉中的宓妃、〈南朝〉（地險悠悠）中則有以「半面妝」諷刺梁元帝的徐妃、〈齊宮詞〉中步步生「金蓮」的潘妃、〈景陽井〉中「景陽公井剩堪悲，不盡龍鸞誓死期。腸斷吳王宮外水，濁泥猶得葬西施。」則以西施水葬事反襯陳後主叔寶與張、孔二妃的偷生苟活，而對於同時代的楊貴妃則著墨甚多，於〈馬嵬二首〉其一、〈華清宮〉（華清恩幸）、〈華清宮〉（朝元閣迥）、〈驪山有感〉及〈龍池〉中皆有描寫其恃寵而驕的畫面。而較爲特別的是，李商隱除了寫歷史上的女性，還寫神話傳說中的女性，如：〈華嶽下題西王母廟〉、〈華山題王母祠〉中的西王母與麻姑，以及〈岳陽樓〉（漢水方城）、〈過楚宮〉及〈楚宮二首〉其一中楚王「一夢高唐雨」中的神女等，爲其詠史增添不少浪漫情懷。而其他尙有藉女性以自比之作，如：〈王昭君〉中「毛延壽畫欲通神，忍爲黃金不顧人。馬上琵琶行萬里，漢宮長有隔生春。」將爲毛延壽所累的明妃以自況，發抒士人不遇之慨，而〈寄蜀客〉中「金徽卻是無情物，不許文君憶故夫。」則以珍視愛情的卓文君自比，皆可見其詩寄託含蓄之特色。關於杜李以女性爲議論的出發點，甚而藉以自況的現象，有學者以爲此乃杜李兩人反叛性格的表現〔註83〕，

〔註82〕段雙喜、陳良中：〈杜牧詠史詩中的女性觀照淺議〉，《闐州學刊》第4期總第145期（2005），頁270～272。

〔註83〕官曉麗則將杜李兩人對女性的態度和對愛情的認識納入其反叛性格中作說明，他認爲：「晚唐社會的現實情況和女人求通脫的結合，提出了如何對待封建綱常、禮教的問題，他們思想中要求人性解放的萌動，自然帶來了對禮教的反叛，而他們的行爲也往往被當時人視

總而言之，這可說是思想上的進步，爲表現詩人寬大開放胸襟的一種
寫作手法。

小結

　　同一題材，經詩人多次反覆的描寫，使各代詩人站在不同的觀
點、不同的角度、不同的時代，對過去所發生的事，重新給予評價或
點醒，重新給予內心的激盪和迴響〔註84〕，杜李的詠史七絕在歷史題
材的運用上因能有所新意而膾炙人口，皆創作出藝術價值高的詠史作
品。而由上述可知，兩人在寫作手法的使用上亦有相當多的共同處，
但因各方條件、詮釋方向及技巧運用的不同而同中有異，故而產生獨
具個人特色的詠史七絕作品；總的來說，李商隱在寫法技巧上的琢磨
是比「以意爲先」的杜牧來得精深，而其中的關鍵點則在於李商隱豐
富生動的想像力；所謂想像，不只是「意象（image）的召回或經驗
的再現，它包含了作者個人的更爲複雜而深邃的心靈作用。這種作用
稱之爲『創造的想像』（Creative imagnation）。」〔註85〕誠如張夢機所
言：「義山七絕動人的地方，不在字奇句奇，而在意奇。這些常用字
詞，一經義山裁剪配搭，便頓成異彩，不同流俗。當然，這種成功的
效果，應該推原於他精心的構思與巧妙的用意。」〔註86〕而此處精巧
的構思與用意即是其想像力的具體表現，詩人將已然不變的歷史人
事，透過聯想虛構的激盪，化腐朽爲神奇，在精心的重組及創造下，
重現翻新的陳跡舊事總是新奇眞切而令人印象深刻，更重要的是，詩
人根據主題表達的需要進行提煉加工，使詩中的人物、事件、場景既

　　　爲出格。」參見官曉麗：〈秋風夕陽話晚唐——從杜牧、李商隱的創
　　　作看晚唐詩歌的悲美〉，《西藏民族學院學報》（社會科學版）第3、4
　　　期（1994），頁118～119。
〔註84〕邱燮友：〈歷代王昭君詩歌在主題上的轉變〉，收於《主題學研究論
　　　文集》（臺北：東大圖書公司，1983），頁363～364。
〔註85〕姚一葦：〈論想像〉，收入《藝術的奧秘》（臺北：臺灣開明書局，1968），
　　　頁20。
〔註86〕張夢機：〈李商隱七絕的藝術特徵〉，收於《詩學論叢》（臺北：華正
　　　書局，1993），頁86。

不脫離歷史的基本面貌，又不侷限於歷史事實，鎔鑄成具有典型性的詩歌境界〔註87〕，而將歷史成功詩化，增強審美的感受，提升藝術價值；且李商隱稍晚於杜牧，當時絕句風格逐步向麗密深細的方向發展，對中唐絕句意境淺露補救甚力，絕句與詞風漸近〔註88〕，在文學風氣的影響下，著重詩意呈現的李商隱亦追求形式措辭之美，故其詠史七絕兼具內外之美，自然比杜牧之作來得突出。

　　此外，李商隱詠史中典故手法的使用較杜牧來得多而成熟，幾乎是句句有出處且間有較生的典故，此現象於篇幅較大的詠史七律中尤其明顯，如〈覽古〉一詩：「莫恃金湯忽太平，草間霜露古今情。空糊赤壤真何益，欲舉黃旗竟未成。長樂瓦飛隨水逝，景陽鐘墮失天明。回頭一弔箕山客，始信逃堯不為名。」〔註89〕中句末以《莊子》中堯讓天下於許由的故事〔註90〕作結，說明唯有才德兼備、如堯舜盛明者在位，天下才得以永保承平，由於典故的作用在於濃縮簡化史事，詩人借用古事的勾勒以表達情意，由此可見適切的用典將有助於詠史詩的深刻表現，相較於李商隱用典的精熟，杜牧詠史用典不多且多為眾所熟悉者，而此亦是李商隱詠史手法上略勝杜牧的地方，但過多或過於生疏鮮見的典故則會是解讀詩意的阻礙，而由後世「詩家總愛西崑好，獨恨無人作鄭箋。」之嘆可知李商隱部分作品似乎亦有此弊病，然瑕不掩瑜，李商隱藝術成就極高的詠史作品至今仍是無人能及，前無古人而後無來者，而對後世影響深遠。

〔註87〕劉學鍇：《李商隱詩歌研究》〈本體篇〉（合肥：安徽大學出版公司，1998），頁12。
〔註88〕周嘯天：《絕句詩史》（成都：巴蜀書社，1999），頁288。
〔註89〕清聖祖敕編《全唐詩》卷540（北京：中華書局，1960），頁6206。
〔註90〕參見《莊子·逍遙遊》：「堯讓天下於許由，曰：『日月出矣而爝火不息，其於光也，不亦難乎！時雨降矣而猶浸灌，其於澤也，不亦勞乎！夫子立而天下治，而我猶尸之，吾自視缺然。請致天下。』許由曰：『子治天下，天下既已治也。而我猶代子，吾將為名乎？名者，實之賓也，吾將為賓乎？鷦鷯巢於深林，不過一枝；偃鼠飲河，不過滿腹。歸休乎君，予無所用天下為！庖人雖不治庖，尸祝不越樽俎而代之矣。』」

第二節　風格特色

　　一個作家的作品藝術風格，與其創作個性息息相關，而創作個性的展現說明作者的獨特主觀，可視爲與其他作家間相異性最主要的區分指標，而影響創作個性的形成因子很多，是作者「在一定的生活實踐、世界觀和藝術修養基礎上所形成的獨特的生活經驗、思想經驗、個人氣質、審美理想以及創作才能的結晶。」〔註91〕

一、杜牧

　　關於杜牧的創作個性，固然與其「剛直有奇節」的性情有關，然亦深受晚唐文風影響，在主觀、客觀等多重因子的交互作用下形成特有的個人風格，也因此他的詩既有興發感寄、豪健跌宕之作，也有抒情寫景、輕麗柔美之篇。前著因於他出自名門，秉承家學，又稟賦剛直有奇節的性質；而在詩中也和古文一樣，吐氣縱橫，善論古今成敗，對歷史上的成敗興亡寄以深切關懷，往往借古以諷今；後者則是他對晚唐的作風也不能免俗〔註92〕，而其詠史詩作亦具上述特色，以下就其詠史七絕所表現的風格來作分析。

（一）談政論兵，豪邁精警

　　出身於世家名門的杜牧，深受其祖杜佑之影響，自少即對政治即懷有宏偉的理想與抱負，且深知「經書括根本，史書閱興亡。」（〈感懷詩一首（時滄州用兵）〉）而特別留心於經史，如此重視歷史的心態正說明杜牧創作詠史詩的基本動機，尤其以古爲今用的目的，藉詠史以諷今，而以裨益現實爲主旨。因此，這就不難理解詩人尚未登進士第前，於年少時即有藉由歷史以諷諫時主、驚世駭俗之作——〈阿房宮賦〉，而其後更寫出〈罪言〉、〈原十六衛〉、〈戰論〉及〈守論〉等探討政治、法度及軍事的著名論文。加上詩人具

〔註91〕王朝聞主編：《美學概論》（臺北：谷風出版社，1989）
〔註92〕謝錦桂毓：〈文學史上的杜牧〉（上），《中外文學》第 3 卷第 9 期（1975），頁 128。

有豪邁爽朗的天生性格，敢於論列國家大事，善於談政論兵，而〈郡齋獨酌〉一詩中：「平生五色線，願補舜衣裳；弦歌教燕趙，蘭芷浴河湟。腥羶一掃灑，兇狠皆披攘；生人但眠食，壽域富農桑。」正說明其以天下為己任之志，而其他如上述〈感懷詩〉中的「關西賤男子，誓肉虜杯羹。」及〈雪中書懷〉中的「臣實有長策，彼可徐鞭笞；如蒙一召議，食肉寢其皮。」等也都流露出他積極用世的心志。

　　即使現實中仕途坎坷不順，樂觀的杜牧仍欲藉由詠史詩作評論歷史、總結歷史經驗以影射現實，故以具今用之旨的詠史詩作作為其參政的手段之一，而對盛況已逝而內憂外患不斷、艱阻重重的晚唐王室，提出剛勁強烈的譏刺與警示，故詩中多是關切於現實，而以總結歷史經驗的方式來諷諭時主時政，並為前朝帝王的荒淫失政痛下針砭，而詩人在嘲諷前朝先帝亡國傾家的同時，更一語中的地為時君提出明曉的歷史教訓，酣暢淋漓而無一隱諱曲折。清人馮集梧在為杜牧詩注解時嘗言：「牧之語多直達，以視他人之旁寄曲取而意為辭晦者，迥乎不侔……茲故第詮事實，以相參檢，而意義所在，略而不道。」〔註93〕故杜牧詠史七絕中多是快語痛說、明白曉暢，且詩人多以賦法直陳，具有直搗黃龍、一吐為快的氣勢，然而「直達」並不是直木無味，詩人措語多點到為止，善於啟發，給讀者以思索餘地〔註94〕，故杜牧此類作品，氣勢多剛直豪邁，精警而朗暢。而明人釋懷悅之言：「近世又競為辭勝之詩，莫不惜李賀之奇，嘉盧仝之怪，賞杜牧之警，驅元稹之豔。」〔註95〕正可說明杜牧詠史警策之風。

〔註93〕【唐】杜牧著，【清】馮集梧注：《樊川詩集注》〈自序〉（上海：上海古籍出版社，1998），頁3。

〔註94〕周嘯天：《唐絕句史》（成都：巴蜀書社，1999），頁311。

〔註95〕【明】釋懷悅：《詩法正論》，收於《明詩話全編》冊10（吳文治主編，南京：鳳凰出版社，2006），頁11021。

（二）立意高絕，清新俊逸

由清人袁枚之言：「作史三才：才、學、識，缺一不可。余謂詩亦如之，而識爲最先。非識，則才學俱誤用矣。」〔註96〕可知言者以識見爲詠史創作之關鍵，而出身名門、致力於經史的杜牧正有此優勢，誠如清人李慈銘所言：「樊川文章風概，卓絕一代，其學問識力，亦復如是，予向推爲晚唐第一人，非虛誣也。宋子京深喜樊川之文，新唐書中傳論，多取其語，其自作文字，亦力傚之。」〔註97〕可見詩人自身才學之高、識見之突出，因此發於詠史，渾然形成俊逸不凡的特殊風格，且杜牧的詠史七絕多具高奇的立意、精巧的構思，其詩歌語言不但清新天然、筆意爽朗、立意高絕而才氣縱橫，自然呈現流麗而清疏雋永的獨特風格，藝術價值高而於晚唐詩壇大放異彩。

清人潘德輿嘗言：「七言絕句，易作難精。盛唐之興象，中唐之情致，晚唐之議論，途有遠近，皆可循行。」〔註98〕可見晚唐近體七絕議論入詩之特色，而不少論史七絕作品亦相當突出（已於第二章第三節論敘，於此不需贅述。）明人嚴羽雖在《滄浪詩話》指出詩應當以「不涉理路，不落言筌者，上也。」說明議論入詩之不妥，而提出「詩有別趣，非關理也。」〔註99〕之論，但從清人沈德潛之言：「人謂詩主性情，不主議論，似也而亦不盡然。試思〈二雅〉中何處無議論？杜老古詩中，〈奉先詠懷〉、〈北征〉、〈八哀〉諸作，近體中〈蜀相〉、〈詠懷〉、〈諸葛〉諸作，純乎議論。但議論須帶情韻以行，勿近傖父面目耳。」〔註100〕可知中國傳統詩歌雖是「志之所之也。」〔註101〕

〔註96〕【清】袁枚：《隨園詩話》卷3～47（臺北：廣文書局，1979），未標頁碼。

〔註97〕【清】李慈銘：《越縵堂讀書記中·八·文學》（臺北：世界出版社，1961），頁633。

〔註98〕【清】潘德輿：《養一齋詩話》，收於《清詩話續編》下（郭紹虞編，臺北：木鐸出版社，1983），頁2032。

〔註99〕上述參見【明】嚴羽、黃景進撰述：《滄浪詩話》（臺北：金楓出版有限公司，1986），頁34。

〔註100〕【清】沈德潛：《說詩晬語》，收於《清詩話》（【清】丁福保編，臺北：明倫出版社，1971），頁524。

以發抒性情爲主，但事實上言志與議論並非完全對立或衝突，而是可以藉由巧妙的構思、適切的寫作手法而融爲一體的，故詩歌不應當全然擯除議論，而由杜甫論詩詩之成功可爲明證。

　　晚唐詠史七絕雖主議論，但因能運用妥當，而富含情韻，不但未礙詩歌之妙，在不破壞詩意的前提下，還能深化詩情，增加詩的美好意境，使詠史詩作達到一定水準的藝術成就，而杜牧可說是其中的佼佼者。故明人周履靖稱「杜牧主才，氣俊思活。」〔註102〕胡應麟亦言：「俊爽若牧之，藻綺若庭筠，精深若義山，整密若丁卯，皆晚唐之錚錚者。其才則許不如李，李不如溫，溫不如杜。」〔註103〕而清人劉熙載則稱其「雄姿英發。」〔註104〕皆可見其俊爽詩風，而此可說是其詩歌思想性與藝術性相統一的基本特徵。

　　而杜牧除了才學均勝、識見卓然獨創，更因其「自負經緯才略」〔註105〕，且其進步的文學思想之影響，其詩「以意爲先，以氣爲輔，以辭彩章句爲之兵衛。」〔註106〕主張作品以內容意涵爲要，加上杜牧「好異於人」，使其「詩主才，氣俊思活。」〔註107〕故其詠史創作特別著眼於前人史家之所未到處，別生眼目以推翻舊案，出奇的翻案手法，成爲其詠史最大的特色，成就不少詠史佳作，而其中詠史七絕在藝術表現上獨樹一格，且與劉禹錫等人的懷古七絕截然不同〔註108〕，

〔註101〕《十三經注疏》《詩經·周南》（板橋：藝文印書館，1993），頁13。

〔註102〕【明】周履靖：《騷壇秘語》卷中，收於《明詩話全編》冊5（吳文治主編，南京：鳳凰出版社，2006），頁4987。

〔註103〕【明】胡應麟：《詩藪》〈外編〉（臺北：廣文書局，1973），頁549。

〔註104〕【清】劉熙載：《藝概》卷二《詩概》，收於《清詩話續編》下（郭紹虞編，臺北：木鐸出版社，1983），頁2430。

〔註105〕【宋】歐陽修等：《二十五史·唐書》〈杜牧傳〉（臺北：藝文印書館，據清乾隆武英殿刊本景印）

〔註106〕【唐】杜牧：《樊川文集》卷13〈答莊充書〉（臺北：漢京文化事業有限公司，1983），頁194。

〔註107〕【明】胡震亨：《唐音癸籤》卷8，收於《明詩話全編》冊7（吳文治主編，南京：鳳凰出版社，2006），頁6885。

〔註108〕師長泰以爲：「劉詩多渲染古跡環境氣氛，懷古寄慨，動人以情，而杜詩則多評說古人古事，就史發論，昭人以理。要言之，劉詩以『唱

而師長泰更以爲「藝術貴在創新」，認爲杜牧詠史「既不同於班固〈詠史〉那種『隱括本傳』、以述史爲主的『正體』，也不同於左思〈詠史〉那種『自抒胸臆』、借史述懷的『變體』，而是一種即史發端、以論史爲主的『新體』。」〔註109〕故其詠史七絕多發議論，且不乏名篇，如：〈過魏文貞公宅〉：「蟪蛄寧與雪霜期，賢哲難教俗士知。可憐貞觀太平後，天且不留封德彝。」、〈春申君〉：「烈士思酬國士恩，春申誰與快冤魂。三千賓客總珠履，欲使何人殺李園。」、〈赤壁〉：「折戟沈沙鐵未銷，自將磨洗認前朝。東風不與周郎便，銅雀春深鎖二喬。」、〈雲夢澤〉：「日旗龍旆想飄揚，一索功高縛楚王。直是超然五湖客，未如終始郭汾陽。」、〈泊秦淮〉：「煙籠寒水月籠沙，夜泊秦淮近酒家。商女不知亡國恨，隔江猶唱後庭花。」、〈題桃花夫人廟〉：「細腰宮裏露桃新，脈脈無言度幾春。至竟息亡緣底事，可憐金谷墜樓人。」、〈題烏江亭〉：「勝敗兵家事不期，包羞忍恥是男兒。江東子弟多才俊，卷土重來未可知。」以及〈題商山四皓廟一絕〉：「呂氏強梁嗣子柔，我於天性豈恩讎。南軍不袒左邊袖，四老安劉是滅劉。」等，頗爲著名；這些作品在原本枯燥無味、容易缺乏詩意的議論內容中，加入充分而生動的形象性，而在理性議論中帶有風韻，使得詩意深長雋永，加上他豪朗不拘的性情，故其詠史七絕呈現清新自然、俊逸英爽的風格。

（三）溫婉敦厚，情韻無限

此類風格，多見於杜牧的懷古型詠史七絕作品中，一般而論，懷古型詠史詩的基調多是沉鬱悲涼，或憑弔古跡而撫景興慨，或感懷變遷而深嘆幻滅，總之，充斥著厚重沉鬱的感喟之情。而晚唐詩人面對王朝的盛景已逝，日漸衰敗走向末路絕途，內心更是興發無限的感慨與哀傷，如：「霸業鼎圖人去盡，讀來惆恨雲水中。」〔註110〕、「地

嘆深長』取勝，而杜詩則以『議論縱橫』見長。」參見師長泰：〈詩中議論，詠史絕唱──論杜牧詠史七絕的藝術特色〉，收於《唐詩藝術技巧》（西安：陝西人民出版社，1991），頁282。

〔註109〕同上註。

〔註110〕【唐】李群玉：〈秣陵懷古〉：「野花黃葉舊吳宮，六代豪華燭

銷王氣波聲急，山帶秋陰樹影空。」〔註111〕等所呈現的悲觀傷悼，此爲晚唐詩人共同的心聲，身處其中的杜牧固然感受到末世的氛圍，加上有志難伸，其懷古型詠史詩不免流露出對歷史滄桑的無限感慨，如：〈過勤政樓〉：「千秋令節名空在，承露絲囊世已無。唯有紫苔偏得意，年年因雨上金鋪。」、〈登樂游原〉：「長空澹澹孤鳥沒，萬古銷沈向此中。看取漢家何事業，五陵無樹起秋風。」、〈江南懷古〉：「車書混一業無窮，井邑山川今古同。戊辰年向金陵過，惆悵閒吟憶庾公。」、〈江南春絕句〉：「千里鶯啼綠映江，水村山郭酒旗風。南朝四百八十寺，多少樓臺煙雨中。」、〈題橫江館〉：「孫家兄弟晉龍驤，馳騁功名業帝王。至竟江山誰是主，苔磯空屬釣魚郎。」、〈汴河懷古〉：「錦纜龍舟隋煬帝，平臺複道漢梁王。遊人閒起前朝念，折柳孤吟斷殺腸。」、〈金谷園〉：「繁華事散逐香塵，流水無情草自春。日暮東風怨啼鳥，落花猶似墮樓人。」以及〈隋宮春〉：「龍舟東下事成空，蔓草萋萋滿故宮。亡國亡家爲顏色，露桃猶自恨春風。」等，但特別的是，杜牧作唯美詩並不藉堆砌麗詞佳字，由於其高度技巧，自有高華綺麗之致。故其詩冶蕩雖基於元白，風骨則實出元白之上，〔註112〕所以他的詩自然不飾、含蓄有致，加上巧妙的比喻和深沉的感慨，讀來自然流暢。

　　此外，杜牧所持「本求高絕」的作詩態度，加上其豪朗性格，以及關注歷史與現實的強烈意識，此類詠史詩在傷逝之中，仍透露出希望的曙光，呈現高曠灑脫的格調，更由於豪爽俊健的氣在，展現氣概不凡的宏觀；因此，其懷古詠史所表現的高曠灑脫之風，可說是在寄

　　　散風。龍虎勢衰佳氣歇，鳳皇名在故臺空。市朝遷變秋蕪綠，墳
　　　冢高低落照紅。霸業鼎圖人去盡，獨來惆悵水雲中。」清聖祖敕
　　　編《全唐詩》卷569（北京：中華書局，1960），頁6602。
〔註111〕【唐】羅隱：〈金陵夜泊〉：「冷煙輕澹傍衰叢，此夕秦淮駐斷蓬。
　　　棲雁遠驚沾酒火，亂鴉高避落帆風。地銷王氣波聲急，山帶秋陰
　　　樹影空。六代精靈人不見，思量應在月明中。」清聖祖敕編《全
　　　唐詩》卷656（北京：中華書局，1960），頁7541。
〔註112〕葉慶炳：《中國文學史》（臺北：臺灣學生書局，1989），頁436。

意遙深的懷古內涵注入恢弘俊爽的詩風，所形成的個人風格，而這種蒼涼中不失豪壯，悲哀卻不絕望的氣度，充斥著杜牧獨特的英爽豪放之氣，更可說是「盛唐氣象」〔註113〕精神的呈現。故前人評家多以爲杜牧詠史中呈現壯闊的意象與宏廣的氣勢，風格則是雄奇豪放，氣度昂揚而積極，即便悼古傷今，亦是哀而不傷，而頗近盛唐之作，如：清人翁方綱所言：「小杜之才……亦與王龍標、李東川相視而笑。『少陵無人謫仙死』，竟不意又見此人。」〔註114〕及管世銘之言：「杜紫微天才橫逸，有太白之風，而時出入於夢得。七言絕句一體，殆尤專長。」〔註115〕等詩評皆將杜牧與杜甫、李白相提並論，而李杜正是盛唐氣象集中體現的詩家，這正說明杜牧詩與李杜作品有其共同處而不墜「盛唐氣象」，但此豪邁風格絕出，造成後人模仿不易，由清人何焯之言：「牧之豪健跌宕，而不免過於放，學之者不得其門而入，未有不入於江西派者。」〔註116〕可見一斑，而杜牧在豪邁曠達中流露出風華流美的獨特風格，剛中帶柔在詠史詩壇中異軍突出，而其地位更無庸置疑。

二、李商隱

　　多愁善感的感性詩人李商隱，歷經晚唐的憲宗、穆宗、敬宗、文宗、武宗及宣宗等六朝，而這正是唐代國勢從繁榮強盛開始下滑，終

〔註113〕「盛唐氣象」是宋人嚴羽在《滄浪詩話》及〈答吳景仙書〉中，對於盛唐詩歌的風骨、氣勢與藝術風貌所作的理論概述，如：「盛唐之詩，雄深雅健……盛唐諸公之詩……就筆力雄壯，又氣象渾厚。」主要特徵是：詩歌中洋溢著對於事功的熱烈嚮往、追求，從而表現出一種蓬勃向上、昂揚奮發的積極精神，以及壯闊的景象與宏大的氣勢。「盛唐氣象」表達了盛唐詩歌創作的時代精神與基本風貌，而被後人沿用不輟。

〔註114〕【清】翁方綱：《石州詩話》卷2，收於《清詩話續編》中（郭紹虞編，臺北：木鐸出版社，1983），頁1393。

〔註115〕【清】管世銘：《讀雪山房唐詩序例》，收於《清詩話續編》中（郭紹虞編，臺北：木鐸出版社，1983），頁1562。

〔註116〕【清】何焯：《義門讀書記》卷57，收於《景印文淵閣四庫全書》（【清】紀昀等總纂，臺北：臺灣商務印書館，1985），頁913。

至衰頹沒落的階段，而詩人心懷不凡的政治襟抱卻始終懷才不遇，不由得興發「古來才命兩相妨」〔註117〕的浩嘆；於是詩人透過詠史的方式，藉助於對歷史題材的巧妙運用與發掘，突顯出社會現實的問題與矛盾，表達對國家大事的關切及多難時局的憂慮，因此李商隱的詠史作品充斥著對歷史的反思，且在與現實結合後呈現濃厚的當代氣息與強烈的批判力量，此乃由於詠史之動機，往往是來自於覽古弔往之觸發，卻因為「往來覽古憑弔之作，無不與時會相感發。」〔註118〕因此詠史又可以進一步與諷諭和詠懷相通〔註119〕，故詠史多富有古為今用的意味。

（一）聯繫現實，針對帝王，辛辣直刺

　　詠史詩所歌詠的是已然逝去的歷史人事，但如果詩人在作品中沒有注入當代時人對過去人物的感受與認識，歷史便只剩冰冷空虛的軀殼，毫無生命力可言，如此詠史詩便流於傳統史傳或類於記載史事的文體，詩意盡無，更無法提引人們的興趣；相對的，真正充滿藝術生命與魅力的詠史詩，作者多是能在作品中滲透對自己所處時代的政治風雲、社會生活或自身遭際的感受，讓作品具有鮮明的現實感與時代性，豐厚創作本身的生命力；固然在晚唐李商隱之前，已有詩人在這方面作過嘗試，但數量較為零星，尚未形成一股自覺的創作傾向，而至李商隱大量地創作詠史七絕，且普遍於其中寄寓現實政治感慨，使其詠史作品多是傾向藉詠史以諷時的政治詩。而清人朱鶴齡的一段話即明白揭示李商隱詠史此特色：

　　且吾觀其活獄弘農，則忤廉察；題詩九日，則忤政府；於
　　劉蕡之斥，則抱痛巫咸；於乙卯之變，則銜冤晉石；太和

〔註117〕【唐】李商隱：〈有感〉：「中路因循我所長，古來才命兩相妨。勸君莫強安蛇足，一醆芳醪不得嘗。」
〔註118〕【唐】李商隱著，【清】陸崑曾選箋：《李義山詩解》（臺北：學海書局，1986），未標頁碼，為〈潭州〉一詩評語。
〔註119〕歐麗娟：〈李商隱及其詩〉，收於《大唐詩魁李商隱詩選》（臺北：五南圖書出版公司，1999），頁13。

東討，懷積骸成莽之悲；黨項興師，有窮兵禍胎之戒。以
至〈漢宮〉、〈瑤池〉、〈華清〉、〈馬嵬〉諸作，無非諷方士
爲不經，警色荒之覆國。此其指事懷忠，郁纖激切，直可
與曲江老人相視而笑，斷不得以放利偷合、詭薄無行嗤摘
之也。〔註120〕

由於李商隱詩受詩史杜甫的影響而繼承其現實主義精神，故其詠史多
與現實政治緊密聯繫，具有強烈的諷時性，古爲今用的目的十分明
確，誠如張夢機於〈李商隱七絕的藝術特徵〉一文中所言：「義山詠
史之作，大約承繼杜甫一體，與前人比較起來，似乎能進一步將古代
史事與現實情景加以融合，在藝術上更有一番創新。」〔註121〕說明
其詠史乃針對當時客觀現實而作；而劉學鍇則進而依據其與現實政治
聯繫的方式，將李商隱之詠史作品分出三類：以古鑒今（即重在借歷
史上荒淫奢侈而招致禍亂敗亡之君昭示歷史教訓，寓含對當代封建統
治者的警戒諷慨。）、借古喻今（詩面雖詠古人古事，實則借喻具體
的今人今事。）及借題托諷（僅在題目中假托古人古事，實際所詠與
古人毫不相干，完全是今人今事。）此與現實政治的關係，雖有直接、
間接等程度上的不同〔註122〕，但三者指向均在於今人今事，因此可
以認爲都是政治詩，或者說是在晚唐特定時代條件下以詠史形式出現
的政治諷刺詩〔註123〕，由此可見李商隱的詠史自然緊密地聯繫現
實，不但在過去歷史注入新鮮的時代氣息，使古人古事活脫重現、充

〔註120〕【清】朱鶴齡：《箋註李義山詩集・序》之語，引自劉學鍇、余恕誠
編著：《李商隱詩歌集解》（臺北：洪葉文化事業有限公司，1992），
頁2022。

〔註121〕張夢機語引自蔡振念：《杜詩唐宋接受史》（臺北：五南圖書出版公
司，2002），頁178。

〔註122〕劉學鍇進而指出：「就內容與表現形式的鮮明性來看，一、二、三類，
依次遞減，第三類（借題托諷）最爲隱晦，但就它們與現實政治的
關係看，則第三類最直接，第二類次之，第一類最間接。」參見《李
商隱詩歌研究》〈本體篇〉（合肥：安徽大學出版公司，1998），頁7。

〔註123〕劉學鍇：《李商隱詩歌研究》〈本體篇〉（合肥：安徽大學出版公司，
1998），頁8。

滿現實生命力，除了充分反映他進步的歷史觀，詩人更利用歷史的重演及從中歸納出的規律性，預言當朝時政的結局後果，希冀時主今人的頓悟覺醒，故其詠史中現實主義之傾向相當明顯。

此外，詩人基於「又聞理與亂，係人不係天。」（〈行次西郊作一百韻〉）的歷史法則及自身「歷覽前賢國與家，成爲勤儉破由奢。」（〈覽古〉）的政治觀，將國家成敗興亡歸因於「人爲」，故其創作意識中多將「欲回天地」、重振國威的希望與責任寄託在帝王一人身上，以爲皇帝昏聖爲一國盛衰之關鍵。而面對晚唐時主的奢淫昏庸，唐王朝的日益沉落，有志卻不得伸、憂心忡忡的詩人，其詠史多把諷刺的矛頭集中指向歷來亡國亂政的封建統治者，且基本感情多是傾向辛辣尖刻而冷峻的諷刺和挪揄挖苦，而非充滿情感的勸誡諷諭或惋惜遺憾，除了多以離唐本朝較近的六朝及隋爲取材對象外，甚而直接以本朝帝妃（如唐玄宗、楊貴妃等）爲諷刺對象，對其功過是非，敢於作出自己的判斷，因此其詠史作品批判性直接而強烈，而主要目的在給當朝皇帝一記警鐘，希冀時主能引以爲戒、懸崖勒馬，切莫重蹈前人覆轍，更重要的是，這種見解否定了「不彰君過」的傳統觀念，並擴大了詠史詩的領域。〔註124〕生不逢時的李商隱欲藉詠史的創作以展示己才史識，以及關懷政治、參與現實的用世之心，更重要的是，其詠史觸及時代政治的焦點，實則成功地實踐爲詠史詩的發展注入了強大的生命活力，使作品具有鮮明的現實感：因此，李商隱的詠史詩頗能反應當時現實的重大事變，而且往往指向對於在位君王的規諫諷戒，這是他的作品跟其他詩人的詠史詩最大的不同。〔註125〕

（二）取材典型，構思奇妙，委婉隱晦

且就藝術成就上來看，李商隱較成功的詠史作品往往是所詠的人事具有一定典型性與概括性者的「以古鑒今」、「借古喻今」等類型，

〔註124〕楊柳：《李商隱評傳》（臺北：木鐸出版社，1985），頁401。
〔註125〕蔡英俊：《興亡千古事》（臺北：故鄉出版社有限公司，1982），頁30。

而李商隱的 49 首詠史七絕中，此類作品比重頗高〔註126〕；由於此類創作動機在於昭示歷史鑒戒，而這種鑒戒意義是從歷史現象的相似重複中抽繹出來的，體現了一定的歷史規律性，因而它的現實指向相當寬泛〔註127〕，並不要求與現實對號入座的情況下，造就了詩的含蓄隱約，使詩直中見曲，婉而不露，故清人管世銘有言：「李義山用意深微，使事穩惬，直欲於前賢之外，另闢一奇。絕句秘藏，至是盡洩，後人更無可以展拓處也。」〔註128〕足見詩人在題材處理上的用心良苦。且李商隱詠史善於抓住歷史題材的重點，而使主題鮮明、富於韻味，尤其是把握不為人所注意的細節，並脫出前作範圍而創立新意，故多就歷史某點，進而運用豐富的想像力，生動呈現歷史畫面，使詩境新奇真切，如：〈賈生〉中詩人把握了史書中不為人所注意的「問鬼神」事，進而翻出新警而發人省思的議論；此外，詩人更藉由題材的重組安排，融入自己的議論及主觀意識，從不同角度表現嶄新的主題思想，如：〈北齊二首〉足見其構思之凝鍊，可為「意翻空而易奇，言徵實而難巧。」〔註129〕理論之實踐者。

此外，在儒家傳統詩學「溫柔敦厚」的影響下，以為「上以風化下，下以風刺上，主文而譎諫。」〔註130〕諷刺時政的詩歌也必須是「發乎情，止乎禮義。」〔註131〕強調詩歌的美刺要有一定的限度，

〔註126〕「以古鑒今」與「借古喻今」之作，於本文李商隱詠史七絕分類中屬於比重相當高的詠懷型與評論型，而所參考的學位論文中，張家豪的〈李商隱詠史詩研究解讀〉一文則將李商隱69首詠史以「以古鑒今」、「借古喻今」、「託古諷今」及「懷古慨今」的方式分類，其中「以古鑒今」及「借古喻今」分別有27及28首，皆高達三分之一強，比重頗高。

〔註127〕劉學鍇：《李商隱詩歌研究》〈本體篇〉（合肥：安徽大學出版公司，1998），頁8。

〔註128〕【清】管世銘：《讀雪山房唐詩序例》，收於《清詩話續編》中（郭紹虞編，臺北：木鐸出版社，1983），頁1563。

〔註129〕【南朝·梁】劉勰：《文心雕龍注釋附新譯》〈神思第二十六〉（臺北：里仁書局，1984），頁525。

〔註130〕《十三經注疏·詩經》〈詩大序〉（板橋：藝文印書館，1993），頁16。

〔註131〕同上註，頁17。

因此李商隱詠史直接的披露諷刺帝王之舉自然引來不少詩評的非議批評，如：宋人胡仔以爲其「用事失禮」〔註132〕、清人潘德輿則以其好犯「猖獗」惡習〔註133〕，馮浩等則認爲「大傷名教」〔註134〕，甚有「輕薄」之嫌〔註135〕，此類微辭固然是不滿其思想內容之違背封建禮教與傳統詩教，或是出於崇尚盛唐、鄙薄中晚的偏見；但亦有人看出他的創作用意與成就而給予肯定，如宋人楊萬里就曾將李商隱詠史七絕〈龍池〉與《詩》、《春秋》相提並論，以爲：「太史公曰：『《國風》好色而不淫，《小雅》怨誹而不亂。』《左氏傳》曰：『《春秋》之稱，微而顯，志而晦，婉而成章，盡而不汙。』此《詩》與《春秋》記事之妙也……而近世陳克詠李伯時畫〈寧王進史圖〉時云：『汙簡不知天上事，至尊新納壽王妃。』是得謂爲微爲晦爲婉爲不汙穢乎？唯李義山云：『侍宴歸來宮漏永，薛王沉醉壽王醒。』可謂微婉隱晦，盡而不汙矣。」〔註136〕以爲〈龍池〉與《詩》、《春秋》同具「微婉隱晦，盡而不汙」之美，與羅大經「詞微而顯，得風人之旨。」〔註137〕之評相互呼應，而清人徐德泓以爲其中「醒」字爲

〔註132〕宋人胡仔以爲：「義山詩，楊大年諸公皆深喜之，然淺近者亦多。如〈華清宮〉詩……用事失體，在當時非所宜言也。」參見【宋】胡仔：《苕溪漁隱叢話》後集卷14，頁518。

〔註133〕清人潘德輿針對〈驪山有感〉一詩論道：「前謂刺譏詩貴含蓄，論異代事猶當如此。臣子於其本朝，直可絕口不作詩耳……商隱〈驪山〉詩：『平明每幸長生殿，不從金輿唯壽王。』唐人多犯此惡習。商隱愛學杜詩，杜詩中豈有此等猖獗處？」【清】潘德輿：《養一齋詩話》卷3，收於《清詩話續編》（郭紹虞編，臺北：木鐸出版社，1983），頁2025。

〔註134〕清人馮浩評〈龍池〉之語，引自劉學鍇、余恕誠編著：《李商隱詩歌集解》（臺北：洪葉文化事業有限公司，1992），頁1515。

〔註135〕清人沈德潛嘗言：「義山長於諷諭，工於微引，唐人中另開一境。顧其中譏刺太深，往往失之輕薄。」參見《唐詩別裁集》卷20（臺北：廣文書局，1970），頁546。

〔註136〕【宋】楊萬里：《誠齋詩話》，收於《宋詩話全編》冊6（吳文治主編，南京：江蘇古籍出版社，1998），頁5935。

〔註137〕【宋】羅大經：《鶴林玉露》之語，引自劉學鍇、余恕誠編著：《李商隱詩歌集解》（臺北：洪葉文化事業有限公司，1992），頁1515。

全詩詩眼，詩作涵蘊深遠而具風人微旨，甚至以爲其微婉風格爲相關詩作之空前作品〔註138〕，且詩人詠史目的亦非一味消極的譏刺嘲諷，即便以本朝君主作爲借鑑諷刺的對象，其意旨仍是以國家大體、社稷人民與君主爲出發點，由此可見李商隱對家國關懷之深切及創作之用心。

（三）融入愛情，結合神話，浪漫唯美

愛情詩可說是李商隱作品中最爲醒目、引人注意而令人印象深刻的詩類，無論是精美華豔的意象，或是曲折委婉的表現手法，在詩人特意設計中呈現撲朔迷離的朦朧美感，尤其所自創的〈無題〉詩組，讓讀者在無解中深刻感受其絕美的魅惑力，而有「獨恨無人作鄭箋」〔註139〕之慨，而此特色亦表現在其他詩類，李商隱的詠史特別之處，除了深刻的現實意義、直指帝王所具有的批判精神外，詩人亦寫帝王愛情，於詠史中融入愛情，如：〈楚宮〉及〈過楚宮〉詠楚襄王與神女，〈東阿王〉與〈涉洛江〉則寫曹植與甄后，寫唐明皇與楊貴妃愛情者有〈馬嵬二首〉、〈華清宮〉二首、〈驪山有感〉及〈龍池〉等，如此別出心裁的作法，更使得多以七絕形式呈現的詠史七絕不失含蓄委婉的本色，且更爲詠史七絕增添不落俗套、渾然天成的美感，令讀者印象深刻，感性浪漫的息氣更爲理性議論增添不少中和的成分，使得詠史內涵與七絕形式自然綰合，使詠史達到和諧的最高境界。而特別的是，當李商隱詠史詩涉及愛情時，往往採取愛情與政治分割的處理方式，此點都充分顯示詩人對眞摯情愛的衵護與珍惜、對戀愛層面的重視與肯定，〔註140〕此與詩人諸多愛情詩中所標榜的精神境界相互呼應。

〔註138〕清人徐德泓嘗言：「只一『醒』字，蘊涵無際，深得風人微旨。詩家詠天寶事者甚多，惟此與上章一新警，一微婉，直空前後作者矣。」引自劉學鍇，余恕誠、黃世中編：《李商隱資料彙編》（北京：中華書局，2006），頁464。

〔註139〕【金】元好問：〈論詩三十首〉之十二：「望帝春心託杜鵑，佳人錦瑟怨華年，詩家總愛西崑好，獨恨無人作鄭箋。」，收於《全金詩》卷123（薛瑞兆、郭明志編，天津：南開大學出版社，1995），頁172。

〔註140〕韓惠京：《李商隱詠史詩探微》（中國文化大學中國文學研究所碩士

此外，李商隱的詠史作品中還運用到神話素材，將一些動人的傳說及仙界的典故自然融入現實議論當中，如在諷諭君主求仙長生或貪戀美色的相關詠史作品中就發現此特點，而此現象明顯是受到李白、李賀這兩位好以神話入詩的前人影響。而神話故事不僅是李商隱傳達情感的媒介，其原始面貌也因李商隱的特殊詮釋方式而有新的改創；關於此點，歐麗娟於〈李商隱詩之神話表現〉一文中有所探究，以下就其擷取部分其詠史在運用神話方面的相關內容加以簡述以窺其詠史特色：其一，李商隱偏重以女性神話人物為主要抒寫對象，如〈華嶽下題西王母廟〉、〈瑤池〉及〈華山題王母祠〉中的麻姑、西王母等，展現一種婉約、含蓄、柔韌、哀怨的女性色彩，為其以女性觀照寫作方式之特色。其二，透過「人情化」的運用模式，以一般神話思維的反向運作，來對神話情節加以重新詮釋，因此人物與情節都浸染了世俗色彩而形成更深的人生缺憾，如：〈瑤池〉中的「八駿日行三萬里，穆王何事不重來。」質疑神仙的不死與超凡的神力，打破帝王長生不死的虛妄遐想。〔註141〕關於上述特點，由清人馮浩之言：「義山身世之感，多託仙情豔語出之。」〔註142〕似乎可為詩人獨特的表現情感之模式作解釋，足見李商隱詠史題材之開拓與風格之豐富多變。

小結

在晚唐「風流恣綺靡」的社會風氣下，文人才士多流連杯酒聲色，故詩風漸趨頹靡而剛健不聞，即便杜李大家亦不免受大時代風氣所影響，而其中杜牧雖混跡青樓，以求排遣，內心卻充斥著不滿和矛盾，故詩人用詩作拯救自己的靈魂，在藝術手法上「獨持勁峭」，

論文，1987），頁219。

〔註141〕上述引自歐麗娟：〈李商隱詩之神話表現〉一文，收於《國立編輯館館刊》第24卷第1期，而其中「李商隱詩中所呈現的神話時空，乃是一極度不均衡的扁平架構，其空間軸無限延伸到達人力無法企及的極境。」一點因於其詠史七絕表現較不明顯，故於此未提及。

〔註142〕清人馮浩評〈海上〉之語，引自劉學鍇、余恕誠編著：《李商隱詩歌集解》（臺北：洪葉文化事業有限公司，1992），頁571。

明快剛健，以矯時弊〔註143〕，也因此有學者指出杜牧的為人似有雙重人格，他一方面既想奮壯志於雲霄，另一方面又欲繫閒情於風月，故其詩文自然也就有兩個方面：大抵文見其第一種性格者多，詩則二者兼具〔註144〕，因此杜牧的詩歌在內因外緣等多方影響下，造就豐厚多變且獨特的藝術風格，而由前人之評，如：「牧才高俊邁不羈。其詩豪而豔，有氣概，非晚唐人所能及也。」〔註145〕、「律詩自晚唐李義山以下，惟杜牧之為最。宋人評其豪而豔、宕而麗，於律詩中特寓拗峭以矯時弊，信然。」〔註146〕及「牧之絕句遠韻遠神。」〔註147〕等語可知一般評家多見其詩「豪豔、拗峭」等較為剛奇直爽的一面，或許也因那些指點江山、快悟痛說之作似乎更能體現杜牧感情外向的投射方式以及其剛直豪邁的性格本色，故多忽略其詩的溫柔面，實則其不乏含蓄深窈、深衷款曲之作，由「牧之詩含思悲悽，流情感慨，抑揚頓挫之節，尤其所長，以時風萎靡，獨特拗峭，號云矯其流弊，然詩情亦巧矣！」〔註148〕等語可見一斑，而近人之論似乎較為明確周詳，如吳在慶有言：「其詩風時而俊爽峭健，時而雄姿英發，時而又委婉含蓄，在清麗多變中自具獨特的藝術魅力。其中律絕體尤為出色，能於拗折峭健之中，具有風華流美之致，既氣勢豪宕而又情韻纏綿。」〔註149〕將杜牧多元詩風作一較為完整的詮釋，而其詠史七絕風格更可體現此論，其數量上雖不很多，但幾

〔註143〕周嘯天：《絕句詩史》（成都：巴蜀書社，1999），頁307。

〔註144〕上述引自謝錦佳毓：〈文學史上的杜牧〉（上），《中外文學》第3卷第9期（1975），頁124～126。

〔註145〕【宋】陳振孫：《直齋書目題解》卷16，收於《宋詩話全編》冊8（吳文治主編，南京：江蘇古籍出版社，1998），頁8181。

〔註146〕【明】楊慎：《升庵詩話》卷10，收於《明詩話全編》冊3（吳文治主編，南京：鳳凰出版社，2006），頁2662。

〔註147〕【清】沈德潛：《唐詩別裁集》卷20（臺北：廣文書局，1970），頁544。

〔註148〕【明】胡震亨：《唐音癸籤》卷8，收於《明詩話全編》冊7（吳文治主編，南京：鳳凰出版社，2006），頁6885。

〔註149〕吳在慶：《杜牧詩文選評・前言》（上海：上海古籍出版社，2002），頁3。

乎首首特殊有致，膾炙人口，風格豐富多變，從中足以窺見杜牧豪縱俊拔、剛柔並濟的多元獨特風格。

　　相反的，前人則多聚焦於李商隱晦澀隱約的柔豔愛情詩，雖然方瑜曾提出：「李商隱擅於運用七絕形式詠史，這與他擅長以七律形式寫豔情詩，正好成為鮮明對比。」〔註 150〕之見，但李商隱情思內斂而深於興寄，且在晚唐都市繁榮、進士放浪生活及唯美詩風等因素影響下，加上詩人師承杜甫，並將七律藝術價值推高而多為人所注意，而有「深情綿邈」〔註 151〕、「包蘊密致」〔註 152〕、「沉博絕麗」〔註 153〕、「寄托深而措辭婉」〔註 154〕等評，相形之下，其多以七絕呈現的詠史作品則較為人所忽視，然實際上其詠史之作則更能表現深切地表現個人的思想內涵，以及詩歌的寫作技巧，誠如吳調公所言：「李商隱的政治詩和愛情詩都是晚唐詩壇的奇葩，也都是植根於晚唐這一特定歷史時代土壤的產物。」〔註 155〕由於詩人的作品風格，深受其家世、成長背景及自身性格、際遇等因素之影響，處於風雨飄搖、宛如風中之燭的晚唐，李商隱因身世坎坷、仕運不遂，其詠史多藉歷史人事來抒發自傷己慨，實與社會現實緊密結合，而在深情內斂的詩歌之外，詩人亦不乏藉古冷嘲熱諷之作，而與其反映現實、揭露抨擊朽王朝的政治諷諭詩、時事詩相互呼應。〔註 156〕，

〔註 150〕方瑜：〈李商隱的詠史詩〉（上），《中外文學》5 卷第 11 期（1977），頁 77。

〔註 151〕【清】劉熙載：《藝概》卷二《詩概》，收於《清詩話續編》下（郭紹虞編，臺北：木鐸出版社，1983），頁 2430。

〔註 152〕【宋】葛立方：《韻語陽秋》，收於《宋詩話全編》冊 8（吳文治主編，南京：鳳凰出版社，2006）

〔註 153〕【清】朱鶴齡：〈箋註李義山詩集序〉之語，引自劉學鍇、余恕誠編著：《李商隱詩歌集解》（臺北：洪葉文化事業有限公司，1992），頁 2021。

〔註 154〕【清】葉燮：《原詩》，收於《清詩話》（【清】丁福保編，臺北：明倫出版社，1971），頁 610。

〔註 155〕吳調公：《李商隱研究》（上海：上海古籍出版社，1982），頁 41。

〔註 156〕由於李商隱部分詠史詩與政治詩皆有反映現實政治的指向，且具反映其生平、思想及抱負等共同點，故吳調公於《李商隱研究》一書

且比例甚高的詠史七絕中比興寄託的巧妙運用，大多詩作都能在含蓄委婉中達到諷諭直刺的效果，而使詩歌在富有情韻下兼顧議論內涵，故清人施補華之言：「義山七絕以議論驅駕書卷，而神韻不乏，卓然有以自立，此體於詠史最宜。」〔註157〕似乎已為李商隱的詠史七絕下了最好的註腳。

　　而杜牧絕句與李商隱絕句，同工異曲，他們都曾用議論入絕句而不失形象性，饒有情韻；不過李商隱「用意深而措辭婉」，而杜牧「以時風委靡，獨特拗峭。」在美學風格上，則有陰柔與陽剛的差異〔註158〕，但更重要的是，兩人於詠史七絕都自有所貢獻及影響力，各有其文學地位。

中，將其此類詠史詩歸於政治詩的範疇中討論，而劉學鍇、余恕誠選注的《李商隱詩選》（北京：人民文學出版社，1986）亦是，於前言中指出其政治詩比重相當高，佔有六分之一，並於註解中補充說明：「初步統計，政治詩共有百首左右，除直接反映現實政治的篇章以外，還包括以古鑒今、托古諷今的詠史詩……」由此足見其詠史詩具現實政治之內涵意旨。

〔註157〕【清】施補華：《峴傭說詩》，收於《清詩話》（【清】丁福保編，臺北：藝文印書館，1971），未編頁碼。

〔註158〕周嘯天：《絕句詩史》（成都：巴蜀書社，1999），頁307。

第六章 結 論

第一節 對前人的承繼

　　詩人文士固然受到當代文學風氣的影響，且必然接受眾多前人的成就沾漑，加上自身各方條件的不同而形成獨特的個人風格，而晚唐杜李雖同受諸前人影響，然兩人風格迥然相異，清人劉熙載嘗言：「杜樊川詩雄姿英發，李樊南詩深情綿邈。」〔註1〕明確區別兩人詩風的不同，而相關評論不可悉數；而周嘯天則從唐代絕句的發展過程中，指出從盛唐以後每個時期大體上都存在兩種不同的創作傾向，大致上可分為兩條線索：杜甫、白居易、韓愈、李賀、李商隱等作家主要代表「變」的趨勢，勇於別開生面；而李益、劉禹錫、杜牧等作家則代表「因」的趨勢，在繼承盛唐的基礎上穩健地發展〔註2〕，由此可知杜李兩人之絕句，在創作承繼傾向及創新發展之相異，加上個人條件因素之相異，因而形成迥然不同的創作風格。

　　關於杜李兩人對前人的繼承，或可從下列論述略知一二，如：鄭文惠言小杜「無論為詩為文，杜牧力主意先詞後，有為而發，故其為文學班、馬……追慕《史》、《漢》，追求樸實無華之風。此外，杜牧

〔註1〕 【清】劉熙載：《藝概》卷二《詩概》，收於《清詩話續編》下（郭紹虞編，臺北：木鐸出版社，1983），頁2430。
〔註2〕 周嘯天：《絕句詩史》（成都：巴蜀書社，1999），頁273。

又以韓愈爲圭臬，直承韓、柳古文運動之精髓……迥然超拔於晚唐委靡文風之上；其詩則學屈、宋，以杜甫爲楷模，賀裳《載酒園詩話又編》即明言：『此正一生所得力處，故其詩文俱帶豪健。』〔註3〕可見杜牧詩受諸多前人之影響，而文以韓愈爲圭臬、詩以杜甫爲楷模，故其詩文皆具豪健之風。而祝秀俠言李商隱詩「主要學杜甫，但也有學自漢魏的，有學自齊梁的，有學自韓昌黎的，更有學自李長吉的，不一而足。」〔註4〕而郭預衡則認爲李商隱詩歌有「廣泛的師承」：「悲愴哀怨的情思和香草美人的寄托手法源自屈原，他詩旨遙深、歸趣難求的風格與阮籍也有相通之處。杜詩憂國傷時的精神、沉鬱頓挫的風格、齊梁詩的精工儂麗、李賀詩幽約奇麗的象徵手法和風格都影響了李商隱。他的一些長篇古體，雄放奇崛又近於韓愈。他還有少數詩歌清新流麗、純用白描，脫胎於六朝民歌。他善熔百家，故能自成一體。」〔註5〕足見李商隱詩歌淵源亦來自多方，而主學老杜；由上述可知杜李兩人同受屈宋、杜韓等諸人的影響，而以不同的文學形式呈現，而其中受同爲唐人的杜甫、韓愈影響頗爲深重，由羅宗強所言：「杜牧和李商隱之學杜韓，爲其詩歌思想所決定，他們反元白之淺俗，而崇杜韓之壯大。」〔註6〕可見一斑，但由於本文以七絕形式的詠史詩爲主題，故僅針對兩人詠史七絕對杜甫此類詩歌的承繼加以探討，而實際上並不表示韓愈對兩人詩歌沒有影響或對韓愈的接受不及杜甫。

　　而第二章已論述杜李兩人詠史七絕同受杜甫論詩詩的影響，且皆在承襲詩史的同時，進而直接或間接地影響著後代；但由於杜李自身性格、遭際及其他因素的影響，兩人對老杜的接受同中有異，於形式內涵及程度深淺不盡相同，加上前述兼受其他前人的影響，因而各自迸發出不同的詩風。由薛雪之論：「杜牧之晚唐翹楚，名作頗多……

〔註3〕鄭文惠：《杜牧詩選》（臺北：五南圖書出版公司，2000），頁7～8。
〔註4〕祝秀俠：〈論李商隱詩〉，收於張仁清編：《李商隱詩研究論文集》（臺北：天工書局，1995），頁74。
〔註5〕郭預衡：《中國古代文學簡史》（北京：北京師範學院，1992），頁271。
〔註6〕羅宗強：《隋唐五代文學思想史》（上海：上海古籍出版社，1986）

如〈題宣州開元寺水閣〉，直造老杜門牆，豈特人稱小杜而已哉？」
〔註7〕錢基博之言：「於時，詩多柔靡，語尚衿鍊，而牧則幹之以風力，
抒之以豪蕩……華而有風，揚抑爽朗……藻麗茂典之什，而有感喟蒼
涼之意；所以麗而不縟，氣能運藻，蓋得杜甫之風調，而衍贍麗者也。」
〔註8〕及澤田總清原之云：「他的詩得杜甫的豪健，而以俊爽宕麗
勝……豪邁之中帶有妍麗的韻致。」〔註9〕皆可知杜牧承繼老杜的豪
健詩風，進而發展出獨特而多變的個人風格，誠如秦效侃在〈杜牧七
絕論稿〉中所言：「清新不如李白，而俊逸過之；沉鬱不如杜甫，而
頓挫過之；含蓄不如龍標，而風華過之；有李君虞之激楚，但不失
微婉；有劉夢得之諷刺，但更見深沉；具韓昌黎之雄氣，但尤多情
韻；如李樊南之深情，卻無其粘滯；同白樂天之流麗，乃獨見氣格。」
〔註10〕皆可見杜牧七絕變化有致，且在承受老杜的同時兼熔他人之
長，進而孕育出豐富多元的風格。

　　至於李商隱，評者對於其受杜甫之影響多落在七律詩體上，如：
「至其七言律體，瓣香少陵，讀探秘鑰，晚唐人罕有其敵。」〔註11〕、
「善學少陵七律者，終唐之世，惟李義山一人。胎在神骨之間，不
在形貌。」〔註12〕、「義山七律，得於少陵者深。故穠麗之中，時帶
沉鬱。如〈重有感〉、〈籌筆驛〉等篇，氣足神完，直登其堂，入其
室矣。」〔註13〕等論不勝枚舉，而學者歐麗娟亦明指：「李商隱對杜

〔註7〕 【清】薛雪：《一瓢詩話》，收於《清詩話》（【清】丁福保編，臺北：
　　　　明倫出版社，1971），頁713。
〔註8〕 錢基博：《中國文學史》（北京：中華書局，1993），頁423～424。
〔註9〕 澤田總清撰、王鶴儀譯：《中國韻文史》（臺北：臺灣商務印書館，
　　　　1967），頁312。
〔註10〕 秦效侃語引自周嘯天：《絕句詩史》（成都：巴蜀書社，1999），頁311。
〔註11〕 【清】姚培謙：《李義山七律會意》例言之語，引自蔡振念：《杜詩
　　　　唐宋接受史》（臺北：五南圖書出版公司，2002），頁192。
〔註12〕 【清】管世銘：《讀雪山房唐詩序例》，收於《清詩話續編》中（郭
　　　　紹虞編，臺北：木鐸出版社，1983），頁1555。
〔註13〕 【清】施補華：《峴傭說詩》，收於《清詩話》（【清】丁福保編，臺
　　　　北：明倫出版社，1971），頁993。

甫的取法主要是側重在七律的格度體式上，而由於七律詩密實精謹
的規制，以致於透過此體表達的情感態度也容易趨於厚重沉穩。」
〔註 14〕說明其七律風格形成的客觀條件，然李商隱七絕實則亦受老
杜沾溉，由「義山近體，襲績重重，長於諷諭。中多藉題擄抱，遭
時之變，不得不隱也。詠史十數章，得杜陵一體。」〔註 15〕、「義山
七律有逼似少陵者，七絕尤為晚唐以後第一人。」等語可見一斑，
故清人葉燮嘗有「宋人七絕大約學杜者計六七，學李商隱者計三四。」
〔註 16〕之論，說明李商隱私淑杜甫而與之同對後人造成影響，此乃
因李商隱在學老杜的同時，還能自立門戶，故另成一家，誠如陳延
傑所言：「其原出於少陵，善變化，其篇什佳者，往往清新曲艷，而
遣詞用意，多屬自造，與前人無相犯著，故能獨樹一幟。」〔註 17〕
事實上，李商隱多方承襲杜詩，在題材上，詠史、詠物、寫實詩或
在杜詩的基礎上自創一格，或部分地繼承杜詩；在詩體上，則七律、
七絕在數量上勝過杜甫許多，也能有自己的風格；古體詩雖不如杜，
亦有可觀〔註 18〕，而其詠史七絕亦是，誠如吳調公所言：「少陵詠古
多用七律，已為不易，李義山則除用律詩外，更常用絕句，選擇典
型的歷史生活事件，畫龍點睛，使讀者感覺更有餘味。」〔註 19〕而
使得藝術概括性更趨精簡，可見李商隱是多方面且主動的學習杜甫
的，甚至凌越前人成就。

〔註 14〕 歐麗娟：《李商隱詩歌》（臺北：五南圖書出版社，2003），頁 8。

〔註 15〕 【清】沈德潛：《說詩晬語》，收於《清詩話》（【清】丁福保編，臺
北：藝文印書館，1971），未標頁碼。

〔註 16〕 【清】葉燮：《原詩‧外篇》，收於《清詩話》（【清】丁福保編，臺
北：明倫出版社，1971），頁 610。

〔註 17〕 陳延傑語引自張夢機：〈李商隱七絕的藝術特徵〉，收於《詩學論叢》
（臺北：華正書局，1993），頁 83。

〔註 18〕 蔡振念：《杜詩唐宋接受史》（臺北：五南圖書出版股份有限公司，
2001），頁 175～176。

〔註 19〕 吳調公：〈論李商隱的風格特色〉之語，引自張夢機：〈李商隱七絕
的藝術特徵〉之簡述，收於《詩學論叢》（臺北：華正書局，1993），
頁 94。

　　而杜李兩人詠史七絕除了同受杜甫議論入詩的影響外，李商隱某部分隸屬詠史範疇的七絕作品亦受杜甫論詩絕句之影響，甚有仿作，這種情況在唐代是相當少見的〔註20〕，亦可見李商隱受杜甫影響之深廣，於文學發展過程中居承上啓下之重要地位；〈戲為六絕句〉為杜甫論詩詩的代表作，內容為其詩學所詣，論詩的主綱〔註21〕，但成功結合議論與絕句的手法為後世所承繼，而李商隱的〈漫成三首〉及〈漫成五章〉兩組組詩，則在杜甫的基礎上有新的開發，由於〈漫成〉之作皆以連章體呈現，除了形式上學杜外，詩題亦從杜甫來，故評者多言其學杜〔註22〕，且其中〈三首〉其一及〈五章〉其一、二、三、五就其主題內涵則可歸為詠懷型詠史詩，以下就兩人同論初唐四傑之七絕作品，以見其不同之處：

　　　　楊王盧駱當時體，輕薄為文哂未休，

　　　　爾曹身與名俱滅，不廢江河萬古流。

　　　　（杜甫〈戲為六絕句〉其二）

　　　　縱使盧王操翰墨，劣於漢魏近風騷，

　　　　龍文虎脊皆君馭，歷塊過都見爾曹。

　　　　（杜甫〈戲為六絕句〉其三）

　　　　沈宋裁辭矜變律，王楊落筆得良朋。

　　　　當時自謂宗師妙，今日唯觀對屬能。

　　　　（李商隱〈漫成五章〉其一）

〔註20〕蔡振念有言：「歷代論詩詩中舉其較著者如南宋戴復古〈論詩十絕〉、金元好問〈論詩絕句三十首〉……這些無疑都受到杜甫論詩的影響。然而，有唐一代，除白居易〈賦賦〉以賦論賦之外，論詩詩竟為絕響。有之，只能求之於義山的〈漫成三首〉及〈漫成五章〉。」參見蔡振念：《杜詩唐宋接受史》（臺北：五南圖書出版股份有限公司，2001），頁208。

〔註21〕參見周益忠先生：〈論詩絕句發展之研究〉（臺灣師範大學國文研究所碩士論文，1983）

〔註22〕明人錢龍惕評〈漫成三首〉時言：「抑揚反覆于少陵之戲為六絕句也。直神似之，豈止伯仲之間乎？」另清人朱彝尊亦言其「仿少陵戲為六絕句而作」故可知其承繼關係。

前二首杜甫之作稱讚初唐四傑對律詩格律之完成有功，且詩作各具特色，即便因所處時代影響而不脫六朝遺風，但其成就仍值得肯定推許。而李商隱的〈漫成五章〉其一表面上雖爲仿作，但內容持論正好與老杜相反：以爲沈宋當年詩作以律體自矜，王楊得盧駱等良朋而爲四傑，當時雖尊爲文壇宗師，但今日視之不過是工於對仗的詩句，如此論點乃因詩人在論前人詩作的同時，也寫入身世以寓懷；由於李商隱少年得志，年十六即深得令狐楚賞識，令狐甚而親授精工今體，李當時以爲可以平步青雲，不料後因婚事捲入黨爭，致使終身沉淪幕府，最終不過被人以屬對文辭相賞而一無所成，故詩人藉由沈宋王楊以自況，深寄人生慨歎；而在〈漫成三首〉詩組中詩人既讚美何遜，更寄託自己的際遇，由此可見李商隱在品評作家及作品的同時，或暗述自己的文學道路，或對人生的感慨，或自歎身世而虛實相稱，此爲老杜小李兩人論詩絕句不同之處，而李商隱更能在學杜甫之外，發展出獨特的個人風格。而從另一個角度來看李商隱的論詩詩，部分亦可歸屬爲詠史範疇，且與其身世相結合，誠如吳調公評其〈漫成五首〉所言：「結合對古今人物的評論，多方面抒寫自己的懷抱和鬱悶，結合詠史和詠懷而更側重於詠懷，每首以一人或數人爲中心，貫穿成略似聯章的體裁。」〔註23〕加上情感慨歎的注入，使得論詩絕句的議論屬性稍稍減弱，更接近絕句本身風格的要求而開創更高的藝術境界，而此點更與其詠史七絕兼具議論內涵與抒情性的手法特色相互呼應，因此，李商隱在杜甫的基礎上有新的發展，且在老杜之外，勝出一籌。

　　由上述可知，李商隱在受杜甫影響的範圍及程度似乎是比杜牧來得深刻而全面的，這種對老杜崇敬且認同的情感及對其詩全然接受的態度，或可從李商隱的〈漫成五章〉其二：「李杜操持事略齊，三才萬象共端倪。集仙殿與金鑾殿，可是蒼蠅惑曙雞。」中極爲稱譽盛唐李杜看出一些端倪，且由於小李與老杜因處境相似，心理上

〔註23〕吳調公：《李商隱研究》（上海：上海古籍出版社，1982），頁183。

產生認同感，接受杜甫而學習之，進而產生崇敬之心，故詩歌志義
雷同〔註24〕，而前人之言：「李義山善學少陵，由其素懷忠義，沉淪
幕僚，遭際亦相似，故其沉鬱蒼勁處，胎化直在神骨間。」〔註25〕
正是說明此現象。總而言之，晚唐杜李詩受諸多前人影響，而兩人
詠史七絕則主要受杜甫詩歌成就上的影響：無論是議論入詩的內
涵、比興託諷的手法或是豪健沉鬱詩風等，然因個人各種條件因素
的相異及不同的文藝思想，而對老杜有各自的接受與不同的發展，
故其詠史七絕作品呈現各具千秋的風格特色，對後世亦產生不同程
度的影響力。

第二節　對後世之影響

　　藉由清人施補華之言：「義山七絕以議論驅駕書卷，而神韻不乏，
卓然有以自立，此體於詠史最宜。」〔註26〕可知上乘的詠史七絕不僅
在內容上要有獨特突出的議論觀點，且在七絕形式的基本要求下，於
含蓄中蘊藏言外之意，在理性與感性雙重交織下，才能創造出饒有風
韻而超脫不凡的作品，甚而傳誦於後世、形成影響力。綜觀杜牧的作
品，不但各體兼備，且詩文並茂，由後人之言：「有唐一代，詩文兼
擅者，惟韓、柳、小杜三家。」〔註27〕及「有唐一代詩人，如李如杜，
皆不能為文章……求其兼詣並至，自杜樊川、柳柳州之外，殆不多見。」

〔註24〕如清人朱鶴齡在《李義山詩集箋注》序中嘗言：「且吾觀其活獄弘農，
　　　則杵廉察；題詩九日，則忤政府；于劉之斥，則抱痛巫咸；于乙卯
　　　之變，則銜冤晉石；太和東討，懷積骸成莽之悲；黨項興師，有窮
　　　兵禍胎之戒。以至〈漢宮〉、〈瑤池〉、〈華清〉、〈馬嵬〉諸作，無非
　　　諷方士為不經，警色荒之覆國。此其指事懷忠，鬱紆激切，直可與
　　　曲江老人相視而笑。」指出李商隱與杜甫詩歌旨趣相近。
〔註25〕【清】曹毓德：《唐七律詩鈔》之語，引自蔡振念：《杜詩唐宋接受
　　　史》（臺北：五南圖書出版公司，2002），頁192。
〔註26〕【清】施補華：《峴傭說詩》，收於《清詩話》（【清】丁福保編，臺
　　　北：藝文印書館，1971），未標頁碼。
〔註27〕【清】洪亮吉：《北江詩話》卷2，收於《古今詩話叢編》（臺北：廣
　　　文書局，1992），頁52。

〔註28〕可爲明證，更難得的是杜牧所獨具的個人風格，由「杜牧之與韓、柳、元、白同時，而文不同韓、柳，詩不同元、白；復能於四家之外，詩文皆別成一家，可云特立獨行之士矣。」〔註29〕之論可見一斑，而全祖望甚至稱譽他爲「唐長慶以後第一人」，杜牧不但於當時文壇享譽盛名，對後人更具深遠影響，即便詠史七絕數量不多卻相當突出，不但於當代光彩奪目、一新耳目，更爲後人所傳誦而千載不歇，在詠史詩的發展中頗具關鍵性及影響力。而與杜牧並稱的李商隱，相較之下，則專力於詩作，所存的六百餘首詩作中，七絕就有一百九十二首，佔總數的三分之一〔註30〕，且七絕詩的總量在唐詩大家中也僅次於白居易，對於像他這樣一個刻意爲詩，很少率筆成詠的詩人來說，這個數字和比例無疑能說明他對七絕一體的重視和偏愛〔註31〕，而其詠史數量爲晚唐前期第一，超過同時的杜牧和溫庭筠。其中七絕佔了四十八，以七絕詠史，可說是李商隱七絕的藝術特色之一〔註32〕，且誠如上述清人施補華所言，李商隱之詠史七絕於議論內涵不乏絕句情韻，故能卓然於世，而在師承老杜的同時，又另有開拓。

一、引領詠史七絕風潮，拓展詠史七絕主題

政局動盪、生靈塗炭的晚唐末世提供詠史詩豐富的肥料，促使詠史詩蓬勃的生長，而詠史體式發展至晚唐，七絕一體壓倒性地超越其他近體形式，成爲詠史的主要表現方式。詠史七絕並非始於晚唐詩人杜牧，其實早於盛唐即有之，如：王偃的〈明妃曲〉：「北望單于日半

〔註28〕【明】江盈科：《雪濤小書》，收於《古今詩話叢編》（臺北：廣文書局，1992），頁9。

〔註29〕【清】洪亮吉：《北江詩話》卷1，收於《古今詩話叢編》（臺北：廣文書局，1992），頁4。

〔註30〕劉學鍇語，而張夢機以爲其七絕共205首，詠史有48首，彭合成則以爲其七絕有173首，所言數目雖不一，但皆可見李商隱七絕之數量之多，所佔詩作比例之高。

〔註31〕劉學鍇：〈義山七絕三題〉，《文學遺產》第2期（2000），頁34。

〔註32〕蔡振念：《杜詩唐宋接受史》（臺北：五南圖書出版股份有限公司，2001），頁177～178，其詠史七絕數量與本文不同。

斜，明君馬上泣胡沙。一雙淚滴黃河水，應得東流入漢家。」〔註33〕、崔國輔的〈王昭君〉：「一回望月一回悲，望月月移人不移。何時得見漢朝使，為妾傳書斬畫師。」〔註34〕及儲光羲的〈明妃曲四首〉〔註35〕等就已使用七絕體裁來歌詠昭君事，而其後更不乏李杜、劉白等大家以七絕詠史；而史論式的詠史七絕亦不始於杜牧，早在杜甫時已成功地以議論入詩，並創新七絕的本色風格（以上有關詠史詩的發展，本文於第三章第三節已有論述，於此僅略述。）但以如此大量的七言絕句形式，以如此鮮明的史論筆法，創作出如此格調迥異前人的詠史詩，當推杜牧為第一人。且在前人積累的基礎上，杜牧的詠史七絕更有新的發展，故其詠史七絕的出現，標誌著史論式七絕詠史詩體經過中唐時代的醞釀與發展，至此已臻成熟，杜牧也因而成為詠史發展長途中一座新的里程碑，對詠史發展貢獻極大，並對後世造成影響。

其後的李商隱則在詠史主題內涵上有了開創，「詠史」一詞最早見於班固〈詠史〉，正式開啓詠史此詩體的發展，即便其後的左思、陶潛、錢瞻等相繼開創詠史的各種可能，但多半往個人感興的發抒，因為在詠史詩的創作中，歷來就存在單純詠古的傾向、題材的蹈襲及命意的相因屢見不鮮，如果讓這種傾向發展下去，詠史詩勢必失去鮮活的時代氣息而逐漸停滯、死亡，從這個意義上說，李商隱大量創作具有強烈諷時色彩的詠史詩，確實標誌著加強詠史詩現實性與時代感的一種自覺努力〔註36〕，實則拓展了詠史內容的範疇，且大量創作中

〔註33〕清聖祖敕編《全唐詩》卷 19（北京：中華書局，1960），頁 214。

〔註34〕同上註，卷 119，頁 1205。

〔註35〕【唐】儲光羲〈明妃曲四首〉：「西行隴上泣胡天，南向雲中指渭川。毳幕夜來時宛轉，何由得似漢王邊。胡王知妾不勝悲，樂府皆傳漢國辭。朝來馬上箜篌引，稍似宮中閒夜時。日暮驚沙亂雪飛，傍人相勸易羅衣。強來前殿看歌舞，共待單于夜獵歸。彩騎雙雙引寶車，羌笛兩兩奏胡笳。若為別得橫橋路，莫隱宮中玉樹花。」清聖祖敕編《全唐詩》卷 139（北京：中華書局，1960），頁 1419。

〔註36〕劉學鍇：《李商隱詩歌研究》〈本體篇〉（合肥：安徽大學出版公司，1998），頁 9。

更進一步運用想像力將歷史與現實情景加以融合，使詠史七絕在藝術上有一番創新突破，對後世造成影響。

　　而杜牧、李商隱之後，以七絕形式創作詠史詩更於晚唐蔚爲風氣，如：與杜李同時的溫庭筠，以及晚唐後期的陸龜蒙、皮日休、羅隱等著名詩人，都有不少優秀的詠史七絕作品；此外，還出現了幾位有計畫精心結撰大型七絕詠史組詩的詩人，如：胡曾有詠史七絕 150 首，汪遵有詠史七絕 61 首，周曇的詠史七絕竟達八卷 195 首之多。胡曾等三家的出現，並非一種偶然的文學現象，而是反映了詠史詩發展的新趨勢，標誌著史論式七絕詠史體主流地位的正式確立。〔註37〕而清人宋長白有言：「詠史始於班孟堅，前人多用古體，至杜牧、汪遵、胡曾、孫元晏……以絕句行之，每每翻案見奇，亦一法也。」〔註38〕明確指出晚唐杜牧等詩人對詠史詩發展的貢獻，一是「以絕句行之」，一則是「翻案見奇」，而將杜牧置於首位，正可說明杜牧詠史七絕的創新與先導地位。與杜牧同時而稍晚的李商隱則承繼前人的詠史成就，由於詠史詩一向以正面贊頌、評論和抒發感慨爲主，很少與諷刺結緣，李商隱大量創作的詠史七絕不但把諷刺的矛頭集中指向當代荒淫昏聵的封建統治者，更觸及時代政治的焦點和熱點，其成功實踐爲詠史詩的發展注入了強大的生命活力〔註39〕，故李商隱的詠史詩大多具有強烈的諷時性，頗具時代感，誠如沈德潛所言：「義山近體，襲績重重，長於諷諭。中多藉題擄抱，遭時之變，不得不隱也。詠史十數章，得杜陵一體。」〔註40〕足見李商隱近體詠史詩受詩史杜甫影響，而與現實結合，或諷諭政治，或自況抒懷。而杜李兩人之影響力除了

〔註37〕劉曾遂：〈略論杜牧詠史七言絕句〉，《電大教學》第 4 期（1994），頁 21。

〔註38〕【清】宋長白：《柳亭詩話》卷 22，收於《古今詩話叢編》（臺北：廣文書局，1992），頁 108。

〔註39〕劉學鍇：《李商隱詩歌研究》〈本體篇〉（合肥：安徽大學出版公司，1998），頁 9。

〔註40〕【清】沈德潛：《說詩晬語》卷上，收於《清詩話》（【清】丁福保編，臺北：藝文印書館，1971），未標頁碼。

當朝，更延伸至宋元、明清，由胡應麟的一段話：「自義山、牧之、用晦開用事議論之門，元人尤喜模仿。」〔註41〕可見一斑，而使後代詩人繼承晚唐詠史七絕的傳統，繼續創作膾炙人口的詠史作品，讓詠史七絕長盛不衰，延續生命力。

二、開啓後世議論詠史之門，推翻舊案以出奇制勝

　　承上節所言，繼杜甫的議論入詩及中唐論史之風的延續下，晚唐杜李完美結合詠史與七絕，尤其杜牧於詠史發展中居先驅地位，而李商隱則開拓詠史七絕的內涵，而使詠史七絕於晚唐後期蔚然盛行，更引領後世以七絕形式詠史，而在詠史內涵上，兩人的評論型詠史七絕皆對後世影響重大，誠如明人胡應麟所云：「晚唐絕『東風不與周郎便，銅雀春深鎖二喬』、『可憐夜半虛前席，不問蒼生問鬼神』，皆宋人議論之祖。」〔註42〕明確指出杜牧與李商隱此類創作實對宋代詩歌所造成的影響；而由清人吳喬易之言：「著議論，而露圭角者，杜牧之〈項王廟詩〉是也，然已開宋人門徑矣。」〔註43〕可知杜牧以議論見長的詠史七絕，如：〈題烏江亭〉、〈赤壁〉、〈題商山四皓廟一絕〉等，確實已爲宋代詠史詩人開啓門路，而使詠史詩朝議論一途發展。至於李商隱詠史七絕對宋人的影響，由張夢機的一段話：「他的七絕，雖發議論，卻能不流於枯澀，這是他高明的地方，也是他影響宋人的地方。陳衍《石遺室詩話》說：『宋人工於七言絕句，而能不襲唐人舊調者，以放翁、誠齋、後村爲最。大約淺意深一層說，直意曲一層說，正意反一層側一層說。』『淺意深一層說』等三種表現手法，不正是宋人七絕規模義山的明證嗎？」〔註44〕可知李商隱議論詠史的迂迴含蓄，避去陳述直議的缺點，保留詩的情韻而令人印象深刻。

〔註41〕【明】胡應麟：《詩藪》〈內編〉（臺北：廣文書局，1973），頁369。
〔註42〕同上註。
〔註43〕【清】吳喬：《圍爐詩話》，收於《清詩話續編》（郭紹虞編，臺北：木鐸出版社，1983），頁476。
〔註44〕張夢機：〈李商隱七絕的藝術特徵〉，收於《詩學論叢》（臺北：華正書局，1993），頁86～87。

由於杜牧受祖杜佑作《通典》之影響，內懷經世濟民之志，且胸有軍事戰略，一心想要裨補時弊、匡救國政，但無奈政局險惡，一直無法完成理想抱負，故發為詠史，更是推翻前人定案、反說其事，特意表現不同觀點，以吐胸中抑鬱之塊壘，更由於長於史論，識見卓越絕倫，故其詠史詩作善於從歷史的興亡成敗中，以深刻的理性去審視理解，突出自己獨特的觀點，這種對於歷史以理性且全面的思考，所發往往異於一般的泛泛論述，而多創新出奇，翻作反語，別開生面，所以相當引人注意，故後人對其詠史作品的評價，多聚焦於其出人意表的議論翻案之辭，如：「好為議論，大概出奇立異。」〔註45〕、「杜牧之作詩，恐流於平弱，故措辭必拗峭，立意必奇闢，多作翻案語，無一平正者。」〔註46〕及「余以牧之數詩，俱用翻案法，跌入一層，正意益醒，謝疊山所謂『死中求活』也。」〔註47〕而其詠史七絕亦有此特色，雖然內容主議論甚而翻案之詠史作品，之前已有，並不始於杜牧，但其評議筆調鮮活明朗，創作出卓然格調則迥異於前人的翻案之作，故其詠史創作代表著自中唐以來議論翻案詩風的醞釀發展的成熟結果，可說是詠史詩發展過程中的一座里程碑，而其中的詠史七絕作品更將詠史內容與七絕形式完美結合，更可說是渾然天成的極致代表作。所以對於歷史人物的評議，多是自出機杼而別開生面，與一般史家論點不同，如〈赤壁〉：「東風不與周郎便，銅雀春深鎖二喬。」中對周瑜之功的質疑、〈題桃花夫人廟〉：「至竟息亡緣底事，可憐金谷墜樓人。」中對息夫人的批判、〈題烏江亭〉：「勝敗兵家事不期，包羞忍恥是男兒。江東子弟多才俊，卷土重來未可知。」中對項羽其人及其敗的看法及〈題商山四皓廟一絕〉：「南軍不袒左邊袖，四老安劉是滅劉。」中對東國公等四皓安劉之舉的評論，由此可看出杜牧熟

〔註45〕 【宋】方岳：《深雪偶談》，收於《叢書集成新編》卷79（臺北：新文豐出版公司，1985），頁39。

〔註46〕 【清】趙翼：《甌北詩話》卷11，收於《古今詩話叢編》（臺北：廣文書局，1992）。

〔註47〕 【清】吳景旭：《歷代詩話》（臺北：世界書局，1966），頁750。

稔史籍而頗有見地，亦影響後來詩人議論詠史空間的拓展。

　　而更重要的是，其含有議論意味的詠史詩，更超越之前詠史的諷諭傳統，不再以道德定位或評價爲目的；而是以「思辨」的方式，對歷史人物或事件進行分析，具有兵家的戰略眼光與縱橫家的意氣，故詩人已不再爲「已然的」歷史事實做解釋或說明，而更擅長對歷史的「或然性」進行假設，從而檢討出歷史發展中偶然性因素的影響，創造出新的歷史思維方式，而此點對宋代詠史詩的啓迪極大〔註48〕，而其中最爲明顯的實證之一，即是宋代喜以詠史七絕大發議論的王安石，其〈烏江亭〉乃評項羽的敗亡史事，荊公不但表達自己的見解看法，更於杜牧翻案上再翻案，如下：

　　　百戰疲勞壯士衰，中原一敗勢難迴。江東子弟今雖在，肯
　　　爲君王捲土來。

關懷國家命運的王安石認爲政權的興衰與民心的向背息息相關，以爲失去民心，等於失去了政權，因而認爲歷經連番戰役的士兵早已無心於此，項羽已失軍心，故四面楚歌下終而兵敗垓下，其敗乃定，而由「江東子弟今雖在，肯爲君王捲土來。」二句，可知王安石此詩正是針對杜牧〈題烏江亭〉一詩而來，且在同題詩中再推翻杜牧已爲翻案詩的論點，而立意出奇，實得杜牧詠史七絕議論反思之巧，而宋人曾季貍之言：「絕句之妙，唐則杜牧之，本朝則荊公，此二人而已。」〔註49〕似乎正可說明兩人詠史七絕之間的承繼關係。此外，王安石亦受李商隱詩之影響，如〈賈生〉一詩：

　　　一時謀議略施行，誰道君王薄賈生？爵位自高言盡廢，古
　　　來何啻萬公卿？

王安石根據史書的記載〔註50〕，針對李商隱同題詩的論點而加以推

〔註48〕 張潤靜：〈氣俊思活，意足鋒銳──杜牧詠史懷古詩中的議論〉，《學術交流》第 6 期（2002），頁 131。

〔註49〕 【宋】曾季貍：《艇齋詩話》，收於《歷代詩話續編》（【清】丁福保輯，臺北：木鐸出版社，1983），頁 299。

〔註50〕 《漢書・賈誼傳》贊有云：「追觀孝文玄默躬行以移風俗，誼之所陳略施行矣。及欲改定制度，以漢爲土德，色上黃，數用五，及欲試

翻，詩人認爲文帝實際上並無薄待賈生，由於荊公身爲政治家，其所
重視的是政治主張能否實際施行，至於個人爵位的高低、留名與否，
則可不予計較，故有此論，見解不失獨到而持之有故，特別的是此詩
亦推翻詩人自己稍早同題詩之論點，足見王安石詠史善於議論翻案的
特點，由於王安石的早期作品，往往「以意氣自許，故詩語惟其所向，
不復更爲涵蓄。」〔註51〕有時則不免淺露，而由《蔡寬夫詩話》所錄：
「王荊公晚年亦喜稱義山詩，以爲唐人知學老杜而得其藩籬者，惟義
山一人而已。」〔註52〕且嘗自言：「學詩者未可遽學老杜，當先學李
商隱。未有不能爲李商隱而能爲老杜者。」可知王安石對李商隱之稱
許，以爲李商隱善學杜甫而推重之，且其詩歌於「晚年始盡深婉不迫」
〔註53〕的特色，相近於李商隱七絕「寄託深而措辭婉」〔註54〕的特色，
由此可知荊公作品同受杜牧及李商隱之影響，而其中受李商隱的影響
層面及程度則更爲顯著，而王安石的〈明妃曲二首〉〔註55〕更與李商
隱的〈王昭君〉：「毛延壽畫欲通神，忍爲黃金不顧人。馬上琵琶行萬
里，漢宮長有隔生春。」之旨相近，同是藉昭君遭際以寄託個人懷才

屬國，施五餌三表以系單于，其術固以琉矣。誼亦天年早終，雖不
　至公卿，未爲不遇也。」以爲賈誼非懷才不遇。
〔註51〕【宋】葉夢得：《石林詩話》卷中，收於《歷代詩話》（【清】何文煥
　編，臺北：漢京文化事業有限公司，1983），頁419。
〔註52〕【宋】蔡寬夫：《蔡寬夫詩話》，收於《宋詩話全編》冊1（吳文治主
　編，南京：江蘇古籍出版社，1998），頁622～623。
〔註53〕同註51。
〔註54〕【清】葉燮：《原詩》，收於《清詩話》（【清】丁福保編，臺北：藝
　文印書館，1971），未標頁碼。
〔註55〕【宋】王安石：〈明妃曲二首〉其一：「明妃初出漢宮時，淚濕春
　風鬢腳垂，低迴顧影無顏色，尚得君王不自持，歸來卻怪丹青手。
　入眼平生幾曾有，意態由來畫不成，當時枉殺毛延壽，一去心知
　更不歸，可憐著盡漢宮衣，寄聲欲問塞南事，祇有年年鴻雁飛，
　家人萬里傳消息，好在氈城莫相憶，君不見咫尺長門閉阿嬌，人
　生失意無南北。」其二：「明妃初嫁與胡兒，氈車百輛皆胡姬，
　含情欲語獨無處，傳與琵琶心自知，黃金捍撥春風手，彈看飛鴻
　勸胡酒，漢宮侍女暗垂淚，沙上行人卻回首。漢恩自淺胡恩深，
　人生樂在相知心，可憐青塚已蕪沒，尚有哀絃留至今。」

不遇而抒發感慨，而與杜牧〈青塚〉：「青塚前頭隴水流，燕支山上暮
雲秋。蛾眉一墜窮泉路，夜夜孤魂月下愁。」純以景表情的寫作手法
較不相同，而由龔鵬程之論：「王安石的名作〈明妃曲〉亦復如此，
初寫明妃淚濕鬢腳，徘徊春風，而筆鋒擺動，便帶出『意態由來畫不
成，當時枉殺毛延壽。』及『君不見咫尺長門閉阿嬌，人生失意無南
北。』的沉思，議論風發中，由象見道，以意鍊象，遂非唐詩舊蹊。」
〔註56〕更可見王安石詠史在筆法上對李商隱的接受較多。

　　由上述可知，宋代詩人以詠史議論之風實是肇始於晚唐，深受晚
唐詩人影響，而其中杜李兩家更是關鍵人物，深具影響力，杜牧以議
論高奇、筆調鮮明等特色聞名於世，李商隱則於議論中融入個人情
感，深情綿邈而具現實感；而兩人此類詠史作品中又以七絕所佔比例
最高，且所表現的高藝術水準而廣爲人知，甚至於晚唐後期即蔚然成
風，出現一批專作詠史七絕的詩人，形成一股特殊的文學潮流，且亦
對後世造成深長影響，而使詠史七絕之生命盛行久遠；以上就詠史詩
發展過程中詩體形式上的轉變言之，而在內容手法上，杜牧反說其事
的翻案議論手法突出，不但展現作者個人的思維想法、獨具的觀點識
見，更能一新耳目而令人印象深刻，造成卓然出奇的特殊效果；而李
商隱則不僅在詠史題材上開發新的出路，與時代脈動相結合的寫法，
使得詠史呈現鮮明的現實感，又以豐富想像力重現歷史而令人咀嚼再
三，故杜李兩人之詠史七絕各具千秋，於晚唐詩壇佔有一席之地。而
在形式與內容的雙重作用下，杜牧翻案立奇的詠史七絕深深地影響宋
代的詠史詩，而由前人以爲其可視爲宋詩議論之祖的評論，可知杜牧
詠史之作直開宋詩議論詠史的寫作方向，更啓發宋代之後的詩人，可
謂影響至大深遠；而李商隱的詠史七絕在承繼杜甫議論入詩的成就
外，更因獨樹一格的藝術手法與風格特色，後來的西崑體及江西詩派
不但受其影響，甚而繼續影響到清代詠史詩的發展。

〔註56〕龔鵬程：《文學與美學》（臺北：業強出版社，1986），頁 210～202。

第三節　抑杜揚李之探討

　　關於杜牧詩被後人忽視的原因，陳羽軍在〈晚唐詩人杜牧〉一文中有所探討，略述如下：一、以爲後人對其人其詩之認識普遍不夠深刻，視之爲寫色情豔詩的無行文人，甚至誤以爲早於溫李的杜牧，詩是「學杜韓而兼受溫李的薰陶」；二、以爲被視爲浪漫詩人的杜牧品格一定不高、態度輕浮的刻板印象影響；三、以爲人們因好奇心的驅使而對詩謎李商隱的詩較有興趣，研究者自然多而較杜牧受人重視。〔註57〕此文多半就時代價值及其性情品格上而言，並無針對兩人作品作深入的探討，而詩人的文學成就不應僅就近於人身攻擊的評語來論，況且杜李兩人皆身處晚唐而不免受社會風氣及唯美詩風的影響，且後人對李商隱之爲人亦不免有「詭薄無行」〔註58〕、「放利偷合」〔註59〕及「無持操，恃才詭激。」〔註60〕等偏頗不當的批判，由此可知上述論文中的第一、第二點並不完全正確客觀，至於第三點則可再深入探討研究，尤其是李商隱詩歌隱晦的寫法所營造的高度藝術性，而以下則以兩人的詠史七絕作品爲觀察對象，希冀藉此討論比較一窺後人輕杜重李的可能原因。

　　就數量而言，專事於詩的李商隱其詠史詩有七十餘首，數量爲晚唐前期〔註61〕第一，遠超過同期的杜牧，而其中七絕所佔比重相當高，故諸學者多以爲以七絕來詠史，可說是李商隱七絕的藝術特色之一〔註62〕，但實則稍早之杜牧，其詠史即有以七絕行之的寫作

〔註57〕上述引自陳羽軍：〈晚唐詩人杜牧〉，《暢流半月刊》第35卷第12期（1967）。

〔註58〕【宋】歐陽修等：《二十五史・新唐書》卷230〈李商隱傳〉（臺北：藝文印書館，據清乾隆武英殿刊本景印），頁2314～2315。

〔註59〕同上註，頁2315。

〔註60〕【五代・後晉】劉昫等：《二十五史・唐書》卷190下〈李商隱傳〉（臺北：藝文印書館，據清乾隆武英殿刊本景印），頁2536。

〔註61〕在杜李的專力詠史的影響下，晚唐後期詠史更爲發達，如：胡曾有詠史詩105首，周曇193首，汪遵61首，孫元晏75首，而此四人專作詠史，故有晚唐詠史四大家之稱。

〔註62〕如：張夢機：〈李商隱七絕的藝術特徵〉、陳貽焮：〈談李商隱的詠史

傾向〔註 63〕，數量雖不及李商隱，但其中不乏佳作，而李商隱詠史七絕成功開創的藝術特色與成就，及對詠史詩發展過程中的重要影響固然無庸置疑，尤其李商隱詠史七絕之質量皆有突出的表現而引人注意，但是杜牧於詠史七絕的前驅地位實是不容忽視，也許就是因為詠史七絕創作數量上相差懸殊的關係，致使杜牧在這方面的成就與價值易為後人所忽視。除了作品數量較少未能引人注目及其所凝聚形成的影響力不足外，由於杜牧作品的個人風格相當獨特，後人更是難以模仿，因而無跡可尋而令人印象不夠深刻，故其詠史七絕之藝術特色似乎不如李商隱來得鮮活明確，而清人何焯精闢之語：「牧之豪健跌宕，而不免過於放，學之者不得其門而入，未有不入於江西派者。不如義山頓剉曲折，有聲有色，有情有味，所得為多。」〔註 64〕正可說明此現象，而關於此點，學者謝錦佳毓亦有相同的看法：「由於杜牧一意的要超然於時代之表，而自成一家風貌，這和他的識見一樣，在當時確是無人能及。他雖不能免於晚唐唯美的詩風，那豪健之筆，卻使他自成一格，後人學他的豪，沒有那種才氣、心情和感受，真是等而下之，不堪一讀。所以杜牧既不如文家之有理論、有作品，寫出來的東西又是人家學不得的，他自己固然可以一己的性格有甚高的成就，後人卻對他無可奈何，既不能學，慢慢再說，事多力分，無形中便擱置了。這或許是他的詩文不得意於後世之一因，沒有弟子，香火自然不傳，有人說他『家數小』，正是此意。」〔註 65〕這或許就是他對後世的影響力無法深遠流傳而不及李商隱的原因之

詩和詠物詩〉、黃盛雄：〈李義山的詠史詩〉、方瑜：〈李商隱的詠史詩〉、朱偰：《李商隱詩新詮》〈懷古及詠史詩〉及房日晰：〈李商隱七絕論略〉等諸文皆對李商隱詠史七絕的成就看法相同。

〔註 63〕兩人詠史七絕的比重皆在三分之二上下，於第三章已有論敍，故於此不需贅述。

〔註 64〕【清】何焯：《義門讀書記》卷 57〈李義山詩集〉，收於《景印文淵閣四庫全書》（【清】紀昀等總纂，臺北：臺灣商務印書館，1985），頁 913。

〔註 65〕謝錦佳毓：〈文學史上的杜牧〉（下），《中外文學》第 3 卷第 9 期（1975），頁 109。

一，故後世有模仿學習李商隱的西崑派及江西詩派而無專學杜牧者，於此可見一斑。

再來就是杜李兩人作品所形成的藝術成就與價值，杜牧的詩雖然豪麗，卻也平近易懂，誠如錢基博言杜牧詩：「然有才調而無骨力，氣不如甫之沉，骨不如甫之堅，所以麗而不雄，朗而傷易。」〔註66〕故而不像玉谿詩謎般，有無人為作鄭箋之歎。千餘年來，樊川集只有清人馮集梧有詩四卷，比之「千家注杜，百家注韓」，不可同日而語，豈是樊川多直達，以視他人之意旁寄曲取，而意為辭晦者，迴乎不侔，而不必詮釋耶？〔註67〕似乎為此現象說明原因。由於杜詩語意直達，而李詩多在精心的構思下「寄託深而措辭婉」，留下空間給予讀者想像、反覆咀嚼，相較之下，杜詩的平易清爽似乎較無法給讀者相當深刻的印象，這或許也是杜詩為後人所忽略的原因之一。此外，若以兩人詠史七絕中數量最多的評論型作品所表現的藝術成就來作比較，杜牧此類作品乃以立意高絕、翻案出奇的作品最為突出，側重於詩的議論性，並不追求感情的委婉與文辭的華美，而在立意的高絕與議論的精警上慘淡經營，並將高絕的議論與過人的史識寓於詩的形象之中〔註68〕，如：〈赤壁〉中的「東風不與周郎便，銅雀春深鎖二喬。」、〈題烏江亭〉中的「江東子弟多才俊，卷土重來未可知。」但從根本上說，這種獨出己意之作除了在構思立意之不落熟套上有一定創造性外，對詠史詩藝術上的提高發展意義不大，因為它仍歸屬於「史識」的範疇，此類作品固然給予讀者耳目一新的感受，但這純然是作者對歷史人事的獨特見解所帶來的新鮮感，而非藝術上的創新，無法提升詩的藝術價值，加上翻案立論的空間實為有限，容易陷於好議爭辯，甚至流於入論宗而缺乏情韻，而這似乎正可與杜牧被後世評為「好異

〔註66〕錢基博：《中國文學史》（北京：中華書局，1993），頁 424。

〔註67〕謝錦佳毓：〈文學史上的杜牧〉（下），《中外文學》第 3 卷第 9 期（1975），頁 109。

〔註68〕房日晰：〈杜牧李商隱的詠史詩〉，收於《唐詩研究比較》（合肥：安徽大學出版社，2005），頁 222。

而畔於理」之現象相呼應；相較之下，李商隱的詠史七絕在詠史中引入藝術的想像及一定程度範圍內的虛構，使它不再只是述論史事的內容加上詩的形式，而是包含了想像虛構的詠史的詩，而就是借助於文采與想像虛構，詠史詩才由「史」跨入「詩」的領域〔註69〕，故藝術價值自然提升不少；此外，李商隱詠史七絕數量最多的評論型作品，其主題內涵多具有現實性，在注入時代新血下多借題托諷，表面上雖隱晦含蓄而實有一唱三嘆之妙，如：〈龍池〉中以「夜半宴歸宮漏永，薛王沉醉壽王醒。」委婉手法所突顯的意旨，且其詠史多與現實政治的關係直接緊密而令人印象深刻，足見李商隱詠史七絕在寫法技巧上的琢磨及使用程度皆較為精深，故其作品兼具內涵及形式等內外之美，也因此李商隱的詠史作品所影響層面及程度似乎是比杜牧來得深廣久遠。

　　基於杜牧秉持「苦心為詩，本求高絕。」的寫作態度，故其詩作著意於創新立論，甚而作反語，表現與眾不同的觀點，而從其名作〈山行〉中的「停車坐愛楓林晚，霜葉紅於二月花。」最能看出其特立獨行的創作風格，詩人跳脫一般士人悲秋的觀點，豪爽的氣質正與秋天的高爽明麗相互呼應，故能看見秋葉在霜的襯托下更顯紅豔，甚而比春花來得動人，詩風清新脫俗外，亦散發積極向上、不屈不撓的人生態度，頗具盛唐氣象，故其詩能自成一家，而異於流俗，正與其意高不俗的創作出發點一致，而其詠史亦與此特色相呼應，多能翻案出奇，於他人未及處別生眼目。而李商隱則是個深情綿邈、具有靈心善性的主情型詩人，因此他所歌詠的歷史人事並非純理性的客觀批判，而是充滿詩情的詠歎，同理地解讀歷史，使得歷史的呈現更為生動，全然投入個人情感，而使詠史富有個人風格而具感染力，更完美地結合詩的議論性與抒情性，也因此有學者以為李商隱的詠史詩是詩的史，杜牧的詠史詩是論的詩，且殊途同歸，都達到了批判現實、諷論

〔註69〕上述引自劉學鍇：《李商隱詩歌研究》〈本體篇〉（合肥：安徽大學出版公司，1998），頁 12～13。

時政的目的〔註70〕，而胡震亨之言：「詩人詠史最難，妙在不增一語，而情感自深。若在作史者不到處別生眼目，固自好，然尚是第二義也。」〔註71〕似乎已將杜李各有千秋的詠史七絕分出高下，然同處晚唐末世的杜李，一以才氣取勝，一則以抒情見長，其詠史不僅爲當代詠史發展的指標，其詠史七絕更確立詠史詩內涵形式的轉變，賦予詠史更豐碩的生命力，杜李兩人各具特色而於中國文學史上佔有一席之地，實不容後人所忽視。

〔註70〕房日晰：〈杜牧李商隱的詠史詩〉，收於《唐詩研究比較》（合肥：安徽大學出版社，2005），頁224。

〔註71〕【明】胡震亨：《唐音癸籤》卷3，收於《明詩話全編》冊7（吳文治主編，南京：鳳凰出版社，2006），頁6848。

參考書目

一、書籍專著

（一）杜牧、李商隱詩文本及注本

1. 【唐】杜牧：《樊川文集》（臺北：漢京文化事業有限公司，1983年）

2. 清聖祖敕編：《全唐詩》（北京：中華書局，1960年）

3. 【唐】杜牧著，宋人注：《樊川詩集夾注》（北京：中華全國圖書館文獻縮微複製中心，1997年）

4. 【唐】杜牧著，【清】馮集梧注：《樊川詩集注》（上海：上海古籍出版社，1998年）

5. 【唐】李商隱著，【清】朱鶴齡箋注：《李義山詩集》（臺北：學生書局，1979年）

6. 【唐】李商隱著，【清】朱鶴齡箋注，程星夢刪補：《李義山詩集箋注》（臺北：廣文書局，1972年）

7. 【唐】李商隱著，（清）吳喬選箋：《西崑發微》（臺北：廣文書局，1973年）

8. 【唐】李商隱著，【清】陸崑曾選箋：《李義山詩解》（臺北：學海書局，1986年）

9. 【唐】李商隱著，【清】姚培謙箋注：《李義山詩集箋注》（臺北：臺灣大學圖書館藏清乾隆10年讀書堂刊本，1739年）

10. 【唐】李商隱著，【清】屈復箋注：《玉谿生詩意》（臺北：正大印書館，1974年）

11. 【唐】李商隱著，【清】紀昀箋注：《玉谿生詩說》（臺北：臺灣大學圖書館藏清光緒 14 年吳縣朱氏校刊本影印，1888 年）

12. 【清】張爾田編：《玉谿生年譜會箋》（臺北：臺灣中華書局，1979年）附有岑仲勉著：〈玉谿生年譜會箋平質〉及張爾田著：〈李義山詩辨正〉（北京：中華書局，1963 年）

13. 【清】沈厚塽：《李義山詩集輯評》（臺北：學生書局，1967 年）

14. 【唐】李商隱著，【清】馮浩注：《玉谿生詩集箋注》（臺北：里仁書局，1980 年）

15. 【唐】李商隱著，【清】馮浩注：《樊南文集詳注》（臺北：臺灣中華書局，1969 年）

16. 【唐】李商隱著，【清】馮浩詳注、錢振倫、錢振常箋注：《樊南文集》（上海：上海古籍出版社，1988 年）

17. 【唐】李商隱著，【清】錢振常注、錢振倫箋：《樊南文集補編箋注》（臺北：臺灣中華書局，1984 年）

（二）經史諸子類

1. 《十三經注疏・詩經》（板橋：藝文印書館，1993 年）

2. 【東周】左丘明撰，竹添光鴻會箋：《左傳會箋》（臺北：天工書局，1993 年）

3. 【東周】左丘明：《國語》（臺北：里仁書局，1980 年）

4. 【東周】墨子，劉繼華譯注：《墨子》（臺北：錦繡出版社，1992年）

5. 【東周】莊子，馬美信譯注：《莊子》（臺北：錦繡出版社，1992年）

6. 【漢】司馬遷：《二十五史・史記》（臺北：藝文印書館，據清乾隆武英殿刊本景印）

7. 【漢】班固：《二十五史・漢書》（臺北：藝文印書館，據清乾隆武英殿刊本景印）

8. 【漢】劉向：《古列女傳》（臺北：廣文書局，2002 年）

9. 【漢】劉向：《戰國策》（臺北：里仁書局，1982 年）

10. 【南朝・宋】范曄：《二十五史・後漢書》（臺北：藝文印書館，據清乾隆武英殿刊本景印）

11. 【晉】陳壽：《二十五史・三國志》（臺北：藝文印書館，據清乾隆武英殿刊本景印）

12. 【唐】房喬等：《二十五史・晉書》（臺北：藝文印書館，據清乾隆

武英殿刊本景印）

13. 【唐】李延壽：《二十五史‧南史》（臺北：藝文印書館，據清乾隆
武英殿刊本景印）

14. 【唐】魏徵：《二十五史‧隋書》（臺北：藝文印書館，據清乾隆武
英殿刊本景印）

15. 【五代‧後晉】劉昫等：《二十五史‧舊唐書》（臺北：藝文印書館，
據清乾隆武英殿刊本景印）

16. 【唐】王仁裕：《開元天寶遺事》，收於《百部叢書集成‧陽山顧氏
文房》（板橋：藝文印書館）

17. 【宋】歐陽修等：《二十五史‧唐書》（臺北：藝文印書館，據清乾
隆武英殿刊本景印）

18. 【宋】司馬光：《資治通鑑》（臺北：明倫出版社，1978 年）

19. 【元】馬端臨：《文獻通考》（臺北：商務印書館，1987 年）

20. 【清】趙翼：《二十二史劄記》（臺北：洪氏出版社，1978 年）

21. 【清】紀昀等總纂：《四庫全書總目提要》（臺北：商務印書館，1968
年）

（三）詩文集類

總集

1. 【戰國】屈原撰，【宋】朱熹注：《楚辭集註》（臺北：藝文印書館，
1956 年）

2. 【南朝‧梁】蕭統編，【唐】李善注：《文選》（臺北：文津出版社，
1987 年）

3. 【南朝‧梁】蕭統編，【唐】李善、呂延濟等注：《文選》六臣注（臺
北：藝文印書館，1979 年）

4. 【宋】郭茂倩：《樂府詩集》（臺北：世界書局，1979 年）

5. 薛瑞兆、郭明志編：《全金詩》（天津：南開大學出版社，1995 年）

別集

1. 【唐】白居易：《白氏長慶集》（臺北：藝文印書館，1981 年）

2. 【唐】司空圖：《司空表聖文集》（上海：上海古籍出版社，宋蜀刻
本唐人叢刊，1994 年）

詩評

1. 【南朝‧梁】鍾嶸：《詩品》，收於《歷代詩話》（【清】何文煥編，
臺北：漢京文化事業有限公司，1983 年）

2. 【南朝‧梁】劉勰：《文心雕龍》，收於《景印文淵閣四庫全書》(【清】紀昀等總纂，臺北：臺灣商務印書館，1986 年)

3. 【南朝‧梁】劉勰，周振甫注：《文心雕龍注釋附新譯》(臺北：里仁書局，1984 年)

4. 【唐】孟棨：《本事詩》，收於《清詩話訪逸初編》一(杜松柏編，臺北：新文豐出版公司，1987 年)

5. 日本弘法大師：《文鏡秘府論》(臺北：河洛圖書出版社，1976 年)

6. 【宋】計有功：《唐詩紀事》(臺北：木鐸出版社，1982 年)

7. 【宋】楊萬里：《誠齋詩話》，收於《宋詩話全編》冊 6 (吳文治主編，南京：江蘇古籍出版社，1998 年)

8. 【宋】胡仔：《苕溪漁隱叢話》(臺北：世界書局，1976 年)

9. 【宋】陳振孫：《直齋書目題解》，收於《宋詩話全編》冊 8 (吳文治主編，南京：江蘇古籍出版社，1998 年)

10. 【宋】洪邁：《容齋隨筆》(上海：上海古籍出版社，1983 年)

11. 【宋】蔡寬夫：《蔡寬夫詩話》，收於《宋詩話全編》冊 1 (吳文治主編，南京：江蘇古籍出版社，1998 年)

12. 【宋】許顗：《彥周詩話》，收於《宋詩話全編》冊 2 (吳文治主編，南京：江蘇古籍出版社，1998 年)

13. 【宋】真德秀：《真西山文集》，收於《宋詩話全編》冊 8 (吳文治主編，南京：江蘇古籍出版社，1998 年)

14. 【宋】葛立方：《韻語陽秋》，收於《宋詩話全編》冊 8 (吳文治主編，南京：鳳凰出版社，2006 年)

15. 【宋】葉夢得：《石林詩話》，收於《歷代詩話》(【清】何文煥編，臺北：漢京文化事業有限公司，1983 年)

16. 【宋】方岳：《深雪偶談》，收於《古今詩話叢編》(臺北：廣文書局，1992 年)

17. 【宋】謝枋得：《唐詩絕句選》(臺北：廣文書局，1977 年)

18. 【宋】魏泰：《臨漢隱居詩話》，收於《宋詩話全編》冊 2 (吳文治主編，南京：江蘇古籍出版社，1998 年)

19. 【宋】曾季貍：《艇齋詩話》，收於《歷代詩話續編》(【清】丁福保輯，臺北：木鐸出版社，1983 年)

20. 【元】方虛古：《瀛奎律髓》，收於《四庫善本叢書初編》第 53、54 函 (臺北：藝文印書館)

21. 【明】胡應麟：《詩藪》(臺北：廣文書局，1973 年)

22. 【明】張溥：《漢魏六朝百三名家集》（臺北：文津出版社，1979年）

23. 【明】高棅編選：《唐詩品彙》（臺北：學海出版社，1983年）

24. 【明】王世懋：《藝圃擷餘》，收於《歷代詩話》（【清】何文煥編，臺北：漢京文化事業有限公司，1983年）

25. 【明】王世貞：《藝苑巵言》，收於《明詩話全編》肆（吳文治主編，南京：鳳凰出版社，2006年）

26. 【明】楊慎：《升庵詩話》卷10，收於《明詩話全編》冊3（吳文治主編，南京：鳳凰出版社，2006年）

27. 【明】嚴羽、黃景進撰述：《滄浪詩話》（臺北：金楓出版有限公司，1986年）

28. 【明】敖英輯評：《唐詩絕句類選》，收於《唐詩彙評》下冊（杭州：浙江教育出版社，1995年）

29. 【明】胡震亨：《唐音癸籤》，收於《明詩話全編》冊7（吳文治主編，南京：鳳凰出版社，2006年）

30. 【明】王夫之：《唐詩評選》，收於《船山全書》十四（長沙：嶽麓書社，1988年）

31. 【清】吳景旭：《歷代詩話》（臺北：世界書局，1961年）

32. 【清】趙翼：《甌北詩話》，收於《古今詩話叢編》（臺北：廣文書局，1992年）

33. 【清】宋長白：《柳亭詩話》，收於《古今詩話叢編》（臺北：廣文書局，1992年）

34. 【清】施補華：《峴傭說詩》，收於《清詩話》（【清】丁福保編，臺北：明倫出版社，1971年）

35. 【清】葉燮：《原詩》，收於《清詩話》（【清】丁福保編，臺北：明倫出版社，1971年）

36. 【清】薛雪：《一瓢詩話》，收於《清詩話》（【清】丁福保編，臺北：明倫出版社，1971年）

37. 【清】丁福保編：《全漢三國晉南北朝詩》（臺北：世界書局，1969年）

38. 【清】何焯：《義門讀書記》，收於《景印文淵閣四庫全書》（【清】紀昀等總纂，臺北：臺灣商務印書館，1985年）

39. 【清】沈德潛：《說詩晬語》，收於《清詩話》（【清】丁福保編，臺北：明倫出版社，1971年）

40. 【清】沈德潛：《唐詩別裁集》（臺北：廣文書局，1970 年）

41. 【清】張玉穀：《古詩賞析》，收於《漢文大系》（臺北：新文豐出版公司，1978 年）

42. 【清】陳祚明：《采菽堂古詩選》，收於《續修四庫全書》《集部·總集類》（上海：上海古籍出版社，2002 年）

43. 【清】馮班：《鈍吟雜錄》（臺北：廣文書局，1969 年）

44. 【清】何文煥輯：《歷代詩話》（臺北：漢京文化事業有限公司，1983 年）

45. 【清】袁枚：《隨園詩話》（臺北：廣文書局，1979 年）

46. 【清】洪亮吉：《北江詩話》，收於《古今詩話叢編》（臺北：廣文書局，1992 年）

47. 【清】吳喬：《圍爐詩話》，收於《清詩話續編》（郭紹虞編，臺北：木鐸出版社，1983 年）

48. 【清】賀貽孫：《詩筏》，收於《清詩話續編》（郭紹虞編，臺北：木鐸出版社，1983 年）

49. 【清】賀裳：《載酒園詩話》，收於《清詩話續編》（郭紹虞編，臺北：木鐸出版社，1983 年）

50. 【清】管世銘：《讀雪山房唐詩序例》，收於《清詩話續編》（郭紹虞編，臺北：木鐸出版社，1983 年）

51. 【清】余成教：《石園詩話》，收於《清詩話續編》（郭紹虞編，臺北：木鐸出版社，1983 年）

52. 【清】劉熙載：《藝概》，收於《清詩話續編》（郭紹虞編，臺北：木鐸出版社，1983 年）

53. 【清】潘德輿：《養一齋詩話》，收於《清詩話續編》（郭紹虞編，臺北：木鐸出版社，1983 年）

54. 【清】李瑛輯：《詩法易簡錄》，收於《續修四庫全書·集部》冊 1702（上海：上海古籍出版社，2003 年）

55. 【清】俞陛雲《詩境淺說續編》（臺北：開明書局，1982 年）

56. 【清】李慈銘：《越縵堂讀書記》（臺北：世界書局，1961 年）

57. 【清】方東樹：《昭昧詹言》（臺北：廣文書局，1962 年）

（四）今著（註：依作者姓氏筆劃為序）

1. 方瑜：《中晚唐三家詩析論》（臺北：牧童出版社，1980 年）

2. 王立：《中國古代文學十大主題——原型與流變》（臺北：文史哲出版社，1994 年）

3. 王夢鷗：《中國文學理論與實踐》（臺北：時報文化版公司，1995年）

4. 王西平、高雲光：《杜牧詩美探索》（西安：陝西人民出版社，1993年）

5. 王蒙、劉學鍇主編：《李商隱研究論集》（廣西：廣西師範大學出版社，1998年）

6. 王朝聞主編：《美學概論》（臺北：谷風出版社，1989年）

7. 仇小屏：《古典詩詞時空設計美學》（臺北：文津出版社，2002年）

8. 朱自清：《朱自清古典論文集》（臺北：遠流出版社，1982年）

9. 朱光潛：《文藝心理學》（臺北：臺灣開明書局，1999年）

10. 朱光潛：《詩論》（臺北：國文天地出版社，1990年）

11. 朱光潛：《談文學》（臺北：大夏出版社，1988年）

12. 朱偰等著：《李商隱和他的詩》（臺北：學生書局，1971年）

13. 朱傳譽編：《杜牧傳記資料》、《李商隱傳記資料》（臺北：天一出版社，1985年）

14. 汪中：《杜甫》（臺北：河洛出版社，1977年）

15. 沈秋雄：《詩學十論》（臺北：文史哲出版社，1993年）

16. 沈祖棻：《唐人七絕詩淺釋》（上海：上海古籍出版社，1997年）

17. 呂正惠編：《唐詩論文選集》（臺北：長安出版社，1985年）

18. 呂正惠、蔡英俊編：《中國文學批評》（臺北：臺灣學生書局，1997年）

19. 呂武志：《杜牧散文研究》（臺北：臺灣學生書局，1994年）註：此為學位論文（臺灣師大國文研究所博士論文，1992年）

20. 吳調公：《李商隱研究》（上海：上海古籍出版社，1982年）

21. 吳在慶：《杜牧詩文選評》（上海：上海古籍出版社，2002年）

22. 吳在慶：《杜牧論稿》（福建：廈門大學出版社，1991年）

23. 李淼：《李商隱詩三百首譯賞》（高雄：麗文文化事業有限公司，1993年）

24. 李浩：《唐詩的美學闡釋》（合肥：安徽大學出版社，2000年）

25. 李宜涯：《晚唐詠史詩與平話演義之關係》（臺北：文史哲出版社，2002年）註：此為學位論文，原名《晚唐詠史詩研究》（文化大學中國文學研究所博士論文，2000年）

26. 房日晰：《唐詩比較研究》（合肥：安徽大學出版社，2005年）

27. 周益忠先生：《西崑研究論集》（臺北：臺灣學生書局，1999 年）

28. 周嘯天：《絕句詩史》（成都：巴蜀書社，1999 年）

29. 周振甫選注：《李商隱詩選》（上海：上海古籍出版社，1986 年）

30. 林庚：《中國文學簡史》（臺北：五南出版社，2001 年）

31. 李明華：《南宋詠史詩研究》（臺北：文津出版社，1997 年）註：此爲學位論文（成功大學歷史語言研究所碩士論文，1992 年）

32. 胡可先：《杜牧研究叢稿》（北京：人民文學出版社，1993 年）

33. 降大任選注、張仁健賞析：《詠史詩注析》（山西：山西人民出版社，1985 年）

34. 施蟄存：《唐詩百話》（臺北：文史哲出版社，1994 年）

35. 韋政通：《中國思想史》（臺北：水牛出版社，1995 年）

36. 侯迺慧：《唐詩主題與心靈療養》（臺北：三民書局，2005 年）

37. 唐君毅：《中國文化之精神價值》（臺北：正中書局，1992 年）

38. 高陽：《鳳尾香羅》（臺北：聯經出版社，1988 年）

39. 師長泰：《唐書藝術技巧》（西安：陝西人民出版社，1991 年）

40. 許鋼：《詠史詩與中國泛歷史主義》（臺北：水牛出版社，1997 年）

41. 陳永正選注：《李商隱詩選》（臺北：龍田出版社，1982 年）

42. 陳貽焮：《唐詩論叢》（湖南人民出版社，1980 年）

43. 陳延傑：《詩品注》（臺北：臺灣開明書局，1964 年）

44. 陳鵬翔主編：《主題學研究論文集》（臺北：東大圖書公司，1983 年）

45. 陳建根：《詠史詩》（北京：人民文學出版社，1989 年）

46. 國立中山大學中山學會主編：《李商隱詩研究論文集》（臺北：天工書局，1981 年）

47. 黃慶萱：《修辭學》（臺北：三民書局，1992 年）

48. 黃盛雄：《李義山詩研究》（臺北：文史哲出版社，1987 年）

49. 黃盛雄：《唐人絕句研究》（臺北：文史哲出版社，1979 年）註：此爲學位論文（臺灣師範大學國文研究所碩士論文，1971 年）

50. 黃永武：《中國詩學鑑賞篇》（臺北：巨流出版社，1999 年）

51. 黃永武：《字句鍛鍊法》（臺北：洪範書局，1986 年）

52. 黃益庸：《歷代詠史詩》（北京：大眾文藝出版社，2000 年）

53. 黃侃選評：《李商隱詩偶評》（臺北：學海出版社）

54. 張春榮：《詩學析論》（臺北：東大圖書公司，1987 年）

55. 張培垣、駱玉明：《中國文學史》（上海：復旦大學出版公司，1997 年）

56. 張淑香：《抒情傳統的省思與探索》（臺北：大安出版社，1992 年）

57. 張淑香：《李商隱詩析論》（臺北：藝文印書館，1974 年）註：此爲學位論文，原名《李義山詩研究》（臺灣大學中國文學研究所碩士論文，1972 年）

58. 張仁青編：《李商隱詩研究論文集》（臺北：天工書局，1995 年）

59. 張夢機：《詩學論叢》（臺北：華正書局，1993 年）

60. 馮海榮：《杜牧》（上海：上海古籍出版社，1991 年）

61. 傅錫壬：《牛李黨爭與唐代文學》（臺北：東大圖書公司，1984 年）

62. 傅樂成：《漢唐史論集》（臺北：聯經出版社，1981 年）

63. 傅樂成：《隋唐五代史》（臺北：中國文化學院出版部，1980 年）

64. 喬惟德、尚永亮：《唐代詩學》（長沙：湖南人民出版社，2000 年）

65. 曾棗莊：《論西崑體》（高雄：麗文文化事業公司，1980 年）

66. 曾進豐：《晚唐詩的鋒芒與光彩──以社會詩及風人體爲例》（臺南：漢風出版社，2003 年）

67. 程兆熊：《中國文話文論與詩學》（臺北：臺灣學生書局，1979 年）

68. 葉慶炳：《中國文學史》（臺北：臺灣學生書局，1989 年）

69. 葉蔥奇：《李商隱詩集疏注》（北京：人民文學出版社，1985 年）

70. 葉嘉瑩：《迦陵談詩》（臺北：三民書局，2005 年）

71. 楊柳：《李商隱評傳》（臺北：木鐸出版社，1985 年）

72. 董明鈞：《李商隱傳》（臺北：國際文化事業公司，1985 年）

73. 董乃斌：《李商隱傳》（西安：陝西人民出版社，1985 年）

74. 董乃斌：《李商隱的心靈世界》（上海：上海古籍出版社，1992 年）

75. 葛兆光、戴燕：《晚唐風韻》（香港：中華書局，1990 年）

76. 劉學鍇：《李商隱詩歌研究》（合肥：安徽大學出版公司，1998 年）

77. 劉學鍇等著：《李商隱》（北京：中華書局，1980 年）

78. 劉學鍇、余恕誠編著：《李商隱詩歌集解》（臺北：洪葉文化事業有限公司，1992 年）

79. 劉學鍇、余恕誠、黃世中編：《李商隱資料彙編》（北京：中華書局，2006 年）

80. 劉學鍇、余恕誠選注：《李商隱詩選》（北京：人民文學出版社，1986

年）

81. 劉大杰：《中國文學發展史》（臺北：華正書局，1996 年）

82. 劉若愚著，杜國清譯：《中國詩學》（臺北：幼獅文化事業公司，1981 年）

83. 劉介民：《比較文學方法論》（臺北：時報文化出版社，1990 年）

84. 蔡英俊主編：《中國文化新論‧文學篇‧抒情的境界》（臺北：聯經 出版社，1982 年）

85. 蔡鍾翔、黃保真、成復旺：《中國文學理論史》（北京：北京出版社，1987 年）

86. 蔡振念：《杜詩唐宋接受史》（臺北：五南圖書出版公司，2002 年）

87. 歐麗娟：《李商隱詩歌》（臺北：五南圖書出版社，2003 年）

88. 鄭文惠：《杜牧詩歌》（臺北：五南圖書出版社，2000 年）

89. 魯迅著，林賢治評注：《魯迅選集‧評論卷》〈摩羅詩力說〉（湖南：湖南文藝出版社，2004 年）

90. 錢穆：《中國近三百年學術史》（北京：中華書局，1986 年）

91. 錢穆：《中國思想史》（臺北：臺灣學生書局，1980 年）

92. 錢鍾書：《談藝錄》（臺北：書林出版社，1988 年）

93. 錢基博：《中國文學史》（北京：中華書局，1993 年）

94. 澤田總清原：《中國韻文史》（北京：商務印書館，1998）

95. 儲大泓：《歷代詠史詩選註》（西安：陝西人民出版社，1990 年）

96. 賴玉樹：《晚唐五代詠史詩之美學意識》（臺北：威秀資訊科技股份 有限公司，2005 年）註：此為學位論文（中國文化大學中國文學研 究所博士論文，2003 年）

97. 繆鉞：《杜牧傳‧杜牧年譜》（河北：河北教育出版社，1999 年）

98. 繆鉞：《冰繭盦叢稿》（上海：上海古籍出版社，1985 年）

99. 繆鉞：《詩詞散論》（臺北：臺灣開明書店，1982 年）

100. 薛瑞兆、郭明志編：《全金詩》（天津：南開大學出版社，1995 年）

101. 顏崑陽：《杜牧》（臺北：河洛出版社，1978 年）

102. 顏崑陽：《李商隱詩箋釋方法論》（臺北：臺灣學生書局，1994 年）

103. 譚黎宗慕：《杜牧研究資料彙編》（板橋：藝文印書館，1972 年）

104. 藍于：《李商隱詩論稿》（香港：中華書局，1983 年）

105. 蘇雪林：《玉谿詩謎正續合編》（臺北：商務出版社，1988 年）

106. 羅宗強：《隋唐五代文學思想史》（上海：上海古籍出版社，1986 年）

107. 顧翊群：《李商隱評論》（臺北：中華詩苑，1958 年）

108. 嚴明：《中國詩學與明清詩話》（臺北：文津出版社，2003 年）

109. 龔鵬程：《文學散步》（臺北：漢光出版社，1988 年）

110. 龔鵬程：《文學與美學》（臺北：業強出版社，1986 年）

111. 龔鵬程：《詩史本色與妙悟》（臺北：臺灣學生書局，1993 年）

112. 丹納著，傅雷譯：《藝術哲學》（臺中：好讀發行出版社，2004 年）

113. 黑格爾著、朱孟實譯：《美學》（臺北：里仁書局，1981 年）

114. 羅勃 C・赫魯伯著、董之林譯：《接受美學理論》（臺北：駱駝出版社，1984 年）

115. 哈羅德・布魯姆著，朱立元、陳克明譯：《比較文學影響論-誤讀圖示》（臺北：駱駝出版社，1992 年）

二、期刊論文（註：依作者姓氏筆劃為序）

1. 王立：〈中國文學中的主題與母題〉，《浙江學刊》第 4 期，2004 年，頁 87～91。

2. 王紅：〈試論晚唐詠史詩的悲劇審美特徵〉，《陝西師大學報》（哲學社會科學版）第 3 期，1989 年，頁 83～89。

3. 王定璋：〈論中晚唐詠史詩的憂患意識與落寞心態〉，《江海學刊》第 6 期，1990 年，頁 168～172。

4. 王定璋：〈李商隱詠史詩的憂患意識與批判精神〉，《天府新論》第 3 期，1995 年），頁 56～62。

5. 王寶玲：〈簡談杜牧的詠史詩〉，《中國古代近代文學研究》，1993 年，頁 132～136。

6. 王先漢：〈杜牧交遊考〉，《中華學苑》第 6 期，1970 年，頁 51～109。

7. 方瑜：〈李商隱的詠史詩〉，《中外文學》5 卷第 11、12 期，1977 年，頁 76～92、頁 82～98，亦收於《唐代研究論集第二輯》（臺北：新文豐出版公司，1992 年），頁 729～767。

8. 任海天：〈傷悼與反思：晚唐詠史詩的焦點指向〉，《北方論叢》第 3 期，1998 年，頁 78～82。

9. 向以鮮：〈漫談中國的詠史詩〉，《人文雜誌》第 4 期，1984 年，頁 107～110。

10. 李子遲：〈雙子星座：杜牧與李商隱〉，《廣西民族學院學報》（哲學社會科學版）第 2 期，2002 年 3 月，頁 126。

11. 李暉：〈昭明文學與詠史詩〉，《北方論叢》第 5 期，2001 年，頁 41 ～45。

12. 吳紹禮：〈杜牧七言絕句述論〉，《東北師大學報》（哲學社會科學版）第 2 期，1996 年，頁 68～71。

13. 車麗華〈試比較杜牧與李商隱的詠史詩〉《佳木斯大學社會科學學報》第 6 期，1999 年，頁 35～37。

14. 林庚：〈盛唐氣象〉，《北京大學學報》第 2 期，1958 年。

15. 房日晰：〈杜牧李商隱之詠史詩比較〉，《西北大學學報》（哲學社會科學版）第 83 期，1994 年，頁 61。

16. 官曉麗：〈秋風夕陽話晚唐——從杜牧、李商隱的創作看晚唐詩歌的悲美〉，《西藏民族學院學報》（社會科學版）第 3、4 期，1994 年，頁 113～120。

17. 周小龍：〈唐代的詠史詩〉，《中南民族學院學報》（哲學社會科學版）第 6 期，1993 年，頁 96～99。

18. 邱良任：〈論詠史詩〉，《華僑大學學報（哲學社會科學版）》第 2 期，1995 年，頁 115～122。

19. 胡可先：〈寂寞詩壇之知音——李商隱贈杜牧的兩首詩發覆〉，《徐州師範學院學報》（社會科學版）第 3 期，1995 年，頁 39～45。

20. 施子愉：〈唐代科舉制度與五言詩的關係〉，《東方雜誌》第 40 卷第 8 號，1944 年，頁 37～40。

21. 姜伯純：〈杜牧與李商隱〉，收於《中國文學名著欣賞》（臺北：莊嚴出版社，1979 年）

22. 降大任：〈古代詠史詩初探〉，《晉陽學刊》第 5 期，1983 年，頁 30 ～35。

23. 段雙喜、陳良中：〈杜牧詠史詩中的女性觀照淺議〉，《蘭州學刊》第 4 期總第 145 期（2005 年），頁 270～272。

24. 姚一葦：〈論想像〉，收於《藝術的奧秘》（臺北：臺灣開明書局，1968 年）

25. 晏天麗：〈杜牧與李商隱的詠史詩比較〉，《湖南廣播電視大學學報》，2005 年，頁 64～65。

26. 孫立：〈論詠史詩的寄託〉，《中山大學學報（社會科學版）》第 1 期，1997 年，頁 86～93。

27. 高建新、張映夢：〈詠史詩：閱盡興亡千古事〉，《零陵師範高等專科學校學報》第 22 卷第 2 期，2001 年，頁 41。

28. 徐禮節：〈李商隱詠史詩——傳統詩學審美要求的完美實現〉，《巢

湖學院學報》（人文社會科學版）第 4 卷第 2 期，2002 年，頁 55～
59。

29. 徐青：〈中晚唐時期的詩律特點〉，《湖州師專學報》第 3 期總第 81
期（1996 年），頁 36。

30. 陳立文：〈我所欣賞的詩人與詩──晚唐李商隱、杜牧〉，《中華文
藝》第 13 卷第 3 期，1977 年，頁 92。

31. 陳松青：〈唐代詠史詩論三題〉，《松遼學刊》（社會科學版）第 5 期
總第 88 期，1999 年，頁 1～7。

32. 陳文華：〈論中晚唐詠史詩的三大體式〉，《文學遺產》第 5 期，1989
年，頁 67～74。

33. 許建華：〈深情緬邈的悲愴美──論李商隱詠史詩的藝術成就〉，《成
都教育學院學報》第 18 卷第 11 期，2004 年 11 月，頁 43～46。

34. 黃筠：〈中國詠史詩的發展與評價〉，《中國文化研究》總第 6 期冬
之卷，1994 年，頁 35～36。

35. 黃菊芳：〈杜牧的性行與其議論型詠史詩〉，《中文研究學報》第 2
期，1999 年，頁 53～68。

36. 黃桂鳳：〈李商隱與杜牧對杜詩之受容比較〉，《綏化學院學報》第
26 卷第 1 期，2006 年，頁 50～55。

37. 張政烺：〈講史與詠史詩〉，《國立中央研究院歷史語言研究所集刊》
第十冊，1948 年，頁 601～645。

38. 張高評：〈經學與文學的會通〉，《明道文藝》338 期，2004 年，頁
97～113。

39. 張再富：〈杜牧之年譜〉，《中華學苑》第 7 期，1971 年，頁 101～
157。

40. 張潤靜：〈氣俊思活，意足鋒銳──杜牧詠史懷古詩中的議論〉，《學
術交流》第 6 期，2002 年，頁 131～133。

41. 張夢機：〈杜甫變體七絕的特色〉，收於《思齋說詩》（臺北：華正
書局，1977 年），頁 96～115。

42. 常樂：〈關於詠史〉，《晉陽學刊》第 5 期，1999 年，頁 101～104。

43. 梁祖苹：〈晚唐詠史詩繁盛原因初探〉，《寧夏教育學院銀川師院學
報》（社會科學版）第 2 期，1996 年，頁 38～41。

44. 莫礪鋒：〈西崑詩派〉，《古典文學知識》第 4 期，1989 年。

45. 彭衛：〈中國古代詠史詩歌初論〉，《史學理論研究》第 3 期，1994
年，頁 20～30。

46. 雷海恩：〈詠史詩淵源的探討暨詠史詩內涵之界定〉，《貴州社會科學》第 4 期，1996 年，頁 73。

47. 雷恩海、吳定法：〈明麗青春的追求與迷惘——盛唐詠史詩述論〉，《復旦學報》（社會科學版）第 2 期，1999 年，頁 42。

48. 齊益壽：〈六朝詠史詩的類型〉，《中華文化復興月刊》第 10 卷第 4 期，1977 年，頁 9～12。

49. 楊民：〈唐代詠史詩中的人生理想〉，《北京師範學院學報》（社會科學版）第 4 期，1991 年，頁 24～30。

50. 楊恩成：〈論唐代詠史詩〉，《陝西師大學報》（哲學社會科學版）第 1 期，1990 年，頁 62～70。

51. 楊雲輝：〈論杜牧詠史詩的藝術特徵〉，《吉首大學學報》（社會科學版）第 1 期，1999 年，頁 55～59。

52. 董乃斌：〈漫話詠史詩〉，《古典文學知識》第 1 期，1987 年，頁 49～54。

53. 趙雲長：〈獨出機杼　反說其事——試談杜牧的三首詠史七絕及其哲學理念〉，《黑龍江社會科學》第 4 期，2002 年，頁 64～67。

54. 劉維俊：〈評杜牧的詠史詩〉，《天津師院學報》第 6 期，1981 年。

55. 劉學鍇：〈義山七絕三題〉，《文學遺產》第 2 期，2000 年，頁 34～41。

56. 劉若愚著，方瑜譯：〈李商隱詩的境界〉，《幼獅月刊》第 1 期，1973 年，頁 60～67。

57. 劉曾遂：〈略論杜牧詠史七言絕句〉，《電大教學》第 4 期，1994 年，頁 18～21。

58. 蔣方：〈論左思詠史詩的變體兼論古代詠史詩的文化內涵〉，《湖北大學學報》（哲學社會科學版）第 4 期，1994 年，頁 27～31。

59. 蔣長棟：〈晚唐社曾與晚唐詠史詩的主題〉，《中國韻文學刊》第 1 期，1998 年，頁 46～50。

60. 蔡英俊：〈試述詠史詩的發展及其心理背景〉，《文風》第 36 期，1980 年，頁 33～35。

61. 蕭馳：〈中國古典詠史詩的美學結構〉，《學術月刊》第 12 期，1983 年，頁 42～47。

62. 龔鵬程：〈從杜甫、韓愈到宋詩的形成：文學史的構成〉，《歷史月刊》115 卷，1997 年，頁 90～99。

63. 謝錦桂毓：〈文學史上的杜牧〉，收於《中外文學》第 3 卷第 9、10 期（1975）。

三、學位論文 (註：依作者姓氏筆劃為序)

1. 方瑜：《唐詩形成之研究》(臺灣大學中國文學研究所碩士論文，1970年)

2. 朴柱邦：《李義山詩意象之研究》(政治大學中國文學研究所碩士論文，1978年)

3. 朴仁成：《李商隱及其詩研究》(臺灣師範大學國文研究所碩士論文，1984年)

4. 向懿柔：《唐代詠史絕句研究》(清華大學中國文學研究所碩士論文，2001年)

5. 李正治：《六朝詠懷組詩研究》(臺灣師範大學國文研究所碩士論文，1980年)

6. 吳洙亨：《杜牧之研究》(臺灣大學中國文學研究所碩士論文，1982年)

7. 呂武志：《杜牧散文研究》(臺灣師範大學國文研究所博士論文，1992年)

8. 李宜涯：《晚唐詠史詩研究》(文化大學中國文學研究所博士論文，2000年)

9. 邱柳漫：《杜牧生平及其詩之析論》(臺灣大學中國文學研究所碩士論文，1973年)

10. 周益忠先生：《論詩絕句發展之研究》(臺灣師範大學國文研究所碩士論文，1983年)

11. 李明華：《南宋詠史詩研究》(成功大學歷史語言研究所碩士論文，1992年)

12. 周宜梅：《杜牧詠史詩研究》(臺灣師範大學國文學系在職進修碩士學位班碩士論文，2004年)

13. 徐亞萍：《唐代詠史詩與中國傳統士文化關係之研究》(高雄師範大學國文研究所博士論文，1999年)

14. 張淑香：《李義山詩研究》(臺灣大學中國文學研究所碩士論文，1972年)

15. 陳吉山：《北宋詠史詩探微》(成功大學歷史語言研究所碩士論文，1992年)

16. 張家豪：《李商隱詠史詩解讀研究》(東海大學中國文學研究所碩士論文，2006年)

17. 廖振富：《唐代詠史詩之發展與特質》(臺灣師範大學國文研究所碩

士論文，1989 年）

18. 黃盛雄：《唐人絕句研究》（臺灣師範大學國文研究所碩士論文，1971年）

19. 黃錦珠：《吳梅村敘事詩研究》（臺灣師範大學國文研究所碩士論文，1985 年）

20. 黃雅歆：《魏晉詠史詩研究》（臺灣大學中國文學研究所碩士論文，1990 年）

21. 曾淑巖：《李商隱詠物詩研究》（中山大學中國文學研究所碩士論文，1997 年）

22. 楊靜芬：《杜牧近體詩研究》（中興大學中國文學研究所碩士論文，1999 年）

23. 楊儀君：《論牛李黨爭與李商隱政治詩的關係》（華梵大學東方人文思想研究所碩士論文，2004 年）

24. 潘志宏：《晚唐三家詠史詩研究》（清華大學中國文學研究所碩士論文，1993 年）

25. 賴玉樹：《晚唐五代詠史詩之美學意識》（中國文化大學中國文學研究所博士論文，2003 年）

26. 韓惠京：《李商隱詠史詩探微》（中國文化大學中國文學研究所碩士論文，1987 年）

27. 簡麗珍：《杜牧七言絕句析論》（臺灣大學中國文學研究所碩士論文，1995 年）

附 錄

（一）杜牧、李商隱生平年表

晚唐紀元	重大史事	杜牧事跡 （803～852）	李商隱事跡 （812～858）
德宗貞元 十九癸未 （西元 803）	翰林待詔王叔文、王伾出入東宮，爲太子誦所倚重。日本僧空海入唐。	出生於長安安仁坊，祖父杜佑拜檢校司空、同中書省門下平章事。（1 歲）	
德宗貞元 二十甲申 （西元 804）	太子誦有疾。	父杜從郁爲太子司議郎。（2 歲）	
順宗永貞 元年乙酉 （西元 805）	正月，德宗卒，太子誦即位，是爲順宗。二月，王伾爲左散騎常侍，充翰林學士。王叔文爲起居舍人，充翰林學士。居中用事，罷進奉、宮市等。三月，立廣陵郡王李純爲太子。五月，王叔文謀奪宦官兵權不成。八月，順宗內禪，太子純即位，是爲憲宗。改貞元二十一年爲永貞元年。貶王伾爲開州司馬，王叔文爲渝州司戶。	祖父杜佑進位檢校司徒，兼度支、鹽鐵等使，又加弘文館大學士。（3 歲）	

憲宗元和 元年丙戌 （西元 806）	正月，改元元和。順 宗爲宦官所害。王叔 文被殺於貶所。	祖父杜佑拜司徒，封 岐國公。 父杜從郁轉左補闕， 改授左拾遺，又改爲 秘書丞。（4 歲）	
憲宗元和 二年丁亥 （西元 807）	正月，武元衡、李吉 甫爲相。	弟杜顗生。（5 歲）	
憲宗元和 三年戊子 （西元 808）	四月，詔舉賢良方正 能直言極諫科，牛僧 孺、李宗閔策語直 切，李吉甫惡之不 用。黨禍種因於此。		
憲宗元和 四年己丑 （西元 809）			
憲宗元和 五年庚寅 （西元 810）		三月辛丑末，祖父杜 佑與同列宴於樊川別 墅，憲宗遣中使賜酒 饌。（6 歲）	
憲宗元和 六年辛卯 （西元 811）			
憲宗元和 七年壬辰 （西元 812）	七月，立遂王宥爲太 子，改名恒。林寶撰 《元和姓纂》成。	祖父杜佑卒於長安安 仁坊宅中，年七十 八。冊贈太傅，諡曰 安簡。（10 歲）	出生，仲姊卒。 （1 歲）
憲宗元和 八年癸巳 （西元 813）	李吉甫進《元和郡縣 志》四十卷。	杜佑長子杜師損官司 農少卿，次子杜式方 官昭應縣令，少子杜 從郁官駕部員外郎。 （11 歲）	父李嗣罷獲嘉令，改 就浙中幕辟，隨父赴 浙。（2 歲）
憲宗元和 九年甲午 （西元 814）		從兄杜悰選配憲宗女 岐陽公主。（12 歲）	
憲宗元和 十年乙未 （西元 815）	正月，吳元濟反，發 十六道兵討之。六 月，李師道遣刺客殺 武元衡，傷裴度。裴 度爲相。		

憲宗元和 十一丙申 （西元 816）	二月，李逢吉爲相。		始誦經書。（5 歲）
憲宗元和 十二丁酉 （西元 817）	裴度平淮西。		
憲宗元和 十三戊戌 （西元 818）	七月，詔討李師道。		
憲宗元和 十四己亥 （西元 819）	正月，遣中使迎鳳翔 法門寺佛骨至京。二 月，李師道爲部下所 殺，淄青平。四月， 裴度出爲河東節度 使。七月，令狐楚爲 相。		
憲宗元和 十五庚子 （西元 820）	正月，宦官毒殺憲 宗、太子恆即位，是 爲穆宗。段文昌爲 相。令狐楚貶宣州刺 史。		
穆宗長慶 元年辛丑 （西元 821）	正月，改元長慶。段 文昌罷相。		父卒，奉母北歸。 （10 歲）
穆宗長慶 二年壬寅 （西元 822）	河朔復成割據之勢。 裴度爲相。	讀《尚書》、《毛詩》、 《左傳》、《國語》、十 三代史書，知兵事關 係於國家之興亡，賢 卿大夫均宜知兵。 伯父杜式方卒於桂管 觀察使任所，贈禮部 尚書。（20 歲）	
穆宗長慶 三年癸卯 （西元 823）	牛僧孺爲相。		
穆宗長慶 四年甲辰 （西元 824）	正月，穆宗卒。太子 湛即位是爲敬宗。		

敬宗寶曆 元年乙巳 （西元 825）	正月，改元寶曆。牛 僧孺罷相。	敬宗大治宮室，沉溺 聲色。杜牧作〈阿房 宮賦〉，借秦事以諷 之。（23 歲）	
敬宗寶曆 二年丙午 （西元 826）	十二月，宦官殺敬 宗，擁江王涵即位， 是爲文宗。		
文宗大和 元年丁未 （西元 827）	二月，改元大和。		
文宗大和 二年戊申 （西元 828）		登進士第，應沈傳師 辟爲江西團練巡官。 （26 歲）	徐氏姊卒。（17 歲）
文宗大和 三年己酉 （西元 829）	李德裕爲兵部侍 郎，出爲義成軍節度 使。李宗閔爲相。		入天平軍節度使令 狐楚幕，爲巡官。 （18 歲）
文宗大和 四年庚戌 （西元 830）	李宗閔引牛僧孺爲 相，共排李德裕黨。	沈傳師遷宣歙觀察 使，杜牧隨至宣州。 （28 歲）	
文宗大和 五年辛亥 （西元 831）	三月，文宗與宰相宋 申錫，謀除宦官，事 泄不成，宋申錫貶開 州司馬。	作〈李賀詩集序〉。 從兄杜悰爲京兆尹。 （29 歲）	
文宗大和 六年壬子 （西元 832）	牛僧孺出爲淮南節 度使。李德裕還朝爲 兵部尙書。	弟杜顗舉進士及第。 （30 歲）	赴令狐楚太原幕。 （21 歲）
文宗大和 七年癸丑 （西元 833）	李德裕爲相。李宗閔 出爲山南西道節度 使。	杜牧應牛僧孺空應牛 僧孺辟，爲淮南節度 推官，轉掌書記。 （31 歲）	應進士試不第。 （22 歲）
文宗大和 八年甲寅 （西元 834）	十月，李宗閔爲相。 李德裕出爲鎭海軍 節度使。	李德裕辟杜牧弟杜顗 爲巡官。（32 歲）	
文宗大和 九年乙卯 （西元 835）	六月，李宗閔貶潮州 司戶。九月，李訓爲 相。十一月，李訓等 謀誅宦官，事泄，宦 官捕殺李訓、鄭注及 宰相王涯等，史稱 「甘露之變」。	爲監察御史。（33 歲）	

文宗開成 元年丙辰 （西元836）	正月，改元開成。		
文宗開成 二年丁巳 （西元837）		弟杜顗患眼疾，探視 之，假滿百日，依例 去官。應宣歙觀察使 崔鄲之辟，爲團練判 官，攜弟同往宣州。 長男杜曹師生。 （35歲）	登進士第。入山南西 道節度使令狐楚 幕。令狐楚卒。 （26歲）
文宗開成 三年戊午 （西元838）		遷左補闕、史館修 撰。（36歲）	試宏詞不中選，赴涇 源節度使王茂元幕 辟，成婚王氏。 （27歲）
文宗開成 四年己未 （西元839）			釋褐爲秘書省校書 郎，調補弘農尉，以 活獄忤觀察使孫 簡，將罷去，會姚合 代簡，諭令還官。 （28歲）
文宗開成 五年庚申 （西元840）	正月，文宗卒。宦官 擁皇弟瀍即位，改名 炎，是爲武宗。九 月，李德裕爲相。	轉膳部員外郎，兼史 職。（38歲）	辭尉任從調，南遊江 鄉，是歲移家關中。 （29歲）
武宗會昌 元年辛酉 （西元841）	正月，改元會昌。	轉比部員外郎，兼史 職。次子梴梴生。 （39歲）	自江鄉還京。（30歲）
武宗會昌 二年壬戌 （西元842）		出爲黃州刺史。（40 歲）	入王茂元幕，爲掌書 記。又以書判拔萃重 入秘書省爲正字，旋 丁母憂。（31歲）
武宗會昌 三年癸亥 （西元843）			岳父王茂元卒。 （32歲）
武宗會昌 四年甲子 （西元844）	八月，李德裕加太 尉，封衛國公。十 月，牛僧孺貶循州長 史，李宗閔長流封 州。	遷池州刺史。（42歲）	

武宗會昌五年乙丑（西元 845）	七月，詔毀天下佛寺，僧尼並敕還俗。		春赴鄭州李舍人褒之招，歸居洛陽。十月服闋，旋復赴京，仍官秘書省。（34 歲）
武宗會昌六年丙寅（西元 846）	三月，武宗卒。皇太叔忱即位，是爲宣宗。	移睦州刺史。（44 歲）	
宣宗大中元年丁卯（西元 847）	元月，改元大中。閏三月，詔復廢寺。七月，李德裕貶潮州司馬。牛僧孺卒。		入桂管觀察使鄭亞幕，爲掌書記。編定四六文集《樊南甲集》，並作序。弟羲叟登進士第。子衮師生。（36 歲）
宣宗大中二年戊辰（西元 848）		內擢爲司勳員外郎、史館修撰。（46 歲）	
宣宗大中三年己巳（西元 849）	二月，李德裕卒。黨爭漸息。		入武寧節度使盧弘正幕爲判官。後赴徐州入盧弘正幕。弟羲叟釋褐秘書省校書郎，改授河南府參軍。（38 歲）
宣宗大中四年庚午（西元 850）		轉吏部員外郎。後出爲湖州刺史。（48 歲）	
宣宗大中五年辛未（西元 851）		拜考功郎中、知制誥。弟杜顗卒，年四十五。（49 歲）	盧弘正卒後，於徐州府罷入朝，補太學博士。妻王氏卒。會柳仲郢鎮東蜀，辟爲節度書記，改判官，檢校工部郎中。（40 歲）
宣宗大中六年壬申（西元 852）		遷中書舍人。因病，作〈自撰墓誌銘〉。卒於長安安仁坊宅中。（50 歲）	
宣宗大中七年癸酉（西元 853）			編定《樊南乙集》。（42 歲）

宣宗大中 八年甲戌 （西元854）			
宣宗大中 九年乙亥 （西元855）			
宣宗大中 十年丙子 （西元856）			隨仲郢還朝，尋仲郢 奏充鹽鐵推官。 （45歲）
宣宗大中 十一丁丑 （西元857）			
宣宗大中 十二戊寅 （西元858）			病卒。（47歲）

（二）杜牧詠史詩繫年表　　　　　（註：共39首）

寫作時間	詩　名	備　註
唐敬宗寶曆元年（西元825），杜牧23歲	〈過華清宮絕句三首〉	七言絕句，參見吳在慶《杜牧詩文選評》，頁7
唐文宗大和八年（西元834），杜牧32歲	〈揚州三首〉其二、其三	其二：五言律詩，其三：五言排律，參見繆鉞：《杜牧年譜》，頁34
唐文宗開成元年（西元836），杜牧34歲	〈故洛陽城有感〉	七言律詩，參見繆鉞《杜牧年譜》，頁38
	〈金谷園〉	七言絕句，同上，頁39
唐文宗開成三年（西元838），杜牧36歲	〈題宣州開元寺〉	五言古詩，同上，頁43
	〈題宣州開元寺水閣閣下宛溪夾溪居人〉	七言律詩，同上
唐文宗開成四年（西元839），杜牧37歲	〈商山富水驛〉	七言律詩，同上，頁46
	〈題武關〉	七言律詩，同上
	〈題烏江亭〉	七言絕句，同上
	〈題橫江館〉	七言絕句，同上
	〈題商山四皓廟一絕〉	七言絕句，同上
唐武宗會昌二年（西元842），杜牧40歲	〈雲夢澤〉	七言絕句，參見胡可先《杜牧研究叢稿》，頁100
唐武宗會昌四年（西元844），杜牧42歲	〈蘭溪〉	七言絕句，參見繆鉞《杜牧年譜》，頁61
	〈題木蘭廟〉	七言絕句，同上
	〈題桃花夫人廟〉	七言絕句，參見胡可先《杜牧研究叢稿》，頁101
	〈赤壁〉	七言絕句，同上
唐武宗會昌六年（西元846），杜牧44歲	〈潤州二首〉	七言律詩，同上，頁103
	〈春申君〉	七言絕句，參見吳在慶《杜牧詩文選評》，頁135
唐宣宗大中二年（西元848），杜牧46歲	〈江南懷古〉	七言絕句，參見繆鉞《杜牧年譜》，頁72
	〈江南春絕句〉	七言絕句，參見張在富〈杜牧之年譜〉，頁147
	〈泊秦淮〉	七言絕句，參見王西平〈杜牧詩文繫年考辨〉，頁54

	〈汴河懷古〉	七言絕句，參見吳在慶《杜牧詩文選評》，頁 168
唐宣宗大中四年（西元850），杜牧 48 歲	〈登樂游原〉	七言絕句，參見吳在慶《杜牧詩文選評》，頁 200
唐宣宗大中六年（西元852），杜牧 50 歲	〈華清宮三十韻〉	五言排律，參見繆鉞《杜牧年譜》，頁 94
作年不詳 　（依《樊川文集》卷次）	〈過驪山作〉	七言古詩
	〈過勤政樓〉	七言絕句
	〈過魏文貞公宅〉	七言絕句
	〈西江懷古〉	七言律詩
	〈臺城曲二首〉	五言古詩
	〈詠歌聖德遠懷天寶因題關亭長句四韻〉	七言古詩
	〈和野人殷潛之題籌筆驛十四韻〉	五言排律
	〈青塚〉	七言絕句
	〈邊上聞胡笳三首〉 其一	七言絕句
	〈隋宮春〉	七言絕句

（三）李商隱詠史詩繫年表 　　　　　（註：共 76 首）

寫作時間	詩　名	備　註
唐敬宗寶曆二年（西元826），李商隱 15 歲	〈富平少侯〉	七言律詩，參見劉學鍇、余恕誠《李商隱詩歌集解》，頁 1
	〈陳後宮〉（玄武新開苑）	五言律詩，同上，頁 7
	〈陳後宮〉（茂苑城如畫）	五言律詩，同上，頁 11
唐文宗大和元年（西元827），李商隱 16 歲	〈無愁果有愁曲北齊歌〉	七言排律，同上，頁 15
唐文宗大和三年（西元829），李商隱 18 歲	〈隨師東〉	七言律詩，同上，頁 30
唐文宗開成三年（西元838），李商隱 27 歲	〈馬嵬二首〉	其一：七言絕句，其二：七言律詩，同上，頁 307
	〈思賢頓〉	五言律詩，同上，頁 315
唐武宗會昌二年（西元842），李商隱 31 歲	〈灞岸〉	七言絕句，同上，頁 421
唐武宗會昌五年（西元845），李商隱 34 歲	〈漢宮詞〉	七言絕句，同上，頁 535
	〈北齊二首〉	七言絕句，同上，頁 539
唐武宗會昌六年（西元846），李商隱 35 歲	〈茂陵〉	七言律詩，同上，頁 552
	〈漢宮〉	七言絕句，同上，頁 557
	〈華嶽下題西王母廟〉	七言絕句，同上，頁 559
	〈華山題王母祠〉	七言絕句，同上，頁 562
	〈過景陵〉	七言絕句，同上，頁 565
	〈瑤池〉	七言絕句，同上，頁 567
	〈海上〉	七言絕句，同上，頁 570
	〈四皓廟〉（本爲留侯）	七言絕句，同上，頁 572
唐宣宗大中元年（西元847），李商隱 36 歲	〈五松驛〉	七言絕句，同上，頁 590
	〈四皓廟〉（羽翼殊勳）	七言絕句，同上，頁 592
	〈夢澤〉	七言絕句，同上，頁 611
	〈海上謠〉	五言古詩，同上，頁 651
	〈宋玉〉	七言律詩，同上，頁 690
	〈楚宮〉（複壁交青瑣）	五言律詩，同上，頁 695
唐宣宗大中二年（西元848），李商隱 37 歲	〈潭州〉	七言律詩，同上，頁 750
	〈楚宮〉（湘波如淚）	七言律詩，同上，頁 757
	〈岳陽樓〉（漢水方城）	七言絕句，同上，頁 772

	〈過楚宮〉	七言絕句，同上，頁 781
	〈楚宮二首〉	其一：七言絕句，其二：七言律詩，同上，頁 784
	〈楚吟〉	七言絕句，同上，頁 793
	〈舊將軍〉	七言絕句，同上，頁 826
	〈韓碑〉	七言古詩，同上，頁 828
唐宣宗大中三年（西元849），李商隱 38 歲	〈過鄭廣文舊居〉	七言絕句，同上，頁 906
	〈漫成五章〉其一、二、三、五	七言絕句，同上，頁 912
	〈漫成三首〉	其一：七言絕句，其二、其三：五言絕句，同上，頁 929
唐宣宗大中四年（西元850），李商隱 39 歲	〈題漢祖廟〉	七言絕句，同上，頁 976
	〈讀任彥昇碑〉	七言絕句，同上，頁 1016
唐宣宗大中五年（西元851），李商隱 40 歲	〈利州江潭作〉	七言律詩，同上，頁 1117
	〈梓潼望長卿山至巴西復懷譙秀〉	七言絕句，同上，頁 1127
	〈武侯廟古柏〉	五言排律，同上，頁 1135
唐宣宗大中七年（西元853），李商隱 42 歲	〈無題〉（萬里風波）	七言律詩，同上，頁 1266
唐宣宗大中九年（西元855），李商隱 44 歲	〈籌筆驛〉	七言律詩，同上，頁 1318
唐宣宗大中十年（西元856），李商隱 45 歲	〈鄠杜馬上念漢書〉	五言律詩，同上，頁 1345
唐宣宗大中十一年（西元 857），李商隱 46 歲	〈南朝〉（地險悠悠）	七言絕句，同上，頁 1370
	〈南朝〉（玄武湖中）	七言律詩，同上，頁 1372
	〈齊宮詞〉	七言絕句，同上，頁 1378
	〈景陽井〉	七言絕句，同上，頁 1380
	〈詠史〉（北湖南埭）	七言絕句，同上，頁 1384
	〈覽古〉	七言律詩，同上，頁 1386
	〈吳宮〉	七言絕句，同上，頁 1391
	〈隋宮〉（乘興南遊）	七言絕句，同上，頁 1392
	〈隋宮〉（紫泉宮殿）	七言律詩，同上，頁 1395
作年不詳	〈九成宮〉	七言律詩
	〈舊頓〉	七言絕句
	〈天津西望〉	七言絕句
	〈過華清內廄門〉	七言絕句

	〈隋宮守歲〉	七言律詩
	〈華清宮〉（華清恩幸）	七言絕句
	〈華清宮〉（朝元閣迥）	七言絕句
	〈驪山有感〉	七言絕句
	〈龍池〉	七言絕句
	〈賈生〉	七言絕句
	〈王昭君〉	七言絕句
	〈咸陽〉	七言絕句
	〈曼倩辭〉	七言絕句
	〈東阿王〉	七言絕句
	〈涉洛川〉	七言絕句
	〈寄蜀客〉	七言絕句

（四）杜牧詠史七絕詩作　（註：共 23 首，依《樊川文集》次序）

詩　名	詩　作	類　型
〈過魏文貞公宅〉	蟪蛄寧與雪霜期，賢哲難教俗士知。 可憐貞觀太平後，天且不留封德彝。	評論型
〈過勤政樓〉	千秋令節名空在，承露絲囊世已無。 唯有紫苔偏得意，年年因雨上金鋪。	懷古型
〈過華清宮絕句三首〉	其一 長安回望繡成堆，山頂千門次第開。 一騎紅塵妃子笑，無人知是荔枝來。 其二 新豐綠樹起黃埃，數騎漁陽探使回。 霓裳一曲千峰上，舞破中原始下來。 其三 萬國笙歌醉太平，倚天樓殿月分明。 雲中亂拍祿山舞，風過重巒下笑聲。	評論型
〈登樂游原〉	長空澹澹孤鳥沒，萬古銷沈向此中。 看取漢家何事業，五陵無樹起秋風。	懷古型
〈春申君〉	烈士思酬國士恩，春申誰與快冤魂。 三千賓客總珠履，欲使何人殺李園。	評論型
〈江南懷古〉	車書混一業無窮，井邑山川今古同。 戊辰年向金陵過，惆悵閒吟憶庾公。	懷古型
〈江南春絕句〉	千里鶯啼綠映江，水村山郭酒旗風。 南朝四百八十寺，多少樓臺煙雨中。	懷古型
〈蘭溪〉	蘭溪春盡碧泱泱，映水蘭花雨發香。 楚國大夫憔悴日，應尋此路去瀟湘。	詠懷型
〈赤壁〉	折戟沈沙鐵未銷，自將磨洗認前朝。 東風不與周郎便，銅雀春深鎖二喬。	評論型
〈雲夢澤〉	日旗龍旆想飄揚，一索功高縛楚王。 直是超然五湖客，未如終始郭汾陽。	評論型
〈泊秦淮〉	煙籠寒水月籠沙，夜泊秦淮近酒家。 商女不知亡國恨，隔江猶唱後庭花。	評論型
〈題桃花夫人廟〉	細腰宮裏露桃新，脈脈無言度幾春。 至竟息亡緣底事，可憐金谷墜樓人。	評論型
〈題烏江亭〉	勝敗兵家事不期，包羞忍恥是男兒。 江東子弟多才俊，卷土重來未可知。	評論型
〈題橫江館〉	孫家兄弟晉龍驤，馳騁功名業帝王。 至竟江山誰是主，苔磯空屬釣魚郎。	懷古型

〈汴河懷古〉	錦纜龍舟隋煬帝，平臺複道漢梁王。 遊人閒起前朝念，折柳孤吟斷殺腸。	懷古型
〈題木蘭廟〉	彎弓征戰作男兒，夢裏曾經與畫眉。 幾度思歸還把酒，拂雲堆上祝明妃。	詠懷型
〈題商山四皓廟一絕〉	呂氏強梁嗣子柔，我於天性豈恩讎。 南軍不袒左邊袖，四老安劉是滅劉。	評論型
〈邊上聞胡笳三首〉其一	何處吹笳薄暮天，塞垣高鳥沒狼煙。 遊人一聽頭堪白，蘇武爭禁十九年。	評論型
〈金谷園〉	繁華事散逐香塵，流水無情草自春。 日暮東風怨啼鳥，落花猶似墮樓人。	懷古型
〈隋宮春〉	龍舟東下事成空，蔓草萋萋滿故宮。 亡國亡家爲顏色，露桃猶自恨春風。	懷古型
〈青塚〉	青塚前頭隴水流，燕支山上暮雲秋。 蛾眉一墜窮泉路，夜夜孤魂月下愁。	詠懷型

（五）李商隱詠史七絕詩作

（註：共 49 首，依《李商隱詩歌集解》〔註1〕次序）

詩　名	詩　作	備　註
〈馬嵬二首〉其一	冀馬燕犀動地來，自埋紅粉自成灰。 君王若道能傾國，玉輦何由過馬嵬。	評論型
〈灞岸〉	山東今歲點行頻，幾處冤魂哭虜塵。 灞水橋邊倚華表，平時二月有東巡。	懷古型
〈漢宮詞〉	青雀西飛竟未迴，君王長在集靈臺。 侍臣最有相如渴，不賜金莖露一杯。	評論型
〈北齊二首〉	其一 一笑相傾國便亡，何勞荊棘始堪傷。 小憐玉體橫陳夜，已報周師入晉陽。 其二 巧笑知堪敵萬幾，傾城最在著戎衣。 晉陽已陷休回顧，更請君王獵一圍。	評論型
〈漢宮〉	通靈夜醮達清晨，承露盤晞甲帳春。 王母不來方朔去，更須重見李夫人。	評論型
〈華嶽下題西王母廟〉	神仙有分豈關情，八馬虛隨落日行。 莫恨名姬中夜沒，君王猶自不長生。	評論型
〈華山題王母祠〉	蓮華峰下鎖雕梁，此去瑤池地共長。 好爲麻姑到東海，勸栽黃竹莫栽桑。	評論型
〈過景陵〉	武皇精魄久仙升，帳殿凄涼煙霧凝。 俱是蒼生留不得，鼎湖何異魏西陵。	評論型
〈瑤池〉	瑤池阿母綺窗開，黃竹歌聲動地哀。 八駿日行三萬里，穆王何事不重來。	評論型
〈海上〉	石橋東望海連天，徐福空來不得仙。 直遣麻姑與搔背，可能留命待桑田。	評論型
〈四皓廟〉（本爲留侯）	本爲留侯慕赤松，漢庭方識紫芝翁。 蕭何只解追韓信，豈得虛當第一功。	評論型
〈五松驛〉	獨下長亭念過秦，五松不見見輿薪。 只應既斬斯高後，尋被樵人用斧斤。	評論型
〈四皓廟〉（羽翼殊勳）	羽翼殊勳棄若遺，皇天有運我無時。 廟前便接山門路，不長青松長紫芝。	評論型

〔註 1〕劉學鍇、余恕誠編著：《李商隱詩歌集解》（臺北：洪葉文化事業有
　　　限公司，1992）

〈夢澤〉	夢澤悲風動白茅，楚王葬盡滿城嬌。 未知歌舞能多少，虛減宮廚爲細腰。	評論型
〈岳陽樓〉（漢水方城）	漢水方城帶百蠻，四鄰誰道亂周班。 如何一夢高唐雨，自此無心入武關。	評論型
〈過楚宮〉	巫峽迢迢舊楚宮，至今雲雨暗丹楓。 微生盡戀人間樂，只有襄王憶夢中。	詠懷型
〈楚宮二首〉其一	十二峰前落照微，高唐宮暗坐迷歸。 朝雲暮雨長相接，猶自君王恨見稀。	評論型
〈楚吟〉	山上離宮宮上樓，樓前宮畔暮江流。 楚天長短黃昏雨，宋玉無愁亦自愁。	詠懷型
〈舊將軍〉	雲臺高議正紛紛，誰定當時蕩寇勳。 日暮灞陵原上獵，李將軍是故將軍。	評論型
〈過鄭廣文舊居〉	宋玉平生恨有餘，遠循三楚弔三閭。 可憐留著臨江宅，異代應數庾信居。	詠懷型
〈漫成五章〉其一、二、三、五	其一 沈宋裁辭矜變律，王楊落筆得良朋。 當時自謂宗師妙，今日惟觀對屬能。 其二 李杜操持事略齊，三才萬象共端倪。 集仙殿與金鑾殿，可是蒼蠅惑曙雞。 其三 生兒古有孫征虜，嫁女今無王右軍。 借問琴書終一世，何如旗蓋仰三分。 其五 郭令素心非黷武，韓公本意在和戎。 兩都耆舊偏垂淚，臨老中原見朔風。	詠懷型
〈漫成三首〉其一	不妨何范盡詩家，未解當年重物華。 遠把龍山千里雪，將來擬並洛陽花。	詠懷型
〈題漢祖廟〉	乘運應須宅八荒，男兒安在戀池隍。 君王自起新豐後，項羽何曾在故鄉。	評論型
〈讀任彥昇碑〉	任昉當年有美名，可憐才調最縱橫。 梁臺初建應惆悵，不得蕭公作騎兵。	詠懷型
〈梓潼望長卿山至巴西復懷譙秀〉	梓潼不見馬相如，更欲南行問酒壚。 行到巴西覓譙秀，巴西惟是有寒蕪。	詠懷型
〈南朝〉（地險悠悠）	地險悠悠天險長，金陵王氣應瑤光。 休誇此地分天下，只得徐妃半面妝。	評論型
〈齊宮詞〉	永壽兵來夜不扃，金蓮無復印中庭。 梁臺歌管三更罷，猶自風搖九子鈴。	評論型
〈景陽井〉	景陽公井剩堪悲，不盡龍鸞誓死期。 腸斷吳王宮外水，濁泥猶得葬西施。	評論型

〈詠史〉（北湖南埭）	北湖南埭水漫漫，一片降旗百尺竿。 三百年間同曉夢，鍾山何處有龍盤。	評論型
〈吳宮〉	龍檻沉沉水殿清，禁門深掩斷人聲。 吳王宴罷滿宮醉，日暮水漂花出城。	評論型
〈隋宮〉（乘興南遊）	乘興南遊不戒嚴，九重誰省諫書函。 春風舉國裁宮錦，半作障泥半作帆。	評論型
〈舊頓〉	東人望幸久咨嗟，四海於今是一家。 猶鎖平時舊行殿，盡無宮戶有宮鴉。	懷古型
〈天津西望〉	虜馬崩騰忽一狂，翠華無日到東方。 天津西望腸眞斷，滿眼秋波出苑牆。	懷古型
〈過華清內廏門〉	華清別館閉黃昏，碧草悠悠內廏門。 自是明時不巡幸，至今青海有龍孫。	懷古型
〈華清宮〉（華清恩幸）	華清恩幸古無倫，猶恐蛾眉不勝人。 未免被他褒女笑，只教天子暫蒙塵。	評論型
〈華清宮〉（朝元閣迥）	朝元閣迥羽衣新，首按昭陽第一人。 當日不來高處舞，可能天下有胡塵。	評論型
〈驪山有感〉	驪岫飛泉泛暖香，九龍呵護玉蓮房。 平明每幸長生殿，不從金輿惟壽王。	評論型
〈龍池〉	龍池賜酒敞雲屛，羯鼓聲高眾樂停。 夜半宴歸宮漏永，薛王沉醉壽王醒。	評論型
〈賈生〉	宣室求賢訪逐臣，賈生才調更無倫。 可憐夜半虛前席，不問蒼生問鬼神。	評論型
〈王昭君〉	毛延壽畫欲通神，忍爲黃金不顧人。 馬上琵琶行萬里，漢宮長有隔生春。	詠懷型
〈咸陽〉	咸陽宮闕鬱嵯峨，六國樓臺艷綺羅。 自是當時天帝醉，不關秦地有山河。	評論型
〈曼倩辭〉	十八年來墮世間，瑤池歸夢碧桃閒。 如何漢殿穿針夜，又向窗中覷阿環。	詠懷型
〈東阿王〉	國事分明屬灌均，西陵魂斷夜來人。 君王不得爲天子，半爲當時賦洛神。	詠懷型
〈涉洛川〉	通谷陽林不見人，我來遺恨古時春。 宓妃漫結無窮恨，不爲君王殺灌均。	詠懷型
〈寄蜀客〉	君到臨邛問酒壚，近來還有長卿無。 金徽卻是無情物，不許文君憶故夫。	詠懷型